acabus

Fabienne Siegmund

Das Herz der Nacht

Roman

Siegmund, Fabienne: Das Herz der Nacht, acabus Verlag 2016

Erstausgabe
ISBN: 978-3-86282-435-9

Lektorat: Marika Gazzella, acabus Verlag
Umschlaggestaltung: © ZERO WERBEAGENTUR GmbH,
Rosenheimer Str. 145 E, 81671 München, www.uno-wa.de

Bibliografische Information der Deutschen Nationalbibliothek:
Die Deutsche Nationalbibliothek verzeichnet diese Publikation in
der Deutschen Nationalbibliografie; detaillierte bibliografische
Daten sind im Internet über http://dnb.d-nb.de abrufbar.

Der acabus Verlag ist ein Imprint der Diplomica Verlag GmbH,
Hermannstal 119k, 22119 Hamburg.

© acabus Verlag, Hamburg 2016
Alle Rechte vorbehalten.
http://www.acabus-verlag.de
Printed in Europe

Für die Lichter in meiner Nacht.

Ohne euch würde ich in Dunkelheit ertrinken.

Prolog

☙❧

Ich kann
die Farben
des Windes
schmecken
und wenn
das Glas der Zeit
in meinen Händen
zerbricht
spaziere ich
auf meinen Träumen
zum Horizont
um die Unendlichkeit
mit dir zu teilen.

☙ (Gertrud Walter – Die Farben des Windes) ❧

Das Ende der Woche, die nicht gezählt wird. Ungehörte Worte. Eine Liebe, die kam, ging und ganz verschwand. Ein letzter Zauber. Traurige Geschichten. Der Beginn einer Suche. Eine unmögliche Spur. Ein Zirkus im Mondenschein.

Meine liebste Layla,

hier stehe ich nun, an einem Ort, der für mich zum Rand der Welt geworden ist. Jeder andere würde hier nur das Ufer eines Meeres sehen, an dessen anderem Ende ein neues Ufer wartet.

Hinter mir reckt sich die Stadt einem Himmel entgegen, der weiß und kalt und leer ist und nicht von Dunkelheit geflutet, wie er es sein sollte.

Es ist Nacht, mein Herz, oder zumindest sollte es Nacht sein, doch die Nacht ist ebenso fort, wie du es bist. Trotzdem suchen meine Augen dich, wissend, dass sie dich niemals mehr finden werden.

Warum nur habe ich nicht erkannt, wer du warst, was du bist? Wieso habe ich deinen Worten keinen Glauben geschenkt?

»Weil die Wahrheit manchmal zu viel ist«, höre ich dich flüstern, und wie immer hast du Recht. Doch auch dieses Wissen ändert nichts daran, dass ich wünschte, ungeschehen zu machen, was ich getan habe.

Denn jetzt bist du fort. Unwiederbringlich.

Und ich, der größte Magier, den die Welt je gesehen hat, trage Schuld daran. Denn ich wollte dich halten, ich wollte die Ewigkeit für dich und mich. Jetzt bleibt uns nicht einmal mehr ein einziger Augenblick, und auch meine Zeit rennt mir davon.

Ich spüre es. Mit jedem Atemzug.

Der Zauber, der mich von dir getrennt hat, bringt mich um. Er hätte uns retten sollen, uns Zeit schenken sollen, doch jetzt ist die Zeit genauso fort wie du, rinnt durch meine Hände wie Sand durch ein Sieb.

Nur sieben Nächte hatten wir, sieben Nächte, die selbst die Tage überdauerten, doch dann ist der Tag mit all seiner grausamen Helligkeit wieder erwacht.

Wenn du jetzt hier wärst, würdest du dich genauso an unseren ersten Moment erinnern wie ich?

Wie von Zauberhand hast du mit einem Mal vor mir auf dem belebten Platz gestanden, auf dem ich gerade der Welt meine Illusionen malte, ganz plötzlich, als hätte ich selbst dich aus dem Nichts gezaubert, aus Taubenflügelschlag und Stimmengewirr. Schneeflocken hatten sich in deinen dunklen Locken verfangen, obwohl es an diesem Tag keinen Schnee gegeben hatte.

Du hast mich aus Augen angesehen, so silbern wie der Mond, den ich niemals mehr sehen werde, und dein Kleid war aus dem Stoff genäht, mit dem die Nacht den Himmel bedeckt. Voller Sonnennebel und Sternenglitzer.

Schon da hätte ich dich erkennen müssen, in diesem Moment.

Doch manchmal werden Augen blind, obwohl sie sehen.

Einfach dagestanden hast du, und ich konnte sehen, wie die Magie dich gefangen nahm, wie die Illusionen dir den Atem raubten und ich hörte dein Herz für die Wunder schlagen, die ich für dich zauberte.

Die übrigen Schaulustigen, die sich um mich versammelt hatten, schienen plötzlich Jahre entfernt zu sein. Nur verhalten drang der Applaus noch an meine Ohren. Nahmen sie dich überhaupt wahr?

Ich weiß es nicht, das Einzige, woran ich mich noch zu erinnern vermag, ist, dass wir diesen Ort irgendwann einfach verlassen haben, gemeinsam, Hand in Hand.

Wir sind durch die Stadt getaumelt, die uns mit ihrem Pulsieren umarmte und durch die Nacht wirbelte, über uns leuchtete, sternenbestickt und von kosmischen Nebeln durchwebt, einem Lapislazuli gleich.

Als wir uns das erste Mal küssten, sagtest du, du wolltest dich nicht verlieben. Ich hatte es in diesem Moment schon längst getan und glaubte, du auch.

Wie sonst ließe sich erklären, dass wir in all der Zeit, die wir hatten, nichts aßen oder tranken außer unserer Liebe?

Mit meinen Küssen nahm ich den honiggleichen Duft deiner Haut in mir auf, und mit deinem Stöhnen nahmst du mich in dir auf. Unersättlich waren wir. Und ließen wir doch voneinander ab, dann nur, um abermals liebestrunken durch die Stadt zu tanzen, immer auf der Suche nach deinem Traum von Gaukelei und Wundern.

Die Feuerschlucker malten für dich brennende Bilder auf das schwarze Nachthimmelpapier. Pantomimen berührten dein Herz mit ihren stumm erzählten Geschichten, und der immer etwas schadenfrohe Schabernack der Clowns ließ dein Lachen erklingen.

Ihretwegen, so deine Worte, warst du gekommen.

Das Leben hattest du sehen wollen, die Kunst, das Vergnügen.

Niemals die Liebe, die du in einem Zauberer fandst, doch am Ende konntest du dich ebenso wenig lösen wie ich.

Die Welt hörte auf, sich zu drehen und ließ die Zeit trotzdem so schrecklich schnell schwinden.

Sieben Tage, Layla, sieben Nächte.

Dann kam der Abschied, und er brachte den Schmerz mit sich.

»Ich muss jetzt gehen«, hast du gesagt, und »Meine Zeit ist um.«

Ich weiß, dass ich dich angestarrt haben muss wie ein Trottel und genauso kam ich mir auch vor, denn ich verstand deine Worte, nicht aber ihren Sinn.

Erst, als du meine Hände losließt, die du die ganze Zeit gehalten hattest, kam die Erkenntnis, gefolgt von jenem stummen Entsetzen, das mich noch heute umschließt.

Du wolltest fortgehen.

Ohne mich.

Die Worte, mit denen ich dich anflehte zu bleiben, sind mir ebenso entfallen wie deine Antwort. Ich weiß nur noch, dass du den Kopf geschüttelt hast. Und ich erinnere mich an den Schmerz, der in meiner Brust explodierte, als du dann tatsächlich gegangen bist.

Ich wollte dir nachrennen, doch meine Beine hatten nicht einen Schritt gehen können, und als ich einmal kurz geblinzelt hatte, warst *du schon fort, so plötzlich, wie du vor sieben Tagen aufgetaucht warst.*

Und ich – blind vor Liebe und Kummer – beschloss, dich nicht gehen zu lassen, entschied, das Glück in Ketten zu legen, ehe es zu spät war.

Ich Narr.

Es tut mir leid, meine Liebste, so leid. Es hätte anders sein sollen. Ich wollte, dass wir durch Träume tanzen, aus denen man niemals erwacht. Nun jedoch träumst nur du, und ich halte dafür dein Herz in meinen Händen, weltenschwer, aber auch jetzt gehört es nicht mir.

Es war niemals das Meine, und mein Traum war nicht der Deine. Sonst wäre ich jetzt bei dir.

Wie konnte ich nur glauben, dass man das Glück einsperren kann?

Über mir sollte nun der Morgen dämmern, doch das tut er nicht. Heute wird es kein stilles Trauern geben, wenn der Mond mit Tränen aus Sternen die Nacht beweint oder die Sonne am Abend Blut aus rotem Licht über den Horizont vergießt. Nicht Tag, nicht Nacht, nur blasse Helligkeit, als würde es gleich beginnen zu schneien.

Vielleicht würdest du von mir verlangen, es ungeschehen zu machen, doch wie ich weißt auch du, dass man nichts ungeschehen machen kann. Schon gar nicht einen solchen Zauber wie den meinen.

Ich habe dich, meine liebste Layla, in einen Traum gesperrt. Und mit dir verschwand so vieles mehr. Alles, selbst meine Magie. Bald werde ich kein Zauberer mehr sein.

Mit einem letzten Abrakadabra werde ich der Welt entfliehen, in der du nicht mehr bist und die so für mich ihren Wert verloren hat.

Zu einem Sternbild werde ich werden, hoch oben am Himmel. Dort werde ich auf dich warten, ein Gesicht aus Sternen, von einer Träne begleitet, die der Mond nicht mehr weinen kann, weil es ihn ebenso wenig mehr gibt wie die Nacht.

Zu mehr reicht die Kraft nicht mehr aus. Schon jetzt vermag ich kaum noch zu sprechen, doch muss ich dir erklären, was ich getan habe.

Selbst, wenn ich befürchten muss, dass du meine Worte gar nicht hörst.
Sollte dem so sein, so wird sie niemand hören, denn ich bin allein.
Weder kann ich dich zurückholen, noch kann ich mich zu dir zaubern. Das hättest nur du vermocht, mit deinem Traum, denn ich gab dir nur die Form. Du aber hast mich nicht zu dir geträumt.
Ich werde trotzdem auf dich warten, liebste Layla, auch wenn ich weiß, du wirst nicht kommen. Denn noch ehe ich jenen letzten Zauber wirke, werde ich den Traum dem Meer anvertrauen.
Niemand soll ihn finden.
Du sollst dort glücklich sein.
Für immer.

Ein Husten quält mich, und das Blut, das aus meinem Mund kommt, färbt meine weißen Handschuhe rot.
 Kannst du dort, wo du jetzt bist, den Wind spüren, den das Meer mit sich trägt?
 Er bringt ein Gewitter mit sich, ich kann es spüren, ich höre die Wolken, die aufeinander zurollen, doch wie dem Nachthimmel fehlt auch ihnen die Dunkelheit.
 Was habe ich nur getan, meine Liebste?
 Wie konnte ich so anmaßend sein, dich halten zu wollen?
 Ich werde dafür bezahlen, ich tue es schon.

Es beginnt zu regnen.
 Weißt du noch, wie wir im Regen tanzten? Zu Melodien, die nur wir hörten?
 Heute bringt mir der Regen keine Lieder.
 Heute singt er Melodien aus Eis.

Das Gewitter kommt näher, ich höre schon sein entferntes Grollen.
 Mit dem ersten Blitz werde ich den Zauber sprechen und der Donner wird mich zerbrechen.
 In den Sternen werde ich auf dich warten und die Hoffnung wider besseren Wissens nicht aufgeben, dass wir uns wiedersehen.

*

Der Morgen kann ein Dieb sein, und manchmal raubt er nicht nur die Nacht. Matéo raubte er bereits seit fünf Tagen mit jedem Erwachen die Hoffnung. Obwohl ... nein, die Hoffnung raubte er ihm erst seit vier Tagen. Am ersten Tag, dem Dienstag, hatte er ihm noch so viel mehr gestohlen.

Und auch heute, am Sonntag, erinnerte er sich noch genau.

Noch bevor Matéo die Augen an jenem Dienstag aufgeschlagen hatte, war da dieses Gefühl gewesen, dass sich etwas verändert hatte. Da war eine Kälte in der kleinen Wohnung, die am Abend, als er und Anisa unter die Decke geschlüpft waren, nicht dagewesen war. Eine Kälte, die sich anders anfühlte als die des Winters. Sie hatte nicht einmal etwas mit der Temperatur in der winzigen Wohnung zu tun.

Es war einfach ein Gefühl, das nicht von ihm hatte ablassen wollen.

Mit banger Erwartung hatte er die blaugrauen Augen aufgeschlagen, doch bis auf das gleißende Licht, das ihm die Sicht erschwerte, hatte er zunächst nichts gesehen. Und auch als er blinzelnd die Brille mit den schlichten silbernen Rändern aufgesetzt hatte, die seine ohnehin schon tiefliegenden Augen optisch noch tiefer sinken ließ, war ihm nichts Besonderes aufgefallen.

Nichts in der Wohnung hatte sich verändert.

Alles war dort geblieben, wo es hingehörte, das schmale Sofa im fast rechten Winkel zum Bett, davor der kleine Tisch, welcher Nachtschrank und Beistelltisch zugleich war, ein winziger Sessel, dahinter die Kochnische und die Tür, die in das kleine Bad führte.

Nur Anisa war nicht da gewesen.

Zuerst hatte er sie noch im Bad gewähnt, doch hatte er weder das Fließen von Wasser noch die Toilettenspülung gehört.

Auch das Summen, mit dem Anisa jeden Tag begrüßte, hatte gefehlt.

Erschrocken war Matéo hochgefahren, und obwohl er deutlich gesehen hatte, dass Anisa nicht neben ihm lag, hatte er mit der Hand über die leere Seite des Bettes getastet. Sie war kalt und glatt gewesen, als hätte nie jemand dort gelegen.

Nur der Duft ihres Parfüms hatte noch in der Luft gelegen, eine vage Erinnerung an Veilchen und Orchideen, die mit jedem Atemzug verblasst war.

Sie hatte den Duft am Morgen zuvor aufgetragen, einem Morgen, der ihnen wie ein Wunder vorgekommen war, nach einer Woche, in der die Nacht vergessen zu haben schien, dass es auch noch Tage gab.

Sieben Tage lang war es nicht hell geworden, nicht einmal ein klitzekleines bisschen.

Wo die Sonne hätte scheinen sollen, standen der Mond und die Sterne, ummantelt von tiefblauer Dunkelheit.

Die meisten Menschen hatten sich in ihren Häusern verkrochen und geglaubt, der Himmel würde über ihnen einstürzen.

Anisa und er aber waren durch die Nacht getaumelt, hatten ihrer Liebe tanzend Ausdruck verliehen. Sie waren auf den kleinen Plätzen, unter deren Laternen sich die Nachtschwärmer versammelt hatten, aufgetreten und hatten die Menschen mit ihren Illusionen verzaubert, die Matéo niemals zuvor so leicht von der Hand gegangen waren. Matéo war ein Zauberkünstler, ein Illusionist. Kein besonders guter, da machte er sich nichts vor. Sein spärliches Talent lebte von Anisa, die als seine Assistentin fungierte und alle Aufmerksamkeit auf sich lenkte, wenn er mal wieder mit seiner Ungeschicklichkeit haderte, gegen die er so oft den inneren Kampf verlor.

Ja, Matéo wusste genau, dass Anisa die wahre Magierin war.

Niemand konnte die Blicke von ihrer zierlichen Gestalt lassen, wenn sie in ihrem schlichten, weißen Kostüm, dem einer Ballerina bei ihren Übungen gleichend, um ihn herum tänzelte, die glatten braunen Haare locker hochgesteckt, in den braunen

Augen immer ein Funkeln, das weder Freude noch Traurigkeit und doch beides zugleich verhieß.

Es war dieses Funkeln, in das Matéo sich verliebt hatte, die Herausforderung, es in ein Strahlen zu verwandeln.

So oft war es ihm seither schon gelungen, und mit jedem Mal machte sein Herz einen Satz vor Freude, auch noch nach all der Zeit, die sie einander kannten, in all dem Elend, das sie manchmal begleitete, wenn das Geld ausblieb, selbst als der Applaus zu höhnischem Lachen oder gellenden Pfiffen wurde.

Nicht immer konnte Anisa seine Vorstellung retten oder verbergen, wie stümperhaft er seine Tricks aufführte.

Immer aber rettete sie *ihn*.

Weil sie ihn so sehr liebte wie er sie, und stets war ihnen das genug gewesen.

Ja, sie waren glücklich gewesen, all die Zeit, egal wie schlecht die Karten gewesen waren, die ihnen das Schicksal in die Hände gespielt hatte.

Manchmal war das Geld zu wenig zum Leben gewesen, hatte nicht mehr fürs Essen gereicht, wenn sie die Miete bezahlt hatten, dabei die Summe auf die Lire genau zusammenkratzten aus allem, was sie besaßen.

Dann waren sie anderen Arbeiten nachgegangen.

Anisa hatte sich als Schneiderin verdingt, er selbst sich als Kurier, Lagerarbeiter und Nachtportier.

Doch nie war dies von Dauer gewesen, stets waren sie zur Kunst zurückgekehrt.

Und niemals hatte Anisa davon gesprochen, ihn zu verlassen, auch wenn sie ein anderes Leben hätte führen können.

Sie war Tänzerin. Eine der besten, wenn auch vielleicht nur für ihn. Und doch war sie mit ihm gekommen, in eine Welt, in der es kein Glitzern und kein Parkett gab, sondern nur Staub und Straßenasphalt.

An diesem Dienstagmorgen aber war sie verschwunden. Die Matratze neben ihm war leer gewesen.

Vielleicht, so hatte er noch gedacht, war sie nur zum Bäcker gegangen.

Aber er hatte den Gedanken sofort wieder verworfen, als ihm bewusst geworden war, dass sie kein Geld für frische Brötchen hatten. Denn mit jedem Tag, über dem die Nacht stehen geblieben war, waren die Menschen auf den Straßen und Plätzen weniger geworden und so waren auch die Münzen in seinem Zylinder ausgeblieben.

Die Angst hatte um sich gegriffen, mit all ihrer Macht. Türen und Fensterläden waren verriegelt worden, Laternen flackernd erloschen. Und auf den Straßen, Brücken und Plätzen war es still geworden. Selbst das stetige Flüstern der Kanäle war verstummt, die Gondeln verharrten regungslos.

Niemand hatte mehr den Sängern gelauscht, die die Stadt mit ihren Liedern erfüllten, niemand mehr die Kreidebilder der Maler auf dem Asphalt bewundert, die im Licht der Laternen lebendig geworden waren. Und niemand hatte mehr auf den in Grau gekleideten Magier geachtet, der mit seiner Assistentin die Welt zu verzaubern versuchte.

Und wohin die Menschen nicht sahen, da ließen sie auch kein Geld. So einfach war es.

Ja, am Ende hatten auch Anisa und er die schier ewig währende Nacht verflucht und waren ihr entflohen, in den Schutz ihrer Wohnung, in der sie sich aneinandergeschmiegt hatten. So hatten sie auf das Ende der Nacht gewartet, und am Montag, da war es gekommen.

Der Morgen war erwacht, grell und gleißend, beinahe brutal hatte er die Welt aus der Dunkelheit gerissen. Für einen Moment war es, als wäre der Himmel wirklich auf die Erde gestürzt.

Dann aber war mit dem Licht das Leben in die Welt zurückgekehrt und hatte für Anisa und ihn die Hoffnung im Gepäck gehabt, dass dies vielleicht der Beginn eines neuen Lebens sein könnte. Niemals hätte Matéo geglaubt, die Hoffnung so schnell brechen zu sehen. Einen Tag lang nur hatte sie gewährt, nicht einmal die Nacht überlebt, in der es keine Dunkelheit gegeben hatte.

Die Hoffnung war mit Anisa verschwunden, wohin auch immer sie gegangen war. Dass sie ihn verlassen hatte, glaubte Matéo nach wie vor nicht, auch nicht nach Tagen vergeblichen Suchens. Nein. Es war etwas passiert. Etwas, das er nicht bemerkt hatte, etwas Schlimmes, über das man niemals auch nur ein Flüstern wagen sollte. Denn Vermutungen wurden wahr, wenn man sie in Worte fasste.

Fast umgehend hatte er sich entschlossen, zur Polizei zu gehen, nachdem er sich vergewissert hatte, dass sie ihn tatsächlich nicht verlassen hatte. Aber all ihre Sachen waren noch da gewesen. Ihre kleine Handtasche mitsamt der viel zu leichten Geldbörse, ohne die sie nie das Haus verließ.

Und nur wenige Minuten später hatte er in seinem grauen Anzug, unter dem er ein weißes Hemd trug, vor dem Polizeirevier gestanden. Seine Füße steckten in schwarzen, abgetragenen Schuhen, die eine Politur bitter nötig gehabt hätten und seinen Kopf zierte ein Zylinder, der ebenso glänzend grau war wie sein Anzug. Den einzigen Farbtupfer, den er sich gegönnt hatte, war eine rote Fliege, die er einst von seinem Vater geschenkt bekommen hatte.

Schon auf dem Weg hatte er jeden Menschen, der ihm begegnet war, nach Anisa gefragt.

»Haben Sie eine junge Dame gesehen? Mitte zwanzig, mit braunem, glatten Haar und braunen Augen? Etwa so groß?« Dabei hatte er die flache Hand auf die Höhe seiner Schulter gehalten. »Sie trägt ein weißes Kostüm, wie eine Ballerina ...«

Aber niemand hatte Anisa gesehen.

»Tut mir leid, nein«, war die freundlichste Antwort, die er erhielt. Sonst sah er überall nur Kopfschütteln.

»Wann haben Sie Ihre Freundin das letzte Mal gesehen?«, hatte der Polizist gefragt, ein gemütlicher Mann mit rundem Gesicht und Schnauzbart, der auf den Namen Sanjana hörte.

»Gestern Abend«, war Matéos tonlose Antwort gewesen.

Er hatte dem Polizisten auf einem knarrenden Holzstuhl an dessen Schreibtisch gegenüber gesessen, während der Beamte noch seine persönlichen Daten mit einer Schreibmaschine aufgenommen hatte.

»Und heute Morgen«, hatte der Polizist nachgehakt, »als Sie erwachten, da war sie fort?«

Matéo hatte nur müde nicken können. Dem Polizisten war ins Gesicht geschrieben gewesen, was er dachte: Dass Anisa ihn verlassen hatte.

»Sie hat nichts mitgenommen«, hatte er sich zu sagen beeilt, ehe die Zweifel, die die scharfen Blicke mit sich gebracht hatten, ihn erreichen konnten. »Nicht einmal ihre Handtasche oder die Geldbörse.«

Aber der Polizist hatte bloß genickt, als hätte er das schon tausendmal gehört und routiniert die nächste Standardfrage gestellt: »Hatte sie vielleicht eine Verabredung, von der Sie nichts wussten?«

Matéo hatte den Kopf geschüttelt. »Nein. Sie hatte nie Verabredungen.«

Daraufhin hatte Signore Sanjana die Augenbrauen hochgezogen. »Ihre Freundin hatte nie Verabredungen? Gab es keine Freundinnen, mit denen sie sich regelmäßig traf?«

Auch diese Frage hatte Matéo mit einem stumm angedeuteten Nein beantworten müssen.

»Keine Freundinnen?« In die Stimme des Polizisten waren reines Misstrauen und ein Hauch Verwunderung eingezogen.

»Nein«, hatte Matéo leise erwidert. »Sie hat sich nicht viel aus anderen Menschen gemacht. Noch nie.«

Eine Weile hatte Signore Sanjana ihn nachdenklich betrachtet, dann aber mit den Schultern gezuckt. Abschließend hatte er noch einige Zeilen auf seiner Schreibmaschine getippt und dann mit einem Surren das Blatt hervorkommen lassen.

Mit einem »Also«, hatte er begonnen, Matéo in den folgenden Minuten all die Dinge vorzulesen, die er soeben aufgenommen hatte. Zuerst die Personalien von Anisa, dann seine eigenen, damit man ihn im Falle eines Falles benachrichtigen konnte. Dazu kam die Beschreibung von Anisa, ihre Größe, ihr

Aussehen, die Sachen, die sie getragen hatte. Lieblos aneinandergereihte Fakten, in denen Matéo sie kaum erkannt hatte.

Dennoch hatte er die Vermisstenanzeige kommentarlos unterschrieben, als der Polizist das letzte Wort vorgelesen hatte.

»Was nun?«, hatte er gefragt, als er sich längst erhoben hatte und seine Hand schon auf der Türklinke lag.

»Nichts nun. Wir werden nach ihr Ausschau halten.«

»Wollen Sie denn nicht nach ihr suchen lassen?«

»Noch nicht, tut mir leid, Signore. Dazu ist sie noch nicht lange genug fort.«

»Aber«, hatte Matéo aufbegehren wollen, da unterbrach ihn der Uniformierte: »Gehen Sie nach Hause, Signore. Beten und hoffen Sie, dass Ihre Freundin einfach wieder nach Hause kommt. Mehr können Sie nicht tun.«

Damit hatte er sich abgewandt, um die Vermisstenanzeige in einen Ordner zu heften, der bereits viel zu voll war.

»Sind das alles Vermisste?«, hatte Matéo sich tonlos erkundigt.

Der Polizist hatte verwundert von seinen Unterlagen aufgesehen, als hätte er schon vergessen, dass da jemand saß.

»Wie meinen Sie?«

»Sind das da, in dem Ordner, alles Vermisstenanzeigen?«

Signore Sanjana hatte den Aktenordner betrachtet.

»Ja«, hatte er dann nur gesagt, den Ordner zugeschlagen und ihn durch eine Tür in die hinteren Räume der kleinen Polizeistation getragen, ohne noch einmal auf Matéo zu achten, der in stummem Entsetzen auf die Straße hinausgetreten war.

Er war natürlich nicht nach Hause gegangen. Er war durch Gassen und Straßen gerannt, hatte Brücken überquert, war durch andere Gassen und über andere Plätze gehastet, nur um danach wieder über neue Brücken zu laufen und in neue Sträßchen einzutauchen. Er hatte sich einige Meter von Gondeln mitnehmen lassen, verlassene Paläste durchforstet, die so vielen Unterschlupf boten, und Aberhunderten von Menschen seine Fragen gestellt. Doch das Ergebnis blieb stets das gleiche:

Niemand hatte Anisa gesehen. Nicht die Passanten und nicht die vielzähligen Künstler, die sich dieser Tage in die Stadt der Stäbe, Brücken und Kanäle verirrten. Sogar die Kirchen und Kathedralen der Stadt hatte er besucht, und in jeder eine Kerze für den Wunsch entzündet, sie wiederzufinden.

Fünf Tage hatte er damit zugebracht, sie zu suchen. Den Dienstag wie den Mittwoch, den Donnerstag wie den Freitag und schließlich auch den Samstag. Seine Suche unterbrach er nur an den Abenden, an denen er nach Hause zurückkehrte, um sich auszuruhen und sich um Jordí, das Kaninchen, zu kümmern, das er wie jeder Zauberer besaß.

Und immer war er spät in der Nacht mit der Hoffnung eingeschlafen, dass Anisa am nächsten Morgen doch zurückgekehrt wäre.

Aber jedes Mal raubte ihm der Morgen diese Hoffnung. So wie heute.

Mit einem tiefen Seufzer stand Matéo auf, zog die Vorhänge vor dem einzigen Fenster der Wohnung auf und sah auf die Stadt hinunter, die in ein seltsam helles Licht getaucht war, so, als könnte Papier leuchten. Und so weiß wie ein leeres Blatt Papier war auch der Himmel. Da war kein Blau, kein Grau, es gab keine Wolken und auch die Sonne spiegelte sich nicht im sanften Plätschern der Kanäle, die der Stadt als Straßennetz dienten. Da war nur Weiß. Grelles, in den Augen schmerzendes Weiß, das eine Kälte ausstrahlte, die Matéo hinter der schützenden Fensterscheibe frösteln ließ, obwohl es in der Wohnung warm war. Dennoch ließ er die Blicke seiner blaugrauen Augen suchend über den Kanal und den schmalen Weg daneben gleiten, doch nicht einer der wenigen Menschen, die mit eiligen Schritten vorbeihasteten, war Anisa.

Eine ganze Weile starrte er so aus dem Fenster, ohne dass Anisa auftauchte.

Ein dumpfes Klopfen aus der hinteren Zimmerecke ließ ihn aufschrecken. Einen Moment lang musste Matéo sich orientieren, dann ging er hinüber zu Jordís Käfig, der auf einem kleinen Regal stand. Das Kaninchen hatte die Vorderpfoten ungeduldig auf die kleine Klappe gelegt. Matéo hatte das Tier von einem katalanischen Handelsreisenden erstanden, der es Jordí gerufen hatte, und Matéo hatte den Namen nie geändert. Er hatte es tun wollen, aber Anisa hatte ihn nur angeschaut, im Blick der stumme Vorwurf, dass man doch nicht einfach den Namen eines Wesens umändern könnte, und so war es bei Jordí geblieben. Und irgendwie passte es. Denn anders als die Tiere anderer Zauberer war Jordí nicht schneeweiß. Es gab Magier und Illusionisten, die behaupteten, nur ein rein weißes Kaninchen sei überhaupt eines Magiers würdig. Jordí jedoch hatte graue Ohrenspitzen, als wäre er einmal einer Regenwolke zu nahe gekommen. Und da Matéo seit jeher eine Schwäche für Grau hatte, war die Begegnung mit dem Händler wohl Schicksal gewesen.

All dieser Vorzeichen zum Trotz hatte Matéo hier und da dennoch mit eben diesem Schicksal gehadert, und sich die Frage gestellt, ob die grauen Löffel des Kaninchens der Grund dafür waren, dass seine Tricks nicht funktionierten, aber Anisa hatte dies schnell als Unsinn abgetan.

»Ich finde«, hatte sie gesagt und Jordí über das weiche Fell gestrichen, »du bist mit ihm besser geworden.«

Und damit war jede Diskussion, Jordí gegen ein anderes Kaninchen auszutauschen, erstickt worden, ehe sie überhaupt hatte beginnen können.

»Du vermisst sie auch, nicht wahr?«, fragte er das Kaninchen, das mit wippender Nase in dem kleinen Käfig saß.

Jordí klopfte energisch mit den Hinterläufen, als hätte er Matéo verstanden. Unwillkürlich verzog Matéo die Lippen zu einem kleinen Lächeln, doch es verblasste so rasch, wie es gekommen war.

Er öffnete den Käfig und ließ zu, dass Jordí ins Zimmer sprang, wo das Kaninchen aufgedreht und hakenschlagend eine Runde drehte, ehe es einen Satz auf das nun verwaiste Bett machte und Matéo erwartungsvoll ansah. Sofort schob dieser ihm eine Möhre zu und beobachtete, wie das Kaninchen anfing, genüsslich daran zu knabbern, nicht jedoch ohne ihn durchgehend aus den braunen Knopfaugen zu mustern.

»Ich mache mich gleich wieder auf die Suche, weißt du?«, sagte er, während er dem Kaninchen über den Rücken strich, das sich davon nicht im Geringsten von seiner Mahlzeit ablenken ließ. Lediglich ein Ohr zuckte ein wenig.

Matéo lächelte abermals leicht.

»Bis heute Abend«, flüsterte er und verließ die kleine Wohnung ein weiteres Mal, das Herz wieder ein wenig schwerer, weil die Hoffnung von Tag zu Tag schwand.

Es waren ungleich mehr Menschen auf den Straßen unterwegs als die Tage zuvor: Touristen, die auf den Karneval warteten; Geschäftsleute, die auch am Sonntag ihrer Tätigkeit nachgingen; Spaziergänger, die sich einfach treiben ließen und natürlich die Künstler, die ihre Darbietungen zeigten, um ihr tägliches Brot zu verdienen.

Matéo kannte die meisten von ihnen und das, was sie vorführten. Feuerschlucker und Jongleure, Pantomime, kunstvoll kostümierte Statuen als Vorboten des baldigen Spektakels, und Magier wie er.

Waren sie sonst jedoch mehr für sich, jeder auf die eigene Kunst bedacht, standen sie heute in kleinen Gruppen zusammen und diskutierten eifrig. Matéo dachte sich im ersten Moment nichts dabei, wurde aber hellhörig, als immer häufiger die Worte »vermisst« und »verschwunden« an seine Ohren drangen. Auch waren es nicht nur Künstler, die sich darüber ausließen, und so gesellte sich Matéo schließlich zu zwei gemütlich wirkenden Herren um die fünfzig, die beide ein beträchtliches Bäuchlein unter ihren Westen vorzuweisen hatten. Einer von ihnen hielt eine Ausgabe der Morgenzeitung in den Händen, über deren Titelblatt sie sich eifrig auseinanderzusetzen schienen.

»Verzeihen Sie, die Herren«, begann Matéo und lüftete seinen Zylinder zum Gruß. »Was ist so Aufregendes passiert, dass es die ganze Stadt beschäftigt?«

Die beiden Herren erwiderten seinen Gruß, indem sie an die Krempen ihrer Mützen tippten.

»Sie meinen, außer der ohnehin schon bemerkenswerten Tatsache, dass es nicht mehr Nacht zu werden scheint?«, erkundigte sich einer der beiden. In seiner tiefen Stimme lag ein gut vernehmbares Schmunzeln.

Matéo nickte bloß.

»Nun, es sind Menschen aus der ganzen Stadt verschwunden, sechs an der Zahl.«

Der Fremde hielt die Zeitung so, dass Matéo die ganze Titelseite sehen konnte. »VERMISST!«, titelte das Blatt, und darunter waren fünf Fotos abgedruckt, auf denen sechs unterschiedliche Personen zu sehen waren. Matéos Herz machte einen Sprung. Keine von ihnen war Anisa.

»Es heißt«, erklärte der zweite Mann, »sie seien wie vom Erdboden verschluckt. Niemand hat auch nur die kleinste Spur von ihnen gefunden. Eben waren sie noch da – Simsalabim – dann waren sie schon fort, von einer Sekunde auf die andere.«

»Wie Anisa«, wisperte Matéo, der seinen Blick nicht von den Fotos abwenden konnte. Warum war sie nicht dort abgebildet? All die Verschwundenen, das sagten ihm die Bilder und der Klang ihrer Namen, waren ebenso Künstler wie Anisa und er.

»Bitte wer?«, fragte der Fremde, der die Zeitung in der Hand hielt, höflich nach.

Verwirrt blickte Matéo ihn an.

Der Mann neigte den Kopf. »Mir war, als hätten Sie einen Namen geflüstert. Anisa?«

Matéo presste die Lippen zusammen. »Ja, Anisa. Sie ist auch verschwunden. Am Dienstag. Ich habe es schon der Polizei gemeldet.«

Die Mienen der beiden Männer verzogen sich zu einem Ausdruck des Bedauerns, aber Matéo erkannte in ihren Augen auch die Gier nach einer neuen, sensationellen Nachricht. Er wünschte, er hätte nichts gesagt.

»Oh, mein armer Junge! Das ist ja schrecklich!«, sagte da auch schon einer der beiden und versuchte, Matéo einen Arm um die Schulter zu legen. Matéo wich einen Schritt zurück.

»So erzählen Sie doch«, fiel der zweite ein, während er nach seinem Arm griff, »vielleicht bei einem Gläschen Wein?«

Matéo schüttelte den Kopf. »Nein, meine Herren, vielen Dank. Ich muss weitersuchen, verstehen Sie?«

Damit löste er seinen Arm aus dem Griff des Mannes und eilte davon, ohne noch zu hören, wie die beiden Männer die Neuigkeit über eine weitere vermisste Person, eine gewisse Anisa, verbreiteten und man vielerorts zu der Ansicht kam, dass man all diese Menschen niemals wieder zu Gesicht bekommen würde.

Manche Menschen gingen mit einem Schulterzucken ihrer Wege und glaubten, das Leben selbst habe diese sieben Menschen an andere Orte gespült, andere sahen sich vermehrt um, die Angst im Nacken sitzend, dass etwas Schreckliches mit diesen sieben Personen geschehen sein könnte. Andere wiederum stellten nur die Frage nach dem Offensichtlichen: Warum wurde es nicht mehr dunkel?

Matéo sah sich weder um, noch stellte er irgendwelche Fragen. Er hastete durch die Gassen und Straßen der Stadt, soweit ihn seine Füße trugen. Seine Füße wirbelten die Tauben des Markusplatzes auf, als wären sie Blätter im Herbst, doch er achtete nicht auf die Vögel oder auf die goldenen Bilder des Doms, die sich auf dem regennassen Boden spiegelten. Er lief durch die Bögen des Dogenpalastes und hielt im Schatten der Seufzerbrücke kurz inne, als wäre dies ein Ort, an dem er seine eigenen Sorgen mit einem Seufzer vergessen machen konnte.

Schon aber rannte er weiter, über Brücken, die er schon überquert hatte und über Kanäle, die er glaubte, noch nie gesehen zu haben.

Manchmal sah er andere Menschen, die wie er auf der Suche zu sein schienen. Dann fiel ihm für einen Moment ein, dass es noch andere Menschen gab, die jemanden vermissten und nun auf der Suche waren. Menschen, die einen Sohn oder eine Tochter, den Mann oder die Liebste vermissten, den Bruder, die Schwester oder den Freund, denn für irgendjemanden waren die sechs anderen Menschen, die verschwunden waren, all das gewesen.

Mireia Marin, eine Wahrsagerin; David Temiero, seines Zeichens Pantomime und Harlekin; Carlo, der berühmte Feuerschlucker; die Clowns Pietro und Tullio und schließlich die Schlangenfrau Min-Liu Sanfu aus dem fernen China.

Und Anisa. Vor allem und über allen Anisa, sein größter Schatz. Wo war sie nur? Was war ihr zugestoßen? Und wo sollte er noch suchen?

Matéos Gedanken wirbelten durch seinen Kopf. Was, wenn sie wirklich aus freien Stücken fortgegangen war? Wenn sie sich versteckte, weil sie nicht gefunden werden wollte, nicht von ihm? Anisa hätte immer mehr haben können ... was, wenn sie es nun wollte?

Nein ... das hätte sie nicht ... nie ...

Matéos Gedanken überschlugen sich, seine Schritte wurden fahriger, unsicher. Bald fiel er, stand wieder auf, rannte weiter. Suchte an allen Orten, die er kannte und überall sonst, bis er nicht mehr konnte.

Erschöpft ließ Matéo sich auf den Boden sinken. Längst wusste er nicht mehr, wo er sich befand, er hätte auch schon aus der Stadt herausgelaufen sein können, ohne es zu bemerken, aber das, so wusste er, war nicht geschehen. Dafür war die Stadt zu groß und seine Schritte, so viele es auch gewesen waren, immer noch zu klein. Es gab noch hunderte Straßen, in denen er nicht gewesen war, hunderte Häuser, hunderte Kanäle, in denen man ...

Er schüttelte den schrecklichen Gedanken ab und zog seine Taschenuhr aus dem Jackett. Es war schon nach Mittag. So viele Stunden waren vergangen, ohne dass er es bemerkt hatte. Seit es keine Nacht mehr gab, vergaß man die Zeit, ebenso wie man sie vergessen hatte, als es keinen Tag gegeben hatte.

Hatten ihm die beiden Männer mit der Zeitung einen Grund genannt, warum die Nacht nicht kam?
Nein, glaubte er, ohne sich dessen sicher zu sein. Ihm war schwindelig, er hatte Hunger und Durst. Anisa. Der Name trieb ihn zurück auf die Füße, ließ ihn weiterrennen, weitersuchen, weiter hoffen.

Am späten Nachmittag schrieben die Zeitungen auch über Anisas Verschwinden. Vielleicht hatten die Männer es den richtigen Leuten erzählt, vielleicht war der Polizei nun aufgefallen, dass da noch jemand gewesen war. Matéo las die Vermisstenanzeige, als er sich kurz auf einer kleinen Bank ausruhen musste.

Er wusste, dass die gedruckten Buchstaben ihm nichts Neues erzählen würden, aber sie machten Anisas Verschwinden nochmals wirklicher, und Matéo konnte die Tränen nur vertreiben, indem er apathisch den Rest der Zeitung durchblätterte. Schnell und hastig raschelten die großen Seiten unter seinen Händen, bis sein Blick an einem kleinen Artikel hängenblieb:

BERÜHMTER MAGIER BEGEHT SELBSTMORD

-ven- Der berühmte Zauberer Antonio DiMarci, bekannt durch seine stets realistisch wirkenden Illusionen, hat den Informationen dieser Zeitung zufolge in der Nacht von Montag auf Dienstag Selbstmord begangen. Zeugenaussagen zufolge hat der Magier sich während des Gewitters am Abend in die Lagune gestürzt. Seine Leiche wurde bislang nicht gefunden. DiMarci war 34 Jahre alt. Nähere Umstände zu seinem Freitod sind bislang nicht bekannt. Ein Abschiedsbrief liegt nach Angaben der ermittelnden Beamten nicht vor.---

Für den Bruchteil einer Sekunde war Matéo fassungslos. Der große DiMarci sollte tot sein? Kopfschüttelnd las er die kurze Meldung ein weiteres Mal. Es musste sich um eine Falschmeldung handeln, ja, anders war es nicht zu erklären. Wenn Antonio DiMarci, der einzig wahre Zauberer auf der Welt, dessen Tricks keine Illusionen, sondern wahre Magie gewesen waren, die er nur als Trick und Spuk getarnt hatte, gestorben wäre, dann würde diese Information die Titelseiten sämtlicher Zeitungen füllen. Seitenweise würde man über das Leben des immer so rätselhaft gebliebenen Menschen berichten, den Matéo und Anisa einmal auf der Bühne hatten sehen dürfen.

Oder lag die lächerliche Kürze dieses Artikels darin begründet, dass es in den letzten Jahren still geworden war um den großen Zauberer? Dass dieser, wie er selbst, sein Heil auf der Straße gesucht, die großen Bühnen der Welt gegen Pflaster und Asphalt, und ein Kaninchen eingetauscht hatte?

Matéo hatte damals in der Vorstellung die wahre Magie hinter den Illusionen sofort erkannt, und er, DiMarci hatte seinerseits gespürt, dass da im Publikum jemand gewesen war, der es bemerkt hatte. Mit einem Lächeln hatte er seinen Zylinder gelüftet und sich ganz am Ende der Vorstellung in Rauch aufgelöst, begleitet von tosendem Applaus.

Nein, beschloss Matéo, es musste sich um einen Irrtum handeln. Kopfschüttelnd steckte er die Zeitung zusammengefaltet in die Außentasche seiner Jacke und schon bald eilte er wieder durch die Stadt, Straße um Straße, Gasse um Gasse, auf der Suche nach Anisa. Er fragte Passanten um Passanten, aber niemand wusste etwas, die meisten keiften ihn nur gereizt an oder schubsten ihn gar unsanft beiseite.

Matéo wusste, woran es lag. Den Leuten fehlte die Dunkelheit. So wie ihnen zuvor in der langen Phase der Nacht das Licht gefehlt hatte. Die Menschen brauchten beides, auch wenn sie es sich vielleicht nicht eingestehen mochten.

Es war der siebte Tag, an dem es hell war und mehr als sonst drohte die Stadt, in Traurigkeit zu ertrinken, doch bald würde man davon nichts mehr sehen, wenn alles von den Masken verschleiert würde, die schon hier und da zum Vorschein kamen.

Würde morgen bei Anbruch der Nacht die Dunkelheit zurückkehren?

Als ihn ein Mann so grob stieß, dass er fiel, floh er von den überfüllten Straßen und suchte abermals in verlassenen Palazzos und den tiefen Schatten der Brücken, bis er erneut den Markusplatz und mit ihm das Ufer der Lagune erreichte, dort, wo die schwarzen Gondeln zu schlafen geruhten. Es war seltsam, sie in dieser diffusen Helligkeit reglos zu sehen. Traurig starrte er in den Himmel, der langsam hätte dunkel werden müssen, aber auch heute schneeweiß blieb. Schon wollte er den Blick wieder abwenden, da fiel ihm etwas ins Auge, das er in keiner der hellen Nächte zuvor bemerkt hatte, vielleicht, weil Anisa da gewesen war, vielleicht auch einfach nur, weil man Dinge nicht wahrnahm, wenn sie alltäglich waren: Sieben Sterne standen an einem sonst leeren Firmament, und sah man den hellen Himmel nicht genau an, verschwand ihr Licht in der Helligkeit der Umgebung.

Vielleicht, so überlegte Matéo kurz, war dies genau die Stelle, an der DiMarci Tage zuvor gestanden hatte. Wütend starrte er hinaus aufs Wasser. In der Ferne sah er die Lichter der anderen Inseln. Am liebsten hätte er die sanft plätschernden Wellen angeschrien, ihm Anisa wiederzugeben, doch glaubte er nicht daran, dass die Lagune sie überhaupt hatte. Nicht die Lagune und auch nicht die Kanäle, die von ihr gespeist wurden.

Und trotzdem klang das Rauschen der Wellen für ihn wie hämisches Lachen. Vor Wut trat er gegen einen imaginären Stein. Vielleicht sollte er dem Beispiel DiMarcis folgen und sich einfach in die Fluten stürzen? Was war die Welt ohne Anisa?

Ehe er sich selbst die einzig logische Antwort auf diese Fragen geben konnte, blieb sein Blick an einem glitzernden Punkt vor ihm im Wasser haften, genau dort, wo die Wellen sanft gegen die erste Gondel der Reihe plätscherten. Matéo sah genauer hin. Da, wo Gondel und Meer sich aus ihrer immerwährenden Umarmung lösten, schwamm eine silberne Kugel im Wasser. Er konnte nicht erkennen, woraus sie gemacht war, aber das war ihm auch vollkommen gleich. Das Einzige, was Matéo in diesem Moment wusste, war, dass er sie haben musste. Dass sie die *eine* Spur war, die er all die Tage und Stunden gesucht hatte.

Mit einem Satz stand er in der Gondel, die bedenklich wankte, sodass er beinahe das Gleichgewicht verlor. Er fing sich ab und beugte sich über die Reling, um nach der Kugel zu greifen, die von den schwappenden Wellen bereits ein Stück von der Gondel fortgeströmt worden war. So erwischte Matéo sie gerade noch, ohne selbst ins Wasser zu fallen.

Die Kugel war kalt und nass und um ein Vielfaches schwerer als erwartet. Dass sie trotzdem nicht versunken war, hätte wohl selbst einem Laien gesagt, dass ihr eine gewisse Magie innewohnte. Wieder kam Matéo der Artikel über den Freitod DiMarcis in den Sinn und auch die schon beinahe in Vergessenheit geratene Frage, ob der Magier nicht die Schuld an allem trug. Doch wie konnte er? Niemand war mächtig genug, dem Himmel Tag und Nacht zu entreißen. Nur ein Zufall, nichts weiter.

Vielleicht war die Kugel der Talisman DiMarcis gewesen. Oder ein Bühnenaccessoire. Oder auch nichts dergleichen. Wahrscheinlicher war, dass sie nichts als Strandgut war. Verloren, weggeworfen, angeschwemmt.

Dennoch betrachtete Matéo die Kugel eingehender. Die eine Seite war glänzend silbern, die andere dunkel und angelaufen – vom Wasser, vermutete er. Sonst gab es nichts an ihr, das erwähnenswert gewesen wäre, keine versteckten Mechanismen und keinen Zauber, der Verborgenes sichtbar machte. Die Kugel war nichts weiter als eine Kugel, murmelgroß und schwer. Ein verlorenes Kinderspielzeug, nicht mehr.

Nichts an ihr deutete auf Anisa hin, und als Matéo sie so in den Händen hielt, fragte er sich, wie er so dumm hatte sein können, erneut zu hoffen. Für einen kurzen Augenblick sah er die Kugel an, nicht sicher, ob er sie ins Wasser zurückwerfen oder behalten sollte. Dann steckte er sie in seine Hosentasche. Vielleicht war sie ja wenigstens ein hübscher Glücksbringer. Oder ein Geschenk für Anisa, wenn er sie gefunden hatte.

Unentschlossen blickte er wieder aufs Meer hinaus und hoffte, dass ihm die Wellen vielleicht den Weg weisen würden. Aber die Wellen schwiegen. Seufzend wandte Matéo sich ab. Der Markusplatz war menschenleer. Selbst die Tauben, die sonst in Heerscharen den Platz bevölkerten, hatten sich auf den Dächern der Stadt verteilt. Müde machte er sich daran, wieder von der Gondel an Land zu klettern.

Gerade, als er es geschafft hatte und sich entmutigt aufrichtete, fiel sein Blick auf eine Gestalt, die unter den weißen Marmorbögen des Dogenpalastes stand und ihn ansah. Es war eine jener kostümierten Gestalten, die es bald zuhauf in den Straßen der Stadt geben würde, doch hatte Matéo nie ein solches Kostüm gesehen. Die Gestalt, die dort in den Schatten stand, war ein Einhorn. Gehüllt in ein vollkommen weißes Kleid, das noch heller strahlte als das Weiß des Himmels, stand sie da. Grazile Arme ließen auf eine Frau schließen, aber sicher war Matéo sich nicht, denn das Gesicht war von einer weißen Maske bedeckt, deren einziger Farbtupfer schwarz angemalte Lippen waren, die wie ein Spiegelbild der dunklen, in dem Schatten der Maske liegenden Augen wirkten. Das Haar war unter einem Geschmeide aus Federn, Pailletten und silbernen Stickereien verborgen, aus deren Mitte genau an der Stirn ein Horn entsprang, so lang wie ein Arm, in sich gedreht und silbern glänzend.

Eine ganze Weile stand Matéo wie festgewachsen da, unfähig etwas anderes zu tun, als dieses Geschöpf anzusehen, das für ihn so wirklich wurde wie das Meer in seinem Rücken.

Bald meinte er, an der Spitze des Horns ein Leuchten zu sehen und plötzlich war da eine Stimme in seinem Kopf, die ihm zuraunte, er möge einfach nach Hause gehen. Verwirrt sah er das Einhorn an, dessen Kopf sich zu einem leichten Nicken neigte. Und Matéo, über den sich plötzlich eine bleierne Müdigkeit legte, folgte diesem Rat. Das Einhorn verschwand in den Schatten.

Später konnte er nicht mehr sagen, wie er in die kleine Wohnung gekommen war, welche Straßen und Wege er genommen hatte, über welche Brücken er gegangen war und ob ihm Menschen begegnet waren oder nicht. Er war plötzlich einfach zu Hause gewesen, und Jordí war auf seinen Schoß gesprungen. Eine Weile streichelte Matéo das kleine Tier und erzählte ihm von der Suche.

»Gleich suche ich weiter«, flüsterte er, Versprechen und Zauberformel zugleich, um nicht die Hoffnung aufzugeben.

Als er Jordí jedoch von seinen Beinen schieben wollte, krallte das Kaninchen sich fest. Erstaunt betrachtete Matéo das Tier. Normalerweise sprang es in solchen Fällen einfach zur Seite. Beherzt hob er Jordí hoch und hielt das Tier mit dem Gesicht vor seine Nase.

»Was ist los, mein Kleiner? Darf ich nicht eher gehen, als dass ich dir eine Möhre und vielleicht etwas hartes Brot gegeben habe?«

Jordí sah ihn nur an und fing aufgrund der unangenehmen Haltung an, zu zappeln. Matéo setzte ihn auf den Boden, stand auf, holte die versprochenen Kaninchenköstlichkeiten und ging anschließend ins Bad, um sich den Staub des vergangenen Tages gründlich abzuwaschen und einen frischen Anzug anzuziehen, der ebenso grau war wie jeder seiner Anzüge.

Der Spiegel zeigte ihm tiefe Ringe unter seinen Augen und wenn möglich, war er noch eine Spur blasser als sonst. »Mir fehlt nur Schlaf«, versuchte er sich aufzumuntern, aber die Wahrheit ließ sich nicht zum Schweigen bringen. Es war Anisa, die ihm fehlte. Nichts sonst.

Bei seiner Rückkehr in das kleine Schlafzimmer saß Jordí vor der Haustür. Irritiert zog Matéo eine Augenbraue hoch. Was war nur mit dem Tier los? Möhre und Brot waren angeknabbert. Hunger konnte das Kaninchen also nicht haben. Durst? Nein, die Wasserschale war frisch gefüllt. Ob ihm anderweitig etwas fehlte?

Mit einem Seufzen ging Matéo in die Hocke und streichelte dem Kaninchen über die Ohren, während er es mit kritischem Blick prüfte. Nein, krank war Jordí auch nicht. Die Augen glänzten wie immer, die Nase wippte fröhlich auf und ab. Nur als Matéo das Tier zur Seite schieben wollte, um die Tür zu öffnen, wich es, wie zuvor schon auf seinem Schoß, keinen Millimeter; im Gegenteil – es schnappte sogar noch nach ihm, als er es erneut hochheben wollte.

Fluchend zog Matéo die Hand zurück und herrschte das Kaninchen an: »Bist du übergeschnappt?!«

Erschrocken aufgrund der plötzlichen Lautstärke legte das Kaninchen die Ohren an und machte sich ganz klein. Sofort tat Matéo sein Wutausbruch leid. Vielleicht fehlte Jordí auch nur die Nacht, oder Anisa, so wie ihm. Wer wusste schon, was in Kaninchenköpfen vorging?

Matéo jedenfalls fasste in dieser Sekunde einen Entschluss. Er würde Jordí auf die Suche nach Anisa mitnehmen, nicht nur wegen dessen merkwürdigen Verhaltens. Ein bisschen Gesellschaft würde ihm gut tun. Sollten ihn die Leute doch für verrückt halten, weil er mit einem grau-weißen Kaninchen durch die Stadt rannte – falls sie es in den hellen Stunden dieser Tage überhaupt bemerkten. Aber wer wusste schon, ob er am nächsten Morgen in die kleine Wohnung zurückkehren würde?

Was sollte er noch hier?

Er würde Jordí einfach in den kleinen Korb setzen, in dem Anisa ihn immer transportierte, wenn es zu den Vorstellungen ging. Gesagt, getan, und als hätte Jordí seinen Entschluss vernommen, sprang er in den Korb, noch ehe dieser den Boden vor ihm berührt hatte.

Matéo lächelte, als er auf die Straße hinaus trat. Es war längst später Abend, auch wenn der Himmel immer noch unverändert hell war. Die Luft roch nach Schnee und dem salzigen Wasser der Kanäle. Es fühlte sich richtig an, Jordí bei sich zu haben.

»Wohin?«, fragte er das Kaninchen.

Jordí aber wackelte lediglich mit der Nase. Nicht, dass Matéo etwas anderes erwartet hätte. Es tat einfach gut, nicht allein zu sein.

Frohen Mutes lief Matéo mit dem Kaninchen in seinem offenen Korb, der über seinem linken Arm hing, die Gasse entlang, bis er nicht mehr weiter wusste und an einer kleinen Kreuzung innehielt.

Die Ahnung, dass an diesem Tag etwas anders war, ließ ihn nicht los, aber wie im Moment des Aufwachens ließ es sich kaum näher beschreiben, als mit einem Gefühl der Fremdheit, das ihn beschlich. So, als wäre er nie zuvor durch die Stadt gelaufen, als wären ihm all die Straßen, Gassen und Plätze vollkommen unbekannt. Dabei waren ihm die Namen, die er auf den Straßenschildern las, durchaus vertraut.

Soeben wollte er aufs Geratewohl nach links über eine kleine Brücke laufen, da machte Jordí einen Satz und sprang aus dem Korb, geradewegs in eine kleine Gasse zu ihrer Rechten. Erschrocken eilte Matéo hinterher und griff just in der Sekunde nach dem Kaninchen, als es sich an einem Schneeglöckchen gütlich tun wollte, das aus einer Ritze zwischen zwei Steinen hervorschaute.

Mit einem überraschten Keuchen ließ Matéo Jordí los und ehe er sich versah, war die kleine Blüte mitsamt Stängel und Blatt unter der stetig wippenden Kaninchennase verschwunden, sodass Matéo nicht sicher war, die Blume wirklich gesehen zu haben. Denn nach allen Maßstäben der Vernunft war es unmöglich. Schneeglöckchen wuchsen nicht einfach auf den Straßen und Gassen der Stadt der Stäbe. Aber als sein Blick an Jordí vorbei wanderte, sah er einige Meter weiter eine weitere weiße Blüte aus dem Pflaster der Straße emporragen, und dicht dahinter noch eine. Er konnte das Kaninchen gerade noch festhalten, bevor es in Anbetracht des nächsten Leckerbissens weiterhoppeln wollte.

»Nein, mein Lieber«, flüsterte er Jordí zu und erhob sich mühsam, ohne auf das zappelnde Tier in seinen Armen Rücksicht zu nehmen. Mal abgesehen davon, dass die Schneeglöckchen so unwirklich schienen, wusste Matéo nicht, ob sie nicht auch giftig für das Kaninchen waren.

Noch einen winzigen Augenblick zögerte Matéo, immer noch nicht sicher, ob ihm sein müder Geist nur einen Streich spielte, dann aber folgte er der Spur der Schneeglöckchen, die sich über die drei Blüten, die er entdeckt hatte, ausweitete und ihm die Richtung zu weisen schien. Die Schneeglöckchen wuchsen mal einzeln, aus schmalen Ritzen im Asphalt, mal als dichte Büschel, wann immer sich der Platz dazu bot. Er fand sie in Schlaglöchern, an Brückenrändern, selbst in den Fugen zwischen den Wegplatten, immer aber den Gesetzmäßigkeiten einer Straße folgend. Wie eine Spur, die jemand gelegt hatte, wissend, dass ein anderer sie finden und verstehen würde.

Natürlich konnte Matéo nicht wissen, ob die Spur für ihn gedacht war, doch Schneeglöckchen waren Anisas Lieblingsblumen, und so folgte er den weißen Blüten einfach, angetrieben von der stummen Verzweiflung, nichts anderes mehr tun zu können.

Jordí saß wieder still in seinem Korb und schien seinen Appetit auf Schneeglöckchen vergessen zu haben. Anfangs zählte Matéo die Blumen noch, aber irgendwann gab er es auf und folgte ihnen einfach. Bald schon hatte er jedes Zeitgefühl verloren, und nicht lange danach wusste er nicht mehr, wo er war. Noch immer sagte ihm etwas, dass er auf dem richtigen Weg war.

Die Schneeglöckchen-Spur endete an einer Stelle, wo der Fluss aus Pflastersteinen in ein Meer mündete, das sich als Platz vor ihm ausbreitete, auf dem ein kleiner Zirkus stand, dessen Zelt kaum aus dem Kreis der Wohnwagen und Buden herausragte.

Laylaluna stand in verschnörkelten Lettern über dem schmiedeeisernen Tor, das einladend offen stand und so eine Lücke in dem rund angelegten Zirkuszaun schuf.

Lichterketten verbanden den Zaun mit der Spitze des Zirkuszeltes und sorgten so für den Eindruck eines Sternenhimmels, der bei Nacht strahlend schön sein musste. So, im papierweißen Licht dieser Tage, verlor das Licht seine Wirkung und

Matéo war es bald satt, den leuchtenden Bahnen über sich seine Aufmerksamkeit zu schenken. Stattdessen schaute er durch das Tor, hinter dem ein kleines Kassenhäuschen stand, dessen Insasse in gelbes Licht getaucht war, das wie die Lichterketten in der seltsamen Helligkeit des Himmels fast unterging.

Unschlüssig blieb Matéo mit Jordí vor dem Tor stehen, genau dort, wo das letzte Schneeglöckchen wuchs. Er hatte nicht gewusst, dass ein Zirkus in der Stadt gastierte. Nirgends war ihm ein Plakat ins Auge gefallen, auch hatte er in den letzten Tagen kein aufgeregtes Getuschel gehört, das sonst von einem solchen Geschehnis berichtete. Oder hatte er auf der Suche nach Anisa schlichtweg alle Zeichen übersehen?

Anisa. Der Name trieb ihm Tränen in die Augen und beinahe hätte er dem Zirkus wieder den Rücken gekehrt, da erblickten seine müden Augen ein weiteres Schneeglöckchen, direkt vor dem schmalen Kassenhäuschen. Damit – das war Matéo klar, ohne dass er noch einen weiteren Gedanken daran hatte verschwenden müssen – war die Entscheidung gefallen. Er würde den Zirkus betreten, würde sich eine Karte kaufen und herausfinden, weswegen ihn die Schneeglöckchen hierher gelockt hatten.

Er trat unter dem Bogen hindurch, der die Welt vom Zirkus abgrenzte oder umgekehrt, je nachdem, von welcher Warte aus man es betrachten mochte. Warum er die Schritte zählte, die er bis zu dem kleinen Kassenhäuschen brauchte, konnte er nicht sagen, doch er tat es, bis er in den Lichtschein der kleinen Lampe getreten war, die über dem dort sitzenden Mann hing. Es waren genau neunundvierzig.

Der Mann, der hinter der Glasscheibe saß, war groß und berührte mit den Schultern beinahe die Seitenwände des kleinen Häuschens, und auch hinter ihm war kaum noch eine Handbreit Platz. Selbst sein Kopf stieß beinahe gegen die an sich hohe Decke. Überhaupt wirkte alles an dem Mann irgendwie zu lang, sein ovales Gesicht, das von langen, schwarzen Haaren umrahmt wurde, der schlaksige Körper, der auf Bauchnabelhöhe hinter einer Tischplatte verschwand und die langen Arme, die er dicht an sich gepresst hielt, als wären sie ihm sonst nur im Weg. Braune Augen, die tief in den Augenhöhlen lagen, verbargen sich hinter einer Brille mit schmalem, silbernem Rahmen, die Matéo ein wenig an seine eigene erinnerte, und gaben dem Mann das kauzige Aussehen einer Eule. Etwas an ihm kam Matéo vertraut vor, doch konnte er nicht sagen, was es war. Es war das diffuse Gefühl eines unmöglichen Einander-Kennens, nicht mehr, nicht weniger.

Der Fremde seinerseits sah ihn unverhohlen neugierig an und Matéo fragte sich, welchen Eindruck er wohl auf ihn machte. Die Glasscheibe, die sie voneinander trennte, malte nur ein verschwommenes Bild, aber Matéo ahnte sehr wohl, dass er verwirrt und mit Sicherheit auch verloren aussah.

Der Mann hinter der Scheibe sprach kein Wort.

»Ich hätte gerne eine Karte«, sagte Matéo mit kratziger Stimme, als ihm das Schweigen unangenehm wurde. Er wiederholte seine Bitte, da der Mann keine Anstalten machte, irgendetwas zu tun. Wieder geschah zunächst gar nichts und Matéo wollte schon gegen die Glasscheibe klopfen, um den Fremden aus seiner Starre zu wecken, da hob dieser einen seiner Arme und griff unter die Tischplatte, auf der nur eine kleine Kasse stand, in der sich, wie Matéo erkennen konnte, nicht ein einziges Geldstück befand. Als der Mann die Hand wieder hervorholte, hielt er eine Karte darin, die tiefdunkelblau war. Für eine Sekunde drückte er sie an seine Brust, genau dort, wo sich sein Herz befand, dann drehte er sie um und schob sie unter der Glasscheibe hindurch. Matéo erkannte, dass ein wunderschön gemalter Stern darauf zu sehen war.

»Das ist der letzte Stern«, sagte der alte Mann mit brüchiger Stimme, und es dauerte, bis er seine Hand von der Karte nahm und nach den Münzen griff, die Matéo auf das Brett gelegt hatte. Sein letztes Geld. Klirrend fiel es in die leere Kasse, und mit jedem Klirren wurde es in dem kleinen Häuschen dunkler, bis der Mann im Schatten verschwand.

Ein einzelner Tropfen fiel vom Himmel und landete mit einem Platschen auf dem Boden vor Matéo, der immer noch auf die Karte mit dem einzelnen Stern starrte. Jetzt aber sah er in den Himmel hinauf und weitere Tropfen fielen ihm ins Gesicht. Es war seltsam, Regen aus einem Himmel tropfen zu sehen, an dem es nicht eine einzige Wolke gab, sondern nur Weiß. Rasch steckte er die Karte in die Tasche seines Anzugs und drücke den Korb mit Jordí an sich, um das Kaninchen vor dem prasselnden Regen zu schützen.

Noch einmal sah er zu dem Kassenhäuschen, doch der darin liegende Schatten war undurchdringbar. Mit einem Schulterzucken wandte Matéo sich ab und betrachtete seine Umgebung. Neben dem Kassenhäuschen stand ein kleines Karussell, das seine besten Tage schon hinter sich hatte. Der Lack blätterte von den einstmals stolzen Karussellpferden ab und längst hatte das Gold, mit dem die sich um sich selbst drehenden Schalen verziert worden waren, seinen Glanz verloren. Rechts von ihm stand eine Bude mit Süßigkeiten, Schilder priesen türkischen Honig, gebrannte Mandeln, Paradiesäpfel und Zuckerwatte an und dahinter konnte Matéo einen Stand erkennen, an dem man Holzenten angeln konnte.

Die Stände, die darüber hinaus einen Kreis um die Wagen der Artisten bildeten, konnte er von seinem Standpunkt aus nicht einsehen und er beschloss, ihnen später einen Besuch abzustatten. Stattdessen ging er auf eine Lücke zwischen zwei der hellen, cremeweiß getünchten Wagen hindurch und stand bald vor dem sandgelben Zirkuszelt, das er erst jetzt so richtig sehen konnte. Es war beinahe quadratisch, vier gleichmäßig breite Zeltstoffbahnen standen senkrecht nach oben, knickten im rechten Winkel ab und liefen dann auf die Spitze zu, von der die Lichtergirlanden ihren Weg zum Zaun nahmen.

Der Eingang wurde von zwei Stangen flankiert, über denen ein Ausläufer des Zeltstoffes ein Vordach bildete. Das Konstrukt erinnerte Matéo an ein Wüstenzelt, das er einmal auf Bildern gesehen hatte. Auch die Wagen waren in den Farben der

Wüste gehalten, und es schien, als würden Fackeln in jedem von ihnen ihr flackerndes Licht verbreiten. Sonst war keine Bewegung auszumachen, nirgends. Matéo umrundete das ganze Zelt. Kein Mensch außer ihm war zu sehen, er konnte nur eine Frau hören, die irgendwo mit glasklarer Stimme ein wunderschönes Lied sang, das nach Träumen und Wundern klang.

Eine Weile lauschte er dem Lied, dann betrat er das Zelt, in dem fast alle aufgestellten Holzstühle besetzt waren. Verwundert suchte Matéo sich einen freien Platz. Dafür musste er sich durch eine Reihe schlängeln, doch niemand, dem er auf die Füße trat, sah ihn an oder beschwerte sich gar. Er wurde nicht einmal beachtet. Alle sahen nur erwartungsvoll auf die hell ausgeleuchtete Manege, deren weiß umrandetes Inneres mit Sand ausgefüllt war, gleich einer winzigen, kreisrunden Wüste.

Matéo nahm Platz, setzte Jordí auf seinen Schoß und kraulte das Kaninchen geistesabwesend, während er auf den Beginn der Vorstellung wartete.

Die Karte mit dem Stern steckte er in die Tasche, in der auch die silberne Kugel war.

Irgendwo schlug eine Uhr Mitternacht. Schlagartig erloschen die Lichter, sodass das Innere des sandfarbenen Zeltes in schummriges Zwielicht getaucht wurde. Um Matéo herum war es immer noch mucksmäuschenstill. Kein Rascheln, kein Flüstern, nicht einmal ein Hüsteln. Nur das Lied der Frau klang noch an seine Ohren.

Unruhig rutschte Matéo auf seinem Stuhl hin und her. Er fühlte sich nicht wohl. Das Gefühl der Fremdartigkeit stieg wieder in ihm auf. Nein, korrigierte er sich selbst, eigentlich hatte das Gefühl die ganze Zeit über nicht von ihm abgelassen. Soviel an diesem Tag war merkwürdig gewesen, war es noch ... dieser Zirkus ...

Doch wieder blieb ihm keine Möglichkeit, seinen Gedanken nachzugehen, denn mit einem tosenden Rauschen schoss urplötzlich eine riesige Flamme durch die Manege. Geblendet hob Matéo einen Arm vor die Augen, nur um ihn im nächsten Augenblick wieder sinken zu lassen und einen Mann in der Mitte der Manege stehen zu sehen, in dessen Händen sieben brennende Fackeln tanzten, die er immer wieder durch die Luft wirbeln ließ. Doch wo Matéo bislang nur flammende Schlieren gesehen hatte, malte dieser Mann mithilfe der Fackeln Bilder in die Luft, ließ das Feuer eine Geschichte erzählen, die Matéo mit vor Staunen aufgerissenem Mund verfolgte. Er nahm nichts weiter mehr wahr, sodass er den Atem anhielt, als alle Flammen von jetzt auf gleich erloschen. Für mehrere Wimpernschläge blieb alles finster, ehe eine weitere Flamme aufflackerte, nur klein, nichts weiter als das Licht einer einzelnen Kerze. Es erhellte das Gesicht des Mannes, der das Feuer tanzen ließ und malte goldene Schatten auf die sonnengegerbte Haut des Feuerschluckers. Seine fast schwarzen Augen blitzten unheilvoll auf. Dann spitzte der Mann die Lippen und pustete. Die kleine Flamme flackerte, doch sie ging nicht aus. Im Gegenteil. Sie wuchs und wuchs und wurde immer größer, und jetzt konnte Matéo sehen, dass da nie eine Kerze gewesen war. Die Flamme hatte immer nur in der Luft getanzt, ohne irgendeine nährende Grundlage.

Matéo bekam den Mund vor lauter Staunen gar nicht mehr zu. Nie zuvor hatte er so etwas gesehen. Immer noch wuchs die Flamme weiter, bis sie die ganze Manege auszufüllen schien. Das Feuer umzingelte den Mann, der mit bloßem Oberkörper in der Mitte stand, die Arme erhoben wie ein Dirigent, der ein Orchester leiten wollte. Und tatsächlich begann das Meer der Flammen sich in einzelne Säulen zu trennen, die seinen Anweisungen gehorchten, jeder einzelnen, die er mit seinen Armen vorgab, einem Marionettenspieler gleich, der seine Figuren lenkte.

Wieder wurde Matéo vollkommen in den Bann der Geschehnisse gezogen, bis der Feuerschlucker die Arme in einem großen Kreis nach oben schwang und die Flammen so aufforderte, zu ihm zu kommen. Wirbelnd schlossen sie sich zu einem Ring zusammen, der wie eine Schlinge enger und enger wurde, bis sie ihn schließlich berührten.

Matéo hielt die Luft an, als sich die Lichtsäule kreisförmig in der Manege bewegte, in ihrer Mitte noch die Umrisse des Feuerschluckers, der höher und höher stieg. Mit jedem Zentimeter wurden die eben noch goldorange brennenden Flammen greller, aber Matéo konnte die Augen nicht abwenden, auch wenn er den Drang verspürte, das Gesicht zur Seite zu drehen, um sich vor dem Licht zu schützen. So sah er durch seine halbgeschlossenen Lider, wie sich die Säule in eine Kugel verwandelte, doch dann wurde das Licht der Flammen so grell, dass Matéo seine Augen doch schließen musste.

Als er sie wieder öffnete, lag die Manege im Dunkeln. Der Feuerschlucker war fort, und mit diesem alle Flammen, die eben noch dort gewütet hatten. Geblieben war nur der Sand auf dem Boden der Manege. Um Matéo herum brandete Applaus auf, und begeistert fiel er ein.

Für die nächste Darbietung blieb das Zelt in jenes seltsame Zwielicht getaucht, das sich nach dem grellen Licht des Feuers darüber gelegt hatte. Es schien sogar, dass es noch ein wenig dunkler wurde. Eine ganze Weile lang geschah gar nichts, bis sich mit einem Mal Nebel über den Sand ausbreitete. Weiter und weiter stieg der Nebel auf, bis er das ganze Zelt ausfüllte und Matéo Mühe hatte, Jordí auf seinem Schoß zu erkennen. Beunruhigt sah er sich um, lauschte in die Stille hinein, die erneut weder durch Rascheln noch Flüstern oder vereinzeltes Räuspern unterbrochen wurde.

»Hallo?«, rief Matéo in den Nebel, doch sein Ruf wurde von dem dichten Schleier verschluckt.

Niemand antwortete. Unruhig rutschte Matéo auf seinem Stuhl hin und her. Er war froh, wenigstens noch Jordís Wärme auf seinem Schoß zu spüren. Er streichelte das weiche Fell des Tieres, bis ein sanftes Leuchten über ihm den Nebel in bläuliches Licht tauchte und er die riesige Glaskugel bemerkte, die einem Halbmond gleich ausgeleuchtet in der Kuppel des Zeltes schwebte. Zuerst glaubte Matéo, das Zusammenspiel von Licht und Nebel würde ihm einen Streich spielen, aber mit jedem Moment, den er weiter auf die Kugel starrte, wurde die Figur, die er zunächst nur als Silhouette wahrgenommen hatte, deutlicher, bis er eine junge Frau mit tiefschwarzem Haar und blasser Haut erkannte, die in ein Kleid aus dunkelblau glänzendem Stoff gehüllt in der Kugel lag und augenscheinlich tief und fest schlief.

Vielleicht dauerte es nur einige Sekunden oder Minuten, doch Matéo kam es vor, als wären Stunden vergangen, bis der Nebel sich nochmals um Manege und Glasmond verdichtete, um sich dann endgültig zu lichten. Stück für Stück wurde die Manege wieder sichtbar. Sie wirkte ebenso leer wie nach der Aufführung des Feuerschluckers.

Einzig der gewaltige Glasmond war noch da und in ihm die schlafende Schönheit. Verwirrt richtete Matéo sich auf. Was war hier geschehen? Er ließ seine Blicke über das Publikum schweifen, doch niemand außer ihm schien verwundert zu sein. Alle starrten weiterhin auf das nun wieder hell ausgeleuchtete Rondell der Manege.

Wieder dauerte es, bis etwas geschah und eine zierliche Frau in einem engen, weißen Anzug die Manege betrat. In vollkommener Stille lief sie in die Mitte des Kreises. Erst als sie ihren Körper aus dem Stand heraus so nach hinten bog, dass sie mit ihren Händen ihre Fersen berührte und das Publikum durch ihre Beine hindurch aus mandelförmigen Augen ansah, erklangen leise, glockenartige Töne. Matéo erhob sich von seinem Stuhl, um die Schlangenfrau besser sehen zu können. Er hatte niemals zuvor eine solche Darbietung gesehen und verfolgte fasziniert, wie die junge Asiatin ihre Beine um ihren Körper schlang und sich in allerlei unmögliche Haltungen verbog. Etwas an ihrem Gesicht kam ihm jedoch vertraut vor, auch wenn Matéo nicht wusste, woher er sie kennen sollte. Schlangenmenschen traten niemals in den Straßen und Gassen der Städte auf. Sie waren selten und besonders. Sie fanden immer eine Bühne oder eine Manege, in deren Scheinwerferlicht sie getaucht wurden.

Während er noch grübelte, beendete die Schlangenfrau ihre kunstvolle Darbietung und verließ unter tosendem Applaus das Zelt. Aufflackernde Lichter gaben dem Publikum das Zeichen zur Pause und Matéo verließ das Zelt wie alle anderen, begierig darauf, mit jemandem das ein oder andere Wort zu wechseln, über den Zirkus, die Vorstellung oder die verschwundene Nacht. Doch als Matéo mit Jordí auf dem Arm unter dem Vordach hervortrat, war niemand vor dem Zelt zu sehen. Es war, als hätte der Erdboden die Menschen verschluckt, die gerade noch vor ihm gegangen waren. Kurz dachte er darüber nach, die übrigen Zuschauer zu suchen, da stockte ihm erneut der Atem, wie so oft zuvor im Zirkuszelt.

Über ihm, dort, wo die letzten Tage nichts als jenes beinahe schon schmerzend grelle Weiß gewesen war, herrschte nun wieder Nacht. Tiefste, sternendurchflutete Dunkelheit, durchwoben von kosmischen Nebeln, wohin das Auge reichte. Einzig der Mond fehlte an diesem wunderschönen Himmel, doch die Lichterketten, deren Glanz nun lichterloh erstrahlte, machte sein Fehlen wett. Matéo legte den Kopf in den Nacken und begann, sich um sich selbst zu drehen, wieder und wieder. Er hatte das Gefühl, sich noch ewig weiterdrehen zu können, hätte er nicht aus dem Augenwinkel eine Bewegung ausgemacht, dort, wo sich hinter den Wagen der Artisten jene Buden befanden, die ihn schon beim Eintreten in den Zirkus gelockt hatten.

Wieder hörte er das wundersame, fröhlich und melancholisch zugleich tönende Lied der Frau, das von ihrer glasklaren Stimme getragen wurde.

Bald schon summte Matéo mit und schritt mit schnellen Schritten durch eine Lücke zwischen zwei Wagen hindurch. Für einen Moment war ihm, als würde er eine andere Welt betreten. Noch immer hörte er das Lied, doch wurde es begleitet von einem stetig brummenden Stimmengewirr. Denn hier, wo es Buden mit Entenangeln, Dosenwerfen, Losen und Süßigkeiten gab, zwischen denen eine Schiffschaukel und jenes Karussell stand, das Matéo schon beim Betreten des Zirkus gesehen hatte, waren die anderen Zuschauer. Sie schaukelten lachend auf den Schiffschaukeln, stetig im Wettstreit, das kleine Boot immer höher in den Himmel zu jagen. Sie ließen sich vom Karussell im Kreis drehen, aßen gebrannte Mandeln, Zuckerwatte und Paradiesäpfel. Andere warfen mit Bällen auf leere Dosen, um sie zum Einsturz zu bringen und Eltern standen ihren Kindern beim Entenangeln bei.

Bloß bei der Losbude stand niemand, und so schlenderte Matéo hinüber, um sich die Preise aus der Nähe anzusehen. Es gab nicht viel zu gewinnen, und Matéo hatte den diffusen Eindruck, dass sich die Gewinne mit jedem weiteren Blick änderten. Da jedoch die alte Dame, die hinter dem Podest mit dem Loseimer stand, stets dieselbe blieb, tat er dies als Trugschluss seiner überreizten Sinne ab.

»Ein Los, Signore?«, fragte ihn die Alte mit rauer Stimme.

Matéo lehnte kopfschüttelnd ab. Er besaß nicht einen Centimo mehr, hatte alles Geld, das er noch besessen hatte, für den Eintritt ausgegeben.

»Nur ein einziges, Signore!«, bettelte die Alte. »Nur eins.«

»Es tut mir leid«, sagte Matéo. »Ich habe nichts, was ich Ihnen für das Los geben könnte.«

Die Alte neigte den Kopf und sah ihn an. Ihre Augen waren von einem so leuchtenden Grün, dass sie den Lichtergirlanden Konkurrenz machten.

»Ich schenke Ihnen ein Los«, sagte sie, nachdem sie ihn für eine Minute stumm betrachtet hatte, und hielt ihm den Eimer mit den Losen hin.

»Das kann ich nicht annehmen«, widersprach Matéo, doch die alte Frau schüttelte den Kopf und hielt ihm vehement den Eimer entgegen.

»Ziehen Sie ein Los, Signore. Gönnen Sie einer alten Frau wie mir das Vergnügen, Ihnen eine Freude zu machen.«

Matéo zögerte immer noch. Er war niemand, der einfach Geschenke annahm, auch wenn er als Straßenkünstler im Grunde genommen von Geschenken lebte. Aber er sah diese Geschenke als seinen Lohn für getane Arbeit an. Doch was sollte ein einzelnes Los schon bewirken? Er würde kaum den Hauptpreis ziehen, was immer das war. Eher eine Niete. Wahrscheinlich sogar.

Also griff er in den dargebotenen Eimer, wühlte in den völlig gleich aussehenden Papierröllchen herum und zog schließlich ein einzelnes Los hervor, irgendwo aus der Mitte.

Die alte Frau strahlte ihn an.

»Öffnen Sie es, Signore! Lassen Sie uns sehen, ob Fortuna Ihnen gewogen ist!«

Neugierig beobachtete sie Matéo, während er das Los öffnete, es langsam entrollte und das Innere des Blattes betrachtete. Matéo spürte, wie ihm die Farbe aus dem Gesicht wich. Auf dem Los war ein Schneeglöckchen abgebildet.

Wortlos reichte er es der Frau, zu verwirrt, um etwas sagen zu können. Das konnte kein Zufall sein. Zuerst die Spur aus Schneeglöckchen, dann die Abbildung auf dem Los …

Die Stimme der alten Frau riss ihn aus seinen Gedanken.

»Hier ist Ihr Preis, Signore. Es ist nur ein Trostpreis, aber vielleicht finden Sie ja trotzdem Gefallen daran.«

Damit hielt sie Matéo ein Schneeglöckchen hin, gefertigt aus farbigem Glas, so filigran gearbeitet, dass man nur am Glanz erkennen konnte, dass es sich nicht um eine echte Pflanze handelte. Wie erstarrt nahm Matéo die Glasblume entgegen. Ein weiteres Schneeglöckchen. Ein weiterer Zufall, der keiner sein konnte.

»Gefällt es Ihnen?«, hakte die alte Losverkäuferin nach.

Geistesabwesend nickte Matéo, stammelte einige zusammenhanglose Worte des Dankes, während er seine Blicke nicht von dem gläsernen Schneeglöckchen wenden konnte, das er in der Hand hielt, sorgsam darauf bedacht, es bloß nicht fallen zu lassen.

Ein Gong erklang. Gleich würde die Vorstellung weitergehen.

Die alte Frau sagte etwas und als er nicht reagierte, berührte sie seine Hand. Verwirrt sah Matéo sie an.

»Ich will Ihnen eine Schachtel geben. Für die Blume. Damit sie nicht zerbricht.«

Damit nahm sie ihm das Schneeglöckchen aus der Hand und legte es in eine Schachtel, verschloss sie sorgfältig und überreichte sie ihm. Matéo bedankte sich ein weiteres Mal. Die Losverkäuferin lächelte.

»Es scheint, als habe diese Blume eine Bedeutung für Sie, Signore.«

Der junge Zauberer nickte. »Ja. Ich weiß nur noch nicht genau, welche.«

Das Lächeln auf dem von Alter gezeichneten Gesicht wurde breiter. »Nun«, sagte die Alte, »manchmal erkennt man der Dinge Sinn erst später. Manchmal braucht es Zeit.«

Der Gong ertönte ein zweites Mal. Matéo ließ die kleine Schachtel in eine weitere Tasche seines Jacketts fallen, tippte zum Gruß an die Krempe seines Zylinders, und wandte sich dann ab, bereit, zurück zum Zelt zu gehen.

Oder sollte er nicht lieber einfach nach Hause gehen? Die Nacht war zurückgekehrt, und vielleicht würde das auch für Anisa gelten.

Eilig lief er in Richtung des Karussells, neben dem er den Zirkus betreten hatte. Doch als er es erreichte, stellte er mit Entsetzen fest, dass der Eingang zum Gelände fort war. Dort, wo eben ein Tor einladend seine Flügel geöffnet hatte, war nur noch ein Zaun, mit gleichmäßig aneinandergereihten Gitterstäben, die Spitzen mit verschiedenen Phasen des Mondes verziert. Kein Tor mehr. Nicht einmal das Kassenhäuschen mit dem seltsamen Fremden. Nur die Buden waren noch da, und das Lied, das schon die ganze Zeit in der Luft lag, gesungen von einer Stimme wie aus Kristall und Glas.

Matéo vergrub seine Nase in Jordís Fell. Das Kaninchen vermittelte ihm ein Stück Sicherheit, ein kleines bisschen Beständigkeit für sein irritiertes Gemüt.

Was war dies für ein seltsamer Ort? Gut, das Tor konnte ja vielleicht während der Vorstellung geschlossen worden und durch die Dunkelheit nicht mehr vom restlichen Zaun zu unterscheiden sein, aber zum einen waren da die Lichtergirlanden, die diese Theorie wanken ließen, vor allem aber war es das Kassenhäuschen, das sich unmöglich hatte in Luft auflösen können. Selbst wenn der seltsam anmutende Mann es verlassen und das Licht gelöscht hätte, müsste doch zumindest ein Schemen in der Nacht erkennbar sein.

Matéo aber sah nichts, und so folgte er am Ende der Aufforderung des dritten Gongs und betrat das Zelt, dessen Eingang unverändert offen stand. Bestimmt würde sich zum Ende der Vorstellung alles aufklären.

So kehrte Matéo wieder zu seinem Platz zurück, vorbei an vollbesetzten Stuhlreihen. Als er saß, versuchte er, seine Nachbarin – eine junge Frau mit blonden Haaren – in ein Gespräch zu verwickeln, aber sie reagierte nicht. Es war, als würde sie ihn nicht einmal sehen. Auch der Mann auf der anderen Seite schien ihn nicht zu bemerken, sodass Matéo beinahe versucht war, sie zu berühren, um zu überprüfen, ob sie wirklich da waren. Er tat es nicht. Stattdessen vergrub er seine Hände wieder in Jordís weichem Fell und ließ sich von dem Geschehen in der Manege gefangen nehmen, in der nun Bahnen langen, weißen Stoffs neben dem Glasmond soweit hinab hingen, dass ihre Enden über den Boden strichen und feine Spuren im Sand hinterließen. Im Hintergrund setzte leise eine Melodie ein, gleich einer Fortsetzung derjenigen, die Matéo schon draußen gehört hatte.

Schon mit dem ersten Ton begannen zwei der Stoffbahnen, sich zu bewegen und nach und nach schälten sich zwei Frauen hervor, wie sie unterschiedlicher nicht hätten sein können. Die eine war groß und von beinahe burschikoser Natur, während die andere blass, zart und zierlich wie eine Porzellanpuppe wirkte. Wo das Haar der einen dunkelbraun und glatt war, hatte das der anderen die goldene Farbe von Bernstein und ringelte sich in Korkenzieherlocken um ihr Gesicht. Nur die Bewegungen der beiden Frauen waren absolut synchron. Es war eine Mischung aus Tanz und Akrobatik, Ballett und Artistik, und als die Musik zu ihrem Höhepunkt fand, sprangen die beiden Frauen diagonal aneinander vorbei, von einer weißen Stoffbahn zur nächsten, beinahe fliegend, nur um sich wieder in ihnen zu verfangen und mit ihrem Tanz fortzufahren, bis die Musik immer leiser wurde. Als sie ganz verstummte, waren auch die beiden Frauen wieder in ihre Stoffbahnen eingehüllt wie in einem Kokon.

Abermals ging das Licht aus. Der Applaus war atemberaubend und wurde nicht weniger, als die wieder erleuchtete Manege von zwei Clowns und einem harlekinhaften Pantomimen bevölkert wurde, die ihre Späße vorführten und dem Publikum so manchen Spiegel vor die Nase hielten, den es vielleicht nicht gerne sah.

Matéo lachte und weinte abwechselnd.

Dass er am Ende der Clownaufführung noch Tränen im Gesicht hatte, bemerkte er gar nicht, denn die Gestalt, die als nächstes mit grazilen Schritten die Manege betrat, ließ ihn die ganze Welt vergessen. Er nahm nicht wahr, wie er aufstand und auch nicht, dass Jordí dadurch unsanft auf seinen Füßen landete. Er hatte nur Augen für Anisa, seine geliebte Anisa, die genau in der Mitte der Manege stand, gekleidet in ihr weißes Kostüm. Alles war vollkommen still, selbst das schier immer klingende Lied der bislang nie gesehenen Sängerin war verstummt.

Dann, ganz leise, hörte man von irgendwoher den leisen Klang einer Harfe, deren Saiten das Geräusch eines warmen Sommerregens imitierten. Das Geräusch ließ Matéo lächeln. Anisa liebte das Prasseln von Regen. Kein anderes Lied hätte sie besser begleiten können, ganz gleich wobei. Mit ihrer ersten Bewegung wurde das Spiel der Harfe eindringlicher, verlor das regenhafte Plätschern und wurde zu einer Melodie.

Anisa begann dazu zu tanzen, und während sie tanzte, ließ ein kleiner, aus Draht geformter Ring in ihren Händen Seifenblasen entstehen. Doch nicht einfach nur Kugeln, nein, als Kugeln wurden sie nur geboren, ehe sie für wenige Momente die wildesten Formen annahmen. Durchschimmernde Kaninchen und Eichhörnchen huschten durch die Manege, Burgen und Schlösser mit Erkern, Zinnen und Türmen wuchsen in den Himmel. Schmetterlinge flatterten regenbogenbunt in allen Formen und Größen über das Publikum hinweg und elegante Schwäne zogen Kreise, als wäre die Manege mit einem Male ein See.

So schnell diese wunderbaren Gebilde entstanden, so schnell vergingen sie auch wieder, kehrten zurück zu ihrer Kugelform, nur um sich gleich in eine neue Form zu begeben. Sie waren jetzt wie Pusteblumen, die keinen Stiel hatten, und zerstoben, wie es diese Blumen zu tun pflegten, in tausend kleine Samen, die wie winzige Fallschirmspringer zu Boden segelten. Matéo rechnete damit, dass sie in den nächsten Sekunden im Sand der Manege vergehen würden, aber sie berührten den Boden nie. Sie verwandelten sich abermals, dieses Mal in Schneeflocken. Und erneut sah Matéo die Verbindung zu Anisa, die sich über Schnee freute wie Kinder auf Weihnachten. Er erinnerte sich, wie sie das erste Mal Schnee gesehen hatte, oben in den Bergen, wo Sommer und Winter Hand in Hand lebten. Sie hatte versucht, die winzigen Schneesterne in der hohlen Hand zu fangen. War es ihr gelungen, war sie für eine Sekunde völlig außer sich vor Freude gewesen, bis die Flocken schmolzen und Anisa den Tränen so nah gekommen war wie Gewitterwolken dem Regenguss.

Passend dazu imitierte die Harfe wieder den Klang prasselnden Regens und Matéo sah die Traurigkeit in Anisas Augen aufsteigen, als die Seifenblasenschneeflocken mit dem letzten Klang des Harfenspiels auf dem Sand zerplatzten.

Anisa verbeugte sich. Das Publikum klatschte begeistert. Nur Matéo fiel nicht in den Applaus ein. Er hatte sich Jordí geschnappt und versuchte nun, sich durch die Stuhlreihen einen Weg nach vorne zu bahnen. Doch es war kein Durchkommen, dicht an dicht standen Stühle und Publikum, sodass Matéo nichts anderes übrig blieb, als nach draußen in die Nacht zu stürmen, wo abermals das Lied der gläsernen Stimme zu hören war. Matéo achtete nicht darauf. Für nichts hatte er Augen und Ohren, er suchte nur nach dem Ausgang für die Artisten. Denn dort würde Anisa sein. Irgendwann, sehr bald.

Sein Herz schlug ihm bis zum Hals. Gleich, vielleicht waren es nicht einmal mehr fünf Minuten, würde er Anisa wieder bei sich haben, mit ihr nach Hause gehen können und alles würde wieder werden wie zuvor. Er drückte seine Nase in das dichte Fell Jordís.

»Gleich ist sie wieder da, Jordí, hörst du?« Seine Stimme zitterte vor Glück und die Aufregung übermalte die Fragen, die irgendwo leise in ihm flüsterten.

Warum ist sie zum Zirkus gegangen, ohne dir etwas zu sagen? Weshalb hat sie dich verlassen?

Endlich verließen die Artisten das Zelt. Sie traten zwischen den Stoffbahnen hervor, lachend und miteinander scherzend. Matéo sah die Schlangenfrau, den Feuerspucker, die Clowns mitsamt dem Pantomimen und die Trapezkünstlerinnen. Für einen kurzen Moment glaubte er, dass da noch jemand bei ihnen war, aber dann wurde auch dieser Gedanke fortgewischt, denn Anisa kam aus dem Zelt. Auf ihren Lippen lag ein glückseliges Lächeln.

Als Matéo ihren Namen rief, erstarb das Lächeln und wich einem Ausdruck von Verwirrung, als die Blicke ihrer braunen Augen Matéo trafen.

»Anisa?« Matéo wiederholte ihren Namen, und erneut schlich sich ein Zittern in seine Stimme, doch dieses Mal keines, das vor Glück vibrierte.

Warum kam sie nicht zu ihm gelaufen, auf ihren Lippen das wundervolle Lachen, das er so sehr liebte? Warum starrte sie ihn bloß an, als hätte sie ihn niemals zuvor gesehen? Wieso blieb sie einfach stehen?

»Anisa?«

Er nannte ihren Namen ein drittes Mal. Wenn nötig, so schwor er sich, würde er ihn noch hundertfach sagen. Aber ehe er ihn ein viertes Mal aussprechen konnte, löste Anisa sich aus ihrer Starre und kam auf ihn zu.

»Ja?«, sagte sie und Matéo hörte die Unsicherheit in dem kleinen Wort. Er lächelte und breitete die Arme aus, machte aber keine Anstalten, sie zu umarmen.

»Anisa? Ich bin es! Erkennst du mich denn nicht? Matéo!«

»Matéo?« Sie sprach den Namen aus, als müsste sie seinen Klang erst probieren.

Matéo schluckte den Kloß, der sich in seinem Hals formte, herunter, um das Lächeln auf seinen Lippen nicht zu verlieren, auch wenn er nun das Gefühl, das Anisa angesichts der schmelzenden Schneeflocken empfunden hatte, zu verstehen glaubte. Es war der Schmerz, einen schönen Moment ganz bewusst sterben zu sehen. Für Matéo starben in diesem Augenblick hunderte Momente. Nein. Die gesamte Zeit schien sich in Nichts aufzulösen.

Anisa erkannte ihn nicht wieder, wusste scheinbar nichts mehr von ihrem gemeinsamen Leben. Alle Worte, die ihm eben noch auf der Zunge gelegen hatten, blieben ungesagt. Matéo stand einfach nur da, unfähig auch nur einen Muskel zu rühren. Stumm beobachtete er, wie Anisa ihn von oben bis unten musterte und wie ihr Blick schließlich an Jordí hängenblieb. Das Kaninchen zauberte das Lächeln auf ihre Lippen, nachdem Matéo sich so gesehnt hatte. Das Kaninchen. Nicht er.

»Oh«, flüsterte sie, und Matéo glaubte schon, dass ihr alles wieder eingefallen war, doch dann sagte sie nur: »Du bist ein Magier, nicht wahr?«

Irgendwie brachte er ein Nicken zustande und sein Herz machte einen kleinen Sprung, als aus dem verhaltenen Lächeln in Anisas Gesicht ein Strahlen wurde.

»Dann solltest du dich bei Toni melden! Wir brauchen einen Magier. Kein Zirkus ist ein wirklicher Zirkus ohne einen Magier!«

Sie klatschte in die Hände, wie sie es immer zu tun pflegte, wenn sie die perfekte Lösung für etwas gefunden hatte, das für alle anderen vielleicht nicht einmal ein Problem gewesen war. Matéo dachte schmerzlich daran, wie oft Anisa betont hatte, wie sehr die Welt die Magie brauchte.

»Du weißt doch gar nicht, ob er gut ist«, mischte sich der Mann mit dem dunklen Teint und den schwarzen Haaren ein, der eben noch das Feuer durch die Manege hatte tanzen lassen.

Mit unterdrückter Wut sah Matéo, wie der Feuerschlucker einen Arm um Anisa legte, während er ihn aus dunkelbraunen Augen argwöhnisch musterte.

»Ach was«, lachte Ansia und zu Matéos Erleichterung löste sie sich aus der Umarmung und stieß den Artisten ein wenig von sich, ehe sie auf Matéo zutrat und Jordí hinter den Ohren kraulte. »Er ist ein großartiger Magier. Das weiß ich.« Und zu Matéo selbst gewandt fügte sie hinzu: »Möchtest du im Zirkus arbeiten?«

Was hätte Matéo anderes tun sollen, als zu nicken? Er hatte Anisa gefunden. Wohin sollte er also gehen?

»Großartig!«, rief Anisa, während der Feuerschlucker das Gesicht verzog. Einige der Artisten zeigten neugieriges Interesse an seiner Person, andere wiederum würdigten ihn keines Blickes oder standen, wie im Fall der Clowns, tuschelnd zusammen. Vielleicht heckten sie bereits einen Scherz auf seine Kosten aus? Doch als Anisa ihn mit sich winkte, geschah nichts. Die sieben Personen blieben einfach in der Dunkelheit zurück, die Blicke auf sie gerichtet. Matéo bemerkte erst jetzt, dass die Lichtergirlanden über ihnen erloschen waren.

»Er muss dir einen Stern geben«, plapperte Anisa.

»Einen Stern?«, fragte Matéo erstaunt, der die ganze Zeit überlegte, was er sagen konnte, um Anisas Erinnerungen wieder zu wecken.

Anisa nickte. »Ja, einen Stern. So wie diesen hier.«

Sie zog aus einer der verborgenen Taschen ihres Rockes, den Matéo so gut kannte, als wäre er sein Kleidungsstück, eine Karte hervor, die der glich, die ihm der Kassierer als Eintrittskarte gegeben hatte.

»Sie ist wie ein Vertrag«, versuchte Anisa zu erklären. »Jeder Artist hat so eine, beziehungsweise jede Vorstellung. Die beiden Clowns teilen ihre mit dem Harlekin, und Bianca und Cassandra haben auch nur eine. Das sind die beiden Schwestern am Trapez«, fügte sie hinzu.

Wortlos schlenderten sie weiter, bis sie die Stelle erreichten, an der das Kassenhäuschen hätte stehen müssen, doch wie schon in der Pause war es nicht mehr da. Ratlos sah Anisa sich um.

»Seltsam«, murmelte sie und ging noch ein paar Schritte weiter, bis sie fast hinter der nächsten Ecke des Zeltes verschwunden war. Sie sah bei ihrer Rückkehr so verwirrt aus, dass Matéo die Worte, die er ihr hatte sagen wollen, wieder heruntergeschluckt.

»Er ist fort«, flüsterte sie tonlos. Matéo sagte daraufhin nichts, denn er wusste nicht, welche Bedeutung das Verschwinden des Kassierers für Anisa hatte. Stattdessen holte er seine Eintrittskarte aus der Tasche.

»Schau, ich habe schon einen Stern.« Er hielt ihr die Karte hin und Anisa nahm sie mit offenem Mund entgegen.

»Aber woher?«, fragte sie erstaunt.

»Das war meine Eintrittskarte«, erklärte Matéo schulterzuckend. »Für die Vorstellung gerade. Der Mann an der Kasse hat sie mir verkauft.«

Mit weit aufgerissenen Augen sah Anisa ihn an. »Hat er etwas Bestimmtes zu dir gesagt? Was es mit dieser Karte auf sich hat?«

»Nein. Er hat nur gesagt, dass dies der letzte Stern wäre.«

»Oh!« Anisa schlug die Hände vor dem Mund zusammen und ihre braunen Augen wurden groß.

»Was ist denn? Was hat das zu bedeuten?« Ungeduldig nahm Matéo ihr die Karte wieder ab und betrachtete sie, als könnte sie ihm seine Frage beantworten.

»Das bedeutet«, sagte Anisa nach einer ganzen Weile, »dass Toni fort ist. Er hat immer gesagt, dass er gehen müsste, wenn der letzte Stern fort ist. Wir haben immer geglaubt, das wäre nur ein Scherz ...« Ihre Stimme verlor sich in einem Gedanken und es dauerte, bis sie sich der Gegenwart Matéos wieder bewusst wurde, genau in dem Moment, in dem er hatte sprechen wollen.

»Entschuldige.« Sie hob die Schultern und zwang sich zu einem Lächeln. »Du gehörst jetzt auch zum Zirkus. Der Stern, er macht dich zu einem Teil davon, irgendwie. Ich sagte schon, in gewisser Weise ist er wie ein Vertrag. Toni muss gesehen haben, was in dir steckt. Sonst hätte er dir den Stern niemals gegeben. Weil er wusste, dass er dann gehen muss. Ich sollte dir deinen Wagen zeigen. Dich den anderen vorstellen. Jetzt, wo du zu uns gehörst.«

Mit einem Kopfnicken deutete sie in die Richtung, aus der sie gekommen waren. Gemeinsam schlenderten sie zurück. Matéo stellte fest, dass es keine Schneeglöckchen mehr gab. Und ihm fiel auf, dass sich der Zirkus ganz und gar verändert hatte. Wo das Zelt eben noch dem aus einer Wüstenkarawane geglichen hatte, glatt, weiß und eckig statt rund, war es nun wirklich vollkommen kreisförmig, und wo das Dach bislang in einem nach unten geführten Bogen nach oben gestiegen war, war es nun wie eine Blase gewölbt. Auch war das Zelt nicht länger weiß, es war silbern und schimmerte in allen Farben des Regenbogens, als wäre es eine riesige Seifenblase. Die umstehenden Wagen waren in einem hellen Fliederton gestrichen und hatten schneeweiße Türen.

»Was ...?«, begann er, aber Anisas Stimme ließ ihn verstummen.

»Wie heißt du nochmal? Ich will dich den anderen vorstellen!« Sie lächelte ihn mit großen Augen an.

Matéo fühlte sich, als hätte sie ihn geschlagen. Leise flüsterte er seinen Namen und hörte wie durch Watte, wie Anisa ihn freudestrahlend vorstellte. Er erfuhr, dass der Feuerschlucker Carlo hieß und die beiden Clowns Pietro und Tullio, der Pantomime David und die Schlangenfrau Min-Liu. Dass die beiden ungleichen Trapezartistinnen Bianca und Cassandra Nochenta waren, wusste er ja bereits.

Für einen Moment hatte er das Gefühl, dass ihm all diese Namen etwas sagen sollten, aber er wusste nicht so recht, was und so verschwand das Gefühl ebenso schnell, wie es gekommen war.

Matéo schüttelte allen die Hand, in Gedanken immer noch bei Anisa und der grausamen Tatsache, dass sie alles vergessen hatte.

»Also ein Magier, ja?«, fragte Carlo, als er an der Reihe war, ihn zu begrüßen. Sein Händedruck war ein kleines bisschen zu fest, aber Matéo zwang sich, das ohnehin schon aufgemalte Lächeln in seinem Gesicht noch etwas zu verbreitern und ein knappes »Ja« hinzuzufügen. Carlo nickte bloß mit hochgezogenen Brauen, ließ Matéos Hand aber nicht los, bis Anisa zwischen sie trat.

»Dann zeige ich dir jetzt deinen Wagen. Du willst doch sicher wissen, wo du wohnen wirst, nicht wahr?«

Matéo wollte schreien, dass er bei ihr wohnen wollte und nirgends sonst, aber er presste nur die Lippen aufeinander und nickte stumm.

Anisa lachte fröhlich. »Dann komm! Es wird dir bestimmt gefallen. Die Wagen sind wunderschön!«

Mit tänzelnden Schritten lief sie voraus und Matéo folgte ihr mit hängenden Schultern. Der Wagen konnte nicht schön sein. Nicht ohne sie.

Kapitel 1

Die erste Woche. Ein neues und ein verlorenes Leben. Ein Schneeglöckchen aus Glas, eins aus Papier. Kalte Tage. Tanzende Schatten. Brennendes Papier. Ein magischer Abend. Der Zirkus mit den sieben Gesichtern.

Da waren so viele Worte gewesen, die Matéo hatte sagen wollen, doch am Ende war ihm nicht eines von ihnen über die Lippen gekommen. Nur Belanglosigkeiten hatte er mit Anisa ausgetauscht, als sie gemeinsam zu dem Wagen gegangen waren, der nun seine Heimat werden würde.

Wieso bist du hierhergekommen? Warum hast du mich nicht mitgenommen? Wie konntest du mich einfach vergessen?

Aber er hatte nicht einmal den Mut besessen, sich zu erkundigen, warum der Zirkus plötzlich so anders aussah. Sie hatte ihm erzählt, dass ihr Wagen genau gegenüber von seinem stand, auf der anderen Seite des Zeltes. Und dann war sie mit einem Lachen auf den Lippen davongelaufen.

Matéo hatte ihr noch nachgesehen, als sie schon lange hinter der Biegung des Zeltes verschwunden war. Er sah, wie in dem Wagen rechts von ihm die drei Clowns verschwanden. Sie winkten ihm freundlich zu und er erwiderte den Gruß mit einem Nicken. Wer im Wagen links neben ihm wohnte, konnte er nicht sagen. Er hatte niemanden hineingehen sehen, aber das mochte nichts heißen. Hinter den mit Vorhängen verschlossenen Fenstern flackerte das Licht von Kerzen. Auf der Tür klebte ein schwarzer Schmetterling mit einer weiß aufgemalten Sieben. Auf seiner eigenen Tür gab es keine Nummer.

»Dann wollen wir mal«, flüsterte er Jordí zu, den er immer noch auf dem Arm trug. Der Korb stand noch im Zelt. Er würde ihn morgen holen.

Er drehte den Schlüssel um, der im Schloss steckte. Als er ihn abzog, stellte er fest, dass ein Mond in seinen Griff eingearbeitet war. Noch einmal drehte er sich um, doch niemand war zu sehen, dann öffnete er mit einem tiefen Seufzen die Tür, betrat den Wagen und schaltete das Licht ein.

Es war wirklich ein schöner Wagen und es gab dort alles, was er brauchte, selbst einen Käfig und Futter für Jordí. Das weiße Kaninchen mit den grauen Ohrspitzen machte sich sofort über das frische Heu und die bereitgelegte Möhre her, während es ihn mit einem so vorwurfsvollen Blick wegen der späten Mahlzeit bedachte, dass Matéo kurz lachen musste. Kurz nur, denn dann fiel sein Blick auf das schmale Bett.

Er war allein. Doch wo zuvor das Alleinsein noch von Hoffnung begleitet wurde, blieb ihm jetzt nur noch die Einsamkeit. Anisa wusste nicht mehr, was sie einander noch vor einer Woche gewesen waren. Schlimmer noch. Sie wusste nicht einmal mehr, wer er überhaupt war.

Mit einem leisen Laut tiefster Verzweiflung ließ er sich aufs Bett sinken und vergrub sein Gesicht in dem weißbezogenen Kissen. Lange lag er so da, bis ihn irgendwann das Gefühl übermannte, ersticken zu müssen. Erst da richtete er sich wieder auf. Dabei fiel sein Blick auf einen weißen Zettel, der über der Schubladenkommode hing. Der Schrank stand gegenüber vom Bett, neben einem winzig runden Tisch mit zwei Stühlen und einer kleinen Kochnische. Müde rieb er sich die Augen und stand auf, um zu lesen, was darauf geschrieben stand. Es war der Auftrittsplan der Artisten.

Matéo kannte Auftrittspläne. Er war es gewohnt, dass man immer eine feste Zeit in den Vorstellungen hatte. Im Zirkus Laylaluna wurde es anders gehandhabt. Die Vorstellungen rotierten – wer am Montag zuerst auftrat, hatte am Sonntag die letzte Vorstellung. Er selbst würde seinen ersten Tag mit der zweiten Vorstellung beginnen – direkt hinter Anisa und ihren Seifenblasen und vor dem Feuerschlucker Carlo.

Sofort war seine Traurigkeit wie weggeblasen. Er würde jeden Tag die Gelegenheit haben, zwischen den Vorstellungen mit Anisa zu sprechen. Wenn er ihr erklären würde, wer er war und was sie alles miteinander erlebt und geteilt hatten, dann musste sie sich doch einfach erinnern. Ja, gleich morgen würde er damit anfangen.

Der Spiegel, der in dem von einem schweren Vorhang verborgenen Wasch- und Toilettenbereich hing, zeigte ihm ein Lächeln, als er den Anzug auszog und sich für die Nacht herrichtete. Sogar ein Schlafanzug in seiner Größe lag bereit, in grau mit dunkelroten Streifen, als hätte jemand seine Vorliebe für diese Farben gekannt.

Ja, morgen würde Anisa sich wieder an ihn erinnern. Vielleicht würde er sie ja auch schon vor dem Abend sehen. An diesen Gedanken klammerte er sich, bis er endlich einschlief.

Licht weckte Matéo am nächsten Morgen. Er brauchte einen Moment, um sich zu orientieren und sich die Ereignisse der Nacht ins Gedächtnis zu rufen. Er war in einem Zirkus. Als Magier.

Er richtete sich auf und warf einen Blick aus dem Fenster. Zunächst hatte er geglaubt, dass es das Licht der Sonne gewesen war, das ihn geweckt hatte, jetzt musste er aber feststellen, dass die Sonne gar nicht schien. Es war einfach nur grellgelb hell, als hätte jemand das Firmament in der falschen Farbe bemalt, überzogen von einer feinen Nebelschicht, als wollte der Himmel schon wieder zu dem Papierweiß zurückkehren, in das er die letzten Tage eingefärbt war.

Kopfschüttelnd sah Matéo auf die Uhr, die über der Eingangstür hing. Es war bereits Mittag. Nur noch wenige Stunden, und er würde zum ersten Mal die Manege betreten und versuchen, das Publikum zu verzaubern. Ein richtiges Publikum! Keine Passanten, die hier und da stehenblieben, um eine

Sekunde der Zerstreuung zu finden. Nein, ein wirkliches Publikum!

Der Gedanke ließ sein Herz schneller schlagen und Unruhe in ihm aufkommen. Was sollte er vorführen? Welche Tricks und Illusionen würden den wundersamen Aufführungen der anderen Artisten ebenbürtig sein? Und vor allem: Wie sollte er auch nur einen Trick hinbekommen, wenn Anisa nicht da war, um von seinen Unzulänglichkeiten abzulenken?

Anisa. Das kurz aufgekommene Gefühl zwischen Euphorie und Angst wich schlagartig. Anisa. Was gab es Wichtigeres, als ihr verständlich zu machen, wer er war?

Mit einem Satz stand er auf den Beinen und fuhr sich nervös mit den Fingern durch das Haar. Sobald er sich angezogen hatte, würde er zu ihr gehen und ihr alles erklären. Alles Weitere würde sich finden.

Mit noch nassem Haar verließ er wenige Minuten später den Wagen. Hier draußen wirkte das Licht noch unwirklicher. Das Grün der Pflanzen zwischen den Pflastersteinen war zu grün, das Grau der Steine zu grau. Gleichzeitig verschwammen die sandfarbenen Zirkusumrisse mit dem fast ockergelben Himmel. Matéo sah sich ratlos um. Eigentlich war es egal, in welche Richtung er ging. Beide würden ihn auf die andere Seite des Zeltes führen. Ein Kreis hatte nie einen Anfang und niemals ein Ende.

Kurz entschlossen ging er nach links. Er pfiff ein Lied, doch schon nach wenigen Schritten ließ er es verstummen, denn es hallte unwirklich laut in seinen Ohren. Matéo hielt inne. Erst jetzt wurde ihm klar, wie still es um ihn herum war. Viel zu still. Da war kein Gelächter, kein heiteres Rufen, kein verärgertes Fluchen, weil irgendwo etwas nicht so gelaufen war, wie gewünscht – kein Aufbau, keine Probe, nichts von alledem. Niemand kam ihm entgegen oder winkte aus einem der sieben Wagen. Alles war vollkommen reglos und still. Da war kein Miteinander, nicht so, wie man es sich immer erdachte, wenn man von einem Zirkus träumte. Hier in dieser grellbunten Welt schien es nur ihn zu geben.

Und auch der Zirkus selbst war ein anderer als in der Nacht. Das Tageslicht machte Risse und Flicken sichtbar, die im Dunkeln verborgen geblieben waren. Der Lack der Wagen blätterte ab, die Holzlatten hatten stellenweise brüchige Ecken und Kanten. Hier und da standen Splitter ab, Fensterscheiben waren zerbrochen und an dem Wagen, der zwei weitere von seinem eigenen entfernt stand, hing sogar die Tür schief in den Angeln.

Wie war das möglich? Hatte sich jemand an dem Zirkus zu schaffen gemacht? Nein. Das alles sah nach Alter und Verfall aus. Nach Zeichen der Zeit, nichts weiter.

Nachdenklich trat Matéo näher ans Zelt und nahm einen Stofffetzen in die Hand, der dort herunterhing. Unsicher blickte er in die Manege. Auch dort war niemand. Kein Künstler, der probte, kein Arbeiter, der etwas richtete oder säuberte. Was war das für ein seltsamer Ort, an dem nichts blieb, wie es im Augenblick zuvor noch gewesen war? Ratlos ließ Matéo den Stoffstreifen sinken und ging weiter.

Bald stand er vor dem Wagen, in dem er Anisa vermutete. Sein Klopfen war so schnell wie der Schlag seines Herzens und er spürte, wie ihm Angst und Aufregung den Hals verschlossen.

»Alles wird gut«, ermahnte er sich selbst zur Ruhe, aber er war noch nie gut darin gewesen, sich selbst aufzumuntern. Stets war es Anisa gewesen, die ihm Mut gemacht hatte, sogar dann, wenn er ihr angesehen hatte, dass sie selbst es für unmöglich hielt. Oh, wie sehr wünschte er sich, diesen aufmunternden Ausdruck jetzt auf ihrem Gesicht zu sehen. Doch Anisa war nicht da, um ihm Mut machen zu können. Sie war gar nicht bei ihm, sie war hinter dieser Tür, die sich von der seinen in keiner Weise unterschied. Stand er wirklich vor dem richtigen Wagen? Sie sahen alle so gleich aus. Hatte er vielleicht sogar den schwarzen Holzschmetterling auf der Tür des ihm noch unbekannten Nachbarn nur geträumt? Kurz rief er sich die Auftrittsliste ins Gedächtnis. Welchem Namen konnte er noch kein Gesicht zuordnen? Ihm fiel keiner ein und in der nächsten Sekunde wurde es auch vollkommen nebensächlich, denn Anisa öffnete die Tür. Sie sah müde aus, wahrscheinlich hatte sie nicht viel geschlafen. Matéo sah es an den Strähnen, die sich aus ihrem sonst so sorgsam gekämmten Zopf gelöst hatten, aber sie trug bereits wieder eines ihrer weißen Kleider. Verwundert sah sie ihn an. Matéo lächelte schüchtern.

»Der Zauberer«, begann sie, nur um sich gleich zu verbessern, als wäre ihr genau in diesem Moment sein Name eingefallen. »Matéo. Ist etwas nicht in Ordnung?« Suchend sah sie sich um.

Eilig schüttelte Matéo den Kopf. »Nein.« Er schluckte. »Ich wollte zu dir.«

Sie zog eine Augenbraue hoch, wie immer, wenn sie überrascht war.

»Zu mir?«

»Ja ...« Die Worte gingen ihm aus.

»Stimmt etwas nicht? Brauchst du etwas? Normalerweise findet man im Wagen alles, was man braucht.«

Wieder verneinte Matéo mit einem Kopfschütteln. »N-n-nein«, stammelte er und fluchte innerlich darüber, die so sorgfältig in Gedanken zurechtgelegten Worte schon wieder verloren zu haben.

»Ich wollte nur mit dir reden«, brachte er schließlich mühevoll hervor.

»Mit mir?« Anisa drehte sich um, als wäre hinter ihr noch jemand, den er hätte meinen können.

»Ja.«

»Warum?« Etwas in ihrer Stimme war so schneidend, dass Matéo zusammenzuckte. Er kannte diesen Ausdruck. Anisa wollte nicht mit ihm reden, auch wenn er nicht verstand, aus welchem Grund. Erinnerte sie sich vielleicht doch und wusste nur nicht, woher?

Sein Herz machte vor Erleichterung einen Satz, als sie vor die Tür des Wohnwagens trat und sie hinter sich schloss.

»Ich wollte dir sagen«, begann er, nur um sich gleich wieder zu unterbrechen und von neuem anzufangen, »das heißt, ich wollte dich fragen, ob du wirklich nicht mehr weißt, wer ich bin.«

Erwartungsvoll schaute sie ihn an. Am liebsten hätte er die Augen zugemacht, weil das manchmal alles leichter zu machen schien, aber er wollte keine noch so kleine Regung in ihrem Gesicht versäumen.

Anisas Stirn legte sich in Falten und sie musterte ihn so lange, dass jede Hoffnung in ihm starb, noch ehe sie sagte: »Du bist Matéo. Der Zauberer. Wer sollst du denn sonst sein?«

Unschuldig lächelte sie ihn an, doch als sie Matéos Gesicht betrachtete, verschwand das Lächeln wieder.

»Müsste ich dich denn von irgendwoher kennen?«, fragte sie zweifelnd.

»Ja«, flüsterte Matéo traurig, vollführte eine Bewegung mit dem Arm, die in einer fließenden Verbeugung endete, und hielt ihr ein Schneeglöckchen hin, das er aus seinem Ärmel gezaubert hatte. Nicht das gläserne von der Losbude, wie er zuerst überlegt hatte, sondern ein ganz einfaches aus Papier. Eins von der Art, wie er sie schon hunderte Male für sie gezaubert hatte. Um sie aufzumuntern. Abzulenken. Ihr einfach ein Lächeln zu entlocken. Sie hatte jedes Mal gelächelt, und auch jetzt war da jenes Funkeln in ihren Augen, dem immer ein Lächeln folgte. Doch noch ehe Matéo herausfinden konnte, ob das Lächeln die Antwort auf die Frage enthielt, ob sie ihn erkannte oder nicht, ging die Tür hinter ihr auf und der Feuerschlucker trat zu ihr nach draußen, die dunklen Augen misstrauisch auf Matéo gerichtet. Als er die Blume in Matéos ausgestreckter Hand sah, zogen sich seine Augenbrauen in einem Ausdruck von Zorn zusammen. Nur eine Sekunde später ließ Matéo das lichterloh brennende Schneeglöckchen mit einem Aufschrei fallen.

Fassungslos starrte er der brennenden Blume nach, die zu Boden trudelte. Erst, als sie verkohlt vor den Treppenstufen lag, hob er den Blick und sah Carlo an. Nach wie vor bohrten sich die Augen des Feuerschluckers in die seinen und fast glaubte

Matéo, selbst in Flammen aufzugehen, da legte Anisa die Hand auf Carlos Brust und die Hitze um sie herum ließ nach.

Keuchend griff Matéo sich an den Hals, ehe er Anisa mit einem zugleich fragenden und flehenden Blick ansah. Er wollte, dass sie mit ihm kam, ihn erklären ließ ... Doch Anisa zuckte nur mit den Schultern und ließ zu, dass Carlo sie zurück in den Wagen zog. Nicht ein einziges Mal drehte sie sich um, bis die Tür hinter ihnen ins Schloss fiel und Matéo mit hängenden Schultern das Zelt umrundete, um zurück zu seinem eigenen Wagen zu gehen, in dem er sich niedergeschlagen auf das schmale Bett sinken ließ.

Wie nur hatte Anisa ihn so schnell vergessen können? Waren sie einander so wenig wert gewesen? Wieder und wieder schüttelte er den Kopf. Das konnte nicht sein. Sie hatten einander geliebt, mehr noch, sie waren all das gewesen, was das Herz des jeweils anderen begehrt hatte. Was war in den letzten Tagen nur mit Anisa, nein, mit der ganzen Stadt geschehen? Und warum hörte es nicht auf, jetzt, da es wieder Tag und Nacht gab?

Nachdenklich zog er die Karte mit dem Stern aus der Tasche, in der sie die ganze Zeit gesteckt hatte. Er hatte sie gar nicht rausgeholt, ebenso wenig wie das gläserne Schneeglöckchen und die silberne Kugel, deren Gewicht er in seinen Hosentaschen spürte.

Er betrachtete die Karte, als könnte der gemalte Stern ihm seine dringlichste Frage beantworten: Was nun? Sollte er gehen und aufgeben oder bleiben und versuchen, Anisas Erinnerungen zu wecken, wodurch auch immer sie in Vergessenheit geraten waren?

Sein Blick wanderte über die Karte hinweg zu Jordí, der vor ihm auf dem Boden saß, ohne weiter Notiz von ihm zu nehmen. Als das Tier jedoch just in diesem Moment zufällig mit den Hinterläufen auf den Boden schlug, nahm Matéo dies als die Antwort, die ihm der Stern nicht gegeben hatte: Nicht aufgeben, verdammt!

Entschlossen ballte er die Faust und ließ die Karte mit dem Stern auf sein Bett fallen. Heute Abend, bei seiner ersten Vorstellung, würde er es erneut versuchen! Vielleicht würden seine Illusionen ihre Erinnerungen wecken, oder er würde Anisa in einem unbeobachteten Moment sprechen können, während Carlo seine Flammen durch die Manege tanzen ließ.

Carlo. Der Gedanke an den hünenhaften Feuerspucker jagte ihm einen Schauer über den Rücken. Erst jetzt, wo er der Situation entkommen war, wurde ihm bewusst, wie unwirklich das alles gewesen war. Carlo hatte – ohne eine Berührung, ohne eine Zündschnur oder ein ähnliches Hilfsmittel – das kleine weiße Blümchen in Flammen aufgehen lassen. Ganz zu schweigen davon, wie es ihm dabei ergangen war. Als hätte er zu nah an einem Feuer gestanden, so lange, wie man es gerade aushielt, ehe es begann wehzutun. Und dabei hatte er nichts, gar nichts getan!

Zum wiederholten Male fragte Matéo sich, was dies für ein Ort war. Ein Zirkus, der sich veränderte. Der Anisa ihr ganzes Leben hatte vergessen lassen. Und der einen Feuerschlucker dazu befähigte, ohne jegliches Hilfsmittel die Flammen zu beherrschen. Oder war all dies nur in seiner Einbildung geschehen? Hatte er am Ende den Verstand verloren?

Und noch eine Frage ließ ihn nicht los: Wie nur hatte sich Anisa in diesen Grobian verlieben können? Wie konnte sie es zulassen, dass er sie in den Arm nahm, wo sie doch in seinen Armen liegen sollte?

Mit einem Seufzer zwang Matéo sich, an etwas anderes zu denken. Was brachte es, sich mit Fragen zu beschäftigen, auf die es in diesem Augenblick keine Antworten zu geben schien? Vielleicht würde er heute Abend mehr erfahren.

Ein Abend, auf den er sich noch vorzubereiten hatte. Schließlich musste er eine Vorstellung geben, für die er nicht mehr dabei hatte als Jordí und seinen Zylinder – und das war bei weitem nicht genug.

Als er sich so verzweifelt in dem kleinen Raum umsah, fiel sein Blick auf die Kommode gegenüber seines Bettes, die plötzlich mehr Schubladen zu haben schien als zuvor. Ungläubig schüttelte er den Kopf. Er konnte die Schubladen doch nicht einfach übersehen haben? Langsam begann er, seinen Augen zu misstrauen. Kurz massierte er sich die Stirn, als könnte er so etwas daran ändern, dann überwand er mit einem Schritt die kurze Distanz zur Kommode und öffnete die erste der insgesamt sieben Schubladen.

Zu seiner Überraschung stellte er fest, dass jede einzelne Schublade voller Utensilien war, die er als Zauberkünstler brauchen konnte. Eine nach der anderen holte er hervor. Da gab es Tücher und Blumen, Rollen voller Garn, Spiegel und vielerlei anderes. Dinge, die er sich immer gewünscht hatte, für die das Geld jedoch nie gereicht hatte. Ja, da waren sogar noch Dinge, von denen er nicht einmal zu träumen gewagt hatte. Begeistert probierte er alles aus, und zu seiner eigenen Verwunderung funktionierte jeder einzelne Trick auf Anhieb.

»Schau, Jordí, was ich kann!«, rief er.

Sogar Illusionen, mit denen er sonst immer seine Schwierigkeiten gehabt hatte und bei denen er auf Anisas Ablenkung angewiesen gewesen war, gelangen sofort. Kurz legte sich ein Schatten über die Begeisterung und ließ ihn innehalten, dann aber stürzte er sich mit Feuereifer weiter in all die neuen Tricks und Illusionen, die sich ihm eröffneten.

Als es Abend wurde, hatte Matéo sich ein buntes Programm ausgedacht, mit dem er das Publikum verzaubern wollte. Längst war es draußen wieder dunkel geworden und als Matéo den Wagen mit einem Koffer voller Utensilien in der einen und Jordí in der anderen Hand verließ, glaubte er, in ein Meer aus Lapislazuli einzutauchen, so wunderschön war der Nachthimmel anzusehen. Aller Nebel hatte sich verzogen, leuchtende Girlanden legten ihr funkelndes Licht über den Zirkus, der nun wieder so aussah, wie Matéo ihn vom Vorabend in Erinnerung hatte: eine Komposition aus Silber, Flieder und Regenbogenglanz. Und wie in der Nacht zuvor hörte er auch jetzt wieder das Lied, das über dem Zirkus hing wie eine wärmende Decke.

Der Wagen neben ihm, an dessen Tür der schwarze Schmetterling hing, lag bereits vollkommen im Dunkeln, aber als Matéo gerade die Tür hinter sich schloss, sah er die Schlangenfrau an sich vorbeieilen. Doch weder grüßte sie ihn noch wartete sie darauf, dass sie gemeinsam zum Artisteneingang gehen konnten. Sie stürmte voraus, sodass Matéo keine Gelegenheit hatte, ein Wort mit ihr zu wechseln. Mit raschen Schritten folgte er ihr in den kleinen Raum, der hinter der Manege lag, ins Herzstück des Zirkus.

Carlo war bereits da und unterhielt sich mit den beiden ungleichen Schwestern. Die Schlangenfrau war scheinbar direkt nach Betreten des Raums dazu übergegangen sich aufzuwärmen, und die Clowns legten letzte Hand an ihre Masken. Das Rot um den Mund wurde noch eine Spur leuchtender, die schwarz aufgemalte Träne des Pantomimen nochmal nachgezeichnet. Anisa war noch nicht da, sie betrat das Zelt erst, als Matéo schon begann, sich Sorgen um sie zu machen. Manchmal litt sie unter schlimmen Kopfschmerzen. An solchen Tagen waren sie immer zu Hause geblieben.

Doch sie kam, in der Hand einen Eimer und einen Ring, beides dazu da, um später die Manege mit Seifenblasen auszufüllen. Lächelnd begrüßte sie jeden, als sie den Raum durchquerte.

»Anisa?« Matéo konnte nicht anders, als nach ihr zu rufen, während sie an ihm vorbeiging. Er wusste, dass seine Stimme viel zu leise und unsicher klang, wahrscheinlich würde sie ihn nicht einmal hören. Aber er hatte sie einfach rufen müssen.

Und tatsächlich drehte sie sich um, und in ihren Augen sah er wieder diesen bitterkalten Blick mit der Frage, was er von ihr wollte. Warum war sie so? Mal so entwaffnend fröhlich und dann wieder so schrecklich kalt und ablehnend?

»Ich … ich wollte dir nur sagen, dass es mir leid tut. Es scheint, als hätte ich dich verwechselt. Ich dachte, ich hätte dich von irgendwoher gekannt.«

Matéo biss sich so stark auf die Lippen, dass es blutete, kaum dass die Worte ausgesprochen waren. Er hatte etwas anderes sagen wollen. Tausend andere Dinge. Ein buntes Potpourri aus Erinnerungen und Zukunftsträumen. Niemals hatte er lügen wollen. Anisas Blick war es, der ihn diese Entscheidung hatte treffen lassen, auch wenn er das Gefühl hatte, dass sein Herz bei dieser Lüge qualvoll zugrunde ging. Aber hätte er ihr von all den Dingen erzählt, die für sie nichts mehr bedeuteten, was wäre dann geschehen?

Sie wäre vor ihm geflohen.

Jetzt aber verwandelte sich das Misstrauen auf ihrem Gesicht in ein strahlendes Lächeln. »Aber das macht doch nichts!«, sagte sie und zum ersten Mal, seit er sie im Circo Laylaluna gesehen hatte, hörte Matéo die Melodie in ihrer Stimme, in die er sich einst verliebt hatte, in einem kleinen Café, wo sie auf einer winzigen Bühne getanzt hatte.

»Ich bin Anisa. Ich tanze.«

Mehr hatte sie gar nicht sagen müssen, damit Matéo nicht mehr die Augen von ihr lassen konnte. Alle anderen Besucher des Cafés hatten ihr, wenn überhaupt, nur beiläufig Beachtung geschenkt, waren nach einem mehr oder weniger höflichen Applaus zu den unterbrochenen Gesprächen zurückgekehrt oder sogar gegangen.

Matéo aber war geblieben, bis der letzte Ton verklungen war, und hatte so heftig applaudiert, dass seine Hände rot geglüht hatten. Denn nie hatte er Schöneres gesehen. Er hatte nicht verstanden, wie die Menschen so blind hatten sein können für dieses kleine Wunder direkt vor ihrer Nase. Aber so waren die Menschen. Sie sahen die Schönheit nicht mehr in einfachen Dingen wie einem Tanz. Später hatte er Anisa an dem kleinen Tresen stehen sehen, doch er war nicht zu ihr hinübergegangen. Er hatte sich nicht getraut, und ebenso wenig traute er sich jetzt, nochmals nach ihr zu rufen. Wortlos beobachtete er, wie sie zu Carlo lief und bei ihm stehen blieb, während er traurig die Nase in Jordís Fell vergrub. Matéo war froh, das Kaninchen bei sich zu haben. Es schien das Einzige zu sein, was von seinem Leben noch übrig geblieben war.

Der Gong erklang. Die ohnehin schon gedämpfte Geräuschkulisse wurde noch eine Nuance stiller. Kein Ton war zu hören, nicht aus dem Zelt, nicht von den Artisten.

Es gongte ein zweites Mal. Matéo beobachtete, wie Anisa auf den Eingang der Manege zuging.

Der Gong wurde ein drittes Mal geschlagen. Eine leise Eröffnungsmelodie erklang. Als sie verstummte, lag für einen kurzen Moment noch das Lied in der Luft, das durch den Zirkus hallte, dann wurde es von einer neuen Melodie abgelöst, zu der Anisa die Manege betrat. Matéo konnte noch sehen, wie sie sich in der Mitte verbeugte, ehe sich der tiefpurpurne Vorhang hinter ihr schloss.

Die anderen Artisten setzten ihre Vorbereitungen fort. Carlo rieb sich mit einer Paste ein, die ihn vor der Hitze der Flammen schützte. Die Clowns füllten Wasser in winzige Behältnisse, die sie überall in ihrer Kleidung versteckten, und die Geschwister Nochenta wärmten sich ebenso auf wie Min-Liu es schon die ganze Zeit tat. Matéo aber hatte alles vorbereitet und so schlich er leise zum Vorhang und öffnete ihn einen Spalt, um Anisa bei ihrer Vorstellung zusehen zu können.

Wie am Vorabend ließ sie Seifenblasen entstehen, dieses Mal jedoch nicht durch Tanz und Bewegung, sondern auf ganz klassische Weise, indem sie leicht in den mit Seifenlauge benetzten Ring pustete. Eine schimmernde Kugel nach der anderen entstand so, alle vollkommen identisch in ihrer Größe. Anstatt aber zu Bildern und Figuren zu verschmelzen, blieben sie reglos in der Luft stehen. Keine von ihnen schwebte nach oben, keine sank zu Boden.

Als Anisa sich nach vorne beugte, um den Eimer mit der Seifenlauge und den Drahtring abzustellen, konnte Matéo zählen, dass es genau sieben Stück waren. Atemlos verfolgte er, wie Anisa sich wieder aufrichtete und begann, eine Seifenblase nach der anderen aus der Luft zu pflücken und im Anschluss mit ihnen jonglierte, als ob sie feste Bälle wären. Nicht eine von ihnen zerplatzte, egal wie hoch Anisa sie, passend zu der beschwingten Klaviermelodie, auch warf. Selbst als sie zu tanzen begann, Pirouetten drehte und jede zweite Kugel in einer geplanten Choreographie zu Boden fallen ließ, geschah ihnen nichts. Wie Gummibälle sprangen sie wieder nach oben, zurück in Anisas Hände, die sie weiter durch die Luft wirbeln ließ. Erst ganz am Ende, mit dem letzten Ton der Melodie, ließ Anisa sie durch eine Berührung mit den Fingerspitzen zu kleinen Wassertröpfchen zerplatzen.

Tosender Applaus setzte ein und steigerte sich noch, als Anisa sich verbeugte und mit tanzelnden Schritten die Manege verließ. Matéo, der immer noch hinter dem Vorhang stand, stammelte: »Das war großartig!«

Anisa drehte sich zu ihm um. »Danke!« Sie strahlte bis über beide Ohren.

»Bist du eigentlich schon lange beim Zirkus?«, wollte Matéo wissen.

Anisa legte kurz die Stirn in Falten. »Ich bin schon immer hier«, sagte sie dann, als sei dies eine Selbstverständlichkeit. »Wir alle sind es.«

Erschüttert schwieg Matéo. Wenn Anisa glaubte, dass es nie ein anderes Leben als dieses hier gegeben hatte – wie sollte er sie je dazu bringen, sich an Dinge zu erinnern, die in ihren Augen gar nicht stattgefunden hatten?

»Matéo?« Anisas Stimme riss ihn aus seinen hoffnungslosen Gedanken.

»Ja?«

»Du bist dran!«

»Dran?« Für einen Moment wusste er nicht, wovon sie sprach, aber dann fiel es ihm ein. Der Zirkus. Seine Vorstellung. Mit einem knappen Nicken verabschiedete er sich und stolperte durch den Vorhang hinaus in die Manege, die, wie er jetzt erst sah, mit glattem Holz ausgelegt worden war. Trotz der einsetzenden Musik hörte er Anisas glockenhelles Lachen hinter dem Vorhang und biss die Zähne zusammen, um der Traurigkeit keinen Raum zu geben, sich in Form von Tränen zu offenbaren.

Einen Trick nach dem anderen gab er zum Besten, und anders als in allen Vorführungen, die er bisher gegeben hatte, gelang ihm jeder einzelne perfekt. Er hörte, wie das Publikum den Atem gebannt anhielt oder vor Erstaunen laut »Ah« und »Oh« ausrief. Sehen konnte er niemanden, aber er schob es auf das blendende Licht der Scheinwerfer, die die Manege ausleuchteten.

Immer wieder versuchte er, aus den Augenwinkeln zu erkennen, ob auch Anisa seine Vorstellung verfolgte, doch selbst wenn dem so war, sah er sie nicht. Nur einmal meinte er zu sehen, dass sich der Vorhang leicht bewegte, aber auch hier machte es das grelle Licht unmöglich, mehr zu erkennen.

Es war die beste Vorstellung, die er je in seinem Leben gegeben hatte.

Als Höhepunkt zauberte er Jordí aus seinem grauen Zylinder. Und er beendete die Vorstellung damit, einer Dame aus diesem unwirklichen, geisterhaften Publikum eine herbeigezauberte Rose zu schenken. Der anschließende Applaus war genauso enthusiastisch wie zuvor bei Anisa.

Wie berauscht verließ Matéo die Manege. Automatisch suchte er nach Anisa, aber sie musste schon gegangen sein, denn er konnte sie nirgends entdecken. Nur Carlo nickte ihm knapp zu, als er an ihm vorbeitrat, um nun seinen Teil der Vorstellung zu geben. Matéo selbst wusste nicht, was er tun sollte. Wie Anisa gehen? Aber wohin? In seinen Wagen?

Nein. Dorthin würde er früh genug zurückkehren müssen. Er entschied sich, die Vorstellung weiterhin durch den Vorhang zu beobachten. Vielleicht würde er auf diese Weise sogar das Geheimnis von Carlo lüften können, sofern es eines gab. Sachte ließ er Jordí neben seinem Koffer zu Boden gleiten, ehe er den Vorhang zur Manege erneut ein Stück zur Seite schob, sodass er durch einen Spalt die Vorstellung verfolgen konnte.

Wie am Tag zuvor ließ der Feuerschlucker wieder einen Wirbelsturm aus Feuer durch die Manege tanzen, ohne dass Matéo erkennen konnte, auf welche Weise er die Flammen so spektakulär lenkte. Jeder noch so logische Gedanke verbrannte in der Hitze des Feuers, ebenso wie sein Papierschneeglöckchen am Morgen zuvor. Und doch tanzte der Wirbel aus Feuer, wie an unsichtbaren Fäden geführt durch die Manege. Mehr noch, in ihren Drehungen nahmen die Flammen eine andere Form an und bildeten einen weiblichen Körper, den Matéo unter hunderten erkannt hätte: den von Anisa.

Mit weit aufgerissenen Augen beobachtete er, wie die Anisa aus Feuer ihren schlanken Arm ausstreckte und die dargebotene Hand von Carlo ergriff. Im nächsten Moment tanzte sie mit ihm unter dem stürmischen Beifall der Zuschauer durch die Manege. Solange, bis die Musik verstummte und Anisas Gestalt langsam in sich zusammensank und schließlich verglühte, bis nichts als ein Rauchfaden von ihr übrig blieb.

Wie auch alle bisherigen Darbietungen wurde Carlo mit donnerndem Applaus aus der Manege begleitet. Am Vorhang hätte er Matéo beinahe umgerannt, der immer noch dastand und auf die Stelle starrte, an der die Anisa aus Feuer eben noch getanzt hatte. Mit einem widerwilligen Grunzen schob der Feuerschlucker ihn zur Seite. Widerspruchslos ließ Matéo es geschehen. Er sah ihm nicht einmal hinterher. Er trat den Schritt wieder zurück, um gerade noch den letzten Hauch des Rauches verschwinden zu sehen.

Ob Carlo wusste, was er dort gerade getan hatte? Ob ihm bewusst war, dass er Anisa genauso gemalt hatte, wie sie in ihrem tiefsten Inneren war? Eine tanzende, flackernde und wild brennende Flamme, stets mit der traurigen Gewissheit in den Augen, dass kein Feuer ewig brennt? Inständig hoffte Matéo, dass er es nicht wusste und dieser Tanz nur ein Zufall gewesen war.

Auch die Auftritte, die danach kamen, waren an Schönheit und Einzigartigkeit kaum zu überbieten. Zunächst aber waren da wieder jene nur langsam verstreichenden Minuten, in denen er nichts außer Nebel und den großen Glasmond mit der schlafenden Schönheit sah – er ging inzwischen davon aus, dass es sich um eine Puppe handelte, deren einziger Zweck darin bestand, den Zuschauern zu verdeutlichen, dass dies alles ein Traum war, in den sie eintauchten. Um ihre Sorgen zu vergessen, ihrem Alltag zu entkommen.

Als der Nebel sich wieder gelichtet hatte, stand Min-Liu in der Mitte der Manege und vollführte ihren schlangenartigen Tanz zum Klang fernöstlich angehauchter Musik. Danach folgten die beiden Schwestern, die sich, anders als bei der letzten Vorstellung, nicht durch Stoffbahnen hangelten, sondern von Trapez zu Trapez flogen, als wären ihnen Flügel gewachsen.

Die letzte Vorstellung des Abends gehörte den Clowns, die dem Publikum sein Lachen entlockten, als gäbe es nichts Leichteres auf der Welt, nur unterbrochen von den nachdenklichen Nuancen des Pantomimen, die sogleich wieder von den beiden Clowns ins Lächerliche gezogen wurden.

Matéo hörte das fröhliche Gelächter der Zuschauer über ihrem Applaus. Ihm selbst aber liefen Tränen über die Wangen, auch wenn er sich nicht erklären konnte, weswegen. Er konnte sie gerade noch rechtzeitig wegwischen, als er an einer Hand gepackt und zum großen Finale in die abermals hell erleuchtete Manege gezogen wurde.

Er erkannte Bianca, die kleinere der beiden Schwestern, neben sich und winkte wie sie dem nach wie vor unsichtbaren Publikum zu. Auch Anisa war wieder da, aber als die Artisten die Manege gemeinsam verließen, erwiderte sie nicht einmal seine Blicke und war schon wieder fort, ehe er noch hatte versuchen können, sie irgendwie zu erreichen.

Niedergeschlagen wollte er seine Sachen holen und war schon im Begriff, nach dem Koffer zu greifen, als ihm auffiel, dass Jordí nicht mehr da war. Fluchend raufte er sich die Haare. Verdammt!

Wieder war es Bianca Nochenta, die zu ihm trat. Leise sagte sie: »Die Dinge hier verschwinden nicht. Alles kommt wieder. So sicher wie die Tatsache, dass der Zirkus jeden Abend ein anderer ist.« Ihre Stimme klang rau, so als würde sie sie nicht oft benutzen, und als Matéo fragen wollte, was genau sie damit meinte, hatte sie sich auch schon wieder umgedreht und verließ mit ihrer Schwester den kleinen Raum. Alle anderen waren bereits fort. Matéo war allein. Suchend ließ er noch einmal seinen Blick umherwandern, doch Jordí blieb unauffindbar. Auch als er nach ihm rief, tauchte nirgendwo seine weiße, wippende Nase auf.

Schließlich trat auch er aus dem Zelt. Er versuchte, die Worte Biancas als Trost zu sehen, dennoch vermisste er Jordí schrecklich. Er war das Einzige, das ihm geblieben war. Und natürlich würde er sich nicht allein auf die Worte verlassen, dass nichts an diesem Ort verloren ging. Er würde ihn suchen. Was sonst?

Doch zunächst musste er wieder staunend innehalten, denn zumindest die letzten Worte der Trapezkünstlerin waren wahr gewesen: Der Zirkus, den er zuvor betreten hatte, war erneut zu einem ganz anderen geworden. Die sanften Pastelltöne waren grellbunten Farben gewichen, und die zuvor noch glatten und weichen Konturen waren zu spitzen Zacken und kantigen Ecken geworden, die von den Dächern der Wagen abstanden und ihnen das bunte Aussehen der Werke eines verrückten Architekten verliehen. Auch das nun knallbunte Zelt selbst erinnerte an ein Kunstwerk irgendwo zwischen Modernismus und Surrealismus, so als wäre es von Gaudí und Dalí gemeinsam erbaut worden.

Staunend drehte Matéo sich im Kreis. Wie war so etwas möglich? Baute jemand all das während der Vorstellung um? Warum aber bemerkte man dann nichts davon? Und wo waren all die Leute, die für eine solche Meisterleistung vonnöten waren?

Mit einem leisen Seufzer, der seiner Vermutung, wohl auch auf diese Frage keine Antwort zu finden, Ausdruck verlieh, machte er sich auf die Suche nach Jordí. Er suchte lange, bis er sich eingestehen musste, dass die Suche genauso erfolglos bleiben würde, wie die nach Anisa in jenen Tagen, bevor er den Zirkus entdeckt hatte.

Inständig hoffte er, dass Bianca Nochenta Recht behalten würde, und alles, was man verlor, von selbst zurückkehrte.

Er war nicht sicher, ob das auch für Kaninchen galt. Mit schlurfenden Schritten kehrte er schließlich in seinen Wagen zurück und legte sich aufs Bett, ohne auch nur die Schuhe auszuziehen.

Stundenlang, so kam es ihm später vor, hatte er so dagelegen und nichts getan, außer die hölzerne Decke anzustarren, den Kopf so voller Gedanken, dass er keinen von ihnen hatte greifen können und sich unendlich leer fühlte. Vor allem aber fühlte er sich einsam, denn wie so oft hatte das Alleinsein die Einsamkeit mit sich gebracht. Irgendwann schloss er die Augen, weil es nichts gab, dass er sonst hätte tun können.

Er fuhr hoch, als er ein Klopfen hörte. Träge richtete er sich auf. Wer mochte das sein? Als er aber dann Anisa in die Augen sah, war alle Trägheit vergessen. Sein Herz schlug ihm bis zum Hals. Sie stand auf der ersten Stufe, die zu seinem Wagen führte, und hielt ihm den zappelnden Jordí entgegen.

»Er muss dir entkommen sein«, sagte sie bloß, als Matéo das Kaninchen an sich nahm und ihm den Kopf streichelte.

»Danke«, erwiderte er und Anisa quittierte es mit einem Nicken. Sie wollte sich schon wieder abwenden, da platzte es aus Matéo heraus: »Willst du wissen, warum ich glaubte, dich zu kennen?«

Natürlich wusste er, wie verrückt es war, was er tat, ja vielleicht sogar wagemutig und gefährlich. Was, wenn er sie nur verschreckte? Doch was, wenn sie sich vielleicht doch erinnerte, sobald sie Dinge aus ihrem alten Leben hörte? Aus einer anderen Sicht erzählt, freilich, eine Geschichte, erzählt von einem Fremden über Fremde.

Für einen kurzen Augenblick blieb Anisa reglos stehen, das Gesicht schon halb von ihm abgewandt, sodass Matéo die Regung darin nicht richtig erkennen konnte. Schon glaubte er, dass sie einfach gehen würde, da drehte sie sich um und nickte zaghaft. Erleichtert atmete Matéo auf.

»Möchtest du reinkommen?«, fragte er, mit einer kleinen Geste auf das Wageninnere deutend.

Anisa schüttelte den Kopf. Ihre Blicke flackerten zu den anderen Wagen. Matéo sah in die gleiche Richtung, konnte aber nichts erkennen. Also setzte er Jordí mit einem Lächeln in den Wagen und zog die Tür ein wenig zu, sodass er nicht erneut entkommen konnte.

»Dann nimm wenigstens hier Platz«, bat er Anisa, während er mit der Hand auf die Stufen deutete.

Erneut überlegte sie kurz, setzte sich dann aber auf die unterste Stufe und sah ihn erwartungsvoll an. Matéo nahm neben ihr Platz, begann aber nicht sofort zu erzählen. Noch suchte er nach den richtigen Worten. Worte, die die Macht hatten, eine Geschichte zu erzählen. Worte, die so dicht an der Wahrheit waren, dass sie die davorgeschobene Lüge nicht enttarnten.

»Es war Herbst«, begann er schließlich. »Die ersten Herbststürme tobten über das Meer und die Wellen wurden zu Gebirgen. An diesem bestimmten Tag regnete es. Ich war auf dem Weg nach Hause. Der Wind hatte die Straßen leergefegt, es gab kaum jemanden, der einem Straßenmagier noch zuschauen wollte, und selbst wenn, hätte der aufkommende Sturm wohl jede einzelne Illusion verweht.« Matéo lächelte. »Es war ein Tag, den man in einer behaglichen Wohnung mit jemandem verbringen sollte, den man liebt. Damals war ich aber allein, und nichts hätte mich auf die Idee gebracht, es von diesem Abend an nicht mehr zu sein. Denn manchmal weht der Wind etwas davon. Und manchmal findet man etwas, wenn man dem Wind folgt.

Mein Zylinder war plötzlich von einer Windböe ergriffen worden und wehte davon. Ich setzte ihm nach, denn ein Zauberer ohne Zylinder ist nicht mehr als ein Mann in einem Anzug. Der Hut flog mal schneller, mal langsamer, schwebte mal höher, dann wieder zum Greifen nah und doch wieder zu weit fort. Bald bekam ich kaum noch Luft. Mein Herz raste, doch ich rannte weiter, und der Wind lockte mich mit meinem Zylinder, als hätte er einen Plan für mich.

Ich sah die junge Frau schon, ehe der Zylinder zu ihren Füßen landete. Wie eine Schneeflocke tänzelte sie durch die tiefgraue Abenddämmerung. Es schien, als würde sie dem Wind die zierlichen Hände reichen und ihn bitten, sie in ihrem Tanz zu begleiten. Sie bemerkte mich nicht, auch nicht, als ich meinen Zylinder aufhob, der direkt vor ihr lag, als hätte der Wind das Interesse an ihm verloren. Sie tanzte einfach um mich herum und von dort aus weiter, der Straße folgend, eine Melodie summend, die ich nie zuvor gehört hatte.

Einige Sekunden habe ich ihr einfach nur nachgesehen, den Zylinder in der Hand haltend. Dann rannte ich ihr hinterher. Bald war ich völlig durchnässt vom immer stärker werdenden Regen, doch ich hielt nicht an, um Schutz zu suchen. Ich lief weiter, immer der jungen Frau hinterher, ohne zu wissen, warum.

Sie drehte sich noch nicht einmal um.

Wie ein Glühwürmchen wies mir ihr strahlend weißes Kleid den Weg, bis sie ein kleines Café erreichte und darin verschwand. Ich eilte ihr hinterher und warf einen suchenden Blick durch die Glasscheibe ins Innere. Gerade noch sah ich, wie sie hinter einer schmalen Tür neben einer kleinen Bühne verschwand.

Erst in dieser Sekunde spürte ich die Kälte, die mit Fingern aus Wind und Nässe nach mir griff. Rasch betrat ich das Café, wärmte mich an einem Tee auf und wartete, dass sie wieder auftauchte. Meine kleine Tänzerin. Ich wusste schon, dass sie nichts anderes als eine Tänzerin sein konnte, noch ehe sie die winzige Bühne in der Ecke des Raumes betrat. Und sie hatte nur ihren Namen sagen müssen, da wusste ich schon, dass ich mein Herz an sie verloren hatte.

Dann begann sie zu tanzen, zu eben jener Melodie, die sie schon zuvor gesummt hatte und die nun zu dem Lied wurde, das meinen Herzschlag bestimmte. Atemlos verfolgte ich jede ihrer Bewegungen, versank in ihrer anmutigen Schönheit. Niemand sonst schien ihr Beachtung zu schenken, und so war ich am Ende derjenige, der am lautesten klatschte, während die übrigen Gäste sie nur mit mehr oder minder höflichem Applaus bedachten.

Viel zu schnell verließ sie die Bühne wieder, um abermals hinter der danebenliegenden Tür zu verschwinden. Ich wartete, hoffte, dass sie nicht heimlich durch einen Hinterausgang entschwand.

Doch ich hatte Glück. Und als sie den Raum wieder betrat, setzte mein Herzschlag einen Moment lang aus. Reglos beobachtete ich, wie sie sich an die Theke setzte. Ich selbst blieb an meinem Tisch sitzen, zu schüchtern, um zu ihr herüberzugehen. Ich sah, wie ein anderer mit ihr sprach.

Niedergeschlagen verließ ich das Café. Draußen regnete es immer noch. Die Luft schmeckte nach einer weit entfernten Brise von Winter, der die Stadt trotz all seiner Macht wohl nie erreichen würde. Ich hatte mich schon einige Meter vom Café entfernt, da hörte ich Schritte hinter mir. Tänzelnde Schritte, die wie ein Lied klangen. Sie wurden schneller, kamen näher und plötzlich ließ mich eine Berührung an der Schulter anhalten.

Ich drehte mich um, und da war sie. Meine Tänzerin. Sah mich einfach nur an.

Niemals zuvor war ich auf diese Art und Weise angesehen worden. Es war einer dieser Blicke, in denen tausend Worte lagen, Worte, die man niemals aussprechen musste, die aber zwei Leben zu einem einzigen machten.

Dann griff sie nach meiner Hand, zog mich zu sich heran und wir begannen zu tanzen, mitten auf der Straße, zu einer Melodie, die nur wir hörten. Ich glaube, wir tanzten die ganze Nacht hindurch, bis wir uns im Morgengrauen küssten, durchnässt und zitternd, aber so glücklich wie nie zuvor.«

Matéo lächelte matt. »Seither haben unsere Herzen nicht mehr aufgehört, miteinander zu tanzen. Bis zu dem Morgen, an dem sie verschwand.«

Als er geendet hatte, schwieg Anisa eine ganze Weile, und Matéo wollte sich schon die leise Hoffnung zugestehen, dass ihr gerade wieder alles bewusst geworden war, da schaute sie ihn an und fragte: »Und jetzt suchst du deine kleine Tänzerin?«

»Ja«, flüsterte Matéo, dem die Stimme vor Traurigkeit zu versagen drohte.

Wieder sagte Anisa für längere Zeit nichts, sie saß einfach nur da und starrte in die Nacht hinaus, ehe sie sich erhob und sich von ihm verabschiedete, aber nicht ohne »Ich hoffe, du wirst sie wiederfinden«, zu sagen.

Dann ging sie. Schon nach wenigen Schritten wurde sie von einer Mischung aus Dunkelheit und aufkommendem Nebel verschluckt.

»Das habe ich doch schon längst«, flüsterte Matéo ihr leise hinterher, ehe er sich selbst erhob, um zurück in seinen Wagen zu gehen. Erst als er die Tür bereits hinter sich geschlossen hatte, fiel ihm ein, dass er sie hätte fragen können, wie und warum der Zirkus sich jeden Abend veränderte. So aber hob er nur Jordí, der unter der Kommode saß, in seinen Käfig, legte ihm eine frische Möhre vor die Nase und ging in die kleine Waschnische, um sich für das bisschen Nacht, das blieb, umzuziehen.

Er bezweifelte, dass er würde schlafen können, und so unterhielt er sich eine Weile mit Jordí. Wie immer war das Kaninchen ein guter Zuhörer, aber irgendwann gingen ihm die Worte aus. Also versuchte er abermals, zu schlafen. Doch wie er sich auch bettete, der Schlaf wollte sich nicht einstellen. Und so wartete er auf den Morgen, mit den Gedanken um Anisa kreisend wie eine Motte ums Licht.

Der Dienstagmorgen brachte dichten, sinflutartigen Regen mit sich, der es unmöglich machte, weiter als zehn Meter vom Fenster entfernt etwas zu erkennen. Abermals meinte Matéo zu sehen, dass der Zirkus seine nächtliche Pracht verloren hatte. Aber immer, wenn sich das Bild gerade vor seinen Augen manifestiert hatte, wurde der Regen nochmals dichter oder der Wind drehte sich und das eben Erkennbare löste sich einer Fata Morgana gleich auf. Und egal wie oft Matéo auch hinausschaute, nie sah er jemanden. Weder einen der anderen Artisten noch einen der Budenbetreiber, die er an seinem ersten Abend gesehen hatte. Aber das konnte man bei dem Wetter ja vielleicht noch verstehen. Doch selbst die Buden schienen verschwunden zu sein. Dort, wo sie hätten sein müssen, sah Matéo von dem zweiten Fenster seines Wagens aus nichts als den Zaun mit den mondförmigen Spitzen.

Verwirrt drehte er sich vom Fenster weg und kniete sich zu Jordí, der gerade den Versuch gestartet hatte, einen Tunnel in den Wagen zu buddeln.

Erst am Abend öffneten sich die Türen der anderen Wagen. Der Regen hatte nachgelassen und die Artisten machten sich auf den Weg zum Zelt. Matéo würde heute als dritter die Manege betreten.

»Wer wohnt dort?«, fragte er die Schlangenfrau, die gerade neben ihm her ging, als sie den Wohnwagen mit dem schwarzen Schmetterling passierten, der neben dem Seinem stand.

Min-Liu sah ihn an, als hätte sie ihn zuvor nicht einmal bemerkt. Ein argwöhnischer Ausdruck lag in ihren mandelförmigen Augen.

»Mireia«, sagte sie bloß, als wäre das alles, was an Erklärung nötig war, und ging einen Schritt schneller, um keine weiteren Fragen mehr beantworten zu müssen. Verdutzt blieb Matéo stehen, was zur Folge hatte, dass David, der Pantomime, in ihn hineinlief und ihn fast zu Fall brachte.

»Pardon«, sagte er.

Der Pantomime drehte sich mit großen Augen um und machte eine Geste, die Matéos Entschuldigung als unnötig abtat.

»Du sprichst nie?«, fragte der Zauberkünstler erstaunt.

David neigte den Kopf hin und her, dann vollführte er einige zielgerichtete Bewegungen.

Matéo lachte. »Du meinst, nicht zu sprechen bedeutet nicht, nichts zu sagen?«

Jetzt lachte auch der Pantomime stumm, aber nicht weniger strahlend.

»Kannst du mir erklären, wer dort wohnt?«, fragte Matéo daraufhin und deutete auf den Wagen links von ihm.

David schüttelte den Kopf und beschrieb abermals etwas, das Matéo allerdings nicht verstand, so oft der Pantomime es auch wiederholte. Bald ließ David enttäuscht den Kopf hängen. Einer der beiden Clowns kam lachend zu ihnen, Matéo konnte nicht sagen, welcher der beiden es war.

»Brauchst du jemanden, der übersetzt?« Er hatte eine tiefe Stimme und rollte das R.

»Ich glaube schon«, gestand Matéo, was der Pantomime mit einer theatralischen Geste kommentierte, die zeigte, wie er sich einen Dolch oder ein Messer ins Herz rammte.

Der Clown lachte. »Lass gut sein, David. Für manche Dinge braucht man Worte, auch wenn du jetzt wieder versuchen wirst, mir das Gegenteil zu beweisen.«

Der Pantomime nickte vehement, aber der Clown winkte ab.

»Nicht jetzt.« Zu Matéo gewandt sagte er: »Es ist angenehm, wenn man zu dritt in einem Wohnwagen lebt, und einer nie spricht. Es nimmt der Enge etwas von ihrer Macht.«

Kurz verlor sich sein aufgemaltes Lachen in der Ernsthaftigkeit des Augenblicks, dann füllte er die Schminke schon wieder mit seinem eigenen Lachen aus.

»Was wolltest du denn von unserem stummen Freund wissen?«, erkundigte er sich.

»Wer dort wohnt.« Abermals deutete Matéo auf den entsprechenden Wagen. »Min-Liu erwähnte einen Namen, ich glaube, es war Mireia.«

Der Clown – Matéo vermutete inzwischen, dass es Pietro war, weil ihm Tullio größer in Erinnerung geblieben war – nickte. »Ja, das stimmt.«

Sonst sagte er nichts.

»Wer ist das?«, hakte Matéo nach.

Doch alles, was Pietro ihm zur Antwort gab, war: »Du wirst sie kennenlernen. An diesem Ort fügen sich solche Dinge.«

Matéo entfuhr ein Seufzer. Wieder so eine seltsame Andeutung, auch wenn er zugeben musste, dass sich die von Bianca Nochenta als Wahrheit herausgestellt hatte. Jordí war wieder aufgetaucht. Und trotzdem.

»Warum kannst du mir nicht einfach sagen, wer diese Mireia ist?«, erkundigte er sich.

Der Clown zuckte mit den Schultern. »Ich weiß es nicht«, gestand er schließlich.

Matéo schnaubte ungehalten. »Weißt du wenigstens, wie es sein kann, dass der Zirkus jeden Abend anders aussieht?«

Der Clown betrachtete den knallbunten Zirkus. »Nein«, antwortete er nach einer Weile. »Es ist einfach so. Heute Abend wird er wieder anders aussehen. Wie aus einem Märchen aus Tausend und einer Nacht gestohlen.«

Damit tippte er sich zu einem Gruß an die Stirn und ließ Matéo ebenso stehen wie Min-Liu zuvor. Dem jungen Zauberer blieb nichts anderes übrig, als ihnen zu folgen, denn aus dem Zelt ertönte schon die Melodie, die den Beginn der Vorstellung ankündigte. Ratlos fragte Matéo sich, ob er den Gong überhört hatte.

Matéos Auftritt lag abermals zwischen denen von Anisa und Carlo.

Wieder sah er zu Beginn prüfend zu dem Vorhang und hoffte, dass Anisa ihm vielleicht dieses Mal zuschaute. Und tatsächlich – hinter dem Stoff konnte er einen Teil ihres Gesichts ausmachen.

Mit einem strahlenden Lächeln auf den Lippen begann er, das Vorhaben, das er sich im Laufe des Tages zurechtgelegt hatte, in die Tat umzusetzen. Wie Carlo wollte auch er Anisa zu einem Teil seiner Darbietung machen, ihr von nun an immer wieder ein kleines Puzzlestück ihres gemeinsamen Lebens reichen, solange, bis sie das Bild wieder vor sich sehen konnte. Inständig hoffte er, dass ihm die heutige Vorstellung gelingen würde.

In seiner Phantasie war es ganz einfach gewesen, und die Schubladen seiner Kommode hatten alles Notwendige für ihn bereitgehalten. Bei den Proben allerdings war es ihm nicht ein einziges Mal geglückt. Er fürchtete sich davor, es dem Publikum zu präsentieren, das er heute als vage Schatten erkennen konnte. Er begann mit einigen einfachen Tricks und Illusionen, ehe er eine Marionette aus seinem Koffer hervorzog, die eine kleine Tänzerin darstellte, und sie tanzen ließ – ohne auch nur einen Faden zu berühren.

Er wünschte sich, dass die Musik dazu genau das Lied spielte, zu dem Anisa an jenem Abend getanzt hatte, als er sie das erste Mal gesehen hatte, doch da es weder ein Orchester gab, das spielte, noch Lautsprecher zu sehen waren, wusste er nicht, ob es funktionieren würde. Bislang war die Musik einfach dagewesen, und Matéo hoffte, dass all die Wunderlichkeiten dieses Ortes ihm in diesem Falle zugutekommen würden.

Und tatsächlich taten sie es. Die Töne der filigranen Melodie begannen, den Raum auszufüllen und die kleine Marionette tanzte dazu völlig ohne Führung.

Immer wieder versuchte Matéo, einen Blick auf Anisas Gesicht zu erhaschen, doch der Bereich hinter dem Vorhang lag im Schatten, sodass er nichts erkennen konnte. Dann würde er eben warten müssen.

Doch später, nachdem er Jordí unter großem Applaus aus dem Zylinder hervor gezaubert und die Manege verlassen hatte, war Anisa bereits wieder fort.

»Wohin geht sie nur?«, fragte er sich leise, doch er suchte sie nicht. Er wusste, dass er sie nicht finden würde.

Stattdessen verfolgte er abermals die Vorstellung hinter dem Vorhang, die wieder keine Ähnlichkeiten mit denen hatte, die an den Abenden zuvor aufgeführt worden waren. Und als Bianca und Cassandra Nochenta als letzter Akt mit atemberaubenden Salti und Schrauben durch die Luft gewirbelt waren, applaudierte er genauso laut wie alle anderen, ehe er sich dem großen Finale anschloss.

Und wie der Clown vorhergesagt hatte, war der Zirkus wieder ein anderer geworden, als er das Zelt später verließ. Er war, wie angekündigt, Teil eines orientalischen Märchens geworden. Das Zelt hatte plötzlich mehrere Spitzen, die wie Zwiebeldächer in den Nachthimmel ragten, untereinander mit Lichtergirlanden verbunden. Flackernde Fackeln säumten die Wege. Die Wagen selbst wirkten schmaler, und die Fenster waren nicht länger eckig, sondern endeten in einem spitz zulaufenden Bogen. Alles schien einer Fata Morgana gleich zu flirren, und der Regen, der jetzt wieder einsetzte, verstärkte diesen Eindruck noch.

Mehr als zuvor wünschte Matéo, jemand würde ihm sagen, was es mit diesem Ort auf sich hatte. Jetzt in der Stille kamen ihm die Dinge, die in und um die Manege herum geschahen, noch viel unglaublicher vor. Nicht nur, dass sich der Zirkus Nacht für Nacht wie von Zauberhand veränderte oder ihm mit einem Male jeder noch so komplizierte Trick gelang, an dem er vorher verzweifelt wäre. Hinzu kam die Tatsache, dass die Musik gespielt wurde, die man sich wünschte, ohne diesen Wunsch überhaupt geäußert zu haben. Oder die, dass die Artisten sich untereinander kaum unterhielten, sondern meistens für sich blieben, selbst, wenn sie aufeinandertrafen. Warum gab es kein Gelächter und kein Beisammensein? Warum war an diesem Ort jeder allein? Und weshalb sah der Zirkus am Tag wieder anders aus als in der Nacht, auch wenn Matéo sich dessen nicht einmal sicher sein konnte?

So viele Fragen.

Matéo spürte, wie ihm die fehlenden Antworten den Atem raubten, und das beengende Gefühl breitete sich in ihm aus. Ohne sich noch einmal umzusehen, verließ er den Wagen so schnell, wie er ihn zuvor betreten hatte. Er wollte sich ein wenig die Beine vertreten und durch die Stadt laufen, deren Existenz er an diesem Ort fast vergessen hatte. Einfach etwas Abstand gewinnen, vielleicht mit ein paar gebrannten Mandeln in der Tasche zurückkehren, die er an der Süßigkeitenbude kaufen würde.

Mit einem letzten Blick auf Jordí, der genüsslich an einer Fenchelknolle knabberte, schloss Matéo die Tür und ging um den

Wagen herum, dorthin, wo die Buden der Schausteller standen. Nicht immer reichte es, mit Jordí zu reden.

Dass er keine von ihnen mehr vorfand, nahm er fast nur noch beiläufig zur Kenntnis. Zu vieles war schon geschehen, was nie hätte geschehen können, angefangen vor so vielen Tagen, als die Nacht nicht mehr hatte enden wollen. Trotzdem fühlte Matéo sich mit jeder Sekunde unwohler in seiner Haut. Er musste hier weg. Nicht weit, nicht lange, nur ein bisschen.

Doch als er den Schriftzug mit dem Namen des Zirkus erreichte, unter dem er das Tor vermutete, stellte er fest, dass es auch kein Tor mehr zu geben schien, genauso wie in der Nacht, in der er gekommen war und hatte gehen wollen, ehe er der Zauberer dieses Zirkus geworden war.

Den ganzen Zaun ging er ab, doch es folgte nur Gitterstrebe auf Gitterstrebe. Nirgends ein Tor, nicht mal ein Schloss. Verzweifelt vor Wut rüttelte er an den eisernen Stäben, während sich sein Kopf mit einer weiteren Frage füllte, anstatt leerer zu werden: Warum waren sie hier eingesperrt?

Müde lehnte er seinen Kopf gegen die Stäbe und genoss einen kurzen Augenblick die beruhigende Kälte.

»Niemand verlässt diesen Zirkus.« Die Stimme, die ihn erschreckte, war gleichsam heiß wie Feuer und kalt wie Eis.

Matéo musste sich nicht umdrehen, um zu wissen, dass Carlo hinter ihm stand. Ausgerechnet.

»Was willst du?«, fragte er, als er sich doch dem Feuerschlucker zuwandte.

Carlo zuckte mit den Schultern. »Nichts. Dir nur sagen, dass man hier nicht wegkommt.«

Der große Mann umfasste zwei der Gitterstäbe mit seinen Händen, als wollte er versuchen, sie mit reiner Körperkraft zu verbiegen. Etwas, das Matéo ihm ohne Weiteres zugetraut hätte. Doch selbst Carlos unwirkliches Feuer konnte den Stäben nichts anhaben, obwohl Matéo mit eigenen Augen sah, wie sich das schwarze Metall rotglühend verfärbte. Keuchend ließ Carlo von den Gittern ab.

»Ich habe alles versucht. Ich bin kein Mensch für einen Käfig.«

Nein, dachte Matéo. Wohl kaum. Wer war das schon?

»Nur Anisa hält mich davon ab, wahnsinnig zu werden«, flüsterte der Feuerschlucker so leise, dass Matéo genau wusste, dass es nie und nimmer für seine Ohren bestimmt war. Er tat, als hätte er es nicht gehört.

»Warum kann man hier nicht weg?«, fragte er rasch.

Der Feuerschlucker sah ihn an, als hätte er seine Existenz für einige Sekunden vergessen. Erst als Matéo auf den hohen Zaun deutete, wusste er wieder, worüber sie sprachen.

»Das weiß ich nicht. Ich weiß nur, dass es nicht geht. Nicht einmal, wenn man durch das offene Tor gehen will, wenn die Besucher Nacht für Nacht kommen.«

Mit diesen Worten verschwand er in der Dunkelheit, ehe Matéo etwas erwidern konnte.

Der Zauberer blieb allein zurück und steckte erneut seinen Kopf soweit zwischen die Gitter, wie die unnachgiebigen Streben es erlaubten. Für einige kurze, wohltuende Momente beruhigte das kühle Metall seinen rastlosen Geist, dann aber stieß er sich wieder vom Zaun ab und kehrte zu seinem Wagen zurück.

Wohin, fragt er sich stumm, hätte er auch sonst gehen sollen? Anisa war hier, und morgen würde er wieder versuchen, ihre Erinnerungen zu wecken, genau wie an jedem weiteren Tag. Solange, bis sie sich wieder an ihn erinnern würde. An ihr Leben, ihre Liebe.

Einen kurzen Moment dachte er an die geflüsterten Worte des Feuerschluckers. Jene Worte, die davon gezeugt hatten, wie es um dessen Herz stand und die Matéo eine Warnung gewesen waren, obwohl sie keine hatten sein sollen. Doch am Ende änderte es nichts.

Er hatte seinen Wagen schon fast erreicht, da bemerkte er eine Gestalt im Schatten des Zeltes, die er beim Nähertreten als Min-Liu erkannte. Die Schlangenfrau saß, scheinbar in Gedanken versunken, da und faltete Kraniche aus Papier. Matéo trat zu ihr und räusperte sich, damit sie ihn bemerkte.

Verwundert sah sie zu ihm auf.

»Oh«, sagte sie. »Ich dachte, ich wäre allein.«

»Das warst du auch«, entgegnete Matéo. »Ich war gerade auf dem Weg zu meinem Wagen, als ich dich sah.«

Min-Liu folgte seinem Blick und betrachtete den Wagen, als würde sie ihn zum ersten Mal sehen. Langsam nickte sie.

»Kannst du nicht schlafen?«, erkundigte sich Matéo.

»Ja. Ich meine, nein. Ich weiß es gar nicht.« Hilflos rang Min-Liu die Hände, nur um gleich wieder weiter an ihrem Papiervogel zu falten.

Matéo beobachtete sie dabei.

»Soll ich es dir zeigen?«, fragte sie irgendwann.

Überrascht von dem Angebot, brauchte Matéo eine Sekunde, dann nickte er und nahm neben der Asiatin Platz.

»Es heißt«, sagte sie, während sie ihm die ersten Faltschritte zeigte, »dass demjenigen, der eintausend Kraniche faltet, die Erfüllung eines Wunsches gewährt wird.«

Matéo sah von seinem Blatt auf. »Was würdest du dir wünschen?«, fragte er neugierig und verfiel in fassungsloses Schweigen, als Min-Liu mit Tränen in den Augen flüsterte: »Ich weiß es nicht. Früher, da habe ich es gewusst. Jetzt nicht mehr.«

Matéo runzelte die Stirn. »Warum faltest du dann weiter?«

Min-Liu ließ die Hände sinken, die bereits wieder angefangen hatten, einen neuen Kranich zu falten. »Manchmal führt man etwas fort, ohne sich überhaupt noch daran zu erinnern, warum man einstmals damit angefangen hat.«

Traurig griff sie nach einem neuen Blatt Papier, das zuhauf vor ihren gekreuzten Beinen lag, und Matéo, dessen erster Kranich fertig war, ließ ihn für einen Moment fliegen, nur für sie. Ein winziger Augenblick, in dem die Erinnerung eines Lächelns in ihre Augen zurückkehrte.

Erst, als er sehr viel später mit einer Handvoll gefalteter Vögel in seinem Wagen war, fiel ihm ein, dass er sie hätte fragen können, wie viele Kraniche sie schon gefaltet hatte, doch kaum, dass er den Gedanken zu Ende gedacht hatte, fiel er in einen tiefen Schlaf.

Am nächsten Tag fiel es ihm schwer, die Augen zu öffnen. Die Erinnerung an einen merkwürdigen Traum hielt ihn noch gefangen. Er hatte eine Frau vom Himmel steigen sehen, ihr Kleid der Nachthimmel selbst, den sie wie eine Schleppe hinter sich hergezogen hatte.

Matéo wusste, dass man in Träumen oft Antworten auf Fragen fand, die man noch nie gestellt hatte, aber nichts, was es in seinem Leben gab, passte zu diesem Bild, sodass er schließlich aufstand, um sich zuerst um Jordí und im Anschluss um die Vorbereitungen seiner heutigen Vorstellung zu kümmern.

Hin und wieder sah er nach draußen. Erneut hatte sich dichter Nebel um den Zirkus gelegt, der die Umgebung fast vollständig verschluckte. Irgendwann gab Matéo es auf, nach jemandem Ausschau zu halten.

Erst am Abend, als auch die anderen Artisten ihre Wagen verließen, um zur Vorstellung zu gehen, schloss er sich ihnen an.

Dieses Mal wich Min-Liu ihm nicht aus, als er sie begrüßte, sie lächelte ihm sogar zu, ebenso wie Bianca Nochenta, die neben ihrer mürrisch dreinblickenden Schwester herging.

Sie waren es, die dieses Mal die Vorstellung mit ihrer Darbietung am Trapez eröffneten, ehe die Clowns ihren Schabernack treiben würden. Da Anisa nicht mit den anderen Artisten im Vorzelt war, sah Matéo ihnen abermals zu. Wieder rollten ihm Tränen die Wangen herunter, und er verstand nicht, was die Menschen im Publikum an so viel dargestellter Traurigkeit erheiternd fanden und weshalb er selbst dies mit einem Male nicht mehr zu können schien.

Der Pantomime war es, der ihm die Frage beantwortete, obwohl Matéo sie nicht einmal stellte. Er tat es, weil er die Tränen sah, die Matéo versuchte wegzuwischen, als er an ihm vorbeikam. Mit weit ausholender Geste umfasste er den ganzen Zirkus und fing dann eine Träne von Matéos Wange mit der Fingerspitze auf.

»Es ist der Ort«, verstand der Zauberer. David nickte begeistert und füllte die Luft in der nächsten Sekunde mit mehr Bildern, als dass Matéo sie alle hätte verstehen können. Doch eins wusste er am Ende: Dass hinter jedem Lächeln auch ein bisschen Traurigkeit lag, in jedem Blinzeln eines Sterns ein Stückchen Dunkelheit, weil der Stern wusste, dass die Nacht bald enden würde und er vergehen musste, bis der nächste Abend erwachen würde.

Und obwohl Matéo spürte, wie viel mehr in diesem Wissen lag, konnte er dem Pantomimen nur noch beiläufig zunicken, denn Anisa betrat gerade hinter ihnen die Manege für ihren Auftritt. Natürlich glich dieser keiner ihrer bisherigen Vorführungen. Dieses Mal schloss Anisa sich zur großen Bewunderung der Zuschauer selbst in einer riesigen Seifenblase ein und führte darin einen Tanz auf, bis sie die fein wabernde Hülle am Ende zerplatzten ließ.

Sie betrachtete Matéo danach ebenso wenig wie seinen Auftritt, der dem ihren folgte, bevor Carlo mit seinen tosenden Feuern die Manege füllte.

Es war an diesem Abend an Min-Liu, den Abschluss der Vorstellung zu bilden. Danach folgte das tosende Finale, bei dem ein Feuerwerk aus Licht und Farben auf das Publikum hinabregnete, wie Matéo es noch nie gesehen hatte.

Dass der Zirkus erneut sein Antlitz verändert hatte, verwunderte ihn schon gar nicht mehr, wohl aber sein Aussehen. Alles war in leuchtendes Rot getaucht, verziert mit goldenen Drachen, die mit ihren schlangenähnlichen Körpern Säulen umschlangen, die aus tausenden grüner Blätter gebaut zu sein schienen. Wie das Zelt hatten auch die Wagen dieses Mal nicht nur ihre Farbe, sondern auch ihre Form verändert, sodass der ganze Zirkus einem chinesischen Tempel glich. Um das Zelt lag ein silbergoldener Drache aus Papier, dessen Maul und Schwanz den Eingang einrahmten. Matéo konnte sich gar nicht sattsehen.

Trotzdem suchte er die Blicke der zierlichen Schlangenfrau. Als sie sich trafen, sah er einen seltsamen Glanz in ihren mandelförmigen Augen, der all die Ratlosigkeit aus der letzten Nacht weggewischt zu haben schien. Stattdessen sah Matéo einen Anflug von Stolz, und stumm fragte er sich, ob sie ihre eigentliche Heimat wohl vermisste, selbst wenn er nicht einmal wusste, ob sie jemals dort gewesen war. Der Glanz in Min-Lius Augen verschwand so schnell, wie er gekommen war.

Plötzlich nahm Matéo aus den Augenwinkeln eine Bewegung in dem Wagen direkt neben dem seinen wahr, doch kaum dass er wieder hinsah, war niemand zu sehen. Einen Moment lang überlegte er, einfach zu klopfen, um sich der geheimnisvollen Mireia vorzustellen, entschied sich dann aber, einfach nur in seinen Wagen zu gehen. Wer immer Mireia war – er würde sie noch kennenlernen.

Die Zeit, die zwischen Matéos Aufwachen am darauf folgenden Morgen und der Vorstellung am nächsten Abend lag, verging so unwirklich schnell, dass er am Abend nicht wusste, wo die Stunden geblieben waren. In der Nacht war ihm eine Idee für eine Illusion gekommen, die er vorführen wollte, eine Art Schattentheater, wiederum dafür bestimmt, Anisa ein weiteres Stück ihres gemeinsamen Lebens in einer Geschichte zu zeigen.

Wie selbstverständlich fand er in den Schubladen der Kommode Schere, Stift und Papier, genau wie er es brauchte, in Weiß und Schwarz. Sogar die Bauteile des von ihm ersonnenen Apparates aus Fäden und Spiegeln waren da. Abermals fragte er sich verwundert, woher die Sachen so plötzlich gekommen waren oder ob sie die ganze Zeit schon dagewesen waren und er sie nur nicht bemerkt hatte. Doch die Frage verschwand schnell im Eifer der zu treffenden Vorbereitungen, die immer wieder von Jordí unterbrochen wurden, da es dem Kaninchen gefiel, etwas von den gerade fertiggestellten Dingen mit den Zähnen fortzuziehen, umzustupsen und darauf zu springen.

Doch obwohl er es mitsamt Jordí und den vorbereiteten Utensilien zeitlich gerade so in den Zirkus schaffte, dass er den

Auftritt Anisas ein weiteres Mal von seinem Platz hinter dem Vorhang verfolgen konnte, war es ihm unmöglich, dem Häschen böse zu sein.

Fasziniert beobachtete er, wie sie Seifenblasen formte, so flach und dünn, dass sie wie flirrende Papierbögen aus Licht aussahen. Dirigiert von ihrem Tanz falteten sie sich sogleich zu Kranichen, die denen Min-Lius glichen und in Bögen und Schleifen durch die Manege flogen. Anisa trieb sie vor sich her oder tat, als müsste sie vor ihnen fliehen, ehe sie die wunderschönen Tiere am Ende vergehen ließ.

Anisa blieb beim Verlassen der Arena direkt vor Matéo stehen und schenkte ihm ein strahlendes Lächeln. Matéo erwiderte es und nutzte die Gelegenheit, ihr eine Frage zu stellen, ehe sie ihm wieder entwischen konnte.

»Schaust du mir heute zu? Ich habe einen neuen Trick. Vielleicht gefällt er dir ja.«

Wie mit einem Schwamm fortgewischt verschwand das Lächeln von Anisas Gesicht und sie sah ihn so ernst an, dass Matéo das unbegründete Gefühl hatte, etwas falsch gemacht zu haben. Schon wollte er fragen, was dies sein könnte, da nickte Anisa und nahm seinen Platz hinter dem Vorhang ein, während er die Manege betrat.

Matéos Herz klopfte bis zum Hals. Er spürte, dass seine Hand bei dem Versuch zitterte, Jordí zur Einstimmung des Publikums aus seinem Zylinder zu zaubern. Nachdem es ihm gelungen war und der Applaus endete, baute er auf, woran er den ganzen Tag gearbeitet hatte.

Papierbahn um Papierbahn rollte er auf, sodass sie ihn wie einen weißen Zaun umgaben, hinter dem er, in der Mitte stehend, schwarz zugeschnittene Silhouetten anbrachte, die einen Wald darstellen sollten. Dazwischen klebte er zwei Figuren. Eine zierliche Frau, die man in ihrem Kleid unschwer als Tänzerin erkannte, und einen Mann, der sie um eine Kopflänge überragte. Er trug einen Zylinder, der ihn noch größer wirken ließ.

Aus dem Publikum war kein Mucks zu hören, und als selbst die Musik verstummte, die seine Arbeit beschwingt begleitet hatte, meinte Matéo zu hören, wie das ein oder andere Herz vor Anspannung für einen Schlag aussetzte. Ob auch das Herz Anisas dazugehörte? Durch die Papierwände war es ihm unmöglich, etwas zu erkennen.

Einige Sekunden lang kostete er dieses Gefühl aus, dann setzte die Musik erneut ein, genau in dem Takt, den Matéo vorgesehen hatte. Lichter flackerten, als Matéo das Schattenspiel beginnen ließ. Seine Hände zogen an unsichtbaren Fäden, drehten Spiegel, die an einer komplizierten Konstruktion in der Mitte befestigt waren, verborgen in der unbeleuchteten Manegenmitte, in der er selbst stand.

Alles Licht lag auf dem Papier, das ihn umgab, auf dem das Pärchen miteinander durch den Wald tanzte, so wie auch Anisa und er es einst getan hatten, an einem Abend im September, wo sie die letzte Hitze der Sommernächte genossen hatten. Und wie damals ließ auch Matéo sein Spiel mit jenem Kuss enden, den auch sie sich gegeben hatten.

Der Applaus, den er am Ende bekam, war so laut und donnernd, dass Matéo meinte, sein Herz würde vor Freude zerspringen. Freudetrunken rannte er auf den Vorhang zu, mit dem Zylinder in der Hand, aus dem Jordí neugierig hervorschaute. Aber er hatte die Manege noch nicht ganz verlassen, da wich das begeisterte Klatschen panischen, spitzen Schreien. Noch bevor er sich umdrehen konnte, nahm er den beißenden Geruch von brennendem Papier wahr. Dann sah er Flammen, die wie hungrige Tiere an seinem Schattenspiel fraßen. Im nächsten Moment zerriss der Knall einer Explosion die Luft. Scherben zerfetzten die bislang unversehrten Papierbahnen, und Fäden schnellten durch die Manege.

Panisch versuchte das Publikum, dem Flammeninferno in der Manege zu entkommen, das drohte, nach ihren Stuhlreihen zu greifen. Matéo selbst stand einfach nur da, vollkommen unfähig, auch nur einen Finger zu bewegen, und sah zu, wie die

Flammen das eng umschlungene Paar aus weißem und schwarzem Papier auffraßen.

Erst, als die Clowns eilig mit Wasser gefüllte Eimer an ihm vorbeitrugen, aus denen vereinzelte Spritzer ihn trafen, kam er wieder zu sich.

Entsetzt bemerkte er, dass das Feuer bereits nach der Krempe seines Zylinders gegriffen hatte und Jordí zusammengekauert im Inneren des Hutes saß. Eilig schlug er die Flammen aus und verließ gemeinsam mit den Clowns die Manege, wo es immer noch lichterloh brannte.

Als sie in Sicherheit waren, ebbte das Feuer ab und hinterließ nichts als jenen beißenden Geruch von Zerstörung, von dem Matéo dachte, ihn nie wieder loszuwerden. Keuchend ließ er sich in dem kleinen Vorraum auf den Boden sinken, von wo aus er mit zunehmender Beruhigung feststellte, dass niemand zu Schaden gekommen war. Ein Artist nach dem anderen lief an ihm vorbei, sie alle waren damit beschäftigt, nach dem Publikum oder nacheinander zu sehen. Anisa ging an ihm vorbei, aber sie hörte seine Rufe nicht. Auch Jordí schien es einigermaßen gut zu gehen, wenn man von der feinen Ascheschicht absah, die das schneeweiße Fell des Kaninchens grau gefärbt hatte. Auch Matéos Hände waren rußverschmiert.

Die Hauptsache war jedoch, dass es allen gut ging, wenngleich jedem Einzelnen der Schrecken ins Gesicht geschrieben stand. Niemand sprach, alle saßen oder standen nur da, einander stumm und erleichtert musternd.

Matéo schloss die Augen. Die ganze Zeit schon fragte er sich, was geschehen sein mochte und woher das Feuer gekommen war. Nichts an seiner Apparatur hätte sich entzünden dürfen, der Lichteinfall auf die Spiegel war genau so berechnet, dass er nicht hatte zur Brennlinse werden dürfen. Was war schiefgegangen?

David trat zu ihm, legte eine Hand auf Matéos Schulter. Auch das weißgeschminkte Gesicht des Pantomimen war schwarzgrau von Ruß und Asche. Matéo nickte und richtete sich auf.

»Danke«, sagte er, die Worte gleichermaßen an David wie auch an die beiden anderen Clowns gerichtet. Pietro und Tullio erwiderten die Geste stumm und gingen dann ihres Weges.

Matéos Blick fiel auf Anisa. Sie stand bei Carlo, das Gesicht in seiner Brust vergraben. Der Feuerschlucker hatte einen Arm um sie gelegt und sah Matéo mit einem hämischen Grinsen ins Gesicht. In seinen Augen loderte jenes Feuer, mit dem er auch schon das Schneeglöckchen hatte in Flammen aufgehen lassen. Matéo wollte ihn anschreien, ihm die Schuld geben, wurde aber von einem plötzlichen Hustenanfall daran gehindert, sodass es Carlo war, der zuerst sprach. Das Feuer in seinen Augen war der Dunkelheit seiner braunen Iriden gewichen.

»Das war ein gefährliches Spiel, Zauberer«, sagte er. Wie eine Drohung rollten seine Worte über Matéo hinweg. »Du hättest uns mit deiner Höllenmaschine beinahe umgebracht.«

Matéo war sprachlos vor Zorn. Er spürte, dass auch die Blicke der anderen auf ihm ruhten. Misstrauisch. Mitleidig. Irgendwann schaffte Matéo es, »Ich war es nicht« zu sagen. »Als ich die Manege verlassen wollte, war alles in Ordnung. Es gab nichts, das sich hätte entzünden können.«

»Es gab Papier«, sagte Bianca Nochenta traurig, ehe sie mit ihrer Schwester gemeinsam den kleinen Raum verließ.

Das Grinsen auf Carlos Gesicht wurde eine Spur breiter, doch der Versuch, auf den Feuerschlucker loszugehen, wurde von der Tatsache vereitelt, dass dieser sich von Anisa löste, um nun seinerseits die Manege zu betreten. Fassungslos sah Matéo ihm nach. Wie konnte der Feuerschlucker jetzt nur daran denken, aufzutreten? Mehr noch, die Arena erneut in Flammen zu tauchen?

Doch als er ihm weiterhin ungläubig hinterherblickte, musste er zu seiner großen Verwunderung feststellen, dass alles in der Manege war, als wäre nie etwas geschehen. Selbst das Publikum war zurückgekehrt und saß erwartungsvoll auf seinen Plätzen, um die tosenden Meisterwerke aus Feuer zu bewundern, die Carlo heraufbeschwor, mit fliegenden Fackeln, brennenden Ringen und loderndem Atem. Angewidert musste Matéo sich abwenden, als ihm erneut der Geruch von Feuer in die Nase stieg. Wie von selbst suchte er dabei nach Anisa, doch sie war bereits gegangen. Nur David war noch da und schenkte ihm ein aufmunterndes Lächeln, das Matéo halbherzig erwiderte, ehe auch er das Zelt verließ.

Tränen liefen ihm die Wangen hinab, ohne dass er sagen konnte, ob sie der Wut oder dem Brennen seiner Augen geschuldet waren. Der Zirkus verschwamm vor seinen Blicken und er ballte die Fäuste, um gegen die Tränen anzukämpfen. Applaus klang aus dem Inneren des Zeltes nach draußen. Carlo musste seine Vorstellung beendet haben.

Oh, wie gerne hätte er die Vorstellung des Feuerschluckers ebenso zerstört wie dieser die seine! Doch wie? Und wie sollte er Anisa jemals wieder in die Augen schauen können, wenn er es täte? Sie würde ihn hassen.

Und ebenso wie Carlo die Geschichte seines Schattenspiels durchschaut und erraten hatte, dass dieser Anisa damit erobern wollte, so hatte Matéo die Botschaft des Feuerschluckers begriffen. Er sollte die Hände von Anisa lassen. Auf jedwede Weise. Das hatte er mehr als deutlich gemacht.

Endlich schaffte Matéo es, den Kloß in seinem Hals herunterzuschlucken, doch die Tränen konnte er immer noch nicht aufhalten. Müde hob er den Zylinder mitsamt Kaninchen vom Boden auf und ging zu seinem Wagen. Er sehnte sich nach einem kühlen Glas Wasser und frischer Kleidung. Zudem wollte er Carlo nicht sehen, wenn er die Manege verließ. Nicht einmal Anisas Anwesenheit hätte ihn getröstet. Er wollte allein sein. Ganz allein.

Die nächsten beiden Tage und Nächte vergingen, ohne dass Matéo es wirklich bemerkte. Es war, als würde er neben der Welt hergehen und die Zeit ihrerseits auf einem anderen Weg. Er gab seine Vorstellungen, eingebettet zwischen Anisa und Carlo, doch erzählte er keine Geschichten mehr, malte kein einziges Bild, das Anisa etwas hätte sagen können. Wie in seiner allerersten Vorstellung wurde Jordí zum großen Finale seiner Aufführungen. Dem Publikum war es egal. Matéo allemal.

Manchmal ging er zwischen den Wagen spazieren, suchte immer wieder nach anderen Artisten oder den Buden der Schausteller, die nicht Teil der Manegenwelt waren. Vergeblich.

Alles, was er fand, war Nebel und der wiederkehrende Eindruck, dass der Zirkus im Dunkel der Nacht nochmals ein anderer war als am Tag. Das einzige, was immer da war, war die Melodie jenes Liedes, das Abend für Abend von der glasklaren Stimme gesungen wurde, der Matéo noch immer kein Gesicht zuordnen konnte.

Am Samstag jedoch geschah etwas Ungewöhnliches. Direkt nach dem Aufwachen klopfte es an seiner Tür. Matéo öffnete und war angenehm überrascht, Anisa vor sich stehen zu sehen. Sie lächelte ihn verlegen an.

»Hallo«, sagte sie leise.

»Hallo.«

»Wie geht es dir?«

»Wie soll es mir gehen?« Matéo wollte nicht, dass seine Stimme so kalt und abweisend klang, aber sie tat es. Er fühlte sich entsetzlich müde, und immer noch meinte er, den Geschmack von Rauch in seinem Mund zu schmecken.

Anisa biss sich auf die Lippen. Er sah, dass sie von seiner abweisenden Haltung verletzt war, aber was sollte er tun? Es schien, als hätte sie nun andere Arme, die sie tröstend hielten, einen anderen Mund, den sie küsste … Fast ohnmächtig vor Wut hielt Matéo sich so sehr am Türrahmen fest, dass seine Knöchel weiß hervortraten.

»Entschuldige bitte. Ich bin müde«, sagte er schließlich leise, als Anisa keine Anstalten machte, etwas zu sagen. »Weshalb bist du hier?«, fragte er bemüht höflich.

»Ich wollte dir Glück wünschen«, flüsterte sie.

Matéo runzelte die Stirn. »Glück? Wozu?«

Anisa schaute ihn mit großen Augen an. »Heute ist doch Samstag! Du hast zum ersten Mal die letzte Vorstellung.«

»Ja, schon, aber ich verstehe nicht, was ...« Er kam nicht dazu, die Frage zu Ende zu stellen, denn Anisa unterbrach ihn.

»Es ist etwas Besonderes. Glaub mir.«

Damit lächelte sie ihn noch einmal verhalten an, drehte sich um und lief davon, ohne dass sie Matéo die Möglichkeit ließ, etwas zu erwidern.

Kopfschüttelnd ging er zurück ins Innere des Wagens und gab Jordí gedankenverloren eine Möhre und etwas Heu. Nun hallte eine weitere unbeantwortete Frage durch seinen Kopf.

Als der Abend dämmerte, wurde Matéo sich erneut der Tatsache bewusst, dass alles seine Zeit hatte und sich manche Fragen von Zeit zu Zeit wie von selbst beantworteten.

Schon seit er die Tür hinter Anisa geschlossen hatte, war da jenes Kribbeln gewesen, das ihn den ganzen Tag über begleiten sollte – eine unbestimmbare Anspannung, eine nicht zu erklärende Nervosität, die nicht von ihm ablassen wollte.

Wie ein Tiger im Käfig war er in seinem Wagen auf- und abgelaufen, die Augen immer auf den Boden gerichtet. Wie in weiter Ferne hatte er Jordí gehört, der vehement klopfte, doch er hatte dem unruhigen Tier keine Beachtung geschenkt, sondern war nur weiter gelaufen, auf und ab, auf und ab.

Seine Gedanken rasten, sodass er ihnen kaum mehr zu folgen vermochte, sie kreisten unentwegt um die Vorstellung, die vor ihm lag. Ursprünglich hatte er vorgehabt, sie genauso aufzubauen wie die an den letzten Tagen, aber etwas sagte ihm, dass dies heute nicht ausreichen würde. Hatte nicht auch Anisa von einem besonderen Tag gesprochen, ihm sogar Glück gewünscht?

Und so war er mitten in einer neuen Runde durch den Wagen stehengeblieben und hatte sich der Kommode zugewandt, um aus den Dingen, die sich in ihren Schubladen verbargen, eine Show auf die Beine zu stellen. Eine Vorstellung, so groß und wagemutig, dass ihn vor wenigen Tagen der bloße Gedanke an seine Fähigkeiten hätte zweifeln lassen. Für einen winzig kleinen Moment hatte er sich auch darüber gewundert, dann aber war er wieder in den Vorbereitungen versunken und hatte die Welt um sich herum vergessen, bis ihn ein Geräusch von draußen aufschrecken ließ.

Ein Blick aus dem Fenster sagte ihm, dass es die beiden Clowns waren, die gerade lachend auf dem Weg zum Zelt waren. Es war Abend. Zeit für die Vorstellung. Rasch verließ er seinen Wagen, im Gepäck einen Koffer voller Requisiten für seine Illusionen und seinen Zylinder mitsamt Jordí.

Er betrat den kleinen Artistenbereich, als Carlo die Vorstellung gerade mit seinem Feuerreigen eröffnete, aber er sah ihm ebenso wenig zu wie im Anschluss Min-Liu oder den Schwestern Nochenta.

In der Pause verließ er den kleinen Raum und suchte Zerstreuung zwischen den Buden, die wie in all den Nächten zuvor den Kreis der Artistenwagen mit einem weiteren Ring umgaben. Den Koffer mit den Utensilien hatte er in einer Ecke des Zeltes zurückgelassen. Er hielt nur Jordí auf dem Arm, während er sich die einzelnen Buden genauer anschaute und sich überlegte, ob er lieber einmal auf die Schiffschaukel steigen, sich eine Tüte gebrannte Mandeln holen oder gar nach der geheimnisvollen Sängerin suchen sollte, deren Lied nie zu verstummen schien und weder Anfang noch Ende kannte. Doch gerade als er sich für die gebrannten Mandeln entschieden hatte, rief ihn die Losverkäuferin, an deren Bude er gerade vorbeiging, zu sich.

»Sie sind erneut gekommen!«, begrüßte sie ihn freundlich.

Matéo hob die Schultern. »Nicht wirklich. Ich bin nie gegangen. Ich arbeite jetzt hier im Zirkus. Als Zauberer.«

Die alte Frau lächelte. Erst jetzt sah Matéo, dass ihre Augen fast golden waren.

»Oh, wie schön! Dieser Ort kann einen Zauberer brauchen«, stellte sie fest.

»Wie meinen Sie das?«, fragte Matéo.

»Wie ich es sage«, entgegnete die Alte. »Doch jetzt sollten Sie gehen. Die Vorstellung geht gleich weiter.«

Verwirrt blickte Matéo auf. War der Gong schon erklungen? Hatte er ihn im Klang des Lieds überhört? Fragend blickte er die Frau an, doch sie hatte sich bereits abgewandt, um ihre Lose feilzubieten.

Da ertönte der Gong. Laut und klar hallte er über das Zirkusgelände. Für einen Moment zögerte Matéo, dann machte er sich auf den Weg zurück zum Zelt. Der Weg kam ihm länger vor, und tatsächlich erklang der dritte Gong noch bevor er das Zelt überhaupt erreicht hatte. Er betrat den kleinen Bereich erst, als die Clowns bereits ihren Schabernack trieben. Matéo hörte das Gelächter, aber er ging wieder nicht zum Vorhang. Er wusste ohnehin, dass es ihn nur traurig machen würde und er wollte sich nicht wieder die Frage nach dem Warum stellen. Es würde keine Antwort darauf geben. Im Anschluss war Anisa mit ihren Seifenblasen an der Reihe, ehe schließlich Matéo selbst die Manege betrat, um seine Vorstellung zu beginnen.

In völliger Stille ging er bis zur Mitte der Manege, die wie an jenem Abend, als er den Zirkus das erste Mal betreten hatte, mit Sand ausgefüllt war. Jener Abend, an dem noch die Hoffnung gewesen war, einfach mit Anisa nach Hause gehen zu können, in ihr altes Leben.

Jetzt schien es nie mehr ein Zurück zu geben. Er schluckte die Gedanken herunter und konzentrierte sich auf seine Vorstellung.

Wie er es sich zurechtgelegt hatte, begann er mit Jordí, den er in gewohnter Manier aus dem Zylinder zog und danach durch die Manege hoppeln ließ, scheinbar verfolgt von einem Adler, den er aus einem weißen Tuch geformt hatte, immer in einem solchen Abstand, dass das Kaninchen keinen allzu großen Schrecken bekam.

So ging es weiter. Trick reihte sich an Trick, Illusion an Illusion. Er ließ Blumen zu Schmetterlingen werden und Schmetterlinge zu Sternen, die in den Himmel stoben, als er für einen

Moment das Zirkuszelt verschwinden ließ. Am Ende ließ er mit einem Feuerwerk den dunklen Manegenhimmel erstrahlen, sodass es aussah, als würden Abermillionen von Sternen neben dem silberblassen Glasmond zur Erde herabregnen.

Matéo fühlte sich wie berauscht, als er im Applaus des Publikums badete. Niemand saß mehr auf seinem Platz, alle klatschten und jubelten ihm begeistert zu, bis die Musik des großen, allabendlichen Finales erklang, bei dem alle Artisten noch einmal die Manege stürmten.

Die Clowns liefen auf ihn zu, hoben ihn hoch und trugen ihn, Bianca Nochenta jubelte ihm zu und selbst Cassandra schenkte ihm ein anerkennendes Nicken. Min-Liu umarmte ihn, als die Clowns ihn zurück auf den Boden gestellt hatten. Das Beste an allem aber war Anisa. Denn sie drückte ihm einen Kuss auf die Wange, ganz kurz nur, schneller vorbei als überhaupt begonnen, und nicht einmal Carlo mischte sich ein.

Was ihm aber wirklich den Atem raubte, beinahe mehr noch als die unerwartete Berührung von Anisas Lippen auf seiner Haut, war der Anblick des Zirkus, als er die Manege mit den anderen verließ. Dass er sich abermals verändert haben würde, war keine Überraschung. Das tat der Zirkus jeden Abend. Doch nie zuvor hatte er so ausgesehen wie jetzt, schöner noch als an jedem anderen Tag der Woche.

Rote und weiße Streifen breiteten sich ausgehend von der Zeltspitze in immer größer werdenden Kreisen bis zum Boden hin aus. Auch die sieben Zirkuswagen hatten erneut ihr Kleid gewechselt. Die hölzernen Wände hatten einen beigen Anstrich erhalten, der in einem starken Kontrast zu den Türen und Fensterrahmen stand, die genau wie die Dächer im gleichen Rot gehalten waren wie das Zelt. Goldene Nummern auf rotem Grund gaben den Wagen auf eine gewisse, unwirkliche Weise Namen und neben jeder Treppe, die zu den Türen führte, stand eine altmodisch anmutende Straßenlaterne.

Und auch wenn Matéo nach wie vor nicht zu verstehen imstande war, wie das alles möglich war, wusste er jetzt, was

Anisa damit gemeint hatte, als sie von einem besonderen Abend gesprochen und ihm Glück gewünscht hatte.

Mit einem Male fühlte er sich so unfassbar glücklich, dass er nicht anders konnte, als sich im Kreis zu drehen. Er tanzte mit der Welt, bis ihm schwindelig wurde und er erschöpft anhalten musste. Nichts, so schwor er sich, würde ihm diesen Moment nehmen.

Doch nicht immer verbergen die Schleier der Nacht die Dinge, die man nicht sehen will, und selbst stumm gegebene Versprechen können brechen, wie Matéo schmerzhaft bewusst wurde, als er seinen Wagen erreichte und seine Blicke noch einmal über den Zirkus schweifen ließ.

Denn dort, genau an der Stelle, wo das Zelt erneut einen Bogen machte, standen Anisa und Carlo. Eng umschlungen. Einander küssend. Sie bemerkten ihn nicht.

In Matéo aber schien all das Glück, das er den Moment zuvor noch empfunden hatte, zu zerbrechen. Plötzlich war die Nacht, die ihm eben noch viel zu warm vorgekommen war, von eisiger Kälte durchwoben. Mit hängenden Schultern öffnete er die Tür zu seinem Wagen.

»Sie hat uns vergessen«, flüsterte er Jordí traurig zu. »Sie hat uns einfach vergessen.«

An diesem Abend brauchte Matéo lange, bis er Schlaf fand. Als ein nebelverhangener Sonntagmorgen ihn weckte, erinnerte er sich an diesen seltsamen Traum von der Frau, die vom Nachthimmel gestiegen war und ein Kleid aus Dunkelheit mit sich gezogen hatte. Dieses Mal jedoch war da noch eine zweite Gestalt gewesen, die ihr die Hand wie zum Tanz gereicht hatte, doch war diese Figur gesichts- und geschlechtslos.

Auch dieser Traum wollte ihn nicht loslassen, immer wieder ertappte er sich dabei, Schemen im Nebel tanzen zu sehen, wenn er aus dem Fenster starrte, obwohl der Zirkus wie jeden Tag in seiner Einsamkeit versank.

Kapitel 2

Die zweite Woche. Seltsamkeiten. Trauriges Glück. Ein Weg aus Spiegeln und Bildern. Mireia. Das Tarot der tausend Stimmen. Illusionen und Reflektionen. Ein Traum in einem Traum. Ein erster Versuch.

Egal, wie sehr sich der Zirkus mit jeder hereinbrechenden Nacht änderte, eines blieb immer gleich. Matéo bemerkte es, als er am Montag nach der Vorstellung zu seinem Wagen ging. Der Zirkus hatte wieder jenes schrille Aussehen mit all den Zacken und Farben angenommen. Und vielleicht war es sogar jene Farbvielfalt, die seine Blicke auf die Tür des Wagens rechts neben seinem lenkte, vielleicht war es aber auch nur einer jener Zufälle, von denen man sagte, dass es sie eigentlich nicht gab. In jedem Fall fiel sein Blick auf den schwarzen Schmetterling, der dort hing. Er sah noch genauso aus wie an jenem ersten Abend, den er im Circo Laylaluna verbracht hatte, er befand sich sogar an genau derselben Stelle.

Erstaunt hielt er an, um den Schmetterling zu betrachten.

»Mireia«, wiederholte er leise flüsternd den Namen, den Min-Liu ihm genannt hatte, ohne das Geheimnis zu lüften, das dieses Wort wie ein Schleier umgab.

Mireia.

Von der Neugier gepackt ging er weiter, vorbei an seinem Wagen und hin zu ihrem. Doch als er schon einen Fuß auf der ersten der drei Stufen hatte, die zu ihrer Tür führten, löste sich sein Vorhaben einfach auf, als wäre es ihm niemals in den Sinn gekommen, sich bei seiner Nachbarin vorzustellen. Verwundert hielt er abermals mitten in der Bewegung inne, sodass sein Fuß in der Luft schwebte, ohne die Stufen zu berühren.

Unsicher sah er sich um, aber wie immer war niemand zwischen den Wagen oder um das Zelt herum zu sehen. Auch die Buden am Zaun waren wieder fort, spurlos verschwunden. Ganz so, als wären sie in aller Heimlichkeit fortgefahren. Dabei wusste Matéo genau, dass da kein Tor, keine Tür, nicht einmal eine Lücke im Zaun war.

Er warf einen weiteren Blick auf den schwarzen Schmetterling über ihm an der Tür. Irrte er sich, oder hatte das Tier gerade seine hölzernen Flügel bewegt? Kopfschüttelnd versuchte er, dieses Hirngespinst loszuwerden. Verflucht, dieser Schmetterling war doch nur ein Stück geschnitztes Holz!

Mit einem Ruck stellte er seinen Fuß wieder auf den Boden, drehte sich um und ging einige Schritte in Richtung seines Wagens, doch er kam nicht sonderlich weit, ohne sich nochmals umzudrehen. Das Gefühl, beobachtet zu werden, wollte nicht von ihm ablassen. Und tatsächlich glaubte er eine Sekunde lang durch einen Spalt zwischen den Vorhängen Augen im Licht der Laterne aufblitzen zu sehen, doch als er kurz blinzelte, war der Spalt verschwunden. Die Vorhänge hingen ebenso reglos da, wie die starren Flügel des Holzschmetterlings zuvor. Da war nichts, aber auch gar nichts gewesen.

Trotzdem blieb Matéo noch eine ganze Weile so reglos stehen, dann wandte er sich ab und ging zu seinem Wagen.

Eine neue Vorstellung musste geplant, eine neue Möglichkeit erdacht werden, Anisas Erinnerungen zu wecken oder sie aufs Neue zu erobern. Wie aber weckte man die Erinnerung an etwas, das es für den eigenen Verstand niemals gegeben hatte? Und wie gewann man ein Herz, das einem anderen gehörte? Wie nur, wie?

In seinem Wagen griff er ratlos nach Stift und Papier und ließ sich damit auf einen der kleinen Stühle sinken, die neben dem Tisch standen. Rasch schob er dabei Blätter mit Zeichnungen und Notizen beiseite, allesamt Ideen für neue Tricks und Illusionen, zum größten Teil unvollendet, weil er sich nie lang genug konzentrieren konnte.

Immer wieder wanderten seine Gedanken zu Anisa. Zuerst mit einem Lächeln, doch je länger Matéo an sie dachte, desto finsterer wurden sie. Dann sah er sie mit Carlo, und seine Phantasie malte Bilder, die er nicht sehen wollte. Einzelne Papierfetzen zwischen all den losen Notizen bezeugten, wie oft er dann vor Wut und Schmerz seine Ideen zerriss, weil er wusste, dass in einem Wohnwagen, der dem seinen direkt gegenüberstand, diese Phantasien vielleicht gerade wahr wurden. Und auch jetzt dachte er wieder an Anisa, seine Anisa, die in Carlos Armen lag ...

Unwirsch schlug er mit der Faust auf den Tisch. Einige Blätter flatterten durch die Bewegung auf den Boden. Ohne ihnen Beachtung zu schenken, begann Matéo das leere Blatt vor ihm mit Worten zu füllen.

Weder wusste er, wohin die Worte ihn führen würden, noch war ihm klar, was er schrieb. Erst als er fertig war und das Geschriebene las, wusste er, dass seine nächste Vorstellung keinerlei Vorbereitungen mehr bedürfen würde. Das Einzige, was er brauchte, war eine Kerze. Und natürlich Jordí. Denn was war ein Magier ohne sein Kaninchen?

»Nichts«, flüsterte Anisas Stimme in seiner Erinnerung und einmal mehr wünschte Matéo, sie wäre jetzt wirklich bei ihm.

»Vielleicht morgen«, flüsterte er seinem Spiegelbild zu, als er sich schließlich für die Nacht fertig machte.

Wieder träumte er von der seltsamen Frau im dunklen Kleid. Er sah zu, wie sie durch die Gassen und Straßen einer Stadt rannte, an die Matéo sich irgendwie zu erinnern glaubte. Obwohl er ihr Gesicht nicht sehen konnte, wusste er, dass sie glücklich war. Und ebenso wusste er, dass sie nicht allein war, obwohl er niemand anderen sehen konnte. Wer auch immer es war, vielleicht der Tänzer, den er schon kannte, vielleicht jemand anderes, er verbarg sich in den nebeldurchfluteten Wegen, die die Frau einschlug.

Kurz bevor Matéo jedoch erwachte, drehte die geheimnisvolle Fremde sich um und sah ihn an. Sie sagte etwas, doch Matéo konnte ihre Worte nicht verstehen und es war ihm unmöglich, ihr Gesicht zu erkennen – Worte und Bilder verschwanden im nebelgrauen Strudel des Erwachens.

Der Himmel, den Matéo draußen vor seinem kleinen Fenster sah, hing voller schwergrauer Wolken, die schnell hinfort zogen, angetrieben vom Wind, den er nun um den Zirkus heulen hörte. Die Welt versank in Schwarz und Grau, selbst sein Wagen schien in der tristen Monotonie einer Schwarz-Weiß-Fotografie zu versinken. Nur seine Fliege leuchtete rot, als könnte der Zirkus nicht an diesem einen Stück Stoff rühren, während er alle anderen Farben verwirbelte und verschwinden ließ.

Müde hob er Jordí aus seinem Käfig, kaum dass er sich angezogen hatte. Lächelnd beobachtete er, wie das Kaninchen Runde um Runde hakenschlagend durch den Wagen sprang, ehe es sich auf die Salatblätter stürzte, die Matéo zwischenzeitlich hingelegt hatte.

Danach bereitete sich Matéo selbst eine Kleinigkeit zum Frühstück zu und las noch einmal durch, was er am Vorabend geschrieben hatte. Es ließ ihn lächeln. Ja, so würde es funktionieren. Zufrieden legte er das Blatt zur Seite und sah wieder aus dem Fenster. Der Nebel hatte sich gelichtet, schien vor dem Regen geflohen zu sein, der in feinen Bindfäden vom Himmel fiel und sich plätschernd mit der Melodie des Liedes verband.

Mit einem Lächeln stand Matéo auf, um sich anzuziehen. Als letztes setzte er sich den Zylinder auf, so wie er es eigentlich immer tat, wenn er den Wagen verließ. Er wollte einfach ein wenig spazieren gehen. Nicht suchend, nicht darauf hoffend jemanden zu treffen oder eine Antwort zu finden. Einfach nur so, zum Zeitvertreib.

Als er schließlich aus seinem Wagen trat, war da weder Regen noch Wind, obwohl er das Heulen immer noch hörte. Alles war wieder trist, weiß und nebelverhangen. Der Zirkus, sofern man ihn erkennen konnte, sah wieder alt und heruntergekommen aus. Und wie schon zuvor waren da Schatten und Schemen im Nebel. Jeder für sich. Unerreichbar fern.

Niedergeschlagen ging er zum Wagen der Clowns. Niemand öffnete auf sein Klopfen, sodass er unverrichteter Dinge weiterging, denn um nichts in der Welt wollte er zurück in seinen Wagen. Nicht jetzt. Vielleicht würde er ja jemand anderem begegnen, aber als er das Zirkuszelt, das am heutigen Abend wieder knallbunt erstrahlen würde, ehe es ein weiteres Mal die Gestalt wechselte, einmal umrundet hatte, musste er sich eingestehen, dass es da niemanden gab. Die Schemen und Schatten hatten sich als Trugbilder herausgestellt, gemalt aus Licht und Nebel.

Auch auf seinen zweiten Versuch, die Clowns in ihrem Wagen anzutreffen, reagierte niemand. Schon wollte Matéo zurück in seinen eigenen Wagen gehen, da sah er Anisa, die gerade um das Zelt gebogen kam. Sie weinte – er sah es daran, dass ihre Schultern bebten. Sie bemerkte ihn erst, als er vor sie trat. Erschrocken sah sie ihn an. Matéos Herz setzte beim Anblick ihrer rotgeweinten Augen einen Schlag aus.

»Oh«, wisperte sie, wischte sich die Tränen mit dem Ärmel aus den Augenwinkeln und versuchte sich an einem Lächeln, aber es verlor sich in der Traurigkeit, die Matéo förmlich spüren konnte.

»Ich habe dich gar nicht gesehen. Was machst du hier?«

Er zuckte mit den Schultern. »Ich … ich dachte …«, er unterbrach sich, »ach, ich wollte mir nur ein wenig die Beine vertreten.«

Anisa nickte. »Ja, das wollte ich auch.« Sie sah an ihm vorbei, dann biss sie sich auf die Lippen und schüttelte den Kopf. »Nein«, sagte sie dann. »Eigentlich wollte ich zu Toni. Ich hatte vergessen, dass er nicht mehr da ist. Weißt du, er war immer da.« Sie wandte den Kopf ab, doch Matéo sah trotzdem, dass sie krampfhaft versuchte, die Tränen zurückzuhalten.

»Vielleicht kann ich dir helfen«, bot er an. So gerne hätte er ihr einen Arm um die Schultern gelegt, aber an der Art, wie sie dastand, die Arme um sich selbst geschlungen, wusste er, dass sie es nicht zulassen würde. Sie würde sich auch nicht von ihm helfen lassen.

Wie um seine Vermutung zu bestätigen, schüttelte sie den Kopf. »Nein.« Sie sah ihn an und lächelte wieder, dieses Mal schon aufrichtiger, ehe sie sich umdrehte und in die Richtung ihres Wagens sah. »Ich sollte wohl wieder zurückgehen. Aber danke.«

Matéo öffnete den Mund, um ihr zu widersprechen, ihr erneut anzubieten, sich ihm anzuvertrauen, aber da war sie schon weg. Er rief ihren Namen, aber es war zu leise, als dass sie es hätte hören können und so verschwand sie hinter der Biegung des Zeltes.

Mit hängenden Schultern ging Matéo zu seinem Wagen, wo er sich auf sein Bett legte und die Decke anstarrte, bis es Zeit wurde, sich für die Vorstellung fertig zu machen. Irgendwann sprang Jordí auf seinen Bauch und abermals dachte Matéo, wie glücklich er sich schätzen konnte, das Kaninchen bei sich zu haben.

An diesem Abend war Matéo mit seiner Vorstellung als Dritter an der Reihe. Anisa war erst in letzter Minute in den kleinen Raum neben der Manege gekommen und hatte mit niemandem ein Wort gewechselt. Selbst Carlo hatte sie links liegen lassen, was Matéos Herz vor Freude einen kurzen Purzelbaum hatte schlagen lassen, ehe er ihr wie immer durch eine Lücke im Vorhang bei ihrer Vorstellung zugesehen hatte.

Heute erzählten ihre Seifenblasen ein altes Märchen. Matéo erkannte es, noch ehe die erste Figur aus den Seifenblasen wuchs und von schillernden Schneeflocken umwirbelt wurde.

Es war das Märchen vom kleinen Mädchen mit den Schwefelhölzern, und als die letzte Seifenblase platzte, standen Matéo Tränen in den Augen. So gerne hätte er Anisa gesagt, wie wunderschön er ihre Darbietung gefunden hatte, doch sie verließ die Manege, ohne auf ihn zu achten, und blieb auch nicht bei den anderen wartenden Artisten stehen. Sie ging einfach hinaus. Nicht einmal Carlo würdigte sie eines Blickes. Matéo sah mit leiser Genugtuung, wie hart dies den Feuerschlucker traf. Wäre die Situation eine andere gewesen, so hätte er es genossen, so jedoch sah er Anisa bloß mit gerunzelter Stirn nach. Dieses Verhalten passte so gar nicht zu ihr. Mit der Anisa, die er gekannt hatte, hatte man sich leidenschaftlich streiten können – und ebenso auch wieder versöhnen. Und nie war sie danach davongegangen. Niemals.

Dass sie es jetzt getan hatte, befremdete ihn, auch wenn er sie an diesem Ort eigentlich gar nicht kannte. Vielleicht war die Anisa hier nun mal so. Und woher wollte er überhaupt wissen, dass sie sich mit Carlo gestritten hatte? Er wünschte es sich vielleicht ...

»He!« Eine Stimme riss ihn aus seinen Gedanken, wie so oft in letzter Zeit. Er drehte sich um und sah fragend in das Gesicht eines Clowns – Tullio, wie er inzwischen an der hochgezogen gemalten Augenbraue erkannte.

»Was ist?«, erkundigte er sich verwirrt.

Der Clown musterte ihn verständnislos. »Na was wohl? Deine Vorstellung! Das Publikum wartet!« Er deutete auf die Manege.

»Oh!«, entfuhr es Matéo. »Danke!«

Hektisch griff er nach Jordí und seinen übrigen Sachen und eilte in die Manege, wo er seinen Zylinder mit einer Verbeugung auf einem Tisch abstellte, die Öffnung so, dass das Publikum Jordí gut sehen konnte. Hier und da meinte er Verwirrung auf den vom Scheinwerferlicht verzerrten Gesichtern der Zuschauer zu sehen. Vielleicht fragten sie sich, was für einen Sinn es ergab zu sehen, dass das Kaninchen bereits im Hut saß, wenn er es doch hervorzaubern wollte. Matéo hatte aber gar nicht vor, Jordí an diesem Abend aus dem Zylinder zu zaubern. Er hatte anderes im Sinn.

Bald sah das Publikum, wie Jordí auf einem Teppich aus Kerzenlicht über dem kleinen Tisch schwebte. »Ahs« und »Ohs« vermischten sich mit den begeisterten Jubelrufen kleinerer Kinder. Jordí hingegen verhielt sich ganz still.

Matéo lächelte, während er inständig hoffte, dass es dem Kaninchen nicht zu heiß wurde. Leider war es ihm unmöglich, die Temperatur der Flamme zu verringern, doch es schien dem Tier nichts auszumachen. Ganz ruhig saß Jordí in seinem Zylinder, umgeben von einem Teppich aus winzigen Flammen, während Matéo mit ruhiger Stimme die Geschichte vortrug, die er am Abend zuvor aufgeschrieben hatte. Sie handelte von einer verwunschenen Prinzessin, die all ihre Erinnerungen verloren hatte. Und von einem Helden mit hellgrauen Pfoten, der sie rettete.

Anisa und er hatten sich oft Geschichten erzählt. In stürmischen Nächten, wenn der Wind über die Lagune peitschte und das Geld zum Heizen zu knapp geworden war und sie nur einander gehabt hatten, um sich zu wärmen. Die Geschichten hatten ihnen die Zeit vertrieben. Die Nächte verkürzt. Die Herzen gewärmt. Vor allem hatten sie ihnen immer Hoffnung gegeben.

Auch diese Geschichte war dazu bestimmt gewesen. Und jetzt hörte Anisa kein einziges Wort. Mit jedem Wort, das er vorlas, wurde ihm schmerzhaft bewusst, dass sie nichts von dieser Geschichte wissen würde. Ein kleiner Teil von ihm hoffte, dass sie es vielleicht doch tat, dass sie zurückgekommen war, um seiner Vorstellung beizuwohnen, aber er warf kein einziges Mal einen Blick in Richtung Vorhang. Er fürchtete sich davor, zu sehen, dass sie wirklich nicht da war.

Als er die Geschichte zu Ende erzählt hatte, ließ er den Flammenteppich unter dem Zylinder wieder zu einer Kerzenflamme werden, während das Kaninchen mit einem Sprung auf dem Tisch landete, was einer Art von Verbeugung gleichzukommen schien. Niemand im Publikum sah den Spiegel, auf dem das Tier gesessen hatte.

Und obwohl am Ende der Vorstellung alles so funktioniert hatte, wie geplant, berührte Matéo der immer lauter werdende und lang anhaltende Applaus an diesem Abend kaum. Für ihn war es nur eine weitere Gelegenheit, die verstrichen war, ohne dass er Anisa erreicht hatte. Sie hatte nicht einmal gesehen, was er für sie geschaffen hatte.

Was nur musste er tun? Und wie lange sollte er warten? Am Ende würde es nie wieder werden wie vorher. Man konnte die Zeit nicht zurückdrehen, nicht wahr? Man konnte nicht zurück ins Gestern gehen, so schön es einem im Angesicht der kalten, grausamen Gegenwart auch vorkommen mochte. Egal, was die Erinnerungen einem zuflüsterten. Oder irrte am Ende er? Waren es gar nicht seine Erinnerungen? Hatte es das Leben mit Anisa vielleicht gar nicht gegeben? War das alles nur seiner Einbildung, seinem Wunschdenken entsprungen?

Nein! Daran wollte er gar nicht erst denken. Rasch konzentrierte er sich wieder auf den Zirkus, den er vor sich sah und dessen Kleid nun wieder aussah wie aus einem orientalischen Märchen.

Am Mittwoch zeigte er den Artisten wieder sein asiatisch angehauchtes Gesicht mit dem Drachen, doch schien es Matéo, als seien die Farben weniger leuchtend, weniger kräftig als in der Woche zuvor.

Überhaupt schien etwas in der Luft zu liegen – er hatte es schon beim Aufstehen bemerkt. Zunächst war da wieder dieser Traum gewesen, der ihn beinahe jede Nacht heimsuchte. Immer war etwas anders, doch am Ende blieben stets die in Nacht und Sterne gekleidete Frau und der sonderbare Schemen, manchmal noch begleitet von anderen Dingen. Da war der leuchtende Vollmond, den Matéo unendlich vermisste, denn so schön jede Nacht über dem Zirkus auch war – in keiner einzigen stand der Mond am Himmel.

Dann gab es eine Blüte, die sich öffnete und wieder schloss. Und immer wieder hatte er das Gefühl, dass die Frau ihm etwas sagen wollte, aber nie verstand er, was.

Zumeist waren es schöne Träume, sie hinterließen das leise Gefühl von Glück in Matéo, das erst verschwand, wenn ihm bewusst wurde, wo er sich befand und dass Anisa nicht mehr bei ihm war. Denn mit ihr kam er nicht ein Stück weiter.

Augenscheinlich hatte sie sich auch mit Carlo versöhnt, denn sie lachte wieder mehr. Matéo aber schenkte sie keine Beachtung, nie sprach sie mit ihm oder beobachtete eine seiner Vorstellungen. Der junge Zauberer versuchte sich damit zu trösten, dass sie wenigstens nicht mehr weinte, doch das half nicht viel.

So blieben ihm nur die Träume und der Applaus, der ihn am Ende eines jeden Auftritts wieder ein Stück aufrichtete. Und natürlich Jordí. Ohne das Kaninchen hätte er sich weitaus verlorener gefühlt, als dies ohnehin schon der Fall war.

Auch als er am Donnerstag aufwachte, lösten sich die Bilder seines Traums nur langsam auf. Matéo hatte geträumt, dass die Dame in ihrem wunderbaren Kleid einen papierweißen Himmel mit dunkler Tinte beschrieben hatte, und er war sich sicher, ihre Worte auch gelesen zu haben, aber er konnte sich nicht mehr an ihren Sinn erinnern.

Er stand erst auf, als die Bilder des Traums ganz verblasst und vergangen waren. Wie an jedem Morgen kümmerte er sich zuerst um Jordís Wohlergehen, ehe er sich selbst ein kleines Frühstück zubereitete und sich anzog. Danach folgte auch an diesem Tag die Überlegung, was er heute in der Manege darbieten würde.

Es musste sich von dem gestrigen Auftritt unterscheiden. Längst hatte Matéo bemerkt, dass ebenso wenig eine Darbietung zweimal aufgeführt werden konnte, wie es möglich war, jemanden zwischen den Vorstellungen zu treffen, wenn man es sich wünschte. Begegnungen waren rar gesät. Nie schien jemand seinen Wagen zu verlassen, jedenfalls nicht für gewöhnlich. Die seltenen Begegnungen mit anderen Artisten ließen sich an einer Hand abzählen.

Dennoch huschten seine Blicke auch an diesem Tag wieder nach draußen. Das Rondell um den am Tag zerfallen wirkenden Drachenzirkus war weitgehend leer. Einzig die immerwährenden Schemen und Schatten im Nebel waren sichtbar und vermittelten wie eh und je den Eindruck, dass da jemand war, den es nicht gab, und dass der Zirkus nichts weiter als eine Ruine war.

Matéo wusste genau, dass das Zelt heute Abend wieder strahlen würde, rot und grün und golden. Und ebenso wusste er, dass er genau dann auch die anderen wiedertreffen würde. Auf dem Weg zum Zelt, im Raum hinter der Manege.

Schon mehr als einmal hatte er darüber nachgedacht, dass er sich das Leben in einem Zirkus immer ganz anders vorgestellt hatte. Bunter und fröhlicher, mit Abenden voller Gespräche und Schabernack, gemeinsamen Proben, ja, sogar mit Rivalität, Streit und Intrigen. Aber hier – hier gab es all diese Dinge nicht. Hier war er stets allein. Manchmal fragte er sich, ob Min-Liu sich genauso fühlte.

Sie war allein wie er. Alle anderen traten zu zweit oder gar zu dritt auf oder lebten zumindest zusammen, so wie Carlo und Anisa – nur sie beide nicht. Er dachte daran, wie sie Papierkraniche gefaltet hatte, neulich erst, vor nicht einmal einer Woche.

Ob er sie darauf ansprechen sollte?

Nein. Wahrscheinlich nicht. Vielleicht war sie glücklich mit der Situation. Wahrscheinlich würde sie ihm ohnehin nicht antworten. Trotzdem wünschte er sich, jemanden zu treffen – irgendwen. Denn obwohl an diesem Ort alles, was man brauchte, einfach da war – nie wurde sein Vorratsschrank leer, immer fand er die richtigen Requisiten für eine Vorstellung und stets lagen Heu, Möhren und sogar ab und an Köstlichkeiten wie Fenchel oder Salat für Jordí bereit –, fehlte es ihm an sozialen Kontakten. Allmählich glaubte Matéo zu verstehen, was der verschwundene Kassierer für Anisa gewesen war. Was hatte sie noch gleich gesagt? Er war immer da.

»Wo sind wir hier nur hingeraten?«

Er stellte Jordí diese Frage inzwischen beinahe täglich. Natürlich gab ihm das Kaninchen nie eine Antwort, auch wenn ihn das an diesem Ort beinahe schon nicht mehr gewundert hätte. Aber immer wieder erinnerte es ihn daran, warum sie hier waren.

Anisa. Einzig und allein um sie ging es hier. Doch Matéo war so weit von ihr entfernt wie nie zuvor.

Um sich abzulenken, dachte er über seine Vorstellung nach, ersann eine neue Illusion, wie jeden Tag von der trügerischen Hoffnung begleitet, dass Anisa vielleicht heute zusehen würde. Gestern nicht, aber vielleicht heute.

Als er alle Vorbereitungen abgeschlossen hatte, nahm er Jordí und setzte sich mit ihm auf die Stufen seines Wagens. Heute war der Nebel noch dichter als sonst, er verschluckte sogar das Lied, das immer noch nicht verstummt war. Nur dumpf erreichte es Matéos Ohren. Er fand, dass es trauriger klang als sonst. Oder war auch das wieder nur Einbildung?

Matéo streichelte Jordí, während er inständig hoffte, dass der Abend schneller kommen würde. Am Abend wäre der Nebel verschwunden und der Zirkus würde strahlen, unter Lichterketten und Sternen. Doch die Zeit tropfte nur langsam weiter. Und als der Abend kam, brachte er Regen und Sturm mit. Blitze erhellten den dunklen Himmel, Windböen peitschten über den Zirkus und ließen die Wagen zittern und die Zelthalterungen ächzen.

Niedergeschlagen schloss Matéo sich den anderen an, die aus ihren Wagen zum Artisteneingang eilten. Niemand schenkte jemandem ein Lächeln, selbst ein höfliches Hallo blieb aus. Matéo kam es so vor, als wären die anderen ebenso betrübt wie er selbst.

Die Schwestern Nochenta hatten die Lippen zu schmalen Strichen zusammengepresst, das aufgemalte Lachen der Clowns Tullio und Pietro wirkte gequält und die Träne im Gesicht des Pantomimen sah größer aus als gestern und leuchtete unheilvoll aus dem Weiß hervor, das sie sonst verschluckte. Min-Liu hielt den Blick auf die Füße gerichtet, während Carlo vor ihnen allen durch die hereinbrechende Nacht stapfte und jeder Schritt die Wut verriet, die in ihm zu lodern schien.

Was Matéo jedoch am meisten berührte, waren die Tränen, die in Anisas Augen glitzerten. Doch als er versuchte, in ihre Nähe zu kommen, um sie danach zu fragen, wich sie ihm aus.

Sie alle sind traurig, schoss es ihm durch den Kopf, aber wie sie setzte auch er seinen Weg schweigend fort, bis sie das Zelt erreichten.

Heute war er als Fünfter an der Reihe, wie immer eingebettet zwischen den Darbietungen von Anisa und Carlo. Um das Schweigen und das Warten zu überbrücken, nahm er auch an diesem Abend den Platz am Vorhang ein, um die Vorstellungen der anderen zu beobachten. Doch heute berührte ihn nicht einmal der Seifenblasentanz von Anisa, die es zustande brachte, in riesigen Kugeln wundersame Bilder zu zeigen. Und der Schabernack der Clowns, die noch vor Anisa durch die Manege getobt waren, hatte ihn sogar noch trauriger gestimmt.

Mit Tränen in den Augen betrat er die Manege. Da war eine Idee gewesen, ein neuer Trick, den er hatte zeigen wollen, doch in diesem Moment hatte er ihn vergessen. Trotzdem führte er ihn auf, selbst wenn er später nicht mehr hätte sagen können, wie.

Dunkel erinnerte er sich an Jordí, dessen weißes Fell das einzige Licht in der Manege gewesen zu sein schien, die in völlige Schwärze getaucht war.

Nach ihm vertrieb Carlo die von ihm heraufbeschworene Dunkelheit mit einer wahren Feuersbrunst. Er ließ Pferde aus Flammen durch das Rund der Manege galoppieren und rotglühende Adler über die Zuschauer jagen. Matéo beobachtete die Vorstellung nur aus den Augenwinkeln, seine ganze Aufmerksamkeit galt einzig Anisa, die neben ihm auf dem Boden saß und gedankenverloren Jordí streichelte, der ihr mit seiner kleinen Zunge über die Finger fuhr.

Sie schwieg, und Matéo, dem die Worte auf der Zunge brannten, tat es ihr gleich, aus Angst, die Situation wie eine Seifenblase zum Platzen zu bringen. Erst als Carlo hinter ihr vorbeiging, weil seine Vorstellung unter donnerndem Applaus ihr Ende gefunden hatte, sah sie auf und blickte ihm direkt in die Augen.

»Du solltest dir den Rest der Vorstellung im Publikum ansehen«, sagte sie, nur um ihre ganze Aufmerksamkeit noch im gleichen Augenblick wieder auf das Kaninchen vor ihr zu richten.

Verwirrt folgte Matéo ihrer Aufforderung, obwohl er eigentlich viel lieber neben ihr sitzen geblieben wäre, aber etwas in ihrer Stimme hatte ihn aufhorchen lassen. Da war der Klang einer Ahnung gewesen, der in ihm nachhallte wie ein Echo.

Vorsichtig schlich er hinter dem Vorhang hervor und setzte sich auf einen freien Stuhl direkt am Gang. Es war dunkel und still im Zelt und die Augen der Zuschauer waren in aufgeregter, vielleicht auch ein wenig banger Erwartung, was nun geschehen würde, auf die leere Manege vor ihnen gerichtet. Nur Matéo sah hinauf in den Zelthimmel, wo der gläserne Mond nach wie vor hing und die schlafende Schönheit in seinem Inneren umhüllte.

Irrte er, oder hatte sich die Haltung der Frau soeben verändert? Doch wie hätte das vonstattengehen können, konnte sie doch unmöglich etwas anderes als eine Puppe sein?

Das Auflodern einer einzelnen Kerzenflamme zog seine Aufmerksamkeit auf die Manege und er rieb sich erstaunt die Augen. Dort, wo eben noch vollkommene Leere und tiefste Dunkelheit geherrscht hatten, stand nun ein kleines Zelt, das aussah wie die Miniaturausgabe eines purpurn-weiß-gestreiften Zirkuszeltes. Es war geöffnet, ein Teil des Stoffs war mit einer Kordel an der Zeltwand fixiert, trotzdem sah man in seinem Inneren nur Schwärze, unterbrochen vom Funkeln einzelner Lichter, die sternengleich glitzerten.

Vor dem Zelt stand eine junge Frau. Sie mochte etwa so alt sein wie Anisa, vielleicht auch etwas jünger. Sie trug ein knielanges Kleid aus schwarzer Spitze und Strumpfhosen, die schwarz und weiß geringelt waren. Das Licht der einzelnen Kerze, die sie in den Händen hielt, ließ ihr rotes Haar wie ein Leuchtfeuer erscheinen. Aus moosgrünen Augen musterte sie Zuschauer für Zuschauer. Matéo konnte beobachten, wie einige von ihnen beschämt die Blicke abwandten, weil in den Blicken der Frau etwas Durchdringendes lag, dem niemand entkommen konnte. Sie lächelte dann nur leicht und wandte sich dem nächsten zu, bis der- oder diejenige sich entweder auch wegdrehte oder ihren Blick mit stoischer Ruhe erwiderte. Matéo selbst rutschte unruhig auf seinem Stuhl hin und her. Irgendetwas in ihm drängte darauf, aufzuspringen und aus dem Zelt zu laufen, aber er blieb sitzen.

Die Frau kam näher, sah ihn an. Die Kerze in ihrer Hand erlosch. Plötzlich hielt sie stattdessen eine Kristallkugel. Und mehr noch. Um Matéo herum bildete sich dichter Nebel, der alles außer ihm und der Frau in der Manege zu verschlucken schien, bis nur sie übrig waren – er und die Frau, die ihm direkt in die Augen sah. Ihr Blick durchfuhr ihn bis ins Mark. Er spürte, wie sie in ihm las, und für einen Sekundenbruchteil glaubte er, sich selbst in ihrer Kristallkugel zu sehen, ehe sich der Eindruck wieder verflüchtigte und nur der Nebel zurückblieb, der sich in der Kugel spiegelte.

»Du hast ein Herz voller Fragen«, sagte die Frau, die nur eine Wahrsagerin sein konnte, unvermittelt, und ihre Worte ließen ein weiteres Stück ihrer Jugendlichkeit vergehen. Sie war jung und wirkte alt, doch umgekehrt war sie alt und wirkte jung.

Und Matéo, der nun endlich erfuhr, wer in dem Wagen neben ihm wohnte, nickte. Das also war Mireia. Als hätte sie das Wort in seinem Geist vernommen, lächelte die Frau und machte eine einladende Geste, mit der sie auf das kleine Zelt in der Mitte der Manege deutete.

»Tritt ein, Zauberer. Lass uns sehen, ob das Schicksal Antworten für dich bereithält.«

Matéo schluckte. »Ich glaube nicht an das Schicksal«, brachte er mühsam hervor.

Die Wahrsagerin schenkte ihm ein spöttisches Lächeln. »So«, sagte sie mit hochgezogenen Augenbrauen, »du glaubst also nicht an das Schicksal? Und das von jemandem, der einer Spur aus Schneeglöckchen gefolgt ist?«

Mit Schritten, die Matéo eher wie ein Schweben vorkamen, trat sie in den Eingang des kleinen Zeltes. Ehe sie jedoch darin verschwand, forderte sie Matéo erneut auf, ihr zu folgen, und dieses Mal kam er der Aufforderung wortlos nach.

Unsicher kletterte er durch die Reihen der Zuschauer nach vorne und dann über die niedrige Begrenzung hinein in die Manege. Die ganze Zeit über dachte er daran, woher die Wahrsagerin von der Spur aus Schneeglöckchen wusste, doch als er durch den Eingang des kleinen Zeltes trat, verschwand die Frage angesichts dessen, was er sah.

Hatte das Zelt von außen den Eindruck erweckt, dass man selbst zu zweit nur wenig Platz darin haben würde, so fand Matéo sich nun in einem langen, mit schwarzem Samt ausgehangenen Gang wieder. Schwebende Kerzen erhellten die Dunkelheit und gaben damit den Blick auf hunderte gerahmter Bilder und Spiegel frei, die an den Wänden hingen.

Atemlos vor Staunen schritt Matéo den Gang entlang, den Blick immer von links nach rechts gleiten lassend, über Bilder der Stadt hinweg, deren Existenz er fast schon vergessen hatte. Es war, als wären die Bilder Fenster in eine weit entfernte Welt. Dazwischen trafen seine Blicke immer wieder sein eigenes Antlitz, wiedergegeben von all den Spiegeln. Nicht zwei von ihnen zeigten dasselbe Bild von ihm, in jedem gab es eine winzige Nuance, die das Spiegelbild von denen davor unterschied. Mal ein Grübchen in seinen Wangen, mal der Ausdruck in seinen Augen, obwohl Matéo nicht ein einziges Mal das Gesicht verzog.

Der Klang seiner Schritte wurde von dem schweren schwarzen Teppich verschluckt und selbst das Lied, das eigentlich immer irgendwie zu hören war, obwohl man es schon gar nicht mehr wahrnahm, war an diesem Ort verstummt.

Schließlich endete der Gang an drei Stufen, die zu einer verschlossenen Tür führten. Unsicher warf Matéo einen Blick zurück in den Gang, durch den er gekommen war. Wieder war da jenes Gefühl, das ihn zur Umkehr zwingen wollte, so wie es ihn zuvor schon dazu hatte bringen wollen, das Zelt zu verlassen. Er ignorierte es auch dieses Mal und betrat stattdessen den Raum, der hinter der Türe lag.

Die Wahrsagerin erwartete ihn bereits. Sie saß an einem kleinen runden Tisch, dessen geschwungene Beine unter einer langen Spitzendecke hervorschauten. Um sie herum war, wie in dem Gang zuvor, alles schwarz. Die mit weiterem Samt verhangenen Wände, das Holz der Vitrine und auch der noch leere Stuhl, den sie nun Matéo mit einer weiteren stummen Geste anbot.

Mit einem leichten Zögern nahm Matéo Platz. Der Raum maß nicht einmal vier Schritte in jede Richtung, doch hatte er die starke Vermutung, dass sich hinter dem Stoff einer der Wände ein Durchgang verbarg.

Die Wahrsagerin lächelte nur, während sie mit einer fließenden Bewegung die Kristallkugel aus ihrer Hand in einen Ständer auf dem Tisch gleiten ließ, der neben einer Vase mit Vergissmeinnicht stand. Matéo folgte der Bewegung mit den Augen und entdeckte so den wundersamen Stapel Karten, der danebenlag. Beinahe jede einzelne hatte eine andere Größe, als käme jede aus einem anderen Spiel. Die Frau griff nach ihnen, als Matéo sich gesetzt hatte.

»Ich glaube nicht an Wahrsagerei«, bekannte Matéo, während die Karten gemischt wurden.

Sein Gegenüber lächelte bloß. »Das tut niemand«, sagte sie und mischte stillschweigend weiter. »Und doch ist die Wahrheit der einzige Weg, einem fragenden Herzen Antworten zu geben.«

»Wer sind Sie?«, fragte Matéo, als sie die Karten auffächerte und ihm hinhielt.

Er kannte die Antwort und sah am Aufblitzen ihrer Augen, dass sie das wusste.

Trotzdem sagte sie: »Ich bin Mireia. Wir sind Nachbarn, du und ich.«

Matéo nickte und verfiel in Schweigen. Die Stimme der Wahrsagerin riss ihn aus seinen Gedanken.

»Zieh eine Karte, Zauberer.«

Matéo tat, wie ihm geheißen und drehte sie um. Entgegen seiner Erwartung war es eine einfache Pik-Sieben. Fragend sah er Mireia an.

»Leg sie auf den Tisch«, sagte sie, während sie den Kartenstapel erneut mischte. »Wir müssen das ganze Bild sehen. Nicht nur ein Fragment.«

Sie fächerte die Karten wieder auf und forderte ihn erneut auf, eine zu ziehen. Die Karte, die Matéo dieses Mal zog, war eine Karte aus der großen Arkana des Tarots: Der Mond. Dunkel meinte Matéo sich zu erinnern, dass der Mond für eine Illusion stand, aber er war sich nicht sicher und Mireia hielt ihm den Kartenfächer bereits wieder hin.

»Wie viele Karten muss ich ziehen?«, fragte er, ehe er nach der dritten Karte griff.

»Sieben«, gab Mireia zur Antwort und mischte die Karten, während Matéo noch damit beschäftigt war, die Karte in seiner Hand zu betrachten.

Sie war aus keinem Kartenspiel, das ihm bekannt war, sie zeigte das sepiafarbene Bildnis einer jungen, blonden Frau mit übergroßen dunklen Augen, die ein einzelnes Schneeglöckchen hielt. Starr vor Staunen hätte Matéo beinahe die Worte übersehen, die unter dem Bild geschrieben standen: »*Niemand ist weiter von der Antwort entfernt als der, der alle Antworten kennt.*«

Matéo konnte sich keinen Reim darauf machen. Schulterzuckend legte er die Karte auf die beiden anderen und zog eine weitere aus dem dargebotenen Kartenfächer. Die Karte, die er nun in den Händen hielt, schien selbstgemacht zu sein. Auf der ihm zugewandten Seite war eine selbstgemalte Zeichnung, vielleicht von einem Kind. Auf den ersten Blick glaubte Matéo sogar, dass dieses Kinderbild die Vorderseite der Karte war und sie nur verkehrt in dem Stapel gelegen hatte, doch als er sie umdrehte, erkannte er seinen Irrtum. Die Kartenseite, um die es ging, zeigte einen Scherenschnitt – die Kinderzeichnung war wirklich die Rückseite gewesen. Wie in einem Schattentheater waren dort zwei Figuren abgebildet, die Hand in Hand einen Weg entlanggingen. Doch obwohl ihre Gesichter nicht zu erkennen und sie durch ihre Hände miteinander verbunden waren, hatte Matéo den Eindruck, dass jede Figur für sich allein war.

Die fünfte Karte war wieder eine aus einem gewöhnlichen Kartenspiel, es war ein Joker mit Narrenkappe und Schellenkranz. Wie die anderen Karten legte Matéo auch diese beiseite, um die nächste Karte zu ziehen. Einst hatte sie wohl zu einem anderen Deck gehört als die zuvor, aber auch sie war nichts weiter als eine gewöhnliche Spielkarte. Trotzdem versetzte sie Matéo einen Stich, denn sie zeigte die Herz-Dame und unweigerlich verband er Anisa mit diesem Bild. Dennoch legte er auch diese Karte wortlos beiseite, um ein letztes Mal in den Kartenfächer zu greifen, bevor Mireia die übrigen Karten sorgfältig zurück an ihren Platz legte.

Matéo drehte unterdessen die siebte Karte um. Wieder hatte sie einmal einem Tarot-Deck angehört und wieder gehörte sie zu den Karten der großen Arkana. Anders als der Mond raubte sie Matéo jedoch für einen winzigen Moment den Atem. Der Tod sah ihm in die Augen, und beinahe glaubte er, sich selbst in den hohlen Augen der Abbildung zu spiegeln.

Rasch schüttelte er den Gedanken ab und legte die Karte schweigend zu den anderen. Dann sah er die Wahrsagerin fragend an.

Mireia ihrerseits griff nach den sieben Karten und sortierte sie so, dass die zuerst gezogene Karte als oberste auf dem dünnen Stapel lag. Sie lächelte Matéo an.

»Vielleicht wird dir das, was die Karten sagen, wie Unsinn vorkommen, vielleicht auch nicht. Vielleicht wirst du die Bedeutung sofort verstehen, vielleicht auch erst später. Wie es auch kommen mag – ich vermag dir nicht mehr zu sagen als die Karten es tun. Bedenke dies, Zauberer.«

Sie legte die Pik-Sieben vor ihn.

»Die Karten der Zahlen im Tarot der tausend Stimmen stehen immer für die Zeit. Das Herz sind die Jahre, das Karo die Monate, Kreuz steht für die Tage, während Pik für die Wochen steht. Somit hast du sieben Wochen Zeit, jedoch lässt sich nicht sagen, ob diese Wochen schon begonnen haben oder nicht.«

»Wofür habe ich sieben Wochen Zeit? Und was ist das Tarot der tausend Stimmen?«

Falls Mireia sich über seine Zwischenfragen ärgerte, ließ sie es sich nicht anmerken.

»Die sieben Wochen sind die Zeit, die du hast, um alles zu richten. Und diese Karten hier werden das Tarot der tausend Stimmen genannt, weil sie aus vielen Spielen stammen, von denen jedes einen anderen Klang hat.«

Ohne abzuwarten, ob Matéo diese Erklärung reichte, legte sie die nächste Karte auf den Tisch.

»Der Mond«, sagte sie. »Seit jeher das Zeichen für Illusion, aber auch das Symbol des Spiegels. Diese Karte zeigt uns, was uns umgibt, sagt uns, was ist.«

Verwirrt runzelte Matéo die Stirn, aber die Wahrsagerin verdeckte den Mond bereits mit der nächsten Karte. Es war jene, die Matéo keinem Spiel hatte zuordnen können, aber wieder machte Mireia keinerlei Anstalten, ihm die Herkunft der Karte zu erklären. Sie ging nur auf ihre Bedeutung ein.

»Dies ist eine der einfachsten Karten, denn sie trägt ihre Botschaft in Worten.« Sie sah Matéo an. »Du weißt schon alles, was du wissen musst, hast bereits alles gefunden, was du zu finden hofftest.«

»Aber ich weiß überhaupt nichts!«, begehrte Matéo auf, doch erneut tat die Wahrsagerin nichts, außer ihn anzusehen und die nächste Karte auf den Stapel zu legen.

Es war die mit dem Scherenschnitt.

»Die vierte Karte warnt stets vor einer Gefahr. Auf deinem Weg scheint es zwei zu geben, die scheinbar Hand in Hand gehen. Wer oder was es ist, vermögen die Karten nicht zu sagen.«

Mireia deckte die fünfte Karte auf.

»Der Joker. Das bedeutet, dass du auf Hilfe hoffen kannst.«

Sie legte die sechste Karte hin.

»Dies sagt uns, um wen sich alles dreht. Um eine Herz-Dame.«

»Anisa«, murmelte Matéo, und dachte schon, dass Mireia es abermals ignorieren würde, da sagte die Wahrsagerin: »Nicht unbedingt, Zauberer. Es muss nicht um deine Herz-Dame gehen. Sie ist vielleicht nur ein kleiner Teil von allem.«

Dann, als würde sie bereuen, das gesagt zu haben, presste sie die Lippen aufeinander und legte die letzte Karte auf die übrigen.

Wieder blickte Matéo der Abbildung des Todes in die Augen.

»Die siebte Karte«, erklärte Mireia, als wäre nichts gewesen, »gibt uns den Hinweis auf das, was geschehen muss.« Der Blick der Wahrsagerin wanderte von der Karte zu Matéo, der genau wusste, dass sie die Angst in seinen Augen sehen konnte. Ein wissendes Lächeln stahl sich auf ihr Gesicht. »Die meisten Menschen fürchten sich vor dieser Karte. Sie denken, sie sei ein schlechtes Omen. Dabei besagt sie nur, dass etwas enden muss, bevor etwas Neues beginnen kann. Das muss nicht unbedingt etwas Schlechtes sein …« Für einen Moment verlor sich ihre Stimme in der Stille, dann straffte sie die Schultern.

»Nun weißt du, was die Karten dir zu sagen hatten, Zauberer. Vielleicht wird es dir und deinem hungrigen Herzen helfen.«

Sie nahm die sieben Karten wieder auf und legte sie zu den anderen auf den Stapel.

»Was?« Matéo konnte es nicht fassen. »Das war alles? Das sollen die Antworten auf meine Fragen gewesen sein?« Mit jedem Wort wurde er lauter. »Dieses Kauderwelsch? Überhaupt nichts ist mir klar geworden! Ich weiß immer noch nicht, was das für ein seltsamer Ort ist oder warum er sich Abend für Abend ändert. Und genauso wenig verstehe ich, warum Anisa mich nicht mehr kennt, warum es für sie so ist, als hätte es mich in ihrem Leben nie gegeben! Stattdessen hat sie einen neuen Freund und lebt mit ihm in einem Wagen, während ich alleine bin …«

Matéo verstummte und wischte sich unwirsch eine Träne aus den Augen. Tröstend legte Mireia eine Hand auf die seine.

»Das sind viele Fragen«, flüsterte sie. »Aber glaub mir, die Antworten verbergen sich in den Karten, die du gezogen hast, und in dem, was du schon weißt.« Langsam zog sie ihre Hand zurück. »Vielleicht ist es dir jetzt noch nicht klar, aber das wird es. Vielleicht schon bald. Und dann kann ich deine Fragen vielleicht beantworten. Jetzt aber musst du gehen. Der Vorhang wird sich gleich zum großen Finale erheben. Komm zu mir, wenn du glaubst, es zu wissen, Zauberer. Ich werde da sein.«

Damit stand sie auf und ohne, dass Matéo den Entschluss gefasst hatte, sich ebenfalls zu erheben, stand er neben ihr und schritt mit ihr gemeinsam in die Manege.

Von dem Gang war nichts mehr zu sehen. Auch das kleine Zelt verschwand, kaum, dass sie es verlassen hatten. Nur über den Zuschauerrängen hing immer noch eine Spur leichten Nebels, aber auch der verflüchtigte sich immer mehr. Schon in der nächsten Sekunde waren sie von den anderen Artisten umringt, die winkend und klatschend in die Manege traten. Auch Mireia war jetzt unter ihnen.

»Ich war schon immer hier, Zauberer«, raunte sie ihm zu. »Du hast mich nur nicht gesehen.« Matéo nickte, aber nur flüchtig. Wie eigentlich immer hatte er nur Augen für Anisa, die Hand in Hand mit Carlo durch die Manege lief, ohne sich auch nur für eine Sekunde von ihm zu trennen.

Als der Vorhang sich zum letzten Mal hinter den Artisten geschlossen hatte, war Matéo der Letzte, der die Manege verließ, unter dem Arm den Zylinder mit Jordí, der neugierig mit der Nase wippte und über den Hutrand schaute.

Und auch Matéo betrachtete den Zirkus erneut mit Erstaunen. Natürlich hatte er sich wieder verändert, doch dieses Kleid hatte er nie zuvor gesehen. Trotzdem wusste er sofort, dass es etwas mit Mireia zu tun haben musste, denn in dem purpurn-weiß-gestreiften Zirkuszelt spiegelte sich das kleine Wahrsagezelt, in dem er eben noch gestanden hatte. Auch die Wagen waren purpurn und weiß angestrichen, mit dunkelgrauen Dächern, die an einen wolkenverdeckten Nachthimmel erinnerten. Das Einzige, was geblieben war, war der hölzerne Schmetterling an Mireias Eingangstür.

Matéo widerstand dem Drang, sofort an die Tür der Wahrsagerin zu klopfen. Er hatte beschlossen, ihrem Rat zu folgen und zunächst einmal nachzudenken. So legte er sich hin, sobald er Jordí versorgt und alles für die Nacht bereitgemacht hatte.

Stumm starrte er an die Decke, während er in Gedanken Karte um Karte durchging und versuchte, sich aus dem, was Mireia ihm erklärt hatte, einen Reim zu machen. Doch so sehr er auch nachdachte – er verstand die Botschaft der Karten einfach nicht. Stattdessen fühlte er sich sogar von ihnen verspottet. Die Figuren der Bilder tanzten um ihn herum und riefen ihm die Botschaft der dritten Karte zu: »Niemand ist weiter von der Antwort entfernt als der, der alle Antworten kennt«, ehe sie alle zu der Frau verschmolzen, der er so oft im Traum begegnete. Wieder tanzte sie mit der Gestalt, die Matéo für einen Zauberer hielt, weil sie einen Zylinder trug. Dieses Mal trennten die Tanzenden sich jedoch voneinander, als hätte das Lied, das Matéo nicht hören konnte, geendet. Die Frau küsste den Mann, und an der Art, wie sie sich voneinander lösten, sah Matéo, dass es ein Abschied war. Die Frau wandte sich ab und ging davon. Der Mann sah ihr hinterher, bis sie nicht mehr zu sehen war.

Die Szene des Traums verschob sich, und Matéo beobachtete, wie die Frau durch die Straßen der Stadt lief. Tränen blitzten im Schein von Straßenlaternen auf, wenngleich ihr Gesicht vor Matéo immer noch verborgen blieb. Sie schien es eilig zu haben, doch ging sie so kreuz und quer, dass es schien, als wüsste sie nicht, wo ihr Ziel lag.

Irgendwann aber blieb sie abrupt stehen und Matéo hielt selbst im Traum den Atem an, als er sah, wie sie einfach in den Nachthimmel stieg, scheinbar den Stufen einer unsichtbaren Treppe folgend. Ihr Kleid verschmolz mit dem sternenbedeckten Firmament, bis von Weitem nur noch ihr blasses, antlitzloses Gesicht übrig blieb, ein weißer Fleck auf dunklem Grund. Das Schwarz ihres Haares legte sich gewitterwolkengleich über das Dunkelblau. Höher und höher stieg die Frau hinauf, bis sie plötzlich innehielt und sich umsah. Sie horchte auf, doch da war kein Geräusch. Es war vollkommen still. Die Frau stieg weiter. Geradewegs auf den Mond zu, der voll und rund am Himmel stand.

Kurz bevor sie den Mond erreichte, veränderte sich die Szene erneut. War die Körpersprache der Frau eben noch von Traurigkeit gezeichnet gewesen, so war da jetzt Angst. Matéo spürte förmlich ihr Zittern und hörte den stummen Schrei aus ihrem Mund. Sie schien sich an etwas festklammern zu wollen, weiß traten ihre Knöchel hervor, aber sie konnte sich nicht halten. Und von jetzt auf gleich war auch der Mond selbst ein anderer, er verwandelte sich in ein riesiges Objekt aus Glas, das nicht länger am Himmel, sondern unter der Kuppel eines Zirkuszeltes hing, und die Artisten, die eben noch genauso an einem völlig anderen Ort gewesen waren, führten ihre Kunststücke vor…

Keuchend fuhr Matéo hoch. Er brauchte einige Sekunden, um zu begreifen, dass er eingeschlafen sein musste. Sein Blick schnellte durch das kleine Fenster des Wagens. Es musste bereits tief in der Nacht sein, denn es war stockdunkel. Aber im Gegensatz zu seinem Traum gab es keinen Mond, der hell und voll leuchtete.

Kurz hielt er in Gedanken inne. Er konnte förmlich spüren, wie sich in seinem Kopf Puzzleteile zusammenfügten. Unscharfe Erinnerungsbilder aus Nebel nahmen immer präzisere Konturen an. Zahnräder griffen, der Logik folgend, ineinander.

»Natürlich«, murmelte er, und dann noch einmal lauter, »natürlich«, denn plötzlich verstand er, was ihm die Karten hatten sagen wollen – oder zumindest einen Teil. Hastig sprang er auf und war schon fast an der Tür, da fiel ihm ein, dass die Wahrsagerin angesichts der späten Stunde vielleicht schlafen könnte, aber er schüttelte den Gedanken rasch ab. Stattdessen versuchte er, sich noch weiter zu erinnern, und dem Puzzle, das sich vor seinem geistigen Auge zu einem Bild zusammenfügte, weitere Teile hinzuzufügen.

Beinahe blindlings stolperte er aus seinem eigenen Wohnwagen und über das kurze Stück zu dem Wagen Mireias, wo er leise an die Tür klopfte. Sollte sie schlafen, würde sie ihn auf diese Weise gar nicht hören, doch hoffte er inständig, dass sie noch wach war.

Nichts passierte.

Matéo biss sich auf die Lippen und steckte die Hände in die Taschen seiner Hose, um nicht noch einmal zu klopfen.

»Bitte«, flehte er stumm. »bitte mach auf. Ich weiß es jetzt ...«

Immer noch geschah nichts.

Einen leisen Fluch ausstoßend, klopfte er noch einmal an Mireias Tür, dieses Mal direkt gegen das Türblatt, und er hatte die Hand kaum wieder sinken lassen, da stand Mireia bereits im Licht des Wageninneren vor ihm.

»Hallo Zauberer«, sagte sie lächelnd. »Ich sehe, du hast Antworten gefunden.«

Matéo konnte nur nicken, ehe er Mireia ins Innere ihres Wagens folgte und sich genau in jenem kleinen Raum wiederfand, in dem sie ihm am Nachmittag die Karten gelegt hatte. Matéo erkannte ihn sofort wieder, obwohl er sich ein wenig verändert hatte. Die vormals schwarz verhangenen Wände waren nun mit Bildern, Spiegeln und Regalen bestückt, auf denen Bücher, Pendel, weitere Kartenspiele und Edelsteine lagen. Unwillkürlich suchten Matéos Augen nach einer ausgestopften Eule oder einer schwarzen Katze, aber er fand weder das eine noch das andere.

Hinter ihm schloss Mireia den Wagen und trat zu ihm.

»Nimm Platz«, bat sie und deutete auf den Stuhl, auf dem er schon früher gesessen hatte.

Matéo setzte sich und wartete ungeduldig darauf, dass auch Mireia Platz nahm, die noch eine Teekanne und zwei Teebecher aus dem Raum hinter dem schwarzen Vorhang gegenüber der Tür geholt hatte und ihnen beiden nun eingoss.

»Du hast also verstanden, was die Karten dir sagen wollten?«, erkundigte sie sich, als sie endlich saß.

»Ja«, gab Matéo zurück, »also, zumindest glaube ich das.« Seine Stimme überschlug sich fast, so schnell stolperten die Worte aus seinem Mund. »Ich hatte diesen Traum. Da ist eine Frau mit dunklen Haaren, und sie trägt ein Kleid, das wie der Nachthimmel selbst aussieht. Ich habe schon oft von ihr geträumt. Manchmal ist sie allein, aber manchmal ist da noch jemand, ich glaube, ein Zauberer, denn er trägt einen Zylinder, so wie ich es auch tue. Keiner der beiden hat ein Gesicht, und trotzdem weiß ich, was sie fühlen. Sie waren verliebt und glücklich, denke ich, aber ich habe es nie genau erfahren, immer bin ich aufgewacht. Heute aber, eben gerade, da habe ich weiter geträumt. Ich habe gesehen, wie sie sich voneinander verabschiedeten, und dann ist die Frau einfach in den Nachthimmel hinaufgestiegen, wie über eine unsichtbare Treppe oder eine Leiter. Sie wollte zum Mond, doch als sie ihn fast erreicht hatte, da ist plötzlich etwas passiert. Sie hat sich über irgendetwas erschrocken und dann war der Mond auf einmal nicht mehr der Mond, sondern nur noch eine Kugel aus Glas, und ebenso wenig stand er noch am Himmel. Stattdessen hing er unter der Kuppel eines Zeltes, und die Frau lag schlafend darin, während unter ihr Artisten ihre Tricks aufführten. Alle waren da: David und Min-Liu, Carlo, Tullio, Pietro – selbst du …«

Abrupt verstummte Matéo, als ihm etwas einfiel. »Die Artisten«, murmelte er, »aus der Zeitung …«

Er schaute zu Mireia, die ihn fragend ansah.

»Bevor ich in den Zirkus gekommen bin«, versuchte er zu erklären, »kurz nachdem Anisa verschwunden ist, habe ich eine Zeitung gesehen. Auf dem Titelbild waren die Fotografien vermisster Personen abgedruckt. Ich weiß noch, dass ich mich geärgert habe, dass Anisas Bild nicht mit dabei gewesen war, obwohl sie doch auch verschwunden war. Es waren alles Artisten – ich habe es gelesen – jedoch zwischenzeitlich vergessen. Dabei hätte ich euch doch erkennen müssen, als ich euch alle hier zum ersten Mal sah. Weil ihr alle es wart – das heißt, die Schwestern Nochenta nicht. Aber ihr anderen. Ihr alle.«

Die Wahrsagerin nickte nur wortlos und wartete, dass er weitersprechen würde. Matéo brauchte einige Sekunden, bis er seine Gedanken wieder gesammelt hatte.

»Ich glaube«, setzte er schließlich an, schüttelte dann aber wieder den Kopf, als wäre die eigene Idee zu unglaublich, sie auch nur laut auszusprechen.

»Was glaubst du?«, half Mireia ihm mit sanfter Stimme auf die Sprünge.

Matéos Antwort war nur ein leises Wispern, aber die Wucht der Erkenntnis schien seine Welt in Trümmer zu legen.

»Ich glaube«, flüsterte er, »dass dies alles hier nur ein Traum ist, geträumt von der Frau in dem gläsernen Mond. Und dass wir, die wir hierher geträumt wurden, selbst unseren eigenen Traum träumen.«

Ja, dachte Matéo noch während er die Worte aussprach. Das würde die seltsame Beschaffenheit des Ortes erklären. In einem Traum konnte sich ein Zirkus allabendlich wandeln. Er sah Mireia an, und in seinen Augen schwammen Tränen.

»Deswegen ändert sich der Zirkus jeden Tag aufs Neue, immer so, wie wir uns den Zirkus unserer Träume vorstellen würden. Darum finde ich alles, was ich brauche, in meiner Kommode. Das ist der Grund, weshalb mir Tricks und Illusionen gelingen, die mir gar nicht gelingen dürften, weil sie jeder Logik entrückt sind. Darum kann Carlo auf die Art und Weise mit dem Feuer spielen, wie er es tut. Auch Anisas Seifenblasen verformen sich durch ihre Träume. Und vielleicht«, schloss er, »ist das auch der Grund dafür, dass sie nicht mehr weiß, was wir füreinander waren. Weil die Frau im Mond es nicht träumt und Anisas Träume nicht so weit reichen, dass ich in ihrem Traum Bestand hätte.«

Matéo schwieg, überwältigt von der Macht seiner Worte. Hoffnungsvoll sah er die Wahrsagerin an, wünschte sich, sie würde anfangen zu lachen, aber Mireia verzog keine Miene.

Sie sagte bloß mit trauriger Stimme: »Es gibt immer Fragen, die man aus Angst vor den Antworten am liebsten gar nicht erst gestellt hätte.« Ein kleines Lächeln legte sich auf ihre Lippen, doch es konnte die Traurigkeit nicht übermalen. »Der Mond«, sagte sie schließlich. »Die Illusion. Der Spiegel. Das ist, was dies alles ist. Gratuliere, Zauberer. Du hast es erkannt. Du bist der Einzige, der es konnte.«

»Warum ich?«, wollte Matéo wissen. Nur stockend verließen die Worte seinen Mund.

»Du bist der Einzige, der nicht hierher geträumt wurde. Du bist freiwillig hergekommen.«

»Aber wie ist das möglich? Wie kann eine einzelne Frau uns alle in einem Traum einsperren?«

»Die Antwort darauf liegt in deinem Traum verborgen«, gab die Wahrsagerin zurück.

»In meinem Traum?«

»Ja. Und darin, wer die Träumende ist. Wer sie war. Das erklärt alles, Matéo. Alles.«

»Aber wer war sie? Warum geschieht das alles hier? Ich verstehe es nicht!«

»Denk nach, Zauberer. Du hast es schon gesehen. Du weißt bereits alles, was du wissen musst.«

»Warum sagst du es mir nicht einfach?« Matéo schrie beinahe.

Bedauernd schüttelte Mireia den Kopf. »Das kann ich nicht. So gern ich es tun würde. Du musst die Antworten finden. Ich kann dir nur sagen, ob das, was du weißt, das ist, was es ist.«

Sie schaute auf ein kleines Bild, das neben ihm an der Wand hing. Matéo folgte ihrem Blick. Es war eine Miniatur der Stadt, zeigte den Mantikor, der den Eingang der Lagune bewachte. Das wirklich Besondere aber war der Himmel über der Stadt. Schneeweiß war er, genauso wie an dem Tag, an dem Matéo den Circo Laylaluna betreten hatte.

»Es gibt immer noch keine Nacht in der Stadt?«, fragte Matéo atemlos, als er erkannte, dass es nicht einfach nur ein Gemälde, sondern vielmehr ein Fenster war.

»Nein.« Mireia warf ihm einen traurigen Blick zu. »Die Nacht ist nach wie vor verschwunden.«

Matéo stutzte und wiederholte Mireias Worte mehrmals im Stillen für sich. Er dachte an die Frau in seinem Traum, deren Kleid so sehr dem Himmelsmantel der Nacht glich und daran, wie sie in den nächtlichen Himmel gestiegen war. Und noch etwas fiel ihm ein. Etwas, das ihm im Strudel der Ereignisse fast entfallen war.

»DiMarci«, flüsterte er und erinnerte sich an den großen und mächtigen Gedanken, den er beim Lesen des Artikels über dessen Tod für einen Sekundenbruchteil gehabt hatte. Ein Gedanke, der ihm so abwegig erschienen war, dass er ihn gleich ins Reich der wahnwitzigen Ideen verbannt hatte: Dass der Magier an all den merkwürdigen Geschehnissen eine Mitschuld trug. Damals war es ihm unglaublich vorgekommen. Aber jetzt ...

»Es ist die Nacht«, sagte er, als er sich sicher war, seine Gedanken richtig sortiert zu haben. »Die Frau, die in dem gläsernen Mond schläft. Sie ist die Nacht. Und sie ist auch die Herz-Dame. Zumindest war sie es für Antonio DiMarci. Er ist der Zauberer, den ich in meinen Träumen gesehen habe. Er hat sie in diesen Traum gesperrt – so unmöglich es scheint. Ich meine, die Nacht ist eine Tageszeit, keine Person ...« Er zweifelte, weil er die eigene Logik nicht glauben konnte. Zu wundersam war sie. Zu unglaublich. Mehr als das. Völlig unmöglich.

Mireia aber nickte nur. »Und wieder hast du richtig kombiniert, Zauberer, auch wenn du nur einen Teil der Geschichte erkannt hast, denn die Dinge in Träumen sind niemals so klar, wie sie in Wirklichkeit sind. Auch ich kann nur raten, denn selbst mir gegenüber sprechen die Karten in Rätseln, so oft ich sie auch befrage.«

Mireia warf einen weiteren, sehnsuchtsvollen Blick auf das Bildnis der wirklichen Stadt und kurz glaubte Matéo, eine Träne in ihren grünen Augen schimmern zu sehen, aber als sie sich ihm wieder zuwandte, um ihre Version der Geschichte zu erzählen, waren ihre Augen klar.

»Ich glaube, es hat sich wie folgt zugetragen«, begann sie. »Die Nacht, die manchmal, wenn sie es wirklich will, eine Frau sein kann, ist auf die Erde gekommen, um ein wenig am Leben teilzuhaben, das sie sonst nur aus der Ferne sieht. Vielleicht kannte sie den Zauberer schon, vielleicht war ihre Begegnung nur ein schicksalsumwobener Zufall – in jedem Fall müssen sie einander getroffen haben und wie es manchmal so ist, sind ihre Herzen füreinander entflammt.«

Matéo dachte an Anisa und daran, wie sie sich kennengelernt hatten und wusste, was die Wahrsagerin meinte.

»Sieben Tage und sieben Nächte dauerte ihre Liebe und sie tauchte die Welt um sie herum in immerwährende, traumtanzende Nacht. Dann aber, vermutlich, weil die Nacht wusste, dass weder diese Nacht noch diese Liebe ewig dauern durften, hat sie sich von dem Zauberer verabschiedet und kehrte zurück in den Himmel, in ihr Schloss aus silberner Reflektion. Der Zauberer aber – einer der größten seiner Zunft, ein wahrhaftiger Illusionist und Magier – konnte mit dieser Trennung nicht leben. Und so fasste er den Entschluss, einen Zauber zu weben, der ihre Liebe für die Ewigkeit festhalten sollte.

Ich vermute, er wob einen Traum, in den er seine Liebe, die Nacht, einsperrte und verfügte es so, dass sie es sein sollte, die den noch leeren Traum gestaltete. So schuf die Nacht einen Zirkus, den sie nach sich selbst und ihrem Palast, dem Mond, benannte, denn Layla bedeutet Nacht und Luna heißt Mond, und sie träumte die Artisten hinein, die ihn heute bevölkern. Vielleicht hatte sie sie gesehen, als sie mit dem Magier durch die sieben Nächte getaumelt war, glückstrunken, freudestrahlend.«

»Und DiMarci selbst?«, unterbrach Matéo sie.

Mireia presste die Lippen aufeinander. »Nun, Zauberer, da scheint der große Fehler im Plan deines Kollegen gelegen zu haben – er war überzeugt davon, dass er ein Teil ihres Traums sein würde. Dem aber war nicht so, zumindest vermute ich das. Denn Magie und Träume haben ihre eigenen Wege. Immer. Sie lassen sich nicht vorherbestimmen. Aber ich weiß es nicht genau. Die Bilder sind so unklar ...« Sie tippte mit dem Zeigefinger auf die Kristallkugel in der Mitte des Tisches.

»Warum hat er sich nicht einfach hinterher gezaubert? Wenn er in der Lage war, einen solch mächtigen Zauber zu wirken, warum hat er sich dann nicht einfach zu ihr geträumt?«

»Alle wahren Zauber, Matéo, verlangen einen Preis. Sie sind nicht wie die Illusionen, bei denen man die Menschen glauben macht, etwas zu sehen, oder wie die Träume, mit denen wir hier alle spielen. Sie sind stärker, mächtiger, und wie alles Mächtige muss man sie teuer bezahlen. Jeder wahre Zauber, den man spricht, kostet ein Stück des eigenen Lebens. Und die Nacht vom Himmel zu holen und in ihrer menschlichen Gestalt in einen Traum zu sperren ... nun, du kannst dir vorstellen, wie hoch der Preis gewesen sein muss. Wahrscheinlich hatte DiMarci einfach nicht mehr die Kraft, seiner Geliebten zu folgen, aber ich vermute, er hat es irgendwie noch geschafft, den Traum zu versiegeln. Deshalb kann niemand, der hier ist, den Zirkus verlassen. Du hast bemerkt, dass es keinen Ausgang gibt, nicht wahr?«

Matéo nickte sprachlos. All das war so unglaublich ... Plötzlich aber stutze er.

»Was ist mit den Buden, die jeden Abend da sind und am Tag verschwinden? Oder mit den Zuschauern?«

»Sie sind nicht Teil des Traums der Nacht. Sie träumen sich selbst hierher. Und wenn sie erwachen, sind sie fort.«

»Sie alle sind nur Träumer, die sich in einen Zirkus träumen?«

»Ich fürchte ja.«

Matéo vergrub das Gesicht in den Händen. So viele Gesichter, so viele Geschichten – und eine jede nichts weiter als ein Traum?

Er sah Mireia wieder an. »Warum erwachen wir dann nicht? Warum sehen wir die Tage, nebelverhangen, mit einem Zirkus, der nur noch Schatten, Schemen und Ruine ist?«

»Weil die Nacht uns in ihrem Traum festhält. Weil wir in ihm eingeschlossen sind.«

»Aber was ist mit dem Kassierer? Er verschwand, nachdem er mir die Karte verkauft hat. Davor muss er immer dagewesen sein. Das hat Anisa gesagt. Und wie war es möglich, dass ich diesen Ort gefunden habe? Wenn er nichts als ein Traum ist?«

Die Wahrsagerin zuckte nur mit den Schultern. »Ich weiß es nicht. Vielleicht, weil du deinem Herzen gefolgt bist. Oder vielleicht war er der Joker, die Person, die dir hilft.«

»Ich dachte, das wärst du«, warf Matéo ein, aber zu seiner Überraschung schüttelte die rothaarige Frau den Kopf.

»Nein, Zauberer. Ich bin nicht dein Joker. Ich bin eine Wahrsagerin. Ich sage, was ist. Nicht weniger, aber auf gar keinen Fall mehr. Selbst wenn ich es wollte, ich könnte es nicht. Ich kann dir sagen, was die Karten mir erzählen. Daher weiß ich von der Nacht und dem Zauberer, aber nicht, was mit dem Kassierer ist, den ich nie gesehen habe, oder wie du den Weg hierher finden konntest – das sind nicht meine Wege. Die Karten kennen sie nicht. Sie gehören zu deinem Traum, nicht in meinen.«

Matéo dachte eine Weile nach. »Wir alle sind in unseren eigenen Träumen«, sagte er schließlich. Das Begreifen in seiner Stimme war deutlich zu hören. »Deshalb sieht der Zirkus am Tag so anders aus. Deshalb begegnen wir uns nie. Wir sehen uns nur, wenn die Nacht uns träumt.«

Mireia nickte. »Ja, Zauberer. Der Zirkus ist ein Spiegel unserer Träume. Und in seinen Träumen ist man meistens allein, weil es nur selten jemanden gibt, der im selben Augenblick das völlig selbe träumt. Wir tun es gerade. Aber wenn wir uns trennen, sind wir wieder allein, gespiegelt in unserer Einsamkeit.«

Unwillkürlich kniff Matéo sich mit aller Kraft in den Arm, sodass er einen unterdrückten Schmerzensschrei ausstieß. Mireia lachte kurz auf, ehe sie ihn ernst ansah. »Ja, aufwachen. Das ist die Lösung. Aber nicht du musst erwachen, Zauberer. Dadurch, dass du hierhergekommen bist, kannst du nun nicht mehr gehen. Du bist nicht wie die anderen, die sich nur hierher träumen. Du bist gelaufen. Hast einen Weg in den Traum gefunden. Du bist wie wir und doch anders, so widersprüchlich sich das anhört.«

Matéo nickte. Auch wenn er kaum glauben konnte, was er hörte, wusste er doch, dass es wahr sein musste. Er war hier. Und die Nacht träumte ihn, so wie er den Zirkus träumte.

Er sah die Wahrsagerin an. »Wer muss aufwachen?«

Sie deutete mit ihren schmalen Fingern auf die Karten. »Denke an deine letzte Karte, den Tod. Etwas muss enden, damit etwas Neues beginnen kann«, rief sie ihm ihre eigenen Worte in Erinnerung.

Nachdenklich starrte Matéo an ihr vorbei. »Die Nacht muss erwachen«, flüsterte er irgendwann, mehr zu sich selbst denn zu Mireia. Die Wahrsagerin nickte.

»Genau. Und nur du kannst sie wecken.«

»Weil ich der Einzige bin, der nicht träumt«, stellte Matéo fest. Mireia schüttelte den Kopf. »Nein, Zauberer. Nicht deswegen. Auch du träumst hier dein Stück vom Traum der Nacht, aber du bist der Einzige, den sie nicht hierher geträumt hat. Du bist aus freiem Willen hier.«

»Und doch kann ich nicht einfach gehen.«

»Nein. Wie ich bist du nun ein Teil des Traums.«

Schweigend betrachtete Matéo das Bild der wirklichen Stadt.

»Wenn ich die Nacht wecke, wird dann alles so wie vorher?«, fragte er leise.

»Ich weiß es nicht«, antwortete Mireia und Matéo war ihr dankbar für ihre Ehrlichkeit.

»Was muss ich tun? Um sie aufzuwecken, meine ich.«

Er wusste, dass Mireia vollkommen bewusst war, was er gemeint hatte, aber er hatte es einfach aussprechen müssen. Vielleicht, um sich selbst zu ermutigen, es zu versuchen. Oder aber, weil er schon wusste, dass er es tun würde.

»Es wird nicht reichen, sie einfach zu wecken«, erwiderte die Wahrsagerin. »Du musst den Traum zerbrechen. Den, in den der Zauberer sie und damit uns alle gesperrt hat.«

Matéo überlegte. Er dachte an die Karten, an ihre Bedeutungen und an den Traum, der ihn hierher geführt hatte. Mireia wartete geduldig.

»Es ist der Mond.« Zuerst nur eine Vermutung, so wurde es ihm in dem Augenblick, in dem er es aussprach, völlig klar. »Ich muss den gläsernen Mond zerbrechen. Damit zerbricht der Traum und die Nacht kann erwachen. Die Karten haben es mir genau gesagt, nicht wahr? Der Mond! Die Karte, die für eine Illusion steht! Und was ist eine Illusion anderes als ein zum Bild gewordener Traum?«

Er strahlte, und seine Freude spiegelte sich in Mireias Augen wider.

»Jetzt hast du deine Antworten gefunden, Zauberer.«

»Nicht alle«, gab Matéo zurück. »Und es gibt auch schon wieder neue Fragen.« Er tippte sich gegen die Schläfe.

Mireia nickte verständnisvoll. »Ich würde dir nicht eine einzige beantworten können, so sehr ich es auch wollte. Aber ich weiß nicht, wie du Anisa zurückgewinnen kannst oder was den Glasmond zerbrechen lässt. Ich träume einen anderen Traum. Ich lege meine Karten. In jeder Vorstellung. Vielleicht verändere ich damit ein Leben. Vielleicht nicht.«

Matéo nickte. Ja, das ergab Sinn. Er musste einen Weg finden, den Glasmond zu zerbrechen. Kurz war er versucht, sich einfach vorzustellen, wie die riesige Kugel zerbrach – dies war immerhin ein Traum –, aber genauso schnell, wie ihm der Gedanken gekommen war, ließ Matéo ihn auch wieder fallen. Dies lag nicht in der Macht seines Traums. Es war der Traum der Nacht, und sie würde ihren Traum zu schützen wissen.

Müde rieb er sich die Augen. »Ich sollte nun gehen«, meinte er. »Für jetzt weiß ich ja alles, was ich wissen kann.« Er lächelte ein wenig spöttisch.

»Du weißt mehr, als du vielleicht denkst«, sagte Mireia ruhig. »Und dieses Wissen wird dir helfen, den Schlüssel hervorzuzaubern, den du am Ende brauchen wirst.«

Matéo presste die Lippen zusammen. Mit ernster Stimme sagte er: »Danke.«

»Nicht dafür, Zauberer. Nicht dafür.«

»Ich heiße Matéo«, erinnerte er sie.

»Ich weiß.«

Matéo zögerte kurz, den Wagen zu verlassen, nachdem Mireia ihn die wenigen Schritte bis zur Tür begleitet hatte. Die Welt außerhalb dieses winzig kleinen Raums schien nun eine ganz andere zu sein – und irgendwie war es ja auch so. Schließlich aber tippte er sich mit dem Finger an eine imaginäre Hutkrempe und sagte: »Gute Nacht, Mireia.«

»Gute Nacht, Zauberer.«

Auf dem Weg zu seinem Wagen hörte er, wie die Wahrsagerin hinter ihm den Schlüssel im Schloss drehte, um die Tür zu versperren. Er selbst betrachtete für einen Moment den Zirkus – ihren Zirkus, der doch nur ein Teil vom Zirkus der Nacht war. War er deshalb am Tag nichts als ein Schatten seiner selbst, zerrissen und zerfallen, beleuchtet von falschem, künstlich wirkendem Licht? Weil der Tag niemals der Nacht gehören konnte und sie seine wahren Farben nicht kannte, die feinen Nuancen zwischen grellbunt und grau, zwischen sonnenhell und wolkentrüb? Und weil sie nicht wusste, dass der Tag die Dinge oftmals schöner malte als die Nacht? Ja, die Nacht konnte den Traum träumen, aber nicht den Tag, weil sie die Tage nicht kannte. Keinen.

»Laylaluna.« Wie einen Zauberspruch flüsterte er den Namen.

Er dachte an Antonio DiMarci und daran, wie sehr er die Nacht geliebt haben musste. Ein Teil von ihm wollte wütend auf den großen Illusionisten sein, aber er konnte es nicht. Würde er nicht auch alles in seiner Macht stehende für Anisa tun?

Ja, dachte er, als er die Tür zu seinem Wagen öffnete. Aber im Gegensatz zu DiMarci würde er sie gehen lassen, wenn sie das glücklich machen würde. Nie würde er versuchen, sie einzusperren. Nicht einmal in den schönsten Traum.

Unwillkürlich sah er in die Richtung, in der Anisa nun in ihrem Wohnwagen lag, Carlo neben sich. Was, wenn sie wirklich glücklich war?

Nein! Er ballte die Fäuste. Sie konnte einfach nicht glücklich sein, denn sonst hätte sie nicht geweint, als er sie neulich gesehen hatte.

»Ich werde diesen Traum zerstören«, flüsterte er in die Stille des Wohnwagens, und als wollte Jordí ihn in seinem Entschluss bestärken, schlug er mit den Hinterläufen auf den Käfigboden. Unwillkürlich musste Matéo lächeln und ehe er sich auf sein Bett legte, streichelte er dem Kaninchen über das weiße Fell. Wie mochte sich diese Welt für Jordí anfühlen? Spürte das Kaninchen überhaupt eine Änderung?

Er wusste es nicht. Würde es nie erfahren, denn auch als er dem Kaninchen all sein Wissen offenbarte, wippte Jordí nur mit der Nase und wackelte einmal mit den Ohren, als wollte er ihn zu all den Worten beglückwünschen. Aber er sagte nichts. Natürlich nicht. Müde legte Matéo sich hin.

Er schlief lange. Falls er träumte, erinnerte er sich nicht mehr daran. Als er erwachte, war es schon fast Zeit, sich für die Vorstellung vorzubereiten. Rasch machte er sich fertig, setzte den Zylinder auf, nahm Jordí aus seinem Käfig und ließ ihn auf seinem Arm an einer Möhre knabbern, während er mit der anderen Hand nach einigen Tüchern und Seidenblumen griff.

Heute würde er eine Vorstellung geben, wie er sie früher auf den Straßen gegeben hatte. Er musste nachdenken, wollte den Glasmond im Auge behalten.

Mireia war es, die die Vorstellung begann, da der Letzte der vergangenen Vorstellung die nächste eröffnete. Noch hatte der Zirkus daher das purpurn-weiß-graue Gewand ihrer Vorstellung, aber später würde er wieder das des Wüstenzirkus tragen – das Kleid, das Carlo ihm geben würde.

Matéo seufzte, wandte dann aber seine Aufmerksamkeit der Vorführung zu. Dem Plan nach musste nun Mireia drankommen, aber wie immer bei ihrer Vorstellung lagen Manege und Zuschauerraum unter Nebel verborgen, wenn man nicht eingeladen war, daran teilzuhaben. Nur der Glasmond war deutlich zu sehen. Matéo erinnerte sich an die allererste Vorstellung, die er gesehen hatte. Wie er während des Nebels die Frau in dem Glasmond beobachtet hatte, während jemand anderem eine Möglichkeit der Zukunft offenbart worden war. Damals hatte er noch geglaubt, die Frau wäre nichts als eine Puppe.

Jetzt, da er es besser wusste, suchte er den Manegenhimmel nach einer Möglichkeit ab, die gläserne Kugel oder ihre Verankerung zu erreichen. Aber selbst als die ungleichen Schwestern später an ihren Stoffbahnen und Trapezen durch die Luft wirbelten, reichte keines der gespannten Seile hoch genug, den Glasmond zu erreichen.

Einzig bei Anisas Vorführung ließ er den Mond aus den Augen und sah ihr zu, wie sie mit ihren Seifenblasen tanzte, aus denen regenbogenbunte Luftschlösser wuchsen. Doch die filigranen Gebilde zerplatzten so schnell, dass es Matéo wehtat. Und anders als in anderen Vorstellungen, die sie gegeben hatte, ließ Anisa die Tröpfchen der zerplatzten Seifenblasen einfach zu Boden rieseln, ohne ihnen noch einmal eine andere Form zu geben. Trotzdem klatschte das Publikum laut und lange, als Anisa mit hängenden Schultern an ihm vorbeiging.

Matéo sah ihr noch nach, als er schon selbst die Manege betreten und zu zaubern begonnen hatte. Erst, als er mit seinen Tricks schon fast am Ende war, betrachtete er aus den Augenwinkeln die Frau in ihrem Mond. Sie schlief tief und fest, und er meinte, ein Lächeln auf ihren Zügen zu sehen. Aber eine Idee, wie er sie erreichen konnte, kam ihm nicht.

Beim Verlassen der Manege hielt Carlo ihn am Ausgang fest.

»Sind dir die Ideen ausgegangen, Zauberer?«, fragte er spöttisch, aber noch bevor Matéo etwas entgegnen konnte, war der Pantomime bei ihm, zog ihn zur Seite und gab ihm stumm zu verstehen, dass der Feuerschlucker es nicht wert war.

»Er nicht«, gab Matéo mit zusammengebissenen Zähnen zurück. »Aber sie.«

Denn in dieser Sekunde war sein Blick auf Anisa gefallen, die in einer Ecke stand, verborgen in den Schatten. Nur ein kleiner Lichtstrahl verriet ihm, dass sie geweint hatte. Wütend ballte er die Fäuste und hoffte inständig, dass ihm schnell etwas einfallen würde, um all das hier zu beenden. Um Anisa wieder in den Armen halten zu können. So wie früher.

Entgegen aller Hoffnung hatte der neue Morgen jedoch keine Idee für Matéo im Gepäck. Unruhig lief er in seinem Wagen hin und her und hoffte, vielleicht beim nächsten Schritt einen Geistesblitz zu haben. Zwischenzeitlich raufte er sich die Haare und rieb sich die Schläfen, doch brachte all das ebenso wenig wie der Versuch, aus Jordís Klopfen mit den Hinterläufen etwas abzuleiten.

Irgendwann verließ er seinen Wagen, doch auch draußen umkreiste er das nebelverhangene Zirkuszelt nur Runde um Runde, beobachtete Schatten, die nicht sein durften, weil sie keinen Ursprung hatten. Manchmal glaubte er, die anderen Artisten in den schemenhaften Gestalten zu erkennen. Dann ahnte er, dass er in ihre Träume sehen konnte und dass der Nacht vielleicht entfallen war, dass sie einen Tag hätte träumen müssen.

Auf der Höhe von Anisas Wagen fiel leichter Nieselregen. Kurz dachte Matéo darüber nach, ob auch das Wetter mit den Träumenden zu tun hatte, vielleicht deren Stimmung widerspiegelte. Wenn dem so war, fühlte Anisa sich schrecklich traurig. Trotzdem unternahm er keinen Versuch, zu ihr zu gehen. Er ging einfach nur weiter, immer im Kreis. Manchmal war er versucht, das Zelt zu betreten, doch was sollte dort sein, was nicht auch die Tage zuvor dort gewesen war?

Ein Weg zum Mond, flüsterte ihm eine Stimme zu, aber als er versuchte, das Zelt zu betreten, war es nicht möglich. Nirgendwo ließ sich die zerfallene Plane anheben oder beiseiteschieben, und der so brüchig wirkende Stoff war fester, als es schien. Also lief er weiter. Um das Zelt, um die Wagen der Artisten, die jeder für sich eine ganze Welt waren.

Er lief, bis der Nebel sich auflöste und der Zirkus hinter seiner Welt aus Gittern erwachte. Er sah, wie von Zauberhand mit einem Male die Buden der Schausteller dastanden. Die Schiffschaukeln. Das Karussell. Das Ballwerfen und das Entenangeln. Und natürlich die Frau mit ihren Losen, die ihm freundlich zuwinkte, als sie ihn entdeckte.

Unwillkürlich fragte Matéo sich, warum er ihr begegnen konnte. Lag es an der Nacht und ihrem Traum? Schulterzuckend trat er zu der alten Frau, die ihn mit einem freundlichen Lächeln begrüßte.

»Sie sehen aus wie jemand, der etwas so verzweifelt sucht, dass er es niemals zu finden vermag«, sagte sie.

Matéo sah sie erstaunt an. »Ja, so ungefähr«, bekannte er schließlich. »Ich will etwas versuchen, von dem ich weiß, dass es eigentlich unmöglich ist. Ich jedoch muss daran glauben.«

Die alte Frau legte ihre Hand auf die Seine. »Am Anfang scheint uns alles unmöglich, und erst, wenn wir es vollbracht haben, können wir daran glauben. Das ist es, was das Unmögliche ausmacht. Dass wir unsere Stärke erst erkennen, wenn wir das, wozu wir sie brauchten, längst überwunden haben.« Sie musterte ihn prüfend. »Sie werden finden, was Sie suchen und vollbringen, woran Sie jetzt nicht einmal zu denken wagen. Und am Ende wird alles gut.«

»Woher wollen Sie das wissen?«, fragte Matéo skeptisch.

»Am Ende wird immer alles gut. Würden wir nicht daran glauben, wie könnten wir dann weitergehen?«

Matéo musste sich eingestehen, dass sie Recht hatte. Gerade wollte er seine Gedanken zum Ausdruck bringen, da fragte sie: »Haben Sie Ihr Schneeglöckchen schon benutzt?«

Mit hochgezogenen Augenbrauen fragte Matéo: »Benutzt?«

Die Alte lachte. »Sicher. Das Schneeglöckchen ist ein Moment. Ein Augenblick Zeit, den man verschenken kann. Ein

Symbol für den Frühling, wenn der Winter geht. Ein Anfang, nach einem harten Ende.«

Die Worte ließen Matéo an die Karte des Todes aus dem Tarot der tausend Stimmen denken. Von diesem Gedanken sagte er der Alten nichts. »Nein«, meinte er bloß. »Ich habe den richtigen Moment noch nicht gefunden.«

»Richtige Momente sind selten«, mahnte die Losverkäuferin. »Oft gibt es nur vertane Chancen.« Ihre Augen richteten sich in den Himmel. »Es wird bald Zeit für die Vorstellung.«

Matéo schluckte. Ja. Das wurde es. Und er hatte weder eine Idee für eine Vorstellung noch für einen ersten Versuch, den Mond vom Zirkushimmel zu holen. Niedergeschlagen verabschiedete er sich von der Losverkäuferin, die ihm zum Abschied aufmunternd zulächelte.

Würde sie auch noch lächeln, wenn sie wüsste, dass er gleich versuchen musste, den Mond vom Himmel zu holen, damit sich die Welt, in der sie sich gerade befanden, auflöste? Unwillkürlich fragte Matéo sich, was ihm das Recht dazu gab.

Doch er beantwortete sich die Frage mit der Einsamkeit dieses Ortes, die hinter all dem strahlenden Glanz lag, den die Nacht zu Tage brachte. Mit all der Traurigkeit, die durch die nebelverhangenen Schatten der Tage tanzte. Jenem Gefühl, das er immer dann spürte, wenn er die Vorstellung der Clowns gesehen hatte.

Auf dem Weg zu seinem Wagen wäre er beinahe mit Min-Liu zusammengestoßen. Überrascht blickte die zierliche Asiatin zu ihm auf. Sie lächelte, als sie ihn erkannte. In ihrer Hand hielt sie einen gefalteten Kranich aus goldenem Papier.

»Der wievielte ist es?«, fragte Matéo.

»So genau weiß ich es nicht«, gestand die Schlangenfrau. »Ich zähle sie nicht. Ich falte sie nur. Wahrscheinlich, weil ich Angst habe, die Tausend nie zu erreichen.«

»Was wäre, wenn du sie schon längst erreicht hast?«, stellte Matéo die Gegenfrage.

Min-Liu sah ihn an, als hätte sie diese Möglichkeit noch gar nicht in Erwägung gezogen. »Dann hätte ich einen Wunsch frei, den ich noch nicht kenne«, bekannte sie nach einer Weile.

»Ist das so schlimm?«

»Nein. Wahrscheinlich nicht. Trotzdem möchte ich sie nicht zählen. Nicht, ehe ich weiß, was mein Wunsch ist. Wünsche sind kostbar. Man sollte sie nicht verschwenden.«

Sie drehte den goldenen Kranich zwischen den Fingern. Betrachtete ihn nachdenklich. Matéo wollte schon weiter – er musste sich noch für die Vorstellung vorbereiten –, da blickte sie ihn wieder an.

»Hier«, sagte sie. »Ich will, dass du ihn bekommst. Es heißt, sie bringen Glück, wenn man sie verschenkt. Weil man sich Glück niemals selbst falten kann.«

Damit reichte sie Matéo den glänzenden Papiervogel.

»Aber dann fehlt er dir doch. Auf dem Weg zu deinem Wunsch, meine ich«, entgegnete Matéo.

Min-Liu zuckte mit den Schultern. »Dann falte ich eben einen neuen. Wer weiß, wann ich meinen Wunsch finde.«

Mit diesen Worten war sie fort, noch ehe Matéo sich bedanken konnte. Jetzt war er es, der den Papierkranich zwischen seinen Fingerspitzen drehte und nachdenklich betrachtete.

»Was wäre ...«, dachte er plötzlich und spürte, wie sich sein Mund zu einem breiten Lächeln verzog, weil er endlich eine Idee hatte. Für die Vorstellung. Für den Mond.

Als er sich wenig später den anderen Artisten auf dem Weg zum Zelt anschloss, bedachte Mireia ihn mit fragenden Blicken, doch er lächelte nur. Heute würde er als letzter die Manege betreten.

Unruhig beobachtete er die Vorstellungen der anderen. Carlo ließ abermals die Flammen tanzen, bildete eine jagende Meute aus ihnen, die einen Zauberer jagten. Matéo schloss die Augen. Mireias Vorstellung hinter dem Vorhang aus dichtem Nebel gab ihm die Chance, noch einmal den gläsernen Mond zu betrachten, ehe Min-Liu die Zuschauer mit ihren anmutigen, aber unmenschlich scheinenden Bewegungen beeindruckte und die Schwestern Nochenta am Trapez wie leuchtende Kometen über den Zirkushimmel wirbelten. Matéo hätte in diesem Moment so gerne mit Anisa gesprochen, aber sie stand bei Carlo, die Lippen fest zusammengepresst, den Wunsch in den Augen, am liebsten woanders zu sein.

Nach Bianca und Cassandra waren die beiden Clowns und der Pantomime an der Reihe, danach Anisa mit ihren Seifenblasen, die heute zu schillernden Vögeln wurden, die fröhlich durch die Manege flatterten, bis Anisa sie am Ende in einen Käfig fliegen ließ, dessen Streben ebenso aus Seifenblasen waren wie die Vögel. Mit dem Seifenblasenkäfig in den Händen verließ sie die Manege.

Matéo sah ihr nach. Der Käfig löste sich mit jedem Schritt auf. Als nichts mehr von ihm zu sehen war, betrat er selbst mit Jordí die Manege, wo er abermals bis zur Mitte ging. Dort stellte er den Zylinder mit dem weißen Kaninchen mit einer eleganten Verbeugung in den Sand, der die Manege als Teil von Carlos Wüstenzirkus ausfüllte.

Dann zog er den goldenen Kranich aus der Tasche seines Anzugs, legte ihn auf seine flach ausgestreckte Hand und präsentierte ihn dem Publikum. Mit einer weiteren Verbeugung hob er ein wenig Sand vom Boden auf, den er unter einigen dahingemurmelten Worten gestenreich über den Kranich streute. Die papiernen Flügel vibrierten unter der Last der feinen Körnchen.

Es war mucksmäuschenstill. Irgendwo war da das immerwährende Lied, aber selbst dieses schien der Spannung seinen Tribut zu zollen. Matéo zog die Hand unter dem Vogel fort. Er hörte, wie Teile des Publikums scharf einatmeten. Der Papierkranich blieb in der Luft stehen. Matéo machte eine kleine Bewegung mit der Hand. Der goldene Vogel begann, langsam mit den Flügeln zu schlagen.

Ein leises Raunen ging durch die Zuschauer und es verwandelte sich in Ausrufe des Erstaunens, denn der Kranich, eben noch kleiner als die Hand eines Mannes, wuchs immer weiter, mit jeder Runde, die er flügelschlagend durch die Arena flog. Jeder Kreis, jeder Schlag seiner goldglänzenden Flügel brachte ihn ein Stück höher, ein bisschen näher heran an den riesigen Mond.

»Bitte«, flehte Matéo stumm in der Manege, »bitte.«

Ab und an wiederholte er jene gemurmelten Zauberworte, die er nicht brauchte, die für das Publikum aber wichtig waren, um dem Unglaublichen eine Erklärung zu geben. Er selbst wusste nur allzu gut, wie wichtig das war. Selbst in einem Traum. Vielleicht gerade dort.

Der goldene Papierkranich stieg weiter in die Höhe. Er war schon so hoch, dass er längst hätte das Zeltdach berühren müssen, längst hätte den Mond mit seinem Schnabel vom Himmel ziehen sollen. Stattdessen aber stieg er noch weiter hinauf. Immer dem Mond entgegen.

Bald schon wurde er wieder kleiner und Matéo musste einsehen, dass er den Mond niemals erreichen würde. Mit einem stummen Seufzer ließ er den Papiervogel zurück zur Erde sinken.

Er hatte es nicht geschafft. Der Mond hing unverändert an seinem Platz, die Nacht träumte weiter ihren Traum und sie alle waren noch immer darin gefangen.

Der Papierkranich verkleinerte sich, je näher er dem Boden kam. Mit einem letzten Flügelschlag landete er auf Matéos ausgestreckter Handfläche und wurde wieder zu Papier. Matéo verbeugte sich. Das Publikum johlte klatschend und war kaum noch zu halten, als sich die Artisten zum großen Finale zu ihm gesellten.

Mireia hakte sich zum Tanz bei ihm unter. »Morgen ist ein neuer Tag«, raunte sie ihm zu. Matéo nickte bloß.

Er wusste, sie wollte ihn nur aufmuntern. Trotzdem hatte er später keinen Blick mehr für die schlichte klassische Schönheit seines Zirkus, der für diese Nacht seine Heimat war. Zu tief saß die Enttäuschung über den misslungenen Versuch und er war froh, als er die Tür hinter sich und Jordí zufallen lassen konnte.

Ja, dachte er, als er müde auf sein Bett fiel. Morgen ist ein neuer Tag.

Aber als die nächste Vorstellung am Tag darauf mit seinem Auftritt begann, versuchte er nicht, den Glasmond zu erreichen. Er verzauberte das Publikum mit einem Feuerwerk aus Seidenblumen und zu Schmetterlingen verwandelten Tüchern aus Tüll und verließ die Manege erst, als Carlo schon im Eingang stand, den Vorhang mit einer Hand angehoben, auf dem Gesicht ein wütender Ausdruck. Matéo ignorierte ihn ebenso wie seine Vorstellung.

Erst Anisa, die an diesem Tag als letzte an der Reihe war, sah er wieder zu. Er hoffte, dass ihr gelingen würde, was immer sie sich für diesen Moment erträumte, wenn er schon nicht den Glasmond hatte zerbrechen können.

Neulich, da war er sich sicher, hatte sich der Traum ihrer Vorstellung nicht erfüllt. Traurig dachte er an die Seifenblasen, die einfach zerplatzt waren, ohne ihre Reise zu beenden. Der Gedanke ließ ihn wütend werden, und einige Sekunden flackerten seine Blicke zu Carlo herüber, der rechts neben ihm stand. Aber der Feuerschlucker beachtete ihn nicht, sodass Matéo sich wieder auf Anisas Vorstellung konzentrierte.

Abermals erzählten ihre Seifenblasen eine Geschichte, die einen alles vergessen ließ, so sehr wurde man in den regenbogenfarbenen Strudel der durchschimmernden Ereignisse gezogen. Die Geschichte tröstete Matéo über seine Gedanken hinweg, die allesamt melancholischer Natur waren. Sie ließ ihn lächeln, weil er in ihr die Hoffnung fand, die man in fast allen Geschichten finden konnte: Dass alles gut werden würde. Wie die Frau an der Losbude gesagt hatte. Und sie ließ ihn die Zweifel vergessen, dass noch lange nicht jede Geschichte ein gutes Ende nahm.

Er glaubte sogar noch daran, als Anisa nach Carlos Hand griff und mit ihm gemeinsam zu ihrem Wagen lief. Der Glaube verlief sich erst, als er mit Jordí den dunklen und etwas ausgekühlten Wagen betrat, in dem es niemanden gab, der ihn mit Lachen erfüllte. Oder mit Stimmen. Und Matéo fühlte sich einsam, obwohl er nicht allein war. Immerhin war da Jordí. Aber was war schon ein Kaninchen?

»Manchmal alles«, gab er sich selbst die Antwort und drückte das weiße Tier so fest an die Brust, wie er es eben wagte. Er spürte den raschen Herzschlag und den warmen Atem an seinem Hals. Und als hätte das Kaninchen gespürt, wie es um sein Herrchen stand, schleckte es ihm einmal mit der kleinen Zunge tröstend über die Haut. Matéo lächelte. Vorsichtig setzte er Jordí in seinen Käfig.

»Weißt du«, sagte Matéo, und war froh darüber, wenigstens mit seiner eigenen Stimme die Stille unterbrechen zu können, »es gibt Träume, die sind nicht schön. Auch wenn sie einem auf den ersten Blick so vorkommen und man sich nichts sehnlicher wünscht, als dass sie nie enden. Ich glaube, dieser hier ist so einer.«

Und plötzlich verstand er, warum die Schlangenfrau die Kraniche nicht zählen wollte.

Kapitel 3

Die dritte Woche. Gespräche im Regen. Murmelmosaik. Das Gesicht von Traum und Illusion. Der zweite Versuch. Schattenspiel. Seifenblasenscherben. Der dritte Versuch. Schneeglöckchenfelder. Zerbrochene Momente.

Wie wahr die Worte waren, die er zu dem Kaninchen sagte, ahnte er vielleicht, aber die wirklichen Ausmaße verstand Matéo erst, als die Nebel begannen, sich mit Stimmen zu füllen.

Doch zunächst begann die dritte Woche im Circo Laylaluna mit prasselndem, alles durchnässendem Regen, der die Welt außerhalb des Wagens ebenso verschwimmen ließ, wie es sonst der Nebel tat. Die Farben des Seifenblasenzirkus bekamen tiefe Schatten und die schweren Tropfen schienen den Stoff des Zeltes abermals zu zerreißen.

Matéo, der an seinem kleinen Tisch saß und darüber nachdachte, wie er den Glasmond mit der gefangenen Nacht zu Fall bringen könnte, kam es vor, als wäre das Trommeln des Regens die Schläge von aberhunderten Herzen, die abertausende von Geschichten zu erzählen hatten. Keine aber sagte ihm, wie man den Mond vom Himmel stehlen konnte.

Immer wieder starrte er aus dem kleinen Fenster, und wenn er es gar nicht mehr in der Enge des Wagens aushielt, stürmte er zur Tür, öffnete sie und starrte von dort in den Vorhang aus Regenfäden.

»Sind wir es, die das Wetter träumen?«, fragte er Mireia, als er wieder einmal so dastand. Die Wahrsagerin, die mit einem purpurn-weiß-gestreiften Regenschirm vor ihm stand, schüttelte den Kopf. »Nein. Selbst Träume haben ihre Grenzen. Wahrscheinlich regnet es in der Stadt.«

Matéo sah sich um. Wie lange hatte er nicht mehr an die Stadt gedacht? Vergaß auch er langsam das Leben vor dem Zirkus, vor dem Traum?

Mireia schüttelte erneut den Kopf, als hätte sie seine Gedanken gelesen. »Jeder Zirkus ist seine eigene Welt. Für manche Flucht, für manche Fluch. Aber ich glaube nicht, dass du vergessen wirst. Du denkst nur über andere Dinge nach.«

Ja, dachte Matéo, das mochte sein. Er dachte über vieles nach. Den Mond. Anisa. Den Traum. Anisa …

Dann aber fiel ihm etwas ein. »Wandert der Zirkus nicht?«, fragte er. Mireia runzelte die Stirn.

Matéo verdeutlichte die Frage: »Normalerweise reist ein Zirkus doch. Von Ort zu Ort, Stadt zu Stadt, Land zu Land. Wir aber scheinen uns gar nicht zu bewegen.«

Mireia sah ihn an. »Vergiss nicht, dass dies ein Traum ist, Zauberer. Und im Traum kann man fortgehen, ohne sich auch nur einen Meter zu bewegen. Vielleicht sind wir Nacht für Nacht in einer anderen Stadt, vielleicht auch in hundert Städten zugleich. Oder aber wir sind immer noch dort, wo wir hergekommen sind.«

Sie sah zum Zaun, der ihnen den Ausgang versperrte. Dahinter lagen Straßenzüge, die der Regen zu einem schemenhaften Bild verschwimmen ließ, in dem man keinen Ort erkennen konnte. Matéo folgte ihren Blicken. War das möglich? Konnte er gleichzeitig an verschiedenen Orten sein, in den Träumen hunderter Menschen, ohne etwas davon zu merken, ja, ohne selbst den Ort zu wechseln?

»Unmöglich«, flüsterte er, so leise, dass Mireia nur fragend die Augenbrauen hochzog, aber nichts weiter sagte. Auch Matéo wiederholte es nicht. Stattdessen fragte er leise: »Warum ich?«

Mireia schwieg. Wahrscheinlich wusste sie, dass keine Antwort der Welt das Gefühl der eigenen Machtlosigkeit zu dämpfen vermochte. Die Antwort, die sie ihm geben konnte, hatte sie ihm bereits gegeben. Weil er freiwillig in den Traum gekommen war. Warum aber wachte er dann nicht einfach auf? Warum konnte er den Traum nicht verlassen? Warum endete er nicht einfach?

Leise fragte er Mireia.

»Es ist Magie im Spiel«, antwortete die Wahrsagerin mit einem ratlosen Schulterzucken. »Und zudem endet nichts. Es geht immer weiter, und manche Menschen träumen selbst dann noch, wenn sie wach sind.«

»Also wird dieser Traum nicht enden, wenn ich den Mond vom Himmel hole? Es ist vollkommen sinnlos, es zu versuchen?«

Die Verwirrung über Mireias Worte ließ seine Stimme harscher klingen als beabsichtigt.

Beschwichtigend hob die Wahrsagerin die Hände. »Nein, dieser Traum hier muss enden. Die Welt gerät aus der Bahn, so ganz ohne Nacht. Ich sage nur, dass dann ein neuer Traum beginnen wird.«

»Und was wird mit uns?«

»Wir alle kehren dorthin zurück, wo wir hergekommen sind«, erwiderte die Wahrsagerin. »Aber wer weiß, ob wir noch dieselben sein werden? Träume haben so viel Macht. Und nicht alle werden vergessen.«

Spielerisch drehte sie den Schirm, sodass die Streifen zu einem Wirbel aus Purpur und Weiß verschwammen. Unwillkürlich schloss Matéo die Augen. Als er sie wieder öffnete, war Mireia fort. Nichts deutete darauf hin, dass sie überhaupt dagewesen war und Matéo überkam das unbestimmte Gefühl, die Unterhaltung, an die er sich so klar erinnern konnte, nur geträumt zu haben.

Nachdenklich schloss er die Tür hinter sich, lauschte eine Weile dem Prasseln des Regens, ehe er sich ein weiteres Mal mit dem Vorhaben an den kleinen Tisch setzte, einen Weg zu finden, den Mond vom Himmel zu holen.

Eine Sache war es, zu wissen, dass alles, was einen umgab, ein Traum war und damit jeder Illusion Tür und Tore geöffnet waren. Doch eine ganz andere Sache war es, gleichzeitig verstanden zu haben, dass es da eine Macht gab, die dem eigenen Traum in einem größeren Traum Grenzen setzte.

Er konnte nicht einfach mit dem Finger schnipsen und sich wünschen, der Mond würde zu Boden fallen. Das würde nicht geschehen. Nein. Er musste es anders angehen. Schlauer. Versteckter. Verborgen in einer Vorstellung, die nach Abenteuer schmeckte. Und er musste auf der Hut sein. Weil es Gegner gab, wie Mireias Karten vorausgesagt hatten. Er zweifelte nicht daran, dass die Karten Recht behalten würden.

Mireia war die Einzige, die an diesem Ort klar sah, weil sie alles durch die Augen der Karten betrachtete. Folglich hieß das für Matéo, dass er den Karten folgen würde. Allein, weil sie ihm von der Herzdame erzählt hatten, die für ihn immer noch Anisa war. Nicht Layla, die Nacht, derentwegen dies alles geschehen war.

Wenn er doch nur einen Bruchteil der Magie verstehen würde, die DiMarci verwendet hatte ...

Wie vom Donner gerührt sprang Matéo von seinem Stuhl auf und öffnete ungeduldig die Schubladen der Kommode. Wenn er dort alles fand, was er brauchte, dann vielleicht auch ...

Doch zum ersten Mal wurde er enttäuscht. Er hatte jede einzelne Schublade auf den Kopf gestellt, aber keine enthielt ein Buch über wahre Magie der Art, wie DiMarci sie betrieben hatte. Vielleicht, weil die Nacht nichts dergleichen kannte und sie es war, die die Grenzen dieses Traums bestimmte. Matéo seufzte zum wiederholten Male.

Nein. So würde das nichts werden. Was er auch tat – ihm wollte kein Weg einfallen, den Mond zu Fall zu bringen. Ob das auch dem Einfluss der Nacht geschuldet war? Oder der Magie, die den Traum geschaffen hatte?

Er wusste es nicht, wie so vieles. Seine Gedanken wanderten zu Anisa. Und plötzlich wusste er, was er tun würde. Nicht mit dem Mond. Aber für sie. Er lachte. Ja. Er würde ihr allein ein Wunder schenken.

Voller Optimismus öffnete er erneut die Schubladen seiner Kommode. Dieses Mal würde er finden, was er suchte, und so war es.

Bald hatte er sieben rote Murmeln in einem kleinen Beutel aus Samt und unzählige schneeweiß-irisierende in einem anderen, weitaus größeren Beutel. Matéo steckte sich den Beutel mit den roten Murmeln in die Hosentasche und schulterte den mit den weißen. Er war nicht so schwer, wie er erwartet hatte.

Im nächsten Moment hatte er die Tür des Wagens schon halb durchquert, da fielen ihm zwei Dinge ein. Zuerst ging er erneut zur Kommode, öffnete eine der Schubladen und holte zwei weitere Murmeln hervor, beide so schwarz wie die tiefsten Schatten. Im Anschluss nahm er noch Jordí auf den freien Arm, ehe er endgültig den Wagen verließ und Anisas Seifenblasenzirkuswelt betrat, die noch bis zum Ende der Vorstellung währte. Dann würde der Traum der Clowns den Zirkus wieder für eine Nacht und einen Tag in seine schrill-bunten Farben tauchen.

Matéo überkam bei diesem Gedanken ein Frösteln. Immer wieder, wenn er den Clowns bei ihren Vorstellungen zusah, war da diese Traurigkeit, und im Laufe der Zeit hatte sie sich auch auf das Aussehen des Zirkus übertragen. Zu scharfkantig waren die roten Spitzen, die überall hervorragten. Zu grell blendeten all die Farben, vor allem, wenn die Nacht einen dieser unwirklichen Tage träumte, die so viel künstlicher wirkten als die lebendigen Nächte … Er wünschte, alles wäre wieder grau und verwaschen, aber heute gab es keinen Nebel, der wie ein Vorhang wirkte.

Nur allzu gerne ließ er sich von der Schlangenfrau ablenken, die gerade neben ihm auftauchte und ebenfalls auf dem Weg zur Vorstellung war. Ihre Hände falteten einen neuen Kranich.

»Du hast schwer zu tragen, Zauberer«, begrüßte sie ihn lächelnd.

Matéo tarierte den Beutel mit den Murmeln ein wenig aus, wobei ihm Jordí fast vom Arm gesprungen wäre. Min-Liu half ihm lachend, das Kaninchen festzuhalten.

»Nicht so schwer, wie es scheint«, antwortete Matéo schließlich, als sie weitergingen.

Min-Liu sah ihn mit ernster Miene aus ihren dunklen Mandelaugen an. »Der Zauber mit dem Kranich«, begann sie, um gleich darauf zu zögern. »Er war wunderschön.« Sie lächelte und huschte dann weiter, während sie den neuen Papiervogel in ihr Haar steckte.

Matéo sah ihr nachdenklich hinterher. »Nicht so schön, wie er hätte sein sollen«, flüsterte er, ehe er das Zelt wenige Sekunden nach ihr betrat.

Alle waren bereits versammelt. Jeden Moment würde sich der Vorhang das erste Mal heben und Anisa würde das Publikum mit ihren Seifenblasen verzaubern. Danach, so hoffte Matéo inständig, wäre sie es dann, die verzaubert werden würde. Durch ihn.

Versunken in hoffnungsfrohe Träume beobachtete er aus den Augenwinkeln ihren Auftritt. Bildete er sich nur ein, dass die Seifenblasen zu Herzen wurden? Oder geschah es ebenso wirklich wie das Kaninchen, dass sie aus den filigranen Kugeln entstehen ließ, damit es in einen durchschimmernden Zylinder springen konnte? Matéo konnte es nicht sagen.

Alles, was er wusste, war, dass er selbst mit einem Male in der Manege stand, neben ihm das Kaninchen und der Zylinder, in der Hand den kleinen Beutel mit den roten Murmeln. Mit einer effektreichen Geste öffnete er den Beutel und ließ die sieben kleinen Kugeln auf seine Hand kullern, um sie dem Publikum zu zeigen, ehe er eine nach der anderen in die Luft warf. Zunächst blieben sie, wie an unsichtbaren Fäden aufgehängt, in der Luft stehen. Dann bildeten sie ein leuchtend rotes Herz, das sich langsam um die eigene Achse drehte.

Vereinzelte Ausrufe der Verwunderung waren zu hören.

Matéo lächelte und blickte hinüber zum Zelteingang. Zuerst konnte er nur Mireia entdecken, dann aber sah er, dass auch Anisa ihn beobachtete. Sie stand im Schatten des Vorhangs, doch er konnte ihre Augen im Widerschein der Manegenbeleuchtung aufblitzen sehen.

Matéo richtete seine Aufmerksamkeit wieder auf das schwebende Herz, das nach wie vor in der Mitte der Manege kreiste. Mit einer Verbeugung öffnete er den zweiten Beutel, griff hinein und zog eine weitere Murmel hervor, dieses Mal milchig weiß wie Schnee, im Licht regenbogenfarben schimmernd, als wären sie Seifenblasen aus weißem Porzellan.

Das Publikum klatschte erwartungsvoll. Matéo wartete kurz, dann begann er den gesamten Beutel auszuschütten. Zuerst blieb es in den Reihen der Zuschauer ruhig. Als aber der Strom der Murmeln nicht versiegte und bei Weitem das Fassungsvolumen des Beutels überstieg, ging ein Raunen durch die Menge. Immer mehr Murmeln kullerten in die Manege, bildeten dort einen kleinen Hügel, der sich mit jeder hinzukommenden Murmel veränderte. Hänge rutschten herab, die Spitze reckte sich in die Höhe.

Dann, wie der Schlussakkord einer Harmonie, fiel die letzte Murmel aus dem Beutel und legte sich genau auf die Spitze des Berges. Der Zauberer konnte sie sehen, ohne auch nur den Kopf neigen zu müssen, so hoch türmten sich die schillernden Murmeln vor ihm auf. Er warf einen besorgten Blick neben sich, aber sein Zylinder mitsamt Jordí war vor den kullernden Glaskugeln verschont geblieben.

Matéo atmete tief durch. Dies ist mein Traum, rief er sich in Erinnerung und hob die Hände wie ein Dirigent, der seinem Orchester deutlich machen wollte, die Instrumente aufzunehmen. Leise Musik füllte das Zelt aus. Ein leichtes Zittern ging durch die Murmeln, dann verstärkte es sich zu einem grollenden Beben.

Matéo ließ seine Hände nach oben schnellen und der Bewegung folgend stiegen die Murmeln wie eine Säule in die Höhe, wo sie sich auf den Wink seiner rechten Hand hin drehten. Tänzelnd bewegte sich Matéo fort von der Mitte der Manege und Jordí, hin zum Manegenring, auf den er mit einer geschmeidigen Bewegung sprang. Die Säule aus Murmeln folgte ihm und hielt erst an, als er es tat.

Wieder bewegte er die Hände, gestikulierte durch die Luft, wie der Pantomime es sonst tat, verließ die Manegenbegrenzung mit einem Sprung und lockte die Murmeln zurück in die Mitte des Rondells, wo er ihnen mit einer Geste gebot, in der Luft innezuhalten. Reglos schwebten die Murmeln vor dem roten Glasherz.

Das Publikum klatschte kurz, verstummte dann aber sogleich, um keinen Moment der Darbietung zu verpassen. Mit einem schnellen Blick überprüfte Matéo ein weiteres Mal, ob Anisa noch hinter dem Vorhang stand. Sie war noch da, genauso wie die Wahrsagerin.

Matéo griff in die Murmelsäule hinein und pflückte irgendeine Murmel heraus, um sie an einer scheinbar willkürlichen Stelle in der Manegenluft abzulegen. Zuerst reagierten die Zuschauer verwirrt, Matéo hörte ihr leises Rumoren, dann aber brandete tosender Applaus auf, als die Leute das Bild erkannten, das er ihnen aus einem Mosaik schwebender Murmeln gebaut hatte.

Ein wunderschönes, aus hunderten, nein abertausenden von Murmeln geformtes Einhorn stand in der Manege und bewegte langsam den eleganten Kopf, der mit einem langen, sich zur Spitze hin aus kleineren Murmeln verjüngenden Horn bestückt war.

Das Klatschen der Zuschauer wurde nochmals lauter, als das Einhorn auf Matéos Geheiß hin mehrere Runden durch die Manege galoppierte, ehe es der Zauberer mit einem einzigen Fingerschnipsen wieder zerfallen ließ. Murmel für Murmel sprang zurück in den Beutel, bis am Ende nur noch das rote Herz in der Luft schwebte. Und auch das löste der Zauberer wieder auf, sodass schließlich nur noch eine einzige, leuchtend rote Murmel übrig blieb.

Er umschloss sie mit der Hand und warf sie in Anisas Richtung, doch er konnte nicht sehen, ob sie gefangen wurde oder nicht, denn in diesem Augenblick schwoll der Applaus des Publikums zu einem wahren Orkan an, sodass er sich wieder und wieder in alle Richtungen verbeugen musste. Erst als Carlo schon in der Manege stand und seine Feuer begannen, einen Kreis aus Flammen zu bilden, verließ Matéo mit Jordí und den Murmeln die Manege und verschwand hinter dem Vorhang.

Suchend sah er sich um, doch Anisa war nicht zu entdecken.

»Sie ist eben gegangen«, sagte Mireia leise und hielt ihm die Murmel entgegen. »Es tut mir leid, Zauberer.«

Sie ließ die herzförmige, rote Murmel in seine Hand fallen.

»Du hast deine Zeit umsonst vertan.«

Die Wahrsagerin drehte sich von ihm weg und verschwand in den Schatten, die den Raum bevölkerten. Sie war nach dem Feuerschlucker an der Reihe.

Matéo jedoch verließ niedergeschlagen das Zelt. Tränen liefen ihm über die Wangen und vermischten sich mit dem Regen, der immer noch fiel. Erst als er in seinem Wagen war, versiegten sie und vergingen in der entschlossenen Wut, die die Traurigkeit abgelöst hatte.

Er würde den Mond zu Fall bringen. Schon morgen. Er wusste auch schon wie, und hoffte inständig, dass es dieses Mal klappen würde.

Die Nacht hatte für den Morgen eine kalte Sonne erträumt. Blassgelb stand sie da, umrahmt von einem hellgrauen Himmel. Matéo hatte gesehen, wie sie aufgegangen war, schwerfällig wie eine alte Frau war sie über den Horizont geklettert. Es hatte kein Dämmerungsrot gegeben, keinen fließenden Übergang von Dunkelheit zu Tageslicht, und schon jetzt wünschte Matéo die Nacht herbei. Nicht nur, weil dann die Vorstellung längst ihren Anfang genommen hätte. Sondern vor allem, weil die Nächte hier so viel lebendiger waren als die einsamen Tage.

Und dieser Tag würde lang werden. Matéo wusste das schon jetzt, wo er kaum begonnen hatte. Die Sekunden tropften nur im Minutentakt von der Uhr, und die Stunden verstrichen wie halbe Tage. Er war vorbereitet, hatte bereits alles, was er brauchte. Tausendmal war er sein Vorhaben in Gedanken durchgegangen. Am Abend würde es eine Million Mal geschehen sein. Wenn nicht sogar noch öfter.

Mit den Fingern auf den Tisch trommelnd, sah er immer wieder zwischen Fenster und Uhr hin und her. Draußen schien die Zeit ebenso still zu stehen, wie die Zeiger der Uhr, die seit einer gefühlten Ewigkeit regungslos verharrten.

Nichts passierte. Noch weniger als nichts. Eine Sekunde wurde zu Stunden. Matéo zählte seine Herzschläge, beschäftigte sich so intensiv mit Jordí, dass das Kaninchen irgendwann ungeduldig nach ihm schnappte, weil es seine Ruhe haben wollte.

Er sah wieder aus dem Fenster und nahm sich schließlich einige Papierbögen aus der Kommode. Er würde Kraniche falten, wie Min-Liu. Für einen Wunsch, auch wenn er wusste, dass die Zeit eines Tages nicht reichen würde, um eintausend von ihnen zu falten. Nicht einmal in einem Traum, in dem die Zeit nicht vergehen wollte.

Selbst wenn Matéo bis zum Abend die tausend Kraniche gefaltet hätte, hätte er ihre Anzahl ebenso wenig gewusst wie Min-Liu. Einen Papiervogel nach dem anderen hatte er gefaltet und die fertigen einfach auf den Boden gleiten lassen. An manchen hatte Jordí probehalber geknabbert, andere hatte er mit scharrenden Vorderpfoten bearbeitet. Die meisten hatte er schlichtweg nicht beachtet, das Tier war nur irgendwann mit einem Satz vor der Flut der gefalteten Vögel auf sein Bett geflohen, wo es jetzt mit wippender Nase lag und Matéo aus halbgeschlossenen Augen beobachtete.

Dieser wiederum wünschte sich, wenigstens einen Bruchteil der Ruhe, mit der das Kaninchen dalag, für sich beanspruchen zu können. Immer noch ließ er die Uhr nicht aus den Augen, nach jedem Knick, den er machte, sah er hinauf. Die Sekunden tropften nur so dahin.

Dann endlich verschwand die kaltgelbe Sonne und wich dem Dunkel der Nacht, das Matéo so sehr herbeigesehnt hatte.

Wie vom Blitz getroffen sprang er auf, hob Jordí von seinem Bett und griff dann nach den drei Dingen, mit denen er vorhatte, den großen Glasmond in der Manege zu Fall zu bringen: Einer Kerze, einer Packung Zündhölzer und einer spitzen, langen Schere. Sagte man nicht, dass die einfachsten Dinge die größten Veränderungen bewirkten? Er hoffte es. So inständig, dass es fast wehtat.

Seine Vorstellung war heute die dritte. Zuerst kamen die Clowns, und dann Anisa, doch weder sah er Pietro, Tullio und David bei ihrem Schabernack zu, mit dem sie die Herzen der Zuschauer erleichterten, noch hatte er Augen für Anisa. Seine Blicke hafteten an dem Glasmond, in dem Layla sie alle träumte. Wenn alles gut lief, würde sie gleich erwachen. Wenn.

Matéo stürmte in die Manege, kaum dass Anisa sie verlassen hatte. Er bemerkte nicht, wie sie ihm verwirrt nachsah, er hatte nur Augen und Ohren für sein Vorhaben. Selbst, dass sein Zylinder mit Jordí noch im Vorzelt stand, fiel ihm nicht auf.

Mit einer Verbeugung begrüßte er das Publikum und achtete angestrengt darauf, nicht durch die Vorstellung zu hetzen. Es war wichtig, alles mit Ruhe anzugehen.

Matéo setzte sein gewinnendstes Lächeln auf und ging auf einen Mann zu, der in der ersten Reihe saß, und bat ihn mit einer schlichten Handbewegung, ihm in die Manege zu folgen. Matéo wusste, dass es ein Risiko war, einen Zuschauer einzubinden. Doch das gehörte zur Aufführung, das war das Salz in der Suppe, das nötig war, um das Publikum in seinen Bann zu ziehen.

Zum Glück folgte ihm der ältere Herr mit einem strahlenden Lächeln, als er ihn in die Mitte der Manege dirigierte, wo er ihn mit großen, dramatischen Gesten auf die Frau über ihnen in ihrem gläsernen Gefängnis aufmerksam machte.

Wie Matéo vermutet hatte, war der Glasmond mit seiner schlafenden Schönheit bislang weitestgehend unbemerkt geblieben. Er hörte Ausrufe der Verwunderung und gemurmelte Fragen, ganz, wie er es sich ausgemalt hatte.

Als er sicher war, dass der Mann verstanden hatte, dass er Matéo dabei helfen sollte, die Frau zu befreien, ließ er mit einer simplen Illusion die Schere, die Kerze und die Zündhölzer erscheinen. Der Anblick der langen, spitzen Schere ließ einige Schweißperlen auf der Stirn des Mannes erscheinen, aber Matéo beruhigte ihn mit einigen wohlgewählten Gesten, ehe er die Kerze mithilfe der Zündhölzer entzündete und sie dem Mann reichte. Der Zuschauer nahm sie mit zitternden Händen entgegen.

Daraufhin ließ Matéo die Schere ein paar Male durch die Luft schneiden, und deutete dann pantomimisch an, den Schatten des Mannes mithilfe der Kerze auf die Reise zu schicken, um die Frau aus dem Mond zu befreien. Fragend sah er den Mann an.

Dieser reagierte, als hätte er die Szene zuvor mit Matéo einstudiert. Mit passender Mimik und einigen Handbewegungen fragte er stumm, warum Matéo denn nicht seinen eigenen Schatten nehmen wollte. Mit einem Wink auf die Kerze bat der Zauberer ihn, seinen Schatten auszuleuchten.

Der Mann tat, wie ihm geheißen. Matéo schloss die Augen. Jetzt war der Moment gekommen, auf den es ankam. In der nächsten Sekunde reagierte das Publikum mit entsetztem Erstaunen. Erleichtert öffnete Matéo die Augen und sah zu seinen Füßen.

Ja, es hatte funktioniert. Er warf keinen Schatten, obwohl er im grellen Licht von Scheinwerfern und Kerze stand. Er neigte den Kopf, um den Mann auf das Offensichtliche hinzuweisen.

Der alte Herr mit dem schlohweißen Haar nickte und deutete auf seinen eigenen Schatten, der sternförmig in alle Richtungen auslief. Matéo zeigte seine Dankbarkeit mit einer tiefen Verbeugung und ließ das Licht mit einem Fingerschnippen erlöschen, sodass für einen Moment nur noch die Kerze brannte und der Rest im Dunkeln lag.

Er schnippte ein weiteres Mal, woraufhin ein Lichtkegel auf den Mann gerichtet wurde, dessen Schatten sich nun lang und deutlich auf dem Manegenboden abzeichnete. Mit einem Lächeln lud sein Zuschauer ihn ein, sich seines Schattens zu bedienen.

Matéo durchschnitt ein weiteres Mal mit der Schere die Luft, dann beugte er sich hinunter zu den Füßen des Mannes und begann, mit der Schere seinen Schatten von ihm loszuschneiden. Schnitt für Schnitt löste sich der schwarze Schemen von dem Mann, bis er wie eine Schablone neben ihm stand.

Das Publikum applaudierte tosend, genauso wie der Mann selbst, der seinen Schatten ungläubig betrachtete. Matéo fiel ein Stein vom Herzen. Es war beinahe geschafft. Jetzt musste er den Schatten nur noch zum Mond hinauf schicken.

Er atmete durch und schickte dann den Schatten los. Mit schnellen Schritten, die man seinem Herrn wohl kaum mehr zugetraut hätte, eilte der Schatten zur Zeltwand. Matéo nahm dem Herrn die Kerze ab und dirigierte den Schatten mit der Flamme weiter, indem er immer wieder die Position der Kerze veränderte. Als hätte der Manegenboden einen Knick, lief der Schatten senkrecht die Wand hoch, bis er das untere Ende des Dachs erreicht hatte, und auch dort lief er einfach weiter, sodass er jetzt kopfüber im Zelt hing. Gebannt wurden seine Bewegungen von den Zuschauern verfolgt.

Gerade in dem Moment, als sich der Schatten direkt über Matéo befand, blickte dieser nach oben und warf dem schwarzen Ebenbild des Mannes neben ihm die Schere zu, die er nach wie vor in den Händen hielt. Geschickt fing der Schatten sie auf und setzte seinen Weg fort, bis er den Schatten eines Seils erreichte, das unter dem Dach des Zeltes gespannt war. Begleitet vom Applaus des Publikums, hangelte sich der losgelöste Schatten darauf entlang und balancierte wenige Sekunden später auf den Mond zu, dessen eigener Schatten mit dem des Seils verschmolz.

Auf dem Manegenboden ließ Matéo unterdessen den Schein der Kerze über das Publikum gleiten und begann, aus den Schatten der Menschen Figuren entstehen zu lassen. Bald sprang abermals ein Einhorn durch die Manege, wie eine schemenhafte Erinnerung an das, was er gestern aus Murmeln hatte erscheinen lassen.

Als ihn die Erinnerung daran allzu traurig zu stimmen drohte, verwandelte er das Schatteneinhorn zurück in den Schatten der Dame, der er es entliehen hatte, und verwandelte den eines Mannes in einen mächtigen Mantikor, den er so hoch steigen ließ, dass der erste Schatten auf dem Seil beinahe aus dem Gleichgewicht geriet. Vereinzelt drangen Schreckenslaute aus den Reihen der Zuschauer, sodass Matéo den Mantikor schnell in andere Bahnen lenkte und ihn kurz darauf verschwinden ließ, um aus einer Reihe von anderen Schatten neue Wesen erscheinen zu lassen.

Bald war die Manege erfüllt von tanzenden, fliegenden Schattenwesen, und über ihnen allen lief der Schatten des älteren Zuschauers über ein Seil zum Mond.

Doch immer, wenn Matéo schon glaubte, der Schatten hätte es geschafft, schien sich der Weg zwischen dem Seil und dem Mond abermals zu verlängern, mehr noch, ein Wind schien aufzukommen, der dem Schatten hart ins Gesicht blies. Im selben Moment glaubte Matéo, ein Beben zu vernehmen, das den ganzen Zirkus erschütterte. Das Publikum schien jedoch nichts dergleichen zu verspüren, es verfolgte weiterhin die vergeblichen Mühen des Seiltänzers und die wunderschönen Schattenspiele im Rest der Manege, die schlagartig endeten, als Matéo die Kerze verlöschen ließ und aller Schattenzauber verschwand.

Er hätte es noch weiter versucht, aber seine Zeit war um.

Matéo verbeugte sich, doch obwohl grenzenlose Begeisterung aus dem Applaus der Zuschauer sprach, konnte er die Enttäuschung, die sich in ihm breit machte, nicht wettmachen.

Er hatte es wieder nicht geschafft, den Mond zu erreichen. Und mehr noch. Etwas war geschehen. Etwas, von dem er noch nicht wusste, was es war, wohl aber, dass es Auswirkungen haben würde. Auf ihn. Vielleicht sogar auf alle.

Die Wahrsagerin nahm ihn hinter dem Vorhang in Empfang, als Carlo an ihm vorbei in die Manege rannte.

»Es tut mir leid«, sagte Matéo leise.

Mireia nickte. »Mir auch. Ich habe das Beben gespürt.«

Überrascht sah er sie an. »Dann weißt du, was es zu bedeuten hat?«

»Ja, Zauberer. Es bedeutet, dass du etwas geweckt hast. Etwas, das du nicht hättest wecken sollen, obwohl du keine Wahl hattest.«

»Was?«

Mireia sah ihn an. »Denk an deine Karten, Zauberer. An jede einzelne.«

Und Matéo dachte an die Karten. Jede einzelne drehte er vor seinem geistigen Auge um. Eine nach der anderen. Sein Atem stockte, als die Karte mit dem Scherenschnitt kam.

»Ich habe meine Gegner auf den Plan gerufen«, stellte er mit bitterer Stimme fest.

»Ja«, erwiderte Mireia ernst. »Das hast du.«

Unwillkürlich sah Matéo sich um, betrachtete die Artisten. Die Schwestern Nochenta, die drei Clowns, Min-Liu. Anisa war bereits fort und Carlo gerade in einem Tempel aus Flammen gefangen.

Carlo? Nein. Matéo schüttelte den Kopf. Carlo wäre zu einfach. Obwohl? Was, wenn der Feuerschlucker genau wie Matéo wusste, dass alles nur ein Traum war? Was, wenn er deswegen versuchte, den Traum mit aller Gewalt am Leben zu halten? Weil er in diesem Hier und Jetzt Anisa hatte?

Aber aus irgendeinem Grunde glaubte Matéo es einfach nicht. Eben weil es zu einfach, zu offensichtlich war. Andererseits ... war nicht die Rede von zwei Gegnern gewesen? Vielleicht hatte er einen gefunden. Wer aber konnte der andere sein?

Er stieß einen Seufzer aus, woraufhin ihm Mireia die Hand auf den Arm legte.

»Du stellst zu viele Fragen, Zauberer. Vergiss nicht, du bist in einem Traum. Und in Träumen kommen die Antworten immer irgendwie, irgendwann wie von selbst.«

Damit ließ sie ihn abermals mit sich und seinen Gedanken allein, denn nun war es an ihr, die Manege zu betreten.

Er strich Jordí über das Fell und überlegte, was er als nächstes tun sollte. In seinen Wagen gehen? Der Vorstellung weiter zusehen? Keines von beidem sagte ihm wirklich zu. Am liebsten wäre er fortgegangen, vielleicht sogar für immer, aber zum einen wusste er, dass er es nicht konnte, weil es keinen Weg aus dem Zirkus gab und zum anderen hätte er es auch nicht mit seinem Gewissen vereinbaren können. Anisa war hier. Wohin hätte er also gehen können, selbst wenn es möglich gewesen wäre?

Dennoch verließ er das Zelt, denn um nichts in der Welt wollte er weiterhin den Mond vor Augen haben, in dem die Nacht immer noch diesen Traum träumte, den er nicht hatte beenden können.

So blieb er für einige Minuten einfach vor dem Zelt stehen und lauschte dem Lied, das abermals durch die kleine Welt des Zirkus klang. Und für einen kurzen Moment vergaß Matéo all die trüben Gedanken, die ihn umgaben. Das Lied trug ihn sanft fort, was er allerding erst bemerkte, als er plötzlich vor der Losverkäuferin stand, ohne sich erinnern zu können, zu ihr gegangen zu sein. Verwirrt sah er in die Richtung, aus der er gekommen sein musste, doch natürlich war dort niemand, der ihm hätte helfen können. Da standen nur vereinzelte Zirkusbesucher, die sich während der Vorstellung ein wenig Ruhe an den Buden gönnten, statt den Artisten bei ihren Darbietungen zuzusehen.

»Sie haben das Schneeglöckchen also noch, Signore?«

Die Stimme der Losverkäuferin riss Matéo aus seinen Gedanken.

»Ja«, erwiderte Matéo schulterzuckend. Woher wusste die Alte das? Und vor allem, was ging es sie an?

»Ich sehe es in Ihren Augen, Zauberkünstler. Hätten Sie das Schneeglöckchen bereits vergeben, dann würde es in Ihren Augen geschrieben stehen wie in einem Buch. Denn Momente, denen Schneeglöckchen innewohnen, spiegeln sich lange in den Augen wider. Weil sie einen Neuanfang bedeuten. Wovon auch immer.« Sie lächelte kurz. »Manchmal müssen sie sogar erst zerbrechen, damit der Moment kommen kann.«

Matéo nickte nur, denn für ihn klangen die Worte der alten Frau nach einem weiteren Rätsel, nach einer weiteren unbeantworteten Frage, und in seinem Kopf gab es schon so schrecklich viele davon. Auf jede Antwort kamen beinahe zehn neue Fragen.

Die Losverkäuferin betrachtete ihn nachdenklich, dann nickte sie.

»Gehen Sie schlafen, Zauberer. Ihr Herz ist müde.«

Matéo wollte erwidern, dass er mitnichten müde war, doch bevor er den Mund aufmachen konnte, fielen ihm schon die Augen zu und das nächste, das er wusste, war, dass er mitsamt Jordí vor der Tür seines Wagens stand, dessen Aussehen abermals an das alte Asien erinnerte. Die Lichter des Zirkus waren längst erloschen, die Buden der Schausteller erneut wie vom Erdboden verschluckt. Da war keine Losbude mehr, keine alte Frau, die verwirrende Worte sprach, genauso wenig der Duft von Zuckerwatte und gebrannten Mandeln. Die Welt war erneut zur Nacht verstummt und hatte Matéo scheinbar einen ganzen Tag gestohlen, wie der Nebel, der aufstieg, um dem Zirkus diebesgleich seine Farben zu rauben.

Verwirrt ging Matéo in seinen Wagen und griff dort gleich nach dem Schneeglöckchen, das er auf die Kommode gelegt hatte. Langsam drehte er es zwischen zwei Fingern. Das Schneeglöckchen war ein Moment, hatte die Losverkäuferin ihm erklärt. Und Mireia hatte ihm vorhergesagt, dass er einen

Schlüssel hervorzaubern würde. Was, wenn das Glasschneeglöckchen jener Schlüssel war?

Matéo schüttelte den Kopf. Nein. Das ergab keinen Sinn. Wie sollte man mit einem Schneeglöckchen die Nacht wecken können?

Er legte die Glasblume wieder in ihr Kästchen. Es würde einen anderen Moment geben, der dem Schneeglöckchen gehören würde. Ein Anfang. Kein Ende.

Der Donnerstag wollte nicht so richtig erwachen. Obwohl die Uhr über der Wagentür bereits elf Uhr zeigte, als Matéo die Augen aufschlug, war es draußen noch nicht hell, der Himmel schien im Wechsel von Nacht zu Tag mittendrin erstarrt zu sein. Doch immerhin wirkte dieses Licht echter, als das der Tage zuvor.

Müde stand Matéo auf. Wie jeden Morgen versorgte er zuerst Jordí, ehe er selbst frühstückte, nachdem er sich angezogen und die rote Fliege akkurat gerichtet hatte.

Es war Donnerstag. Er musste sich diesen Umstand stets aufs Neue vor Augen halten, denn die Zeit schien hier im Zirkus andere Dimensionen zu haben. Aber als er kurz darauf aus dem Fenster blickte, war das Antlitz des Zirkus immer noch das der Schlangenfrau. So wie jeden Donnerstag, nachdem er sich mittwochs nach der Vorstellung verwandelte.

Fassungslos schüttelte Matéo den Kopf und warf einen weiteren Blick auf die Uhr. Stirnrunzelnd sah er sich um. Er sollte zwei ganze Stunden für etwas Frühstück und Anziehen verplempert haben? Niemals! Er hatte sich ja nicht mal Zeit genommen, Jordí eine Weile hinter den Löffeln zu kraulen …

Und draußen? Dort herrschte immer noch jenes Licht, das irgendwo zwischen Tag und Nacht gefangen war.

Wieder wanderte sein Blick zur Uhr. Er erstarrte. Die Zeiger drehten sich rasend schnell, bewegt von unsichtbarer Hand, die die Stunden vorstellte. Minuten rasten vorbei. Dann Stunden. Es wurde drei Uhr. Vier Uhr. In eben diesem sekundenhaften

Tempo. Matéo wurde schlagartig schwindelig. Er wusste, dass da etwas war, das er hätte tun müssen, aber er konnte sich nicht erinnern, was.

Stolpernd verließ er seinen Wohnwagen, der ihm plötzlich so eng und stickig vorkam wie ein Käfig, dessen Gitterstäbe sich immer weiter zusammenzogen.

Draußen rannte er vorbei an roten Zirkuszeltwänden und grünbedachten Wagen, bis er an den Zaun stieß. Den wirklichen Käfig, der den Circo Laylaluna umgab.

Matéo heulte auf und sank in sich zusammen, das Gesicht in den Händen vergraben. Er wollte nicht mehr hier sein. Er wollte einfach nur wieder nach Hause und wünschte sich, niemals den Schneeglöckchen gefolgt zu sein.

»Doch was dann?«, hallte die Stimme der Wahrsagerin in seinem Kopf »Was dann, Zauberer?«

Ja, was dann?

Anisa wäre immer noch fort, und er würde in stiller Verzweiflung durch die Stadt hasten, stets auf der Suche nach ihr, weil er nichts anderes tun könnte.

Hier aber trug er eine Verantwortung, der er sich nicht gewachsen fühlte. Wie hatte Min-Liu gesagt? Du trägst schwer, Zauberer ...

Die plötzliche Erkenntnis, dass er so gut wie nie bei seinem Namen genannt wurde, lenkte ihn einen Augenblick ab. Nie war er Matéo, er war immer nur der Zauberer. Wie eine namenlose Macht in einer Geschichte, die man sich erzählte. Unwillkürlich grinste er. Geschichte. Traum. Wo war der Unterschied? Und wo begann die Realität? Auf der anderen Seite des Zauns, vor dem er saß?

»Die Wahrheit am Ende einer Nacht«, sagte da eine Stimme, »liegt hinter der Sonne, so wie die Wahrheit eines Tages im Anbruch der Nacht liegt.«

Matéo fuhr herum. Warum hatte hier jeder die Angewohnheit, einfach so aufzutauchen?

Weil es ein Traum war ...

Erstaunt erkannte er Bianca Nochenta, die neben ihn trat und wie er durch den Zaun hinweg in die vermeintliche Freiheit blickte, die vielleicht nur ein noch größerer Käfig war, an dessen Gitter man irgendwann stoßen würde, wenn man nur weit genug rannte. Eine ganze Weile verharrten sie einfach so, Matéo auf seinen Knien, Bianca Nochenta reglos neben ihm.

Irgendwann richtete Matéo sich schweigend auf. Was nutzte es, auf dem Boden zu sitzen und sich selbst zu bemitleiden? Die Trapezkünstlerin beobachtete ihn mit einem Lächeln.

»Die Zeit hier ist manchmal seltsam, nicht wahr?«, fragte sie, als hätte sie nur darauf gewartet, ihm gegenüberzustehen und in die Augen zu blicken.

Matéo dachte an die fast regungslosen und sich dann wieder rasend schnell drehenden Zeiger der Uhr.

»Ja.«

Bianca Nochenta nickte. »Das ist, weil man Zeit nicht messen kann«, erklärte sie. »Wir denken immer, es wäre möglich, doch am Ende vergeht Zeit für jeden anders. Einem Wartenden wird sie immer zu lang vorkommen, einem Hoffenden immer zu kurz.« Sie sah Matéo ernst an. »Und doch hat die Zeit ihre Grenzen, Zauberer. Und jeder Traum muss enden, denn jede Schönheit verliert an Glanz, wenn man ihren Wert nicht mehr erkennt.«

Matéo starrte sie an. Was wusste sie vom Traum? Doch er konnte sie nicht fragen. Die Worte klebten auf seiner Zunge fest und wollten sich nicht lösen.

Abermals legte sich das flüchtige Lächeln auf die Lippen der Trapezkünstlerin.

»Komm. Ich bringe dich zu deinem Wagen. Du wirst dich vorbereiten müssen. Die Vorstellung wird bald beginnen.«

Sie ging, und Matéo folgte ihr wortlos. Erst, als sie vor seinem Wagen angelangt waren, löste sich seine Zunge, doch er stellte nicht die Fragen, die er hatte stellen wollen. Stattdessen fragte er: »Was war am Dienstag?«

Bianca Nochenta runzelte die Stirn. »Nichts. Es war ein Dienstag. Meine Schwester und ich haben die Vorstellung abgeschlossen, so wie jeden Dienstag. Und als wir die Manege verließen, war der Zirkus ein Abbild der Wolken, durch die wir stets zu fliegen glauben. Was soll denn gewesen sein?«

Matéo presste die Lippen zusammen. »Nichts«, murmelte er. »Gar nichts.«

»Gut«, sagte die Trapezkünstlerin und strich sich den Stoff ihres weißen Kleides glatt. »Dann bis gleich, Zauberer.«

Matéo sah ihr hinterher, als sie davonging. Alles in ihm verlangte danach, ihr zu folgen, sie zu fragen, wer sie war, woher sie die Dinge über den Traum wusste und überhaupt – doch als er ihr nachgehen wollte, war sie verschwunden. Und mit ihr, so stellte Matéo nach wenigen Minuten fest, war seine Mutlosigkeit gegangen, so wie die Dunkelheit der Nacht dem sanften Licht des Mondes wich. Nur war in dieser Welt der Mond bloß ein Abbild aus Glas.

Beschwingten Schrittes betrat Matéo seinen Wagen. Die Uhr zeigte sechs, doch ihre Sekunden und Minuten vergingen gleichmäßig tickend. Jordí knabberte an einem Salatblatt. Schmunzelnd setzte Matéo sich an den kleinen Tisch. Was immer heute geschehen würde, seine Vorstellung würde Anisa gehören. Sie war es, die am Ende zählte. Nicht der Mond, auch wenn an ihm alles hing.

Aber heute würde er keinen neuen Versuch wagen. Stattdessen wollte er Luftschlösser für Anisa bauen, so wie er es früher getan hatte, wenn die Verzweiflung sie doch einmal übermannt hatte und nur die Phantasie ihnen einen Ausweg gezeigt hatte: Häuser, gebaut aus Karten, filigran und einsturzgefährdet wie Träume selbst.

Der Gedanke an die Träume ließ ihn kurz innehalten, er konzentrierte sich jedoch gleich wieder auf die Architektur der Luftschlösser, von denen das Schönste am Abend seine Türme in den Manegenhimmel recken würde, so hoch, dass sie den Glasmond beinahe erreichten, ohne ihn jemals zu berühren, weil er sich immer wieder entfernte.

Am Abend beobachtete der Zauberer Anisa, deren Seifenblasenkonstrukte zerplatzten und zerfielen, noch ehe sie geworden waren, was sie vielleicht einmal hätten sein sollen. Er sah, wie sich das Lächeln in ihrem Gesicht in einen schmalen, bitter enttäuschten Strich verwandelte und Tränen in ihre Augen stiegen.

Und er hörte, wie das Publikum sie auspfiff.

Dann war er selbst an der Reihe. Und Matéo, der es nicht ertragen konnte, Anisa traurig zu wissen, legte all sein Können in das Kartenhaus. Er baute mit den Karten Türme und Erker, malte Ornamente aus Pik und Karo, Kreuz und Herz. Und um das Schloss legte er zum Schutz einen Schleier aus Wasser, dünn und unsichtbar wie rahmenloses Fensterglas.

Er wusste nicht, ob Anisa zusah, er stand im Inneren des Kartenhauses und konnte nur durch kleine Fenster sehen, wie das Publikum den Schlossherrn Jordí beobachtete, der mit einer winzigen Krone durch die Gänge des Schlosses lief. Doch er hoffte, dass sie es sah. Und mehr noch hoffte er, dass sie es verstehen würde, wenn sie es sah.

Matéo beendete die Vorstellung damit, dass er aus dem Tor des Kartenschlosses trat und seinen Zylinder lüftete. Sogleich stoben die Karten auseinander, lösten sich in Papier und Zeichen auf. Pik, Herz, Kreuz und Karo fielen zu Boden und versanken in den feinen Sägespänen. Die weiß gewordenen Karten verharrten einen Moment in der Luft, ehe sie einem Strudel gleich in Matéos Zylinder verschwanden, in den ganz am Ende auch Jordí hüpfte, begleitet von Matéos letzter Verbeugung des Abends. Kurz herrschte Stille, dann tobte das Publikum los und trug Matéo auf seinem Applaus aus der Manege.

Anisa war nicht da, als er den kleinen Raum betrat. Doch weil Carlo eine brennende Spielkarte in den Händen hielt, wusste Matéo, dass sie da gewesen war. Und das war ihm genug. Selbst Carlos stumme Drohung konnte nichts daran ändern, dass er mit einem Lächeln zu seinem Wagen zurückging.

Die Nacht erwartete ihn in seinem Traum. Sie stand vor ihm, eingehüllt in ihr Kleid aus Sternenschimmer und Mitternachtslicht. Mit goldenen Augen sah sie ihn an und reichte ihm die Hand, als er auf eine der Brücken der Stadt trat.

Es gab keinen Zirkus, nicht hier. Hier war die Stadt, mit ihren Palästen und ihrem Prunk, ihren Kanälen und Gondeln und Brücken. Die Stadt, die pulsierend vor Leben doch stets im Sterben lag. In diesem Moment verwandelte sie der prasselnde Regen in ein Meer von Traurigkeit.

Matéo trug seinen Zylinder, der beinahe mit der Dunkelheit um ihn verschmolz, die sich zunehmend in ein schwarz-weißes Spiel von Licht und Schatten verwandelte. Nur seine Fliege war immer noch rot.

Er nahm die Hand der Nacht, und gemeinsam tauchte er mit ihr ein in die Stadt, die ihn taumelnd begrüßte. Menschen mit Masken umgarnten sie, drängten sie hierhin und dorthin und ließen sie erst frei, als sie auf einem kleinen Platz standen, den nur wenige Maskierte gefunden hatten.

Matéo sah eine Frau, die als Einhorn verkleidet war und wusste, dass er sie schon einmal gesehen hatte. Wie die anderen stand sie vor der Ecke eines Hauses und beobachtete etwas, das Matéos Blicken durch ihre Körper verborgen war. Die Nacht führte ihn näher. Das Gold ihrer Augen war ebenso verblasst wie alle anderen Farben, war zu einem matten Mondsilber geworden. Sie drängte ihn durch die Menge, damit er sehen konnte, was dort war. Fast erwartete Matéo, Anisa zu sehen. Doch es war David. Der Pantomime stand so dicht an dem Haus, dass ihn die Schatten, die es warf, beinahe verschluckten. Er führte etwas auf, vollführte dabei jene Bewegungen, Gesten und Mimiken, die Matéo schon so vertraut geworden waren. Anders aber als im Zirkus konnte Matéo ihn nicht verstehen. Nichts, was er zeigte, ergab einen Sinn, keine Bewegung malte eine Figur, keine Geste ein Wort, selbst die Mimik blieb ausdruckslos.

Mit zugeschnürter Kehle beobachtete Matéo, wie die Leute sich nach und nach abwandten und schließlich sogar in Gelächter ausbrachen, als dem Pantomimen Worte über die Lippen huschten, die in seiner Darbietung schlichtweg nicht sein durften und einen Fauxpas sondergleichen darstellten.

Bald waren Matéo und Layla allein mit David. Längst schon hatte der Zauberer geahnt, dass der Pantomime ihn weder sehen noch hören konnte, und so war es. Für David waren sie gar nicht da, und so ging der Pantomime mit hängenden Schultern fort. Als er sich noch einmal umdrehte, um den Ort seiner Demütigung ein letztes Mal zu betrachten, sah Matéo, dass in seinem Inneren eine Welt zerbrochen war.

Die Nacht berührte ihn am Arm und zog ihn weiter. Wieder hinein in den Strudel der Maskierten, nur um so wie sie wieder in eine andere Einsamkeit zu entfliehen.

Matéo brauchte einen Moment, um zu erkennen, dass es Mireia war, die dort auf ihn zurannte. Sie war jünger, fast noch ein Kind und doch schon älter als überhaupt möglich war. Das rote Haar wehte offen im Wind und sie trug noch nicht das knielange schwarze Kleid, in dem Matéo sie kannte. Stattdessen trug sie einen bunten Mischmasch, der sie wie eine Gauklerin aussehen ließ. Kurze Hosen, unter denen eine geringelte Strumpfhose hervorschaute, die jener glich, die sie auch heute trug, darüber eine weiße Bluse, die unter einer schwarzen Strickjacke hervorlugteund welche ihr über die kurze Hose hinweg bis zu den Knien reichte. Sie sah kostümiert aus, als ob ihr Leben ein einziger Karnevalsumzug wäre, doch waren die Sachen zerschlissen und abgenutzt, und Matéo vermutete, dass sie nicht immer ihr gehört hatten. Dass sie Almosen waren, Fundstücke.

Die Augen der Wahrsagerin waren angsterfüllt und weit aufgerissen und ihr Atem ging keuchend, als sie Matéo und Layla passierte – wie David, ohne sie zu sehen.

»Komm«, wisperte die Nacht Matéo zu, und schon liefen sie Mireia hinterher. Schnell erkannte Matéo, dass sie nicht die Einzigen waren. Er hörte die Schritte, die sie verfolgten, viele Schritte, begleitet von Schreien, deren Ursprung er nicht ausmachen konnte. Irgendwo hinter ihm, im Labyrinth der Kanäle und Gässchen.

Mireia rannte weiter. Einzelne Karten fielen ihr immer wieder aus der Jackentasche, dann kehrte sie um und hob sie auf, umklammerte sie mit blutleeren Fingern. Das Tarot der tausend Stimmen. Doch wesentlich dünner, von weniger Karten beseelt. Schon ging es weiter, rasend schnell, halsbrecherisch.

Mireias Angst übertrug sich auf Matéo, steckte ihn an, und er warf in kürzer werdenden Abständen Blicke über die Schulter. Nichts war zu sehen, aber die Stimmen blieben, und undeutliche Laute wurden zu beleidigenden Worten, die die junge Mireia wie Messerstiche trafen. Hexe war eines von ihnen. Es war nur eine Drohung von vielen.

Als Matéo Mireia folgen wollte, um sie vor jenen zu beschützen, die ihr auf den Fersen waren, hielt die Nacht ihn zurück.

»Die Menschen mögen die Wahrheit nicht immer«, sagte Layla leise. »Und noch weniger möchten sie von einer Zukunft hören, die nicht der in ihren Träumen entspricht.«

Matéo nickte, aber er sah der Nacht nicht ins Gesicht. Er sah immer noch in die Richtung, in die Mireia verschwunden war.

»Komm«, sagte die Nacht da ein weiteres Mal, doch wollte Matéo ihr nicht folgen. Er wollte Mireia helfen.

Doch die Nacht ließ ihn nicht. Sie führte ihn weg, ließ ihn erneut in einem Strudel aus Masken und Menschen untergehen, bis sie ihn an einer anderen Stelle der Stadt wieder auftauchen ließ. Nicht an der Ecke eines Hauses. Nicht an einer Gasse irgendwo am Rande eines Kanals. Nein. An einem Ort, der ihm auf eine so schrecklich schöne Weise vertraut war, dass ihm kurz der Atem stockte. Sie standen in seiner Wohnung. In dem winzig kleinen Raum, der sein Zuhause war. Und das von Anisa.

Matéo sah Jordí in seinem Käfig, die Augen geschlossen. Sich selbst sah er schlafend, die Augenlider im Traum zuckend. Und er sah Anisa, die neben ihm lag. Die geöffneten Augen zum Fenster gerichtet, mit Tränen gefüllt, die still und heimlich im Kissen versanken.

»Nein«, wisperte Matéo in die Stille des Raums. Das konnte nicht wahr sein. Durfte nicht wahr sein.

Flehentlich sah er die Nacht neben sich an, aber Layla schüttelte den Kopf.

»Kein Traum«, entgegnete sie leise flüsternd. »Vergangenheit. Dinge, die ich sah.«

Matéo traf die Erkenntnis wie ein Schlag. Natürlich. Die Nacht sah Dinge, die sich unter ihrem Mantel zu verstecken glaubten. Aber doch nicht Anisa ... war es möglich, dass sie nachts weinend neben ihm gelegen hatte, ohne dass er es bemerkt hatte? Und wie viele Nächte waren es gewesen?

Abermals wollte er eingreifen, wollte sein schlafendes Selbst wecken, doch wieder ließ die Nacht es nicht zu. Ihr »Komm!« zog ihn erneut hinfort.

Als der Strom der Maskierten sie dieses Mal entließ, befanden sie sich zwischen den Wagen des Circo Laylaluna. Alles war dunkel und still.

Die Nacht sah ihn an. »Sie sind hier glücklich«, sagte sie. »Du weißt es jetzt.«

Aber Matéo schüttelte den Kopf. Das mochte für David und Mireia gelten. Nicht jedoch für Anisa. Und selbst wenn. Er würde jede ihrer Tränen auffangen, sobald sie erwachte. Mehr noch. Er würde sie daran hindern, überhaupt zu entstehen.

Layla schloss die Augen, die jetzt wieder golden wie die Sterne waren. Traurigkeit umspielte ihre Züge. Dann war sie fort, und ein bleigrauer Morgen begrüßte Matéo durch das Fenster seines Wagens. Er fühlte sich, als hätte er keine Minute geschlafen. Seine Füße taten ihm weh, und die Anzugjacke, die über dem Stuhl hing, sah zerknittert aus, dabei war sie es am Vorabend nicht gewesen.

Er schalt sich einen Narren. Er hatte sein Bett niemals verlassen. Es war ein Traum gewesen. Ein Traum in einem geträumten Traum. Vielleicht nicht einmal wahr, obwohl er das bezweifelte. Das war die Wahrheit. Vergangenes aus den Erinnerungen der Nacht.

David. Mireia. Anisa. All die Traurigkeit in ihren Leben drohte ihn für einen Augenblick zu ersticken, und es dauerte, bis er sich wieder beruhigt hatte. War es am Ende doch falsch, alles beenden zu wollen? Sie in ihr Leben zurück zu entlassen, unglücklich, wie es offenbar gewesen war? Sogar Anisas ...

Der Gedanke an Anisa ließ ihm gleichermaßen Tränen über die Wangen laufen, wie er es bei ihr beobachtet hatte. Stumm und heiß versanken sie in seinem Kissen. Matéo weinte lange. So lange, bis es an seiner Tür klopfte und er der Wahrsagerin mit verquollenen Augen öffnete.

Das Lächeln auf ihren Lippen verblasste bei seinem Anblick, aber er winkte ab, als sie fragte. Was hätte er sagen sollen? Dass er ihr Leben gesehen hatte, ohne dass sie es ihm hatte zeigen wollen? Schlimme Erinnerungen behielt man meistens für sich. Denn darüber zu reden, konnte Erinnerungen nicht verändern. Es rief sie nur unnötig wach. Er hoffte, sie würde nicht weiter nachfragen, und die Wahrsagerin tat ihm diesen Gefallen.

»Ich wollte dich fragen«, begann sie, »ob du schon eine neue Idee hast.«

Matéo schüttelte den Kopf.

»Nein«, entgegnete er. »Nicht heute. Nicht heute.«

Mireia funkelte ihn an. »Das ist keine gute Antwort, Zauberer«, stellte sie fest.

Matéo zuckte mit den Schultern. »Das ist mir egal.«

Er sah ihr an, dass sie zu einer wütenden Entgegnung ansetzen wollte, aber sie schwieg, schüttelte zwar den Kopf, sagte jedoch nichts. Sie schaute ihm nur prüfend in die Augen, und ehe sie ging, murmelte sie: »Etwas ist geschehen ...«

Erleichtert schloss Matéo hinter ihr die Tür.

An diesem Abend hatte Matéos Vorstellung keinen Glanz. Sie tropfte dahin, wie die Melodien, die seine Darbietung begleiteten, leise klimpernd. Er hatte beschlossen, die Lieder in Noten und Linien lebendig werden zu lassen, ließ die Linien schlangenartig tanzen, die Violinschlüssel verwandelte er in Schmetterlinge und die Noten zu zwitschernden Vögeln. Und obwohl das Publikum klatschte, fehlte allem das gewisse Etwas. Am meisten der Musik. Niemand tanzte und lachte zu traurigen Liedern.

Carlo musterte ihn spöttisch, als er ihm am Vorhang begegnete. Doch der Feuerschlucker sagte nichts. Stattdessen berührte er Matéo kurz, sodass der Zauberer für einen Moment dachte, sein Arm würde in Flammen stehen.

Dann war der Augenblick vorüber. Carlo betrat die Manege und Matéos Arm war völlig unversehrt. Dass ihm Sekundenbruchteile später trotzdem der Schmerz den Atem raubte, lag einzig am Anblick Anisas. Sie stand da und weinte, das Gesicht in den Händen verborgen. Niemand stand bei ihr. Das Vorzelt war leer. Zögernd trat Matéo zu ihr und berührte sie vorsichtig an der Schulter. Sie schrak auf.

»Du«, sagte sie, als sie ihn erkannte.

»Ich«, bestätigte Matéo und versuchte, aufmunternd zu lächeln. »Warum weinst du?«

»Weil mir nichts mehr gelingen will.«

Matéo biss sich auf die Unterlippe. Er wusste, was sie meinte. Er hatte ihre Vorstellung gesehen. Nicht einmal die einfachsten, kreisrunden Seifenblasen waren gelungen, sodass ihrem Auftritt jede Basis gefehlt hatte. Sie hatte versucht, es allein durchs Tanzen auszugleichen, doch vergaß das Publikum nicht leicht und die glitzernden Tropfen der zerplatzten Seifenblasen hingen wie feiner Regen in der Luft.

»Das tut mir leid«, flüsterte Matéo.

Er widerstand dem Impuls, sie an sich zu ziehen, damit ihre Tränen in seinen Armen versiegen konnten. Denn so nah standen sie sich nicht. Nicht mehr, nicht jetzt, nicht hier. Er strich ihr über die Schulter, schenkte ihr ein aufmunterndes Lächeln.

»Morgen wird bestimmt alles besser.«

Worte, so leicht gesagt, so bedeutungsschwer und leer zugleich. Anisa wusste es. Natürlich. Zu oft hatten sie einander ein besseres Morgen versprochen. Matéo dachte an ihre Tränen, erinnerte sich seines Versprechens, jede ihrer Tränen zu trocken. So schnell brachen Versprechen ...

Er atmete tief ein, und die Luft in seinen Lungen verdrängte die Gedanken. Prüfend blickte er Anisa in die Augen. Erinnerte sie sich an all die Versprechen, die gebrochen worden waren? Oder hatte sie auch diese vergessen? Es schien so. Nichts in ihrer Mimik veränderte sich.

Sie fragte nur: »Glaubst du?«, woraufhin Matéo nickte.

Er schwor sich, Morgen zu einem besseren Tag zu machen.

Morgen, so dachte er noch, als längst das große Finale vorüber war und der weiße Wüstenzirkus des Feuerschluckers Zuschauer und Artisten gleichermaßen in die Nacht entlassen hatte, an deren Himmel nur ein einziges Sternbild leuchtete. Kein Mond, keine Sterne. Morgen.

Der erste Gedanke des neuen Tages galt Anisa, der zweite dem Glasmond, denn beides war untrennbar miteinander verbunden. Wollte er das eine gewinnen, musste er das andere vernichten. So einfach die Idee, so schwer die Umsetzung.

Dennoch. Er würde es versuchen. Er wusste sogar schon wie. Er brauchte nur noch eins. Etwas, das er nicht in seiner Kommode finden würde, weil es zu groß für irgendeine Schublade war. Etwas, von dem er hoffte, es auf dem Zirkusgelände zu finden, auch wenn er sich dessen nicht sicher war. In einem normalen Zirkus, ja. Da gehörte eine Leiter dazu wie die Clowns. Aber niemand legte Hand an den Circo Laylaluna, niemand baute ihn je ab oder auf. Er hoffte darauf, die Leiter in seinem Traum zu finden. Weil sie für ihn da sein musste.

Er verließ den Wagen und umkreiste das Zelt, Runde um Runde. Der Himmel über ihm war fast türkisblau und legte einen bläulich-grün schimmernden Schleier um die Welt, die von einer ockergelben Sonne gewärmt wurde.

Einmal mehr war er versucht, an Anisas Tür zu klopfen. Er tat es nicht. Mit großer Wahrscheinlichkeit würde niemand aufmachen, weil die anderen Artisten in der Einsamkeit ihres eigenen Traums gefangen waren und vielleicht überhaupt nichts von der Existenz dieses Tages ahnten. Und selbst wenn jemand öffnete – was, wenn es Carlo war? Mit Feuerfunkenschlag und Magie würden sie sich begegnen. Das Gewitter lag schon in der Luft. Matéo spürte es. Wenn er Glück hatte, würde es sich nicht mehr entladen. Vielleicht würde er sich morgen schon nicht mal mehr daran erinnern können.

Er lief einfach weiter, versuchte ein weiteres Mal, in das Zelt zu kommen. Diesmal gelang es ihm, aber er fand nichts, das ihm hätte helfen können – nichts war anders als an all den Abenden, an denen er dem Verlauf der Stricke und Streben mit den Augen gefolgt war, und schließlich verließ er das Zeltinnere wieder.

Die gesuchte Leiter lehnte an der Zeltwand, als er aus der Manege hinaustrat. Sie maß gut zwei Meter, gefertigt aus stabilem, lackiertem Holz. Wenig später lehnte sie neben der Tür seines Wagens, während er die letzten Vorbereitungen traf und darauf wartete, dass der Abend kam.

Er hatte vor, erneut eine Geschichte zu erzählen, eine, die ihm zugleich fremd und vertraut war, weil er sie niemals erlebt, aber in unzähligen Zirkusnächten gesehen hatte: Die Geschichte von der Nacht und dem Magier.

Als er seinen Wagen verließ, saß Jordí wie üblich in seinem Zylinder, den er unter dem Arm trug. In seiner Tasche steckte das Kästchen mit dem Glasschneeglöckchen. Ihm war in den Sinn gekommen, dass es vielleicht doch der Schlüssel war. Und wenn nicht – was schadete ein Moment, der dafür stehen sollte, neu zu beginnen? Wie ein Frühlingserwachen nach dem Winterschlaf ...

Er schulterte die Leiter. Die anderen Artisten musterten ihn verwundert, wie er zwischen ihnen herging, die Leiter über der Schulter. David fragte ihn mit Händen und Füßen, ob er unter die Schornsteinfeger gegangen war, und Cassandra Nochenta fragte spöttisch: »Du willst wohl hoch hinaus, Zauberer?«

Matéo grinste frech, obwohl ihm das Herz vor Aufregung bis zum Hals schlug. »Noch höher«, gab er zur Antwort, woraufhin sich das Gesicht der dunkelhaarigen Trapezartistin in Sorgenfalten legte.

Die beiden Clowns lachten und klopften ihm anerkennend auf die Schultern, während Anisa ihn nur mit großen Augen musterte und nach Carlos Hand griff.

Matéo umfasste nun die Leitersprossen noch fester. Seine Vorstellung war die letzte des Abends. Vielleicht sogar die letzte überhaupt. Wenn nicht, würde der Zirkus später sein klassisch rotes Kleid tragen. Wenn.

Matéo schob den Gedanken beiseite. Um sich abzulenken, verfolgte er die Vorstellung. Eine Darbietung war schöner als die nächste. Carlo ließ Pferde aus Feuer durch die Manege reiten, ließ sie wie Gischt wild und unbezwingbar aus einem Flammenmeer auftauchen. Mireias Worte blieben wie immer jenen verborgen, für deren Ohren sie nicht bestimmt waren, stattdessen erklang das Lied, das den Zirkus umgarnte, voller und schöner denn je. Nie zuvor hatte Min-Liu sich mit solcher Eleganz verbogen und die Schwestern Nochenta flogen unter dem Zirkushimmel durch Reifen, die nirgends befestigt waren. Zum ersten Mal musste auch er über die Clowns lachen. Dann war Anisa an der Reihe, und ihre Seifenblasen schillerten schöner als der Regenbogen selbst. Und wie Ballons hoben sie die zierliche Tänzerin in die Luft. Zu sehen, dass ihr die Vorstellung wieder gelang, malte ein glückliches Lächeln auf seine Lippen und sein Herz überschlug sich fast vor Glück, als er die Freude darüber in ihrem Gesicht sah.

Dann war er an der Reihe und betrat die mit Sand gefüllte Manege. Beinahe musste er schmunzeln. Nichts eignete sich besser für seinen Plan als Sand. Mit Schwung richtete er die Leiter auf und steckte sie so in den Sand, dass sie aufrecht stehen blieb.

Er begrüßte das Publikum wie all die Abende zuvor mit einer Verbeugung. Und wie schon so oft zuvor, begann er, eine Geschichte zu erzählen, die abermals die Frau im Mond zum Mittelpunkt hatte.

Er beschwor Nebelschwaden herauf und färbte sie schwarz, sodass sie einem Schattentheater gleich darstellten, wie ein Magier und jene Schönheit einander kennengelernt hatten und wie sie voneinander getrennt worden waren.

Wie gebannt verfolgten die Zuschauer das Geschehen, unfähig, ihre Blicke von den Schatten zu nehmen. Wie einfach es doch war, die Wahrheit in einer Geschichte zu verstecken, die niemand glaubte ...

Er ließ die Schatten verschwinden, um pantomimisch anzudeuten, dass er nun versuchen würde, seine Liebste zurückzugewinnen, bewaffnet mit einem Schneeglöckchen aus Glas, das selbst die Kälte des Himmels überstehen würde, um es ihr zum Geschenk zu machen. Unter dem Applaus des Publikums betrat er die erste Sprosse der Leiter. Sie hielt. Er stieg auf die zweite, dann auf die dritte, die vierte, immer weiter, bis er das Ende der Leiter erreicht hatte und natürlich noch weit entfernt von dem gläsernen Mond über ihm war.

Jemand im Zuschauerraum unter ihm lachte und Matéo tat so, als würde er angestrengt nachdenken. Er rieb sich über die Schläfen und legte Zeigefinger und Daumen an die Nasenwurzel, ehe er mit einem Ausdruck der Erleuchtung den Zeigefinger hob und einfach weiterkletterte. Mit jedem seiner Schritte verlängerte sich die Leiter um eine Sprosse. Das Publikum johlte vor Begeisterung und Matéo stieg höher und höher.

Doch egal, wie hoch er stieg und um wie viele Sprossen die Leiter wuchs – er kam dem Mond nicht näher. Auch den Zuschauern blieb das nicht lange verborgen. Matéo hörte ihr Raunen und Flüstern in der Tiefe, kurz darauf die ersten, höhnischen Ausrufe. Panik stieg in ihm auf und er musste ein paar Mal schlucken, um sie niederzuringen. Es war, als wäre er wieder auf den Straßen und die simpelsten Illusionen misslängen ...

Was sollte er jetzt tun?

Suchend schnellten seine Blicke durch das Zirkuszelt, doch fand er nichts, außer den erwartungsvoll auf ihn gerichteten Augen des Publikums und dem unerreichbaren Glasmond. Er wusste, sein Plan war gescheitert, egal, wie viele Stufen er der Leiter noch hinzufügen würde. Was ihm blieb, war, die Gunst des Publikums nicht zu verspielen. Also hob er die Hand, vollführte einige kleine Gesten und im nächsten Moment regnete es Schneeglöckchen für das Publikum, das nicht verstand, dass er ihm in diesem Moment den Zauber schenkte, den er Anisa hatte schenken wollen.

Der Applaus, der seinen Abstieg von der Leiter begleitete, war herzlich, aber er konnte Matéo nicht trösten.

Alle Artisten erwarteten ihn. Die Clowns strahlend, begeistert von der Idee der wachsenden Leiter. Vielleicht sahen sie schon, wie sie damit Misslichkeiten bauen konnten, über die gelacht würde. Carlo sah ihm spöttisch entgegen, David verneigte sich stumm. Mireia presste die Lippen aufeinander, nickte aber anerkennend. Bianca und Cassandra standen schweigend in den Schatten. Anisa war die Einzige, die etwas sagte. »Das war eine schöne Geschichte.« Sie lächelte. »Schade, dass sie kein gutes Ende genommen hat. Aber manche Liebe ist einfach nicht dazu bestimmt, sich zu erfüllen.«

Matéo wusste, dass sie ihn trösten wollte, aber ihre Worte stimmten ihn noch trauriger. Trotzdem erwiderte er ihr Lächeln und reichte ihr das Glasschneeglöckchen, das sie erstaunt entgegennahm.

»Warum?«, hauchte sie. »Versuch es doch einfach noch einmal ...«

Bestimmt schüttelte Matéo den Kopf. »Nein. Du sollst es haben. Schneeglöckchen sind doch deine Lieblingsblumen.«

»Woher weißt du ...?« Eine Mischung aus Unglauben und Erschrecken legte sich auf Anisas Gesicht und Matéo bereute seine Worte, weil er vergessen hatte, dass sie keinerlei Erinnerungen mehr an die Vergangenheit hatte.

Rasch redete er sich heraus. »Ich habe geraten«, meinte er leichthin.

Anisa glaubte ihm nicht. Aber sie ließ es dabei bewenden.

»Es ist schön«, meinte sie nur. »Hab Dank, Zauberer.«

Matéo nickte mit zusammengepressten Lippen. Er konnte nicht mehr sprechen. Die Fremdheit zwischen ihnen ließ ihn verstummen. Was auch immer der Moment des Schneeglöckchens gewesen war – ihnen war er nicht bestimmt gewesen. Und jetzt war er vertan. Traurig verließ er das Zelt.

Er bemerkte Bianca Nochenta erst, als er seinen Wagen fast erreicht hatte. Sie lief hinter ihm, jedoch sah er sie nicht, da sie von der Leiter, die er wieder über der Schulter trug, verdeckt wurde. Jordí schlief, verborgen in den Tiefen seines Zylinders, den er im anderen Arm hielt.

Müde begrüßte er sie. Die Trapezartistin blieb stehen. Der Ausdruck auf ihrem Gesicht war ernst.

»Du hattest Glück, Zauberer«, sagte sie. »Noch einen Schritt weiter, und du wärst gefallen.«

Wie erstarrt blieb Matéo stehen. »Was meinst du damit?«

»Die Leiter, Zauberer. Du musst aufpassen.«

Sie zeigte ihm einen tiefen Schnitt im Holz. Dann ging sie, und obwohl der Schnitt, der zu Beginn der Aufführung noch nicht dagewesen war, ihn zutiefst beunruhigte, fühlte Matéo sich nach der Begegnung besser. Da war plötzlich ein sanft leuchtendes Licht in all der hoffnungslosen Enttäuschung, dessen Ursprung er nicht benennen konnte.

Doch Licht vergeht, wenn es auf Schatten trifft, und genauso fühlte es sich an, als Cassandra Nochenta vor seinem Wagen auf ihn wartete.

»Warum tust du das, Zauberer?«

»Was?«, entgegnete er scharf.

»An einer Liebe festhalten, die es nicht mehr gibt.«

Matéo fühlte sich wie geschlagen.

»Woher …?«, begann er, aber die dunkle Trapezkünstlerin, die so anders war als ihre Schwester, fiel ihm ins Wort: »Sieh endlich ein, dass sie dich nicht mehr liebt. Sie weiß ja nicht einmal, dass sie es einmal getan hat.«

»Niemals«, presste Matéo hervor.

Die Dunkelheit, die Cassandra Nochenta umgab, verstärkte sich um einige Nuancen. Mit geballten Fäusten wartete Matéo auf eine Entgegnung, aber die Trapezkünstlerin ließ ihn einfach stehen. Allein mit seiner Wut und der Frage, die erst langsam in sein Bewusstsein sickerte: Woher wusste sie, dass Anisa und er sich einst geliebt hatten?

Der Sonntag verging im Rauschen von Selbstmitleid und Wut. Matéo plante nichts, er unternahm nichts, er saß einfach nur da. Seine Gedanken kreisten um ein und dasselbe Thema. Am liebsten hätte er sogar die Vorstellung geschwänzt, doch er konnte nicht.

Etwas trieb ihn mit Jordí gemeinsam in die Manege. Den ganzen Weg über verfluchte er die Nacht und den Traum, und er beruhigte sich erst, als Mireia ihm die Hand auf den Arm legte und ihn ruhig ansah. Tausend Worte lagen in ihrem Schweigen. Tröstend. Aufmunternd. Und daran erinnernd, dass noch nichts verloren war.

Matéo nickte dankbar, als sie ihn losließ, damit er die Vorstellung eröffnen konnte, mit Jordí, der wie ein kleiner Held über die Krempe des Zylinders blickte und die Manege eroberte. Alles, was danach kam, schaute er sich nicht an. Er wollte niemanden sehen. Nicht einmal Anisa.

Dass Matéo dennoch nicht einfach in seinen Wagen ging, um die Welt auszusperren, verwunderte ihn selbst vielleicht am meisten. Stattdessen fand er sich in dem Zirkel der Buden wieder, die es am Tag nicht gab. Jordí trug er dabei in seinem Zylinder auf dem Arm. Eine Sekunde lang zögerte er, nicht wissend, in welche Richtung er gehen sollte, dann ging er nach links. Er ging meistens nach links, wenn er die Wahl hatte.

Er passierte den Süßigkeitenstand, an dem es verführerisch nach gebrannten Mandeln und Zuckerwatte roch, und lief am Karussell vorbei, das gerade stillstand.

Die Losbude lag genau auf der anderen Seite, verborgen hinter den Wagen der Artisten und dem Zelt, das immer noch sein rotes Kleid trug. Matéo war froh darüber, auch wenn er ahnte, dass er die Losverkäuferin an diesem Abend noch treffen würde. Manche Dinge waren unabdingbar.

Er kam zu den Schiffschaukeln, die reglos in ihren Häfen aus eisernen Stangen hingen. Ihre Passagiere genossen die Vorstellung. Erst in der Pause würden sie wieder in das Meer aus Luft und Dunkelheit stechen, hin und her wiegend im Rhythmus des jeweiligen Kapitäns.

Spontan beschloss Matéo, genau jetzt Passagier einer solchen Kreuzfahrt zu werden. Er fand eine Münze in seiner Hosentasche und erinnerte sich, wie er sie noch in seiner Wohnung eingesteckt hatte. Er gab die silberne Münze dem schmächtigen Jungen mit der schief auf dem Kopf sitzenden Mütze, der gelangweilt an dem kleinen Kassenhäuschen lehnte. Der Junge nickte und winkte ihn durch, die ganze Zeit auf einem Zahnstocher kauend.

Matéo wählte die Gondel ganz links. Seinen Zylinder stellte er an die Seite, er glaubte nicht, dass das Kaninchen Gefallen an der Schaukelei haben würde und wusste, dass Jordí später noch da sein würde. Schon saß er in der schmalen, bootförmigen Schaukel und bewegte sich langsam hin und her. Schnell ging es höher hinaus, und Matéo genoss den Wind, der ihm um die Nase wehte.

Die gleichförmigen Bewegungen beruhigten seinen Geist. Bald fühlte er sich wie ein Vogel. Er saß mit dem Rücken zum Zirkus, sodass er aus seinem geträumten Käfig hinaussehen konnte. Seine Augen erblickten eine Stadt, ein Meer aus Lichtern, das einen sternenlosen Himmel spiegelte.

Er versuchte, in dem Lichtermeer etwas zu erkennen, doch da waren nur Leuchten, Flackern und Schatten. Welche Stadt es auch war, Matéo erkannte sie nicht und fragte sich abermals, ob der Zirkus wanderte, ohne sich fortzubewegen.

Rasch schloss er die Augen, bevor die Gedanken überhandnahmen. Er dachte wieder an den Vogel, den er eben in sich gespürt hatte, und breitete die Arme aus. Kurz überkam ihn der Gedanke, dass er fallen könnte.

Aber er fiel nicht, und als er später die Schaukel verließ, fühlte er sich leichter. Lächelnd schlenderte er weiter. Die Dame an der Losbude begrüßte ihn schon von Weitem.

»Seien Sie gegrüßt, Zauberer.«

Matéo erwiderte den Gruß. »Warum nennt mich niemand bei meinem Namen?«, fragte er.

Die alte Frau zuckte mit den Schultern. »Vielleicht, weil Namen uns nicht zu dem machen, was wir sind. Das geschieht durch das, was man tut. Und Sie sind Zauberer.«

Matéo nickte. Ja, das ergab Sinn. Irgendwie.

»Was macht Ihr Moment?«, wollte die Frau wissen.

Augenblicklich fiel Matéos Lächeln in sich zusammen und riss den Funken Hoffnung mit sich.

»Er ist vergangen«, flüsterte er. »Ungenutzt.«

Ehrliches Staunen legte sich auf das Gesicht der Losverkäuferin. »Wie meinen Sie das – *ungenutzt*?«

Matéo erzählte ihr von seinem Gespräch mit Anisa und der kleinen Sekunde, in der der Glanz in ihren Augen ihm gehört hatte, ehe er alles durch seine unbedachten Worte zunichte gemacht hatte.

Eine Weile schwieg die Losverkäuferin, aber ihre Augen lasen in Matéo wie in einem Buch, Seite um Seite.

»Ich glaube«, meinte sie schließlich, »Sie irren, Zauberer. Es gibt keine Momente, die ungenutzt vergehen, so viele uns selbst auch so vorkommen. Denn selbst diesen Momenten gehen andere voraus und sie selbst werden zu anderen, und erst am Ende werden wir verstehen, welcher Moment uns welchen

Weg bereitet hat.« Sie schenkte ihm ein Lächeln. »Sie müssen Geduld haben, Zauberer.«

Matéo nickte. Sie plauderten noch eine Weile, dann ging er zurück in seinen Wagen.

Entsetzt stellte er fest, dass weder Jordí noch sein Zylinder bei ihm waren. Er musste beides bei der Schiffschaukel stehen gelassen haben. So schnell er konnte, rannte er zurück, doch der Morgen graute bereits und das Rondell der Schaustellerbuden war verschwunden.

Tränen stiegen ihm in die Augen, angeschwemmt von der Einsamkeit, die ihn wie eine Sturmflut überkam. Jetzt war er wirklich allein. Inständig hoffte er, seinen kleinen Freund am nächsten Abend wiederzufinden.

Er hatte vergessen, dass die Dinge, die im Circo Laylaluna verschwanden, stets von selbst zurückkehrten. Als er zu seinem Wagen kam, fand er seinen Zylinder. Er lag auf dem Tisch. Zuerst wollte Matéo es nicht glauben, aber er war es tatsächlich: auf dem Etikett im Inneren waren noch die verblichenen Überreste seines Namens zu lesen, den er darauf geschrieben hatte. Sofort suchte er nach Jordí, doch das Kaninchen war nicht da.

Niedergeschlagen ließ er sich auf sein Bett sinken.

Ein Klopfen ließ ihn wieder hochfahren. Es war Anisa. In der einen Hand hielt sie Jordí, der angesichts der unangenehmen Haltung wild strampelte. Schnell nahm er das weiße Kaninchen auf den Arm.

»Er muss dir wieder entwischt sein«, erklärte Anisa. »Ich dachte, ich bringe ihn dir zurück.« Sie versuchte sich an einem Lächeln, aber die Traurigkeit, die um ihre Züge lag, verschlang es. Nervös trat sie von einem Bein auf das andere. Es wunderte Matéo, dass sie noch nicht wieder fortgelaufen war. Stattdessen schaute sie ihn ängstlich an. Erst jetzt fiel ihm auf, dass ihre andere Hand etwas umklammert hielt, so fest, dass die Knöchel weiß hervortraten.

Er ließ Jordí in das Innere des Wagens springen, dann überwand er die Stufen, die ihn von Anisa trennten.

»Was hast du?«, fragte er leise und erschrak, als sich ihre Augen mit Tränen füllten und ihre Lippen zu beben begannen. Sofort schaute Anisa auf den Boden, damit er ihren Kummer nicht sehen konnte. Matéo ließ sich jedoch nicht beirren. Vorsichtig nahm er ihre Hand.

»Was ist?«, fragte er erneut.

Es dauerte seine Zeit, dann aber hob Anisa den Kopf und öffnete die zur Faust geballte Hand. Kleine, feine, weiß schimmernde und grün glitzernde Scherben lagen darauf, allesamt zu klein, um ihr ernsthafte Schnitte zuzufügen, aber spitz genug, um die Haut zu verletzen. Matéo sah die feinen Blutstropfen zwischen den Scherben, und es dauerte, bis er begriff, dass der feine Glasstaub einmal das Schneeglöckchen gewesen war.

»Was ist passiert?«, flüsterte er und zog ihre Hand zu sich, um die Scherben zu betrachten.

Anisa schluckte, ehe sie antwortete. »Carlo. Er hat es zertreten. Einfach so.«

Matéos Miene verfinsterte sich, aber er bemühte sich, die Wut aus seiner Stimme zu verbannen. »Warum hat er das getan?«

Anisa löste ihre Hände aus den seinen, umschloss die Scherben wieder mit der hohlen Hand und rang mit der anderen um die Worte, die sich scheinbar nicht finden lassen wollten.

Wieder verstrich eine Weile, bis sie antwortete. »Ich glaube, weil ich mich gefreut habe.« Eine Träne lief ihr über die Wange, ehe sie sie aufhalten konnte. Schnell wischte sie sie fort. »Kannst du sie heil machen?«, fragte sie, soviel Hoffnung in der Stimme, dass Matéo das Herz schwer wurde. »Du bist doch Zauberer.«

»Ich kann es versuchen«, sagte er zögernd.

Sie streckte ihm die Hand entgegen. Die Scherben glitzerten wie Sternenstaub. Matéo atmete tief ein, sammelte seine Konzentration und legte dann seine Hand über die ihre. Er spürte die scharfen Kanten und Spitzen an seiner Haut.

Angestrengt rief er alle Magie, die sich in ihm verbergen mochte, in seine Gedanken, wo sie sich mit dem Wunsch vermischten, es reparieren zu können. Und mit dem Wissen, dass er mehr heilte als ein zerbrochenes Schneeglöckchen.

Er konnte später nicht sagen, ob es der Traum war, der die Scherben wieder zu einem Ganzen zusammengefügt hatte oder wirklich seine Fähigkeit als Magier. Es war auch einerlei. Als er die Hand hob, lag ein gläsernes Schneeglöckchen in Anisas Handfläche. Hier und da waren feine Risse im Glas zu sehen, Erinnerungen an eine Verletzung, die nicht hätte sein sollen.

»Das hätte er nicht tun dürfen«, sagte Matéo leise.

Anisa blickte ihm in die Augen. »Ich weiß«, antwortete sie traurig, doch im nächsten Moment löste sie sich von ihm und ging zurück zu ihrem Wohnwagen. Auf halben Weg drehte sie sich noch einmal um.

»Matéo?«

Beim Klang seines Namens glaubte er, sein Herz würde vor Freude stehen bleiben.

»Ja?«

»Danke.« Sie lächelte traurig tapfer.

In der nächsten Sekunde war sie hinter dem Zelt verschwunden.

Kapitel 4

Die vierte Woche. Verschobene Realitäten. Vergissmeinnicht.
Seifenblasenexplosionen. Sternschnuppenregen.
Der vierte Versuch. Der Spiegel im Spiegel.
Alles wird schwarz.

Der Montag begrüßte Matéo mit einem matten Grau, das Anisas Regenbogenzirkus alle Farben raubte. Prasselnder Regen trommelte gegen das Fenster seines Wagens.

Die Erinnerung an einen seltsamen Traum hallte in ihm nach, er hatte Anisas Schneeglöckchen zusammengefügt ... Ruckartig setzte er sich auf. Nein. Das war kein Traum gewesen. Er hatte das Schneeglöckchen repariert. Sekunde für Sekunde vergegenwärtigte er sich die Erinnerungen, die drohten, in Vergessenheit zu geraten. Das kleine Scherbenhäuflein in Anisas Hand. Ihre Worte, dass es zerbrochen worden war, weil Carlo ihre Freude nicht hatte ertragen können. Ihr Dank, der Moment, in dem sie seinen Namen ausgesprochen hatte. Und der Abschied, der ihm so traurig und endgültig vorgekommen war. Als würden sie sich niemals wiedersehen ... Was unmöglich sein konnte. Sie sahen einander jeden Tag, bei jeder Vorstellung. Sie trafen sich nicht immer, aber der eine wusste, dass der andere da war ... Und eines Tages würde es ihm gelingen, sie beide zu befreien. Dann würden sie nach Hause gehen.

Ihm war, als wäre ihm gestern noch eine Idee gekommen, den Mond zu erreichen, aber so sehr er auch darüber nachdachte, er konnte den Gedanken nicht fassen, die Erinnerung nicht wiedererwecken. Es war wie bei einem Traum, von dem man noch wusste, dass er schön gewesen war, aber nicht mehr erzählen konnte, wovon er gehandelt hatte.

Das Lied, das er so oft schon gar nicht mehr hörte, drang als Summen in den Wagen und er hielt sich die Ohren zu, um es nicht hören zu müssen. Es war zu laut für diesen Morgen, an dem es ihm kaum gelang, aufzustehen.

Ihm wurde schwindelig, sein Wagen schien sich zu drehen. Gerüche, die keinen logischen Ursprung hatten, stiegen ihm in die Nase, Traumgespinste jagten am helllichten Tag an ihm vorbei. Erinnerungen flackerten auf und seine Augen spielten ihm wie seine Nase Streiche.

Am Abend wusste er abermals nicht, was er den Tag über getan hatte und wann er zum Zelt hinübergegangen war. Der Tag war in einem hornissenhaften Summen untergegangen, war grau und wolkenschwer gewesen wie der Himmel.

Jetzt aber erwachte die Nacht, und der Tag floh vor ihrer Lebendigkeit. Matéo hoffte, dass sich mit der Dunkelheit auch seine Glieder mit Leben füllen würden, doch er sollte irren. Die stumpfe Trägheit hielt an ihm fest, ihm war, als würde ihn jemand an unsichtbaren Fäden führen.

Teilnahmslos schaute er Anisa zu, die Seifenblasen in den Manegenhimmel steigen ließ, wo sie einem Feuerwerk gleich in Abermillionen glitzernde Tropfen zersprangen. Er sah ihre Tränen, als sie die Manege verließ, verstand, dass da kein Feuerwerk hatte sein sollen – es berührte ihn nicht.

Wortlos ließ er sie stehen, um an ihrer Stelle die Manege zu betreten. Und was immer er auch vorführte – es entsprang ebenso wenig seiner selbst wie die Entscheidung, umgehend nach seinem Auftritt zurück in seinen Wagen zu gehen und Mireia aus dem Weg zu drängen, die ihn hatte aufhalten wollen, um mit ihm zu sprechen.

Dienstag und Mittwoch spiegelten den Montag fast bis ins kleinste Detail wider, nur dass er sich an den Plan der Vorstellungen hielt.

Immer wieder zerfielen Anisas Seifenblasen und Matéo berührte es nicht einmal, dass sie daraufhin erbittert mit Carlo stritt. Er war bereits wieder auf dem Weg in die Manege, in eine neue Darbietung, an die er sich bereits nicht mehr erinnern konnte, während sie noch lief.

Das Publikum liebte ihn trotzdem. Es feierte ihn frenetisch, als er die Manege verließ. Wieder hielt er nicht inne, nicht einmal, als Mireia, die sich ihm erneut in den Weg gestellt hatte, zu Boden fiel.

Selbst, dass da plötzlich eine fremde Frau in seinem Wohnwagen war, überraschte ihn nicht. Er nahm es zur Kenntnis, ebenso wie ihre Schönheit. Matéo fragte sie nicht, woher sie kam und was sie von ihm wollte. Er stand einfach nur da. Es war nicht so, dass er auf etwas wartete. Er war schlichtweg nicht fähig, sich zu rühren, auch wenn sein Verstand ihm befahl davonzurennen, als die Fremde auf ihn zutrat. Dunkles Haar fiel in weichen Wellen bis zu ihrer Taille. Eine einzelne Strähne verdeckte ihr rechtes Auge und streichelte mit der Spitze ihren Busen, dessen Üppigkeit von einem eleganten schwarzen Abendkleid hervorgehoben wurde. Der feine Stoff raschelte mit jedem Schritt, den sie tat.

Sie hielt erst an, als sie so dicht vor ihm stand, dass sich ihre Körper berührten. Matéo spürte, wie ihre Wärme sich in seinem Inneren in Hitze verwandelte. Die Luft um sie herum begann zu knistern, während die Frau ihre Hand auf seine Brust legte, hinter der sein Herz sich wild hämmernd gegen den Käfig aus Knochen warf.

Matéo roch ihr Parfüm, schwer und sinnlich, der Duft vermischte sich mit ihrem Atem, als sie ihre Lippen auf die seinen legte.

Die ganze Zeit über hatte Matéo sich nicht bewegt, jetzt aber schlang er seine Arme um sie, ließ sie hinunter gleiten und streichelte ihren Po, während ihre Hände den Weg unter sein Hemd fanden. Ein lustvolles Stöhnen entwich seinen Lippen.

Die Fremde lächelte. »Ich lasse dich vergessen«, flüsterte sie und biss sanft in sein Ohrläppchen.

Bei diesen Worten schrillten sämtliche Alarmglocken in Matéos Kopf, doch er war nicht fähig, daraus Schlüsse oder gar Konsequenzen zu ziehen. Er konnte nicht anders, als die Frau in seinen Armen zu berühren, ihre Brüste zu liebkosen ...

In dem Moment klopfte es. Reflexartig drehte Matéo seinen Kopf zur Tür, wohl wissend, dass das Holz den Besucher verbergen würde, solange die Tür verschlossen war. Die Fremde ließ ihre Hände weiter wandern, von seiner Brust tiefer hinab, über seinen Bauch hinweg zum Bund seiner Hose, während sie gleichzeitig versuchte, sein Gesicht mit Küssen wieder in ihre Richtung zu lenken. Kurz gelang es ihr, da klopfte es erneut, und wieder ließ Matéo sich ablenken. Die Frau zischte wütend, sie krallte sich an Matéo fest, doch er löste sich von ihr.

Etwas in ihm zwang ihn, zur Tür zu gehen. Eine Kraft, die stärker war als die Fäden, die ihn wie eine Marionette zu der Frau zurückziehen wollten. Matéo kämpfte um jeden Schritt, und nicht immer war er sich sicher, es zu schaffen. Er konnte nicht rufen, dass er auf dem Weg war, seine Lippen schienen zugenäht. Wann immer ihm jedoch der Gedanke kam, der Gast auf der anderen Seite der Tür sei schon längst fort, klopfte es erneut. So lange, bis es ihm endlich gelang, die Tür zu öffnen.

Mireia blickte ihm entschlossen ins Gesicht, dann warf sie einen Blick an ihm vorbei. Beim Anblick der Frau legte sich ihre Stirn in missbilligende Falten.

»Ich verstehe«, sagte sie, und Matéo glaubte schon, dass sie wieder gehen würde, um ihn mit der Frau alleinzulassen, deren Anziehungskraft er sich nur mit allergrößter Mühe entziehen konnte, ohne zu verstehen, warum er sich überhaupt entziehen wollte.

Aber Mireia ging nicht. Stattdessen schob sie sich an ihm vorbei ins Wageninnere und stellte eine Vase mit kleinen, blauen Blumen auf den Nachtschrank.

Die Fremde wurde blass und keuchte. In der nächsten Sekunde war sie fort, einfach verschwunden.

Matéo griff sich stöhnend an den Kopf, und nur Mireias beherztem Griff war es zu verdanken, dass ihm die Beine nicht nachgaben.

Minuten verstrichen, in denen Matéo versuchte, sich zu orientieren. Er war in seinem Wagen. Mireia war bei ihm. Da war eine Frau gewesen, die er nicht kannte. Ihm wurde übel, doch er kämpfte das Gefühl nieder. Versuchte, sich zu erinnern. Wusste nichts mehr. Da war nur schwarzer Nebel, der seinen Geist umwaberte.

Schließlich schaffte er es, seinem Mund eine Frage abzuringen.

»Was ist passiert?«, stieß er keuchend hervor.

Mireia half ihm, sich auf einen der Stühle niederzulassen.

»Die Nacht«, sagte sie. »Sie hat versucht, deinen Traum zu kontrollieren.«

Matéo dachte angestrengt nach und rief sich die beiden Tage in Erinnerung, so gut er konnte, doch nichts kehrte zu ihm zurück, nur die Worte der Frau hallten wie ein verblassendes Echo durch seine Gedanken.

»Sie wollte, dass ich vergesse«, stellte er mit schwacher Stimme fest.

Die Wahrsagerin nickte. »Damit du nicht mehr versuchst, den Traum zu beenden.«

Bitterkeit stieg in Matéo auf. »Sie wollte, dass ich Anisa vergesse. Weil sie der Grund für alles ist.«

»Ja«, antwortete Mireia schlicht.

Wütend ballte Matéo die Fäuste, als er daran dachte, dass es ihr fast gelungen war.

»Wie habe ich sie behandelt?«, fragte er flüsternd, einer bösen Ahnung folgend.

»Wie uns alle. Du hast uns ignoriert. Uns allein gelassen.« Die Wahrsagerin zuckte mit den Schultern. »Wahrscheinlich ist es den meisten nicht einmal aufgefallen. Wir kennen es nicht anders.«

»Aber Anisa ist es aufgefallen?«

»Ich weiß es nicht«, antwortete Mireia zögerlich. »Vielleicht. Sie wirkt traurig in diesen Tagen. Die Seifenblasen gehorchen ihr nicht mehr. Ihr Teil vom Traum ... er scheint Anisa zu entgleiten.«

Matéo schlug mit der Hand auf den Tisch, um dem Gefühl verzweifelter Ohnmacht in seinem Inneren Luft zu machen. Mireia wartete, bis er sich gefangen hatte.

»Wie hast du das gemacht?«, fragte er nach einigen Minuten. »Wie hast du die Nacht aus meinem Kopf vertrieben?«

Die Wahrsagerin deutete auf die Blumen. Vergissmeinnicht, wie Matéo erkannte.

»Sie schützen die Liebenden«, erklärte sie. Matéo nickte. Er erinnerte sich an die Bedeutung, die man der Blume beimaß.

»Kannst du nicht einfach auch Anisa einige bringen?«

Soviel Hoffnung in so wenigen Worten, und nur eine Geste, die die Hoffnung zerbersten ließ.

Mireia schüttelte den Kopf. »Es tut mir leid, Zauberer, aber das geht nicht. Es ist nicht die Nacht, die ihren Traum entgleiten lässt. Es ist nicht, dass sie vergisst. Es ist anders. Ich kann es nicht greifen, und die Karten schweigen sich aus.« Aufrichtiges Bedauern lag in ihren Worten. Matéo nickte.

»Also muss ich den Traum zerstören.«

»Nichts hat sich geändert«, bestätigte Mireia.

Etwas fiel Matéo ein.

»Bist du hier glücklich?«, fragte er unvermittelt.

Im Gesicht der Wahrsagerin spiegelte sich Erstaunen.

»Wie meinst du das?«, wollte sie wissen.

Matéo richtete sich auf. »Bist du hier glücklich?«, wiederholte er und präzisierte: »Glücklicher, als du es in der Wirklichkeit bist?«

»Schon, irgendwie. Hier gibt es selten Tage, die wirklich unglücklich sind. Keine, in denen die Welt einem das kälteste ihrer Gesichter zeigt.«

Matéo erinnerte sich an die Bilder, die ihm die Nacht gezeigt hatte. Mireia, wie sie geflohen war...

Die Wahrsagerin fuhr fort: »Doch genauso wenig findet man hier das wirkliche Glück. Alles ist nur Trug und Illusion, und mit jedem Tag bröckelt die Fassade.«

Sie sah Matéo fest in die Augen. »Wenn du wissen willst, ob ich vorziehen würde, in diesem Traum zu bleiben, dann lautet die Antwort nein. Denn egal, wie das Leben auch sein mag – kein Traum darf ewig währen. Würde es so sein, käme dies dem Tod aller Träume gleich, denn wie oft entstehen sie, weil ein anderer Traum seinen Wert verloren oder sich nicht erfüllt hat?« Sie lächelte. »Aber ich möchte dir danken, Zauberer. Dass du gefragt hast. Dass du nicht vergisst, nicht alleine zu sein. Nicht einmal hier, in der Einsamkeit dieser Welt.«

Matéo nickte abwesend. Seine Gedanken umkreisten wieder den Glasmond wie eine Motte das Licht. Er bemerkte nicht, wie Mireia sich leise davonstahl. Sah nicht, wie die Uhr die Stunden mit schnellem Rotieren der Zeiger verkürzte.

Erst Jordí gelang es, ihn aus dem Labyrinth seiner Gedanken zu befreien, indem er an seiner Socke knabberte. Verwirrt sah Matéo auf. Vier Uhr am Nachmittag. Noch Zeit, sich auf die Vorstellung vorzubereiten. Seine Vorstellung.

Leider hatte die Stille ihm nicht verraten, wie man einen Glasmond vom Himmel holen konnte. Also würde er versuchen, Anisas Herz ein wenig leichter werden zu lassen, auch wenn er weder eine Idee hatte, noch so recht daran glauben konnte, dass es überhaupt möglich war. Er beschloss, es darauf ankommen zu lassen.

Als die Zeit der Vorstellung gekommen war, hatte er nichts vorbereitet. Keine Skizze auf weißes Papier gekritzelt, nicht die Schubladen seiner Kommode durchwühlt. Nur Jordí war bei ihm.

Vielleicht würde er ihm einen großen Auftritt aus den Untiefen seines Zylinders widmen. Vielleicht aber auch nicht. Er konnte es nicht sagen. Noch nicht. Alles hing an Anisa und ihren Seifenblasen.

Sie stand bei Carlo, als er den Raum der Artisten betrat. Alle waren schon da. Bianca Nochenta grüßte ihn ebenso wie Min-Liu und die Clowns freundlich, Cassandra hingegen beachtete ihn ebenso wenig wie Carlo, der neben Anisa stand, das Gesicht von der zierlichen Tänzerin abgewandt. Etwas lag in der Luft, Matéo konnte förmlich danach greifen. Ein unheilvolles Knistern, wie die Ruhe vor dem Sturm.

Die Vorstellung begann. Nacheinander betraten Min-Liu, die Schwestern Nochenta und die Clowns die Manege, um ein Feuerwerk aus Akrobatik, Eleganz und Spaß abzubrennen. Matéo hörte das begeisterte Klatschen, das auch Anisa empfing, als sie schließlich die Manege betrat, den Eimer mit den noch flüssigen Seifenblasen in der Hand.

Der Applaus verklang. Mit angehaltenem Atem trat Matéo an den Vorhang, um sie zu beobachten. Gerade verbeugte sie sich. Matéo erkannte die Anspannung auf ihrem Gesicht, die sie sorgsam zu verbergen suchte.

Leise Musik setzte ein, als sie begann, eine riesige Seifenblase aus dem Eimer in die Luft zu ziehen, so groß, dass sie ihre zierliche Gestalt hätte umschließen können. Matéos Herzschlag beschleunigte sich, als die Seifenblase leicht wabernd über dem Manegenboden schwebte. Wie leicht sie zerplatzen konnte …

Doch sie hielt selbst dann, als Anisa begann, sie wie Ton zu modellieren, bis ein Mann vor ihr stand, durchschimmernd, nichts weiter als eine Silhouette. Das Publikum klatschte begeistert. Ein schüchternes Lächeln traute sich auf Anisas Lippen und sie reichte dem Seifenblasenmann die Hand zum Tanz. Der regenbogenfarben schimmernde Schemen nahm ihre Aufforderung an, seine Hand legte sich in die ihre, und Schritt für Schritt folgten sie der Melodie.

Hinter dem Vorhang hätte Matéo am liebsten vor Erleichterung laut aufgelacht, doch noch war die Vorstellung nicht zu Ende, und als hätte dieser Gedanke die Schatten hervorgerufen, platzte der Seifenblasentänzer genau in dem Moment, in dem er Anisa in einer Hebung hielt.

Mit einem Schrei fiel Anisa zu Boden und blieb für eine Sekunde reglos liegen. Der Schrei wiederholte sich auf Matéos eigenen Lippen, doch bevor er in die Manege stürmen konnte, stand Anisa bereits wieder.

Tränen schimmerten in ihren Augen, aber sie verbeugte sich höflich in alle Richtungen. Einige Zuschauer applaudierten höflich, doch insgesamt blieb es erschreckend still, und Anisas Schritte wurden schneller, je näher sie dem Vorhang kam.

Sie blieb abrupt stehen, kaum dass sie dahinter angekommen war. Flüsterte etwas, das Matéo nicht verstehen konnte, sich vom Klang her wie ein Wunsch, ein Gebet anhörte. Gerade wollte er ihr etwas Tröstendes sagen, da trat Cassandra Nochenta aus der Manege heraus auf ihn zu.

»Du verpasst deinen Auftritt«, sagte sie und der kalte Ton in ihrer Stimme zerschnitt die Frage, warum sie selbst in der Manege gewesen war.

Matéo ließ Anisa nicht aus den Augen, als er durch den Vorhang ging. Er spürte die Unruhe des Publikums, die ihn erwartete. Nachdem er sich verbeugt hatte, verharrte er einige Sekunden reglos in der Mitte des Kreises, ließ die Empfindungen der Zuschauer auf sich übergehen, fühlte ihre Erwartungen, erahnte die Wünsche, die sie umtrieben.

Er stand so lange still, bis jemand im Publikum seinen Unmut laut äußerte. Da reckte Matéo den Arm in die Höhe und zeigte auf die Decke. Die Richtung seines Fingers traf den Mond, dessen samtenes Licht er für diese Vorstellung gewählt hatte. Die Zuschauer folgten seiner Aufforderung, sahen den Mond an, der plötzlich von einem glitzernden Meer aus Sternen umgeben war. Begeisterte Rufe ertönten aus dem Zuschauerraum, der in dunklen Schatten versunken war.

Mit einer schwungvollen Bewegung zeigte Matéo auf einen Stern. Für einen Sekundenbruchteil geschah nichts. Dann fiel der Stern vom Himmel. Er sauste als Sternschnuppe die Zeltkuppel entlang, verließ dann das Blau der Plane und fiel leuchtend auf die Zuschauer hinab. Ein Herr fing den dunklen Stein geistesgegenwärtig auf. An der Bewegung seiner Lippen konnte Matéo erkennen, dass er einen Wunsch gen Himmel schickte.

Er ließ einen weiteren Stern fallen, dieses Mal landete er in den Händen einer jungen Frau, deren große Augen sich mit Glückstränen füllten. Man sah, dass genau das Wunder eingetreten war, das ihr gefehlt hatte, um neuen Mut zu finden.

Der dritte Stern fiel einem kleinen Jungen in die Hände, der begeistert aufschrie, ehe er in Schweigen versank und innig an seinen Wunsch dachte, den Sternschnuppenstein fest an seine Brust gedrückt. Matéo grinste bei der Vorstellung, dass er sich vielleicht einen Piratenschatz gewünscht hatte.

Die nächste Sternschnuppe wurde von einem alten Mann mit schlohweißem Haar gefangen, der sich sofort seiner Frau zuwandte und Arm in Arm mit ihr den Wunsch wünschte, den sie beide hatten. Wer die nächsten beiden gefallenen Sterne auffing, konnte Matéo nicht erkennen, zu weit hinten fielen sie vom Manegenhimmel, zu tief war die Dunkelheit dort.

»Dies«, flüsterte er, »ist der letzte Stern.«

Er hob seinen Arm und zeigte auf den am hellsten funkelnden Stern am Firmament. Wie die sechs anderen fiel auch er, begleitet von Matéos ausgestrecktem Finger, der ihm die Richtung wies.

Anisa fing ihn mit einem überraschten Aufschrei auf. Sie war vor den Vorhang getreten, stand am Rande der Manege und hatte seine Vorstellung beobachtet. Also schenkte er ihr den letzten Wunsch. So wie der Kassierer ihm die letzte Karte geschenkt hatte.

Er verbeugte sich, um dem Publikum zu zeigen, dass seine Darbietung beendet war, während er Anisa weiterhin aus den

Augenwinkeln beobachtete. Wie der kleine Junge hielt auch sie den Sternschnuppenstein dicht an die Brust, genau dort, wo ihr Herz schlug. Ihre Augen waren fest geschlossen, alles auf den einen Wunsch konzentriert.

Matéo wiederholte die Verbeugung und setzte Jordí in den Zylinder. Er dankte dem Publikum, das ihn feierte und gleichzeitig Carlo begrüßte, der neben der immernoch in ihren Wunsch versunkenen Anisa die Manege betreten hatte. Unsanft weckte er sie auf, und als Matéo auf die beiden zuging, sah er, dass Anisa die Lippen ängstlich zusammenpresste, als wollte sie verhindern, dass der Wunsch ihr noch entfloh.

Sternschnuppenwünsche wünschte man schweigend und behielt sie im Herzen.

Als er die beiden erreichte, ließ Carlo Anisa los und ging in die Manege. Er warf Matéo einen vernichtenden Blick zu, dem dieser gleichmütig standhielt. Das Lächeln, das bei dem Wunsch auf Anisas Lippen gelegen hatte, war jeden Ärger, der kommen mochte, wert.

Gemeinsam mit Anisa verschwand er hinter dem Vorhang. Entsetzt stellte er fest, dass von dem Lächeln in Anisas Gesicht nichts mehr übrig geblieben war. Er blieb neben ihr stehen und sah, wie sie stillschweigend Carlos Darbietung folgte.

Der Feuerschlucker jonglierte gerade mit brennenden Stäben, die bunte Bilder in die Dunkelheit malten, welche immer noch von Matéos Sternen erhellt wurde. Pferde mit Flammenflügeln flogen, begleitet von winzigen Funkenfeen, durch die Manege und das Feuer tauchte alles in tiefes Rot, leuchtendes Orange und strahlendes Gelb.

All dies sah Matéo in Anisas Augen, die alles einfingen, was in der Manege geschah, selbst den Glasmond, der sich über ihnen spiegelte.

Kurz bevor die letzte Funkenfee in der Manege erlosch, wandte Anisa sich ab. Fragend sah sie Matéo an. »Kommst du mit? Ich will ein Stückchen gehen. Es wäre schön, nicht allein zu sein.«

Matéos Herz schlug einen Purzelbaum.

Sie schwiegen die meiste Zeit des Weges, passierten das Rondell der Wagen und schlüpften in die hell erleuchtete Welt der Buden, die genauso an ihnen vorbeizog wie alles andere.

Matéo hatte nur Augen für Anisa, seine Anisa, die ihn bei sich haben wollte. Er traute sich nicht etwas zu sagen, fürchtete, dass jedes Wort zu viel wäre, alles zunichtemachen würde. Selbst die Umgebung schien für sie zu verstummen, umhüllte sie mit Stille, entrückte sie allem Geschehen.

Bald traten sie wieder in das Zwielicht zwischen den Wagen, genau dort, wo der Eingang zu Anisas Wagen war. Sie blieb dicht vor ihm stehen, nur einen Zentimeter von einer Berührung entfernt, und blickte zu ihm auf. Wie klein sie war. Wie zerbrechlich sie wirkte.

»Ich möchte dir danken, Zauberer«, sagte sie leise.

»Wofür?«

»Für die Sternschnuppe. Den Wunsch.«

»Nichts zu danken«, erwiderte er.

»Willst du wissen, was ich mir gewünscht habe?«

Die Frage traf ihn so unvermittelt, dass er einen Moment nichts darauf zu sagen wusste.

»Nein«, entgegnete er schließlich sanft. »Man darf den Wunsch nicht verraten, den man an einen fallenden Stern gehängt hat.«

Anisa lächelte traurig. »Ich weiß. Aber ich habe einen Wunsch gewünscht, der sich schon erfüllt hat.«

Verwirrt runzelte Matéo die Stirn und hoffte tief im Inneren einerseits, dass sie nicht weitersprach und andererseits, dass sie es doch tat, ohne genau zu wissen, ob er hören wollte, was ihr Wunsch gewesen war oder nicht.

»Ich habe mir gewünscht«, flüsterte Anisa nach einigen bangen Sekunden, »dass ich zu Hause wäre.« Sie sah sich um. »Dabei ist das doch mein Zuhause. Dieser Ort.« Sie zögerte, wischte sich eine Träne aus den Augenwinkeln. »Dumm, nicht wahr?«, fragte sie schließlich. »Da fange ich einen Stern und wünsche mich an den Ort, an dem ich bin.«

Matéos Gedanken überschlugen sich. Was sollte er sagen? Weniger als je zuvor schienen Worte genug zu sein, mehr denn je schienen sie die Macht zu haben, alles zu zerstören.

Nur behutsam fasste er seine Überlegungen schließlich in Worte: »Vielleicht hast du es dir gewünscht, weil du dich hier nicht länger wie zu Hause fühlst?«

Anisa zuckte mit den Schultern. »Vielleicht«, mutmaßte sie. »Aber warum? Ich kenne doch nur diesen Ort ...«

Sie sprach nicht mit ihm, sie sprach zu sich selbst und Matéo biss sich auf die Lippen, um ihr nicht zu widersprechen. Er sah die Angst schon in den Schatten lauern, die sie umgaben, wenn er ihr von der kleinen Wohnung erzählen würde, von dem Leben, an das er sich erinnerte. Also schwieg er. Schluckte jede Silbe, die ihm auf der Zunge lag, herunter und wartete, dass Anisa weitersprechen würde. Als sie es tat, hatte sie sich wieder gefangen.

»Wie gesagt. Ich wollte dir danken. Es war schön, einen Wunsch zu haben. Fast hatte ich schon vergessen, was das ist: Wünschen.« Sie lächelte. »Hab Dank, Zauberer.«

Matéo war es nicht möglich, ihr Lächeln zu erwidern. Zu traurig stimmte ihn ihre Traurigkeit. Er deutete nur eine kleine Verbeugung an, bei der er ihr den Zylinder automatisch entgegenhielt. Sie entdeckte Jordí darin und streichelte das Kaninchen.

»Ich mag, dass er nicht ganz weiß ist«, meinte sie. »Ich wette, das macht ihn außergewöhnlich.«

»Er macht mich besser«, flüsterte Matéo mit belegter Stimme, sich des Gesprächs erinnernd, dass sie in einem anderen Leben geführt hatten.

Anisas Lächeln wurde breiter. »Das dachte ich mir.«

Sie sah sich um und Matéo tat es ihr gleich. Überrascht stellte er fest, dass sich das Aussehen des Zirkus verändert hatte, ohne dass sie es bemerkt hatten.

Er hatte Mireias purpurn-weißes Kleid übergezogen. Morgen war schon Freitag. Es dauerte, bis er Anisas Stimme wahrnahm.

»Entschuldige«, bat er sie. »Ich war in Gedanken. Was sagtest du?«

Das Lächeln auf ihren Lippen verwandelte sich in ein Strahlen.

»Ich sagte, gute Nacht, Zauberer.«

Matéo versuchte sich an einem Lächeln. »Gute Nacht, Anisa.«

Er sah ihr nach, wie sie die Stufen zur Tür ihres Wagens hochsprang und auch noch, als sie längst im Inneren verschwunden war.

Eine Berührung an seiner Schulter ließ ihn hochschrecken, und seine plötzliche Bewegung ließ dem Pantomimen gleichermaßen den Schreck in die Glieder fahren. Stumm lachte er, als die Sekunde vorüber war.

»Was machst du hier?«, fragte er wortlos.

Matéo zuckte mit den Schultern. »Nachdenken, glaube ich.«

»Worüber?«, kam die wortlose Gegenfrage.

»Ich weiß nicht«, gab Matéo zu.

David malte Fragezeichen in die Luft, um zu zeigen, dass er nicht verstand.

Matéo grinste freudlos. »Manchmal verstehe ich auch nicht.« Er schaute den Pantomimen an. »Bist du glücklich?«, wollte er wissen.

Es war die gleiche Frage, die er Mireia schon gestellt hatte, aus den gleichen Gründen. Jetzt war es der Pantomime, der mit den Schultern zuckte, ehe er ihn mit einem Schwall von Gesten übergoss.

Beschwichtigend hob Matéo die Hand und lachte, angesteckt vom Enthusiasmus, der in der Antwort lag. »Langsam, bitte.«

David wiederholte die Gesten.

»Wir Menschen wissen nicht immer, wenn wir glücklich sind. Ich bin glücklich, wo die Stille ist. Und die Stille ist in mir.«

»Kannst du nicht sprechen?« Matéo stellte die Frage, obwohl er die Antwort schon kannte.

»Ich kann«, gab der Pantomime lautlos zu. »Ich will aber nicht. In der Stille ist Klang genug.«

Er schenkte Matéo ein Lächeln.

»Das war eine schöne Vorstellung«, malte er ein Kompliment in die Luft. »Die Wünsche ... sie waren wie kleine Funken, an denen sich neue Wünsche entzünden können.«

Der Pantomime verbeugte sich und wünschte ihm wie Anisa zuvor eine gute Nacht. Matéo rief ihm den Gruß hinterher, als er fast verschwunden war.

In seinem Wohnwagen begann er, die Kraniche zu zählen, die immer noch auf dem Boden lagen.

Als der Tag dämmerte, kannte er ihre Zahl. Doch wie die Wünsche, die man an Sternschnuppen band, nannte er sie nicht.

In der Nacht träumte er abermals von Layla, die ihn mit ausgestreckter Hand auf eine neue Reise einladen wollte, doch wohin auch immer sie ihn hatte führen wollen – er verweigerte ihr seine Hand. Er stand einfach nur da und sah, wie er sich in ihren goldenen Augen spiegelte, eine traurige Gestalt.

Die Reflexion ließ ihn an Anisa denken, in deren Augen er Feuerbilder gesehen hatte, und er wandte sich endgültig von Layla ab. Er hatte verstanden, dass sie selbst der Ansicht war, ihre kleine Welt sei das Paradies. Aber er wusste es besser. Er schlug seine eigenen Wege ein, durchwanderte seine Träume, auf anderen, verschlungenen Pfaden, die ihn ins Morgen führten.

Der Tag blieb dunkel, und was immer die Nacht für ihn erdachte, sie färbte es in tiefes Purpur.

Matéo interessierte es nicht. Seine ganze Aufmerksamkeit galt den Skizzen, die er seit dem Morgengrauen anfertigte. Blatt für Blatt füllte er, strich aus, zerriss, zerknüllte und begann von neuem. Er berechnete Winkel und Lichtstrahlenwege, kritzelte Formeln in Ecken und verband sie mit Zeichnungen. Er wusste, dass all das aller Wahrscheinlichkeit nach gar nicht vonnöten war, dass ihm gelingen würde, was immer er sich vorstellte, und trotzdem konnte er nicht anders. Es gehörte zu seinem Ritual, gab ihm die Sicherheit, an sich selbst und seine Vorstellung zu glauben.

Manchmal schloss er erschöpft die Augen, nur um sie gleich wieder zu öffnen und fortzufahren. Verbissen zeichnete er weiter, Seite um Seite. Stifte brachen ab, Stunden verstrichen. Jede auf ihre Weise und in ihrem Tempo. Je näher die Vorstellung rückte, desto langsamer bewegten sich die Zeiger. Egal, wie oft Matéo auf das Ziffernblatt sah, die Minuten waren ebenso wenig vergangen wie die Schatten länger geworden waren, die im kärglichen Licht dieses Tages vor seinem Wagen auf den Boden fielen.

Es gab nichts mehr, was er hätte tun können.

Er war bereits fertig angezogen, hatte die letzte, finale Skizze immer wieder studiert, bis er sicher sein konnte, sie wirklich und wahrhaftig verinnerlicht zu haben. Sogar Jordí hatte er schon in den Zylinder gesetzt, dann aber doch eingesehen, dass das keinen Sinn ergab und das verwirrte Kaninchen vor ein frisches Salatblatt gesetzt, um es später zur Vorstellung wieder in den Hut zu setzen.

Endlich war es soweit, oder wenigstens fast. Denn als Matéo seinen Wagen verließ, war es immer noch zu früh, und es würde noch mehr Zeit vergehen, bis er endlich an der Reihe war.

Wie ein Panther in einem zu engen Käfig lief er in dem kleinen Vorzelt auf und ab. Noch war keiner der anderen da.

Mireia war die erste, die kam. Überrascht blickte sie ihn an, aber sie brauchte keine Worte, um zu verstehen, dass es einen neuen Versuch geben würde. Sie las es in seinem Gesicht.

»Viel Glück«, flüsterte sie, verstummte aber sofort, als die Schwestern Nochenta den Raum betraten. Abermals stellte Matéo sich die Frage, wie zwei Schwestern so unterschiedlich sein konnten – mehr noch, wie es möglich war, dass sie sich gleichzeitig ergänzten, als wären sie ein und dieselbe Person und es trotzdem so wirkte, als würde eine von ihnen stets im Schatten der anderen stehen. Die letzten Wochen war es Bianca gewesen, deren Strahlen alles verzaubert hatte, heute aber schien Cassandra sie mit ihrer Dunkelheit zu ersticken.

Höflich begrüßte er beide, während Mireia zu Min-Liu ging, die nach den Schwestern gekommen war, genau wie Anisa und Carlo.

Anisa schenkte ihm ein scheues Lächeln, wurde dann aber sofort von Carlo fortgezogen, der besitzergreifend den Arm um sie gelegt hatte. Die Worte des Feuerschluckers hallten in Matéos Gedanken nach. Jene, die er niemals hätte hören sollen.

Sie hält mich davon ab, wahnsinnig zu werden ...

Matéo schloss die Augen. Daran durfte er nicht denken. Mit geballter Faust sandte er ein Stoßgebet gen Himmel. Es musste gelingen. Es musste einfach gelingen.

Zunächst musste jedoch die Zeit vergehen und die Vorstellung mit Mireia beginnen.

Von Minute zu Minute wurde Matéo unruhiger. Nervös verfolgte er, wie Mireia die Manege betrat, danach Min-Liu, die Schwestern Nochenta, die Clowns. Dann war Anisa an der Reihe. Sie lächelte Matéo erneut zu, als sie an ihm vorbeiging. Er war so aufgeregt, dass er es im letzten Augenblick nur halbherzig erwidern konnte.

Wie automatisch trat er an die Stelle des Vorhangs, die Einblick in die Manege gewährte. Was Anisa aber darbot, nahm er nicht wahr.

In Gedanken ging er abermals den skizzierten Plan durch, die Berechnungen, von denen er nicht einmal mehr wusste, woher das Wissen dafür hergekommen war. »Lass es funktionieren«, flehte er stumm.

Anisa beendete die Vorstellung und kam aus der Manege. Sie wirkte nicht glücklich, weinte aber auch nicht, sofern Matéo es erkennen konnte.

Etwas fiel ihm ein, und er sprang vor sie. Überrascht sah sie zu ihm auf. Hinter ihm verstummte das Gespräch, das Carlo mit dem Clown Tullio geführt hatte. Anisa bemerkte es und ihre Blicke flackerten kurz an Matéo vorbei zu Carlo.

»Was ist?«, fragte sie. »Du musst in die Manege!«

Ungeduld lag in ihrer Stimme, getrieben von Angst.

»Ich weiß«, beeilte Matéo sich zu sagen. »Ich wollte dich bitten, auf Jordí aufzupassen.« Er zögerte. Was sollte er als Grund nennen?

»Ich ... ich habe heute einen neuen Trick vor, und ich glaube, da hat ein Kaninchen nichts zu suchen. Nicht einmal eins mit grauen Ohrenspitzen.«

Er lächelte und hoffte, dass sie die Andeutung auf ihr Gespräch verstand. Falls dem so war, ließ Anisa es sich nicht anmerken. Sie sagte nur »Natürlich«, und schon hatte sie Jordí mit einem Strahlen aus dem Zylinder gehoben, während Matéo mit wild schlagendem Herzen die Manege betrat.

Wie er es sich vorgestellt hatte, stand zu seiner linken Seite ein großer Spiegel, der noch von einem schwarzen Samttuch verhangen war. Er hatte genau die richtige Größe.

Matéo atmete tief ein. Lächelnd begrüßte er die Zuschauer, bevor er schwungvoll den Spiegel enthüllte. Sogleich lenkte er die Aufmerksamkeit des Publikums auf die Scheinwerfer hoch über ihnen. Köpfe wurden in den Nacken gelegt, Arme schützend vor die geblendeten Augen gehalten. Rasch ließ Matéo das Licht dimmen. Wie die Musik, die immer genau die war, die er gerade brauchte, reagierte auch das Licht auf seine Wünsche.

Viele Zuschauer ließen die Arme wieder sinken, die meisten richteten ihre Blicke wieder auf Matéo. Unmittelbar begann der Zauberer, an unsichtbaren Fäden zu ziehen. Er legte sich schwer ins Zeug, und als das Publikum bemerkte, wie sich einer der schweren Scheinwerfer auf den Spiegel richtete, ging ein Raunen durch die Menge.

Der Lichtstrahl brach sich im Spiegel und umfing aus erhabenem Winkel den Mond. Scheinwerfer um Scheinwerfer richtete Matéo auf diese Art und Weise aus, sodass jeder Strahl in einem anderen Winkel auf das reflektierende Glas fiel und daraufhin eine Art Netz auf den gläsernen Mond am Manegenhimmel auswarf.

Das Publikum reagierte mit Erstaunen, hier und da auch mit Ungeduld. Die Neugier trieb sie, doch Matéo konnte keine Rücksicht nehmen. Er musste vorsichtig sein. Mit jedem Strahl war es heller in der Manege geworden, doch wie geplant blendete das Licht nicht. Aber Matéo wusste – ein Millimeter nur, und das Licht würde zu einer Waffe werden.

Ein einziger Scheinwerfer war noch übrig, der letzte Strahl, den es auszurichten galt. Der, auf den es ankam. Der, der das Netz aus Licht, in dem der Glasmond gefangen war, einem Schwert gleich kappen sollte.

Matéo rief sich die Skizze vor Augen und begann, den Scheinwerfer auszurichten. Gleich, vielleicht ein, zwei Zentimeter noch … vorsichtig zog er weiter an dem unsichtbaren Seil. Ein Herzschlag noch, vielleicht auch zwei, drei …

Eine Bewegung aus dem Augenwinkel lenkte ihn ab. Er sah sie nur einen Sekundenbruchteil, aber Matéo gefror das Blut in den Adern. Da stand eine Gestalt, direkt neben dem Spiegel! Er konnte nur eine Silhouette erkennen, undeutlich und schattenschwarz, aber er sah nicht, wer da war.

Matéo ließ das unsichtbare Seil los, doch es war zu spät. Der Scheinwerfer war bereits in Position und der Strahl war gerade dabei, sich vom Spiegelglas gebrochen in ein Schwert zu verwandeln. Matéo achtete nicht darauf. Vergessen war das Publikum, das staunend Applaus spendete.

Er hörte seinen eigenen Schrei, bevor er wahrgenommen hatte, ihn ausgestoßen zu haben. Er rannte auf den Spiegel zu und kämpfte sich durch das Gewirr von Lichtfäden. Es dauerte eine Weile, bis das Schwert das Seil gekappt haben würde … wenn alles gut ging …

Die Gestalt griff nach dem Rahmen des schweren Spiegels. Matéos Herz machte einen unheilvollen Sprung. Der Spiegel bewegte sich. Das Licht veränderte seinen Einfallswinkel und plötzlich war alles in grellweißes Licht getaucht. Es brannte sich in seine Augen.

Und dann war alles schwarz.

Matéo verlor nicht das Bewusstsein, nein, das nicht. Er nahm alles wahr – die entsetzten Schreie des Publikums, hektische Schritte und dann mit einem Mal gleißende Hitze, die alles umfing und die Stimmung des Publikums in tosende Begeisterung verwandelte.

Matéo verstand nicht, was geschehen war. Hatte der Mond sich doch noch gelöst?

Nein, schloss er. Das würde sich anders anfühlen. Es *musste* sich schlichtweg anders anfühlen.

Hände griffen nach ihm von links und rechts, und eine Stimme sagte sanft seinen Namen. Eine andere wiederholte ihn. Die Hände führten ihn fort. Die Hitze ließ nach, also verließen sie offensichtlich die Manege. Dann wurde es gespenstisch still. Die beiden Leute, deren Hände er an seinen Armen spürte, sprachen keinen Ton und Matéo war zu verwirrt, um zu sprechen. Man musste ihm die Augen verbunden haben, denn er sah nicht, wohin sie gingen oder wer seine Begleiter waren.

Abermals veränderte sich die Luft, frischer Wind blies feinen Regen in sein Gesicht. Irritiert fragte Matéo sich, warum man ihm die Augenbinde nicht abnahm und er versuchte es selbst, doch die Hände hielten seine Arme fest.

»Nicht.«

Da war sie wieder, die erste Stimme. Mireia, wie er jetzt erkannte.

»Was nicht?«, fragte er und versuchte sie anzusehen, aber die Augenbinde ließ es nicht zu. Da war nichts als Schwarz.

»Und warum habt ihr mir die Augen verbunden?«

»Deine Augen sind nicht verbunden, Zauberer«, flüsterte Mireia. Die Worte ertranken in Tränen und das Verständnis sickerte langsam in Matéos Bewusstsein.

»Das Licht«, begriff er.

»Ja«, bestätigte Mireia und zog ihn sanft weiter.

»Meine Augen ...« Matéo spürte Panik in sich aufsteigen.

Rasch drückte Mireia seinen Arm. »Wir werden sehen«, wisperte sie.

Sie gingen weiter.

»Wer ist da noch?«, erkundigte sich Matéo nach einigen Schritten. »Anisa?«

»Nein. Ich bin es, Bianca Nochenta.«

Matéo nickte mit zusammengebissenen Zähnen. Tränen liefen ihm über die Wangen, doch wo sie sonst seinen Blick verschleiert hätten, fielen sie in eine Dunkelheit, die schwärzer war als alles, was er kannte.

Etwas fiel ihm ein. »Was ist mit den Zuschauern?«

»Nichts«, antwortete Bianca Nochenta verwundert. »Was soll mit ihnen sein?«

»Das Licht«, begann Matéo, »ihre Augen ...«

Mireia unterbrach ihn. »Das Licht hat nur dich getroffen, Zauberer. Als wir bemerkten, dass etwas nicht stimmte, hat Carlo eine Herde Feuerpferde in die Manege galoppieren lassen, damit wir dich holen konnten.«

Carlo ... Matéo nickte. Kurz dachte er, dem Feuerschlucker danken zu müssen. Beim nächsten Wimpernschlag hatte er es jedoch bereits wieder vergessen.

Die beiden Frauen führten ihn in seinen Wagen und halfen ihm, sich auf sein Bett zu legen.

»Kannst du etwas tun?«, fragte Mireia.

»Ich weiß es nicht«, gab Bianca Nochenta zurück. »Das Licht war es, das ihn verletzt hat. Wäre es die Dunkelheit gewesen ... Aber Licht kann man nicht mit Licht heilen. Es tut mir leid.«

Bianca Nochenta klang niedergeschlagen und sie tat Matéo leid, auch wenn er ihre Worte nicht genau verstanden hatte. Da war nur diese Dunkelheit, überall.

»Das heißt«, schloss Mireia da, »dass wir warten müssen.«

Offensichtlich nickte Bianca, denn jemand strich Matéo übers Gesicht und schloss seine Augen, die ohnehin nichts sahen.

»Ich gehe dann«, sagte Bianca.

»In Ordnung«, antwortete Mireia.

Die Tür öffnete und schloss sich. Er war mit Mireia allein.

»Was ist mit dem Mond?« Er kannte die Antwort, doch er musste fragen.

»Nichts«, gab sie zurück, genau wie erwartet.

Matéo vergrub sein Gesicht in den Händen. »Ich dachte, es würde funktionieren. Ich dachte es wirklich. Aber dann war da auf einmal dieser Schatten, genau neben dem Spiegel ...«

»Was für ein Schatten?«, fragte Mireia alarmiert.

»Ich weiß es nicht. Ich konnte nichts erkennen.«

»Die Karten ...« Es war nur ein Gedanke, den Mireia in Worte fasste.

»Ja. Ich schätze schon. Einer der Gegner.«

Sie schwiegen. Matéo hörte das Rascheln von Stoff. Offenbar hatte die Wahrsagerin neben seinem Bett gesessen und erhob sich gerade.

»Dann haben bald alle Spieler das Feld betreten«, murmelte sie, doch bevor Matéo fragen konnte, was sie damit meinte, sagte sie: »Versuch, ein wenig Schlaf zu finden, Zauberer.«

Er hörte, wie sie in Richtung Tür ging.

»Werde ich wieder sehen können?«

Die Frage war aus seinem Mund gerutscht, obwohl er nicht sicher war, die Antwort überhaupt hören zu wollen.

Der Klang von Mireias Schritten verstummte.

»Wir werden sehen.«

Matéo wusste, dass ihm die Wahrsagerin dabei ein aufmunterndes Lächeln zuwarf, aber es konnte die Hoffnungslosigkeit nicht gänzlich übermalen, die er in ihren Worten vernahm.

Die Tür fiel ins Schloss. Matéo war allein mit der übermächtig scheinenden Dunkelheit. Verzweifelt versuchte er, etwas zu erkennen, starrte angestrengt in das Nichts um ihn herum, darauf hoffend, wenigstens ein Licht zu erkennen, einen Kontrast in all dem Schwarz.

Nichts.

Erschöpft schloss er die Augen. Dachte an die Gestalt neben dem Spiegel, bemühte sich, seiner Erinnerung weitere Einzelheiten zu entlocken. Doch auch hier war nichts, denn man konnte sich nicht an etwas erinnern, was man nicht gesehen hatte.

Als ihn schließlich der Schlaf übermannte, bevölkerten die Zirkusartisten gemeinsam mit ihm ein riesiges Schachfeld, gekleidet in schwarz und weiß, bereit, gegeneinander anzutreten.

David spielte in Weiß, die beiden anderen Clowns genau wie Carlo in Schwarz. Die Schwestern Nochenta waren in Hell und Dunkel getrennt, Min-Liu, Anisa und Mireia trugen, wie Matéo selbst, weiße Kleider. Auf der Seite der schwarzen Figuren stand zudem noch jener Schemen, der den Spiegel bewegt hatte, doch abermals konnte Matéo ihn nicht erkennen, er wurde von Cassandra Nochenta verdeckt.

Das Spiel begann. Niemand sprach, es erklang kein Laut. Die Figuren bewegten sich nicht einmal, trotzdem wechselten sie die Positionen auf dem Feld. Bald fand Matéo sich Auge in Auge mit Carlo wieder, danach konnte er beobachten, wie Min-Liu das Feld verließ, geschlagen von Pietro. Wo sie ging, fielen Kraniche aus weißem Papier auf das Schachbrett. Unwillkürlich zählte Matéo die Vögel, kam aber nie zum Ende, denn noch während weitere Kraniche fielen, löste das Schachbrett sich in einem Wirbel aus Schwarz und Weiß auf, bis nur noch Weiß blieb.

Schmerzerfüllt stöhnte Matéo, das Weiß wurde gedimmt. Dann stand Anisa vor ihm. Sie trug das weiße Kleid aus Spitze, das er so sehr liebte, weil winzige Steine es strahlen ließen wie eine Schneeflocke im Sonnenlicht. Sie beugte sich über ihn, strich ihm das Haar aus der schweißnassen Stirn. Sie flüsterte etwas, und Matéo spürte das Kitzeln von Jordís Schnurrhaaren an seiner Hand, gefolgt von der kleinen Kaninchenzunge, die über seine Haut fuhr.

Anisa lächelte und hob Jordí wieder hoch, verschwand aus seinem Blickfeld und tauchte direkt wieder auf, ohne Kaninchen. Erneut strich sie ihm über die Stirn, dann über die Wange.

Matéo wollte etwas sagen, wollte nach ihrer Hand greifen, sie bitten, nicht zu gehen, doch Anisa löste sich mit einem traurigen Lächeln von ihm, das in Flammen aufging, während die

Dunkelheit von allen Seiten an ihrem Kleid zu fressen begann und es Stück um Stück verschlang.

Matéo lag lange wach, ehe er es wagte, die Augen zu öffnen. Zuerst hatte ihm der Traum die Sinne verwirrt, und fast hätte er sie einfach aufgeschlagen, dann aber war die Erinnerung an das gleißende Licht zurückgekommen und hatte die Angst mitgebracht. Was, wenn die Dunkelheit geblieben war? Was, wenn sie nie wieder vergehen würde?

Matéos Herz raste panisch und er musste mit sich kämpfen, um die Panik niederzuringen. Als sein Atem sich beruhigt hatte, öffnete er die Augen.

Alles war schwarz.

Matéo schrie auf, tastete nach seinen Augen, als ob es da etwas gäbe, das man einfach abnehmen könnte. Es gab nichts, natürlich.

Die Tür öffnete sich, hastige Schritte stürzten auf ihn zu, Hände legten sich auf seine Schulter und versuchten, seinen sich aufbäumenden Körper zu halten. Er wusste, dass es Mireia war.

»Ich kann nichts sehen«, wimmerte er und klammerte sich an Mireia.

Die Wahrsagerin hielt ihn schweigend fest, bis seine Tränen versiegt waren. Es gab keine Worte, die sie hätte sagen können, keinen Trost, dem er hätte Glauben schenken können.

Sie half ihm, sich zu waschen und anzukleiden. Es war ihm peinlich, auf ihre Hilfe angewiesen zu sein, doch er konnte es nicht ändern. Sie setzte ihn an seinen Tisch und stellte ihm etwas zu trinken und essen bereit. Wieder unterstützte sie ihn, wo es nötig war.

Oft fragte er nach der Uhrzeit, woraufhin die Wahrsagerin mit stoischer Ruhe antwortete. Sie ließ Jordí aus dem Käfig, das Kaninchen hoppelte um seine Füße und berührte ihn hier und da mit der Nase.

Gegen Mittag ging Mireia.

»Ich habe zu tun«, entschuldigte sie sich.

Matéo spielte gerade mit der Kugel aus Silber, die er einst aus dem Wasser gefischt hatte. Er ließ sie einfach durch seine Hände gleiten, das glatte, kühle Material beruhigte ihn.

Da war Bedauern in der Stimme der Wahrsagerin. Sie wollte ihn nicht allein lassen.

»Schon gut.« Matéo versuchte, optimistisch zu klingen, aber seine Stimme war zu brüchig, zu unsicher, zu sehr von den Tränen verschleiert, die ihm schon wieder in die nutzlos gewordenen Augen steigen wollten.

»Aber ich komme wieder«, versprach sie. »Sobald ich kann.«

Er nickte. »Danke«, sagte er leise und war froh darüber, allein zu sein. Sie hatten ohnehin die meiste Zeit geschwiegen, während sie beide an dem kleinen Tisch saßen.

Doch kaum war Mireia weg, wünschte er, sie wäre schon zurück. Die Dunkelheit war leichter zu ertragen gewesen, als er nicht allein gewesen war.

Jordí kniff ihm mit den Zähnen in die Hosenbeine, als wollte er sagen, dass immerhin er noch da war, und kurz musste Matéo lächeln, ehe er wieder in Trübsal versank. Manchmal reichte ein Kaninchen eben nicht aus.

Matéo wusste nicht, wie viel Zeit vergangen war, seit Mireia gegangen war und sich die Tür seines Wagens erneut öffnete.

Draußen musste es schön sein. Zwar konnte Matéo nicht sehen, in welche Farben die Nacht den Tag getaucht hatte, aber er spürte kurz die Wärme auf seiner Haut, ehe die Tür sich wieder schloss. Leise Schritte erklangen, kamen langsam näher. Wer immer es war – er oder sie sagte nichts.

»Hallo?« Matéo reckte den Kopf, obwohl er nichts sehen konnte.

»Hallo.« Ganz leise nur.

»Anisa?«

»Ja.«

Sein Herz schlug schneller. Er lächelte.

»Komm doch näher … bitte entschuldige …«

Hastig stand Matéo auf, stolperte aber beinahe im gleichen Moment über etwas und konnte sich nur mit Mühe und Not fangen. Sofort war Anisa bei ihm, hielt ihn und half ihm, sich wieder hinzusetzen.

»Mireia sagte, du könntest nicht sehen«, flüsterte sie leise, als würde das Entsetzen ihr den Atem rauben.

»Das stimmt«, bestätigte er, bemüht, die Niedergeschlagenheit hinter diesen Worten zu verstecken.

»Wie ist das passiert?«

Er hörte, dass Anisa sich ihm gegenüber hinsetzte, und antwortete ihr mit einem Schulterzucken.

»Etwas ist schiefgegangen«, bekannte er und erinnerte sich, dass Bianca Nochenta erwähnt hatte, Carlo hätte geholfen. »Sagst du Carlo bitte Danke, dass er die Aufführung gerettet hat? Und mich?«

»Ja«, sagte Anisa zögerlich. »Natürlich.«

Fast konnte Matéo spüren, wie Anisa zitterte. Rasch bewegte er seine Hände in die Richtung, in der er ihre Hände vermutete, sofern sie auf dem Tisch lagen. Er ertastete sie und hielt sie fest. Anisa ließ es zu. Und ja, sie zitterte. Wie Espenlaub.

»Was hast du?«, fragte er behutsam.

»Nichts.«

Matéo schüttelte den Kopf. »Das glaube ich dir nicht. Es ist nie nichts.«

Anisa drückte seine Hände und er wusste, dass sie lächelte. Vielleicht, weil ihr die Worte nur allzu bekannt vorkamen, denn sie war es, die sie ihm das erste Mal gesagt hatte. Vielleicht auch einfach nur, weil er ihr ein offenes Ohr anbot.

»Ich hatte einen Streit mit Carlo«, gestand sie schließlich. »Eben gerade, ehe ich hierher kam. Er wollte nicht …«, sie schluckte, »es ist auch egal, was war.«

Jetzt entzog sie ihm doch ihre Hände, Matéo hörte das leise Geräusch von Haar, durch das gestrichen wurde. Anisa hatte schon immer mit ihren Haaren gespielt, wenn sie nervös war oder um Fassung rang.

»Was hat er getan?« Die Frage folgte einer bitterbösen Ahnung, die in Matéo aufgekeimt war.

»Er hat es nicht gewollt«, flüsterte Anisa. Matéo konnte förmlich sehen, wie sie in ihrem Stuhl kleiner wurde.

»Was?« Kalter Zorn übermannte ihn.

»Das Feuer«, murmelte Anisa leise. »Es war plötzlich da. Und so heiß …«

Matéo hörte die Tränen und tastete sich am Tisch entlang, bis er den Arm um sie legen konnte. Sie ließ es geschehen.

»Hat er dich verbrannt?«

»Nur ein bisschen.«

»Wo?«

Anisa griff nach seiner freien Hand und führte sie an ihre Wange.

»Hier.«

Vorsichtig legte sie Matéos Hand auf die Stelle und zuckte unwillkürlich zurück, als die Wärme seiner Haut die Brandwunde berührte.

Sie war nicht groß, aber viel zu groß, als dass Matéo sie hätte ertragen können.

»Du musst von ihm fort, hörst du?«, flüsterte er eindringlich und drückte ihr einen Kuss aufs Haar.

Anisa schwieg und eine ganze Weile blieben sie einfach so sitzen. Dann straffte sie sich und löste sich aus seiner Umarmung.

»Ich muss wieder gehen«, sagte sie mit leisem Bedauern.

»Du musst nicht«, widersprach Matéo. Er hörte ein leises Lachen und wusste, dass sie nicht bleiben würde.

Schon erhob sie sich und war an ihm vorbei, um mit ihren leisen Schritten zurück zur Tür zu gehen.

»Er ist nicht gut für dich«, sagte er, während sie die Tür öffnete.

Wieder spürte er die Wärme des Lichts auf seiner Haut.

»Aber er liebt mich«, erwiderte sie und schloss die Tür wieder hinter sich, sodass Matéo nichts mehr entgegnen konnte.

Die Tür war gerade ins Schloss gefallen, da öffnete sie sich schon wieder.

»Was wolltest du eigentlich mit dem Trick?«, fragte sie, wie jemand, dem etwas Vergessenes siedend heiß wieder eingefallen war.

»Ich wollte den Mond vom Himmel holen«, entgegnete Matéo leise.

Das »Für dich«, das er hinterherschob, hörte Anisa jedoch ebenso wenig wie die Worte, dass er sie auch liebte. Mehr als Carlo es je könnte.

Dann war es wieder dunkel, und Matéo musste erfahren, dass selbst das tiefste Schwarz noch immer eine Nuance schwärzer sein konnte.

Als Mireia kam, brachte er kein Wort hervor. Sie brachte Bianca Nochenta mit, die sich aber nur wiederholen konnte. Da war nichts, was man tun konnte. Nichts außer Warten.

Der Rest der Woche verging in dunklen Stunden und sie waren noch nicht heller geworden, als die neue Woche begann.

Kapitel 5

Die fünfte Woche. Gespräche in tagschwarzer Dunkelheit.
Heller werdende Tage. Schwestern aus Schatten und Licht.
Der fünfte Versuch. Feuerpfeile. Der sechste Versuch.
Freier Fall. Regenbogenbrücken.
Absturz.

Mireia kam jeden Morgen, um ihn zu wecken. Inzwischen fand er sich besser zurecht, brauchte keine Hilfe mehr beim An- und Ausziehen oder Waschen, doch den Übergang zwischen Tag und Nacht gab es für ihn nicht mehr.

»Welcher Tag ist heute?«, fragte er sie am Montag.

Er hatte nicht mehr gewusst, wie viele Nächte und Tage vergangen waren. Sie sagte es ihm.

»Ich dachte, es wäre mehr Zeit vergangen«, war daraufhin seine Antwort.

»Nein.« Sie half ihm in die Jacke seines Anzugs.

»Können wir ein wenig spazieren gehen?« Er drehte den Kopf hin und her wie jemand, der sich umsah, nicht fähig in Worte zu fassen, dass ihm all das, was er nicht sehen konnte, zu viel war.

»Sicher.«

Mireia nahm seinen Arm und führte ihn hinaus. Stufe um Stufe verließen sie seinen Wagen. Es regnete, und Mireia blieb kurz stehen, um einen Schirm über ihnen aufzuspannen. Es spielte keine Rolle, wohin sie gingen, nicht einmal, dass sie es taten. Die Hoffnung, sich im Freien weniger gefangen zu fühlen, erfüllte sich für Matéo nicht, denn die Dunkelheit wurde kein Stück heller.

»Hast du die Karten befragt?«, fragte er sie unvermittelt.

»Wozu?«, wollte sie erstaunt wissen.

»Wegen des Traums. Meinetwegen. Jetzt, da ich blind bin und nichts tun kann.«

Kurz kam es Matéo so vor, als würde sie ihm nicht antworten wollen, doch dann sagte sie hastig: »Nein«, und er vermutete, dass sie zuvor den Kopf geschüttelt hatte.

»Oder doch«, korrigierte sie sich. »Aber die Karten sagen nichts anderes. Sie verweisen auf andere Karten, solche, die schon gesprochen haben – ich vermute, sie meinen jene, die du gezogen hast. Und sie sagen, ich soll warten.«

»Nichts von meinen Augen?«

»Nein, nichts.«

Matéo seufzte und schluckte die Tränen herunter. Er hatte gehofft, von den Karten etwas Hoffnung zu erhalten. Aber Hoffnung war immer schon die größte Gaukelei ...

»Was ist mit meinen Vorstellungen?«

»Was soll damit sein?«

»Übernimmt sie jemand? Fallen sie aus?«

Mireia blieb stehen, ihre Ratlosigkeit schwappte auf Matéo über.

»Ich weiß es nicht«, gestand die Wahrsagerin schließlich und fügte hinzu: »Ich habe nicht darauf geachtet. Ich glaube, Applaus gehört zu haben, bin mir aber nicht sicher. Und am Samstag trug der Zirkus wie üblich dein rotes Kleid.«

Matéo schwieg niedergeschlagen und dachte an sein rotes Zelt und wie schön es gewesen wäre, es zu sehen. Jetzt, da alles schwarz war, fiel ihm auf, wie wenig er Dingen wie diesen seine Aufmerksamkeit geschenkt hatte.

»Bringst du mich bitte zurück?«, bat er Mireia. »Ich bin müde.«

Er wusste, dass sie ihm nicht glaubte – er konnte nicht müde sein, nicht nach all den Tagen, an denen er nichts getan hatte als zu sitzen oder zu schlafen, aber sie führte ihn trotzdem zurück in den Wohnwagen, wo Mireia mit überraschtem Ausdruck in der Stimme Anisa begrüßte.

Matéos Herz schlug schneller. War sie gekommen, um vor Carlo zu fliehen? Dumme, dumme Hoffnung, gebaut auf dünnem Eis, das sofort zersprang ...

»Ihr müsst die Tür offen gelassen haben«, antwortete Anisa lachend. »Er saß plötzlich bei uns am Wagen.«

»Danke«, sagte Mireia, ehe sie Matéo erklärte: »Dein Kaninchen war entwischt.«

»Dachte ich mir. Das macht es manchmal«, erwiderte Matéo leise.

»Kannst du es reinbringen?«, bat Mireia Anisa.

»Natürlich.«

Wie fröhlich ihre Stimme klang. So, als wären da niemals Tränen gewesen, nie ein Streit, vor dem sie davongelaufen war, kein Feuer, dass sie verbrannt hatte. Matéo wünschte, ihre Narbe sehen zu können, sie fühlen zu können. Natürlich wurde der Wunsch nicht erfüllt.

Er war froh, als die Nacht irgendwann kam und Mireia sich von ihm verabschiedete. Mehr und mehr spürte er, wie die Dunkelheit sich mit Mutlosigkeit und Traurigkeit füllte.

Am nächsten Morgen musste Mireia ihn nicht wecken. Regentropfen prasselten lautstark auf das Dach des Wagens, und als die Wahrsagerin kam, war Matéo bereits fertig und hatte es sogar hinbekommen, Jordí zu versorgen und sich selbst ein kleines Frühstück vorzubereiten.

Er spielte mit der Silberkugel, wie er es in den letzten Tagen oft getan hatte, bis seine Gedanken zu dem Glasmond wanderten, der ihr so ähnlich war, und er sie zurück auf ihren Platz legte. Niemals gäbe es aus diesem Traum ein Erwachen. Niemals ein glückliches Ende für Anisa und ihn. Stattdessen würde ihm Einsamkeit bleiben. Und Mitleid.

»Brauchst du etwas?«, fragte Mireia.

Er schüttelte den Kopf und brachte es nicht fertig, Danke zu sagen. Er wollte nur allein sein, mit dem Geräusch des prasselnden Regens.

»Dann komme ich später wieder«, sagte die Wahrsagerin leise.

Matéo sagte nichts, als sie ging. Er wusste, dass er unfair war, aber er konnte es nicht ändern. Vor sich hin brütend saß er einfach nur da. Viel zu schnell ging die Tür wieder auf.

»H-hallo Zauberer.« Eine fremde, leise Stimme, deren Wörter stolpernd den Mund verließen.

»Hallo?«

Jemand kam wortlos näher, setzte sich ihm gegenüber. Ein Fuß berührte sein Bein.

»W-wie geht es d-dir?«

»David?« Der Pantomime war der Einzige, den er nie hatte sprechen hören.

»J-ja.«

»Du sprichst.«

Eine hörbare Bewegung, dann die Erinnerung an die Blindheit, rasche Worte, die über Barrieren fielen.

»N-nein. I-ich stotte-tere.«

»Deswegen sprichst du nie«, begriff Matéo.

»N-nicht mit dem Mund, n-nein.« Es kostete David Mühe, die Worte hervorzulocken. »J-jetzt ab-ber k-kannst d-du n-nichts s-sehen.«

»Nein.« Der Kloß in Matéos Hals wurde übermächtig.

»D-deswegen.«

»Du hättest nicht kommen müssen«, warf Matéo ein.

»D-doch. D-u hast g-gefragt, ob ich g-glücklich bin. Weißt d-du n-noch?«

Davids Worte gewannen an Sicherheit.

»Ja. Am Zaun. Du sagtest, man wüsste nicht immer, ob man glücklich ist. Und dass du dein Glück in der Stille findest.«

»Genau.«

»Was in gewisser Weise bedeutet, dass du glücklich bist. Denn hier funktioniert die Stille, nicht wahr? Anders als …«

Matéo biss sich auf die Lippen. Beinahe hätte er verraten, was er über David wusste. Was für eine Regung lag wohl gerade auf dem Gesicht des Pantomimen?

»A-anders als vor dem Z-Zirkus, ja.«

David fragte nicht, woher Matéo das wusste.

»A-aber da ist auch e-etwas, d-dass ich v-vermisse.«

»Was?«

»K-keine A-ahnung.« Die Wörter gerieten wieder stärker ins Stolpern. »I-ich w-weiß n-nur, d-dass m-mir irgendetwas fehlt. E-etwas W-wichtiges.«

»Warum erzählst du mir das?«

»K-kann i-ich n-nicht s-sagen. Zu-zu v-viele W-worte.«

Matéo nickte und dachte nach. So viele Dinge, die an diesem Ort vergessen waren ... die Wünsche Min-Lius, das Wichtigste in Davids Leben – er selbst in Anisas Herzen ... was hatten die anderen vergessen? Oder verdrängt?

»Danke«, sagte er schließlich, ohne weiter zu fragen. Er wollte den Pantomimen nicht weiter quälen.

»G-gerne.«

Der Stuhl wurde zurückgeschoben, Schritte entfernten sich.

»Z-zauberer?«

David musste die Tür fast erreicht haben.

»Ja?«

»I-ich g-glaube, du m-musst d-dich nur t-trauen, d-die A-augen w-wieder zu ö-öffnen.«

»Wie meinst du das?«, fragte Matéo alarmiert, aber der Pantomime war schon fort.

»Ich habe die Augen doch geöffnet«, murmelte Matéo irritiert und tastete sich langsam zur Tür, um an den Geräuschen zu hören, welche Tageszeit war.

Seinem Gefühl nach musste es Mittag sein, doch konnte man der Zeit nicht trauen. Sie war launisch wie eine alte Füchsin, die mal schnell rannte und dann wieder gemächlich vor sich hin trottete.

Kühle Luft strömte ihm entgegen, es roch immer noch nach Regen, auch wenn das monotone Prasseln längst verstummt war. Sonst war alles still. Leise erklang die Melodie, die immer da war und der er keinerlei Bedeutung beimaß.

Er dachte an Davids Worte. Die Augen aufmachen. Ein Schnauben entfuhr ihm. Was glaubte der Pantomime eigentlich? Seine Augen waren offen! So weit, wie es möglich war. Plötzlich aber nahm er eine Bewegung war. Kein Geräusch. Eine Bewegung, ein Grau in dem Schwarz. Matéo keuchte. Drehte den Kopf in die Richtung, aus der es gekommen war.

»Ist da jemand?«, fragte er in die Stille hinein.

»Ich«, kam eine Antwort, leiser als ein Flüstern.

»Bianca?«

»Ja.« Die Stimme verblasste weiter, klang wie aus weiter Ferne, obwohl Matéo die Bewegung immer noch wahrnahm, dicht vor ihm.

»Ist etwas mit dir?«

»Nein. Es geht mir gut.«

»Du bist so leise.«

»Manchmal muss das so sein«, sprach die Artistin. »Es gibt immer eine Zeit der Stille und des Lärms, des Lichts und der Dunkelheit, des Träumens und des Erwachens …«

Ihre Stimme verstummte, und Matéo wusste, dass sie fort war. Er schüttelte den Kopf und lauschte in die zurückgekehrte Stille. Nichts. Dann aber, so plötzlich wie zuvor – wieder eine graue Fläche in der Dunkelheit. Mireias erstaunter Ausruf, dicht gefolgt von ihren hastigen Schritten.

»Ist alles in Ordnung?«, fragte sie und griff nach seiner Hand.

»Ich habe gesehen, dass du die Tür geöffnet hast«, wisperte Matéo aufgeregt.

»Was?«

»Als die Tür deines Wagens aufging. Da war es heller, ein bisschen nur.«

»In meinem Wagen brennt Licht«, bestätigte Mireia aufgeregt. Sie umarmte ihn. »Das ist wunderbar!«

Matéo traute sich nicht, ihre Freude zu teilen. Aber er hoffte. So sehr, dass es fast schon wehtat.

Mireia begleitete ihn in den Wagen zurück und machte ihm etwas zu Abend. »Es ist nicht mehr lange bis zur Vorstellung«, erklärte sie.

»Aber ein bisschen Zeit habe ich noch.«

Sie setzte sich zu ihm, während er aß. Matéo spürte, dass sie offensichtlich unruhig war.

»Was ist? Musst du gehen?«

Die Wahrsagerin zögerte. »Nein. Das ist es nicht. Ich – ich frage mich nur – was wird geschehen, wenn du wieder sehen kannst?«

Matéo ließ die Gabel sinken. »Was soll dann sein? Ich werde wieder der Zauberer sein.«

Er vermisste die Tricks und Vorstellungen.

»Das meinte ich nicht.«

»Was dann?«

Abermals ein Zögern. Dann: »Ich meinte den Mond. Was wird aus dem Mond? Aus der Nacht, dem Traum?«

Matéo stach mit der Gabel in ein Stück Obst.

»Ich werde versuchen, ihn zu Fall zu bringen«, erwiderte er bestimmt.

»Trotz der Gefahr?«

»Ja.« Nur dieses eine Wort.

»Dir könnte etwas passieren«, warf die Wahrsagerin ein, und plötzlich wusste er, dass sie an die Karte des Todes dachte.

Etwas muss enden, damit etwas Neues beginnen kann … Was, wenn die Bedeutung doch viel klarer, viel einfacher war – viel bildlicher? Er stellte sie mit seiner Vermutung zur Rede und sie nickte.

»Manchmal«, gestand sie, »sprechen die Karten nicht. Dann zeigen sie nur. Aber das kann man meistens erst im Nachhinein verstehen. Ich fürchte mich davor, dass es hier so sein könnte. Dass hier dein Tod gemeint ist. Nicht das Ende des Traums.«

Matéo schluckte. Er wollte nicht sterben, natürlich nicht.

»Ich werde es trotzdem versuchen«, sagte er leise.

Der nächste Morgen brachte Matéo Helligkeit, fügte Grautöne und erstes Weiß in die Dunkelheit seiner Augen. Er konnte Jordí in seinem Käfig erkennen und fand die Möhre, die auf der Anrichte neben dem winzigen Becken der Kochnische lag, ohne danach tasten zu müssen. Dass es keine Farben gab, störte Matéo nicht. Er wusste, dass sie wiederkommen würden.

Vor seinem Wagen malte der Zirkus sein Gesicht aus Tausend und einer Nacht in den Himmel. Mireia weinte, als sie begriff, dass er sie wirklich sehen konnte, und blieb bei ihm, genauso angespannt wie er, als er die ersten, einfachen Tricks und Illusionen versuchte.

Alles gelang, und überglücklich griff Matéo nach Stift und Papier, um seine Vorstellung zu planen. Dass Mireia leise den Wagen verließ, bekam er schon gar nicht mehr mit.

David fiel ihm um den Hals, als er den Zauberer aus dem Wagen treten sah. Er war gerade mit den anderen beiden Clowns auf dem Weg zum Zelt, und auch Pietro und Tullio klopften ihm anerkennend auf die Schulter. Ihr Anblick ließ ein ungutes Gefühl in Matéo aufsteigen, eine Erinnerung, die er nicht greifen konnte, doch Min-Liu, die ihn wie der Pantomime herzlich in die Arme schloss, wischte das Gefühl beiseite. Auch Anisa strahlte, genau wie Mireia. Sogar Carlo schüttelte ihm die Hand. Einzig Cassandra fiel nicht in die Freude der anderen ein und Bianca ihrerseits tat es nur aus der Ferne, die zierliche Trapezkünstlerin schien fast unsichtbar neben ihrer Schwester.

Aber Matéo war zu glücklich, um dahinter etwas zu erkennen. Aufgeregt verfolgte er die Vorstellungen, jede für sich ein Schwarz-Weiß-Film, schöner als alles, was er bisher gesehen hatte.

Das Trapez eröffnete den heutigen Abend. Wie Vögel flogen die Schwestern dahin, Cassandra immer ein wenig spektakulärer als ihre Schwester. Die Clowns füllten sein Herz mit jener melancholischen Mischung aus Freude und Traurigkeit, und Anisa verzauberte ihn mit Büchern aus Seifenblasen, aus denen sich Buchstaben lösten und ihrerseits Seifenblasenbilder malten.

Dann war er selbst an der Reihe. Er verzauberte das Publikum mit einer Vorstellung aus Pusteblumen, deren kleine Schirmchen im Flug zu Sternen wurden, welche allesamt Jordí aus dem Zylinder hoben, ehe sie wieder zu Pusteblumensamen wurden, die in alle Himmelsrichtung davonstoben. Selten zuvor hatte der Applaus so gut getan. Fröhlich winkend räumte er die Manege für Carlo.

Es war seltsam, farbloses Feuer zu betrachten. Grau, schwarz und leuchtend weiß tanzten die Flammen durch die Manege. Selbst Mireias Wahrsagezelt entzog sich danach nicht seinem Blick, er beobachtete, wie sie eine junge Frau auswählte, die ihr in das Zelt folgte, um Dinge über die Zukunft zu erfahren, die sie sich erhoffte oder von denen sie nie hatte Kenntnis erhalten wollen.

Er dachte an den Tod und die Warnung, die darin lag. Matéo sah herüber zu Anisa, die ihm fröhlich winkte, und dafür sofort mit Carlos wütenden Blicken gestraft wurde. Eine feine Narbe fiel ihm auf, ein weißer Strich auf hellgrauer Haut und der Zorn, der ihn überkam, löschte selbst die Angst vor dem Tod aus.

Er würde diesen Traum beenden.

Cassandra Nochenta musterte ihn, und als ob sie seinen Gedanken verstanden hätte, verfinsterte sich ihr Gesicht, während Bianca ihn teilnahmslos anblickte.

Min-Liu beendete die Vorstellung und schenkte dem Zirkus damit sein gold-rotes Gewand, durch das Drachen schlichen und die Artisten gemeinsam wanderten, ehe sich jeder zurück zu seinem Wagen aufmachte.

Matéo ging nicht sofort zu seinem Wagen. Zu viele Tage hatte er darin verbracht. Er schlüpfte durch eine Lücke hindurch in das Rondell der Buden. Teilweise schlossen sie gerade schon wieder ihre Läden, bereit, im Morgengrauen zu verschwinden. Ob sie wussten, was mit ihnen geschah? Oder glaubten sie, den Zirkus nie zu verlassen? Wovon träumten sie und wer hatte sie erträumt? Die Nacht? Oder war er es selbst?

Nie hatte er einen der anderen Artisten dabei gesehen, wie er die Schicht eines Paradiesapfels knackte, das Vergnügen einer Karussellfahrt genoss oder das Glück an der Losbude herausforderte. Immer war nur er hier gewesen, und Besucher ... Zirkusgäste, wie er angenommen hatte. Als er sich jetzt umsah, waren die Menschen gesichtslos, eine anonyme Masse, die den Rummel nur als Platzhalter zu bevölkern schien.

Auf gut Glück sprach Matéo einen Herrn an, dessen grauer Backenbart darauf schließen ließ, schon von gesetzterem Alter zu sein.

»Verzeihen Sie«, sagte Matéo und berührte ihn von hinten an der Schulter.

Der Herr wandte sich um und sah ihn aus freundlich blinzelnden blauen Augen an. »Bitte?«

Matéo stutzte. »Ich ...«, stotterte er. Er hatte nicht darüber nachgedacht, was er sagen sollte, war fest davon ausgegangen, in ein gesichtsloses Antlitz zu sehen. »Ich ... Entschuldigung. Ich ... ich hatte gedacht ... ich muss Sie verwechselt haben.«

Der Mann lächelte freundlich. »Aber das macht doch nichts, junger Mann.« Er tippte sich an die Stirn. »Einen schönen Abend noch.«

»Ihnen auch«, erwiderte Matéo und beobachtete, wie der Mann seiner Wege ging. Nach wenigen Augenblicken tat Matéo es ihm gleich und schlenderte weiter über den Rummel.

Was machte es schon, wenn keiner der anderen Artisten je hier zu sehen war?

Er winkte der Frau an der Losbude freundlich zu. Zu ihr gehen wollte er nicht. Nicht heute, wo es in seiner Welt keine Farben gab. Sicher, er war froh und dankbar, überhaupt wieder sehen zu können. Aber er wollte jetzt mit niemandem darüber reden und er wusste, ginge er zu ihr, würde es unweigerlich dazu kommen. Die Losverkäuferin war jemand, der hinter Masken sah und Illusionen durchschaute. Sie erwiderte seinen Gruß, ehe sie einer Frau vor ihr den Korb mit den Losen hinhielt.

Schlussendlich blieb Matéo vor den Schiffschaukeln stehen. Sehnsüchtig blickte er zu den Booten. Er musste nicht in seine Taschen greifen, um zu wissen, dass er kein Geld mehr darin finden würde. Und in diesem Traum gab es kein Geld, das einfach auftauchen konnte. Weil es Geld für die Nacht nicht gab.

Schon wollte er niedergeschlagen weitergehen, da winkte ihn der Junge, der an dem kleinen Kassenhäuschen lehnte, heran.

»Möchten Se fahren?«, fragte er.

Matéo winkte ab. »Ich habe kein Geld.«

»Se können trotzdem fahren.«

Misstrauisch sah Matéo den Jungen an. »Warum?«

»Warum nich'? Is' nich' viel los, oder? Und eigentlich haben Se beim letzten Mal eh zu viel gegeben. Ich hab's Ihnen sagen wollen, aber Se haben mich nich' gehört. Auch nich', als ich Ihnen wegen Ihrem Hasen hinterhergerufen habe. Se sind einfach weitergegangen. Und später kam dann die hübsche Dame und hat gesagt, se bringt ihn zu Ihnen.«

Der Junge hörte gar nicht mehr auf zu reden.

Matéo unterbrach ihn. »Ich kann also fahren?«

Verwirrt hielt der Junge inne. »Natürlich können Se. Hab' ich doch gesagt.«

Er wies auf die leeren Schaukeln.

Matéo bedankte sich. »Würdest du hierauf aufpassen?« Er hielt dem Jungen den Zylinder mit Jordí hin. »Dieses Mal nehme ich ihn auch bestimmt mit.«

»Sicher.« Der Junge nahm ihm den Hut ab und stellte ihn vor sich. »Der wird doch nich' abhauen, oder?« Fragend deutete er auf Jordí.

Matéo lachte. »Für gewöhnlich nicht. Er ist es gewohnt, auf seinen Auftritt zu warten.«

Der Junge sah ihn ein wenig irritiert an, nickte dann aber nur und Matéo betrat den Steg, der zu den Schaukeln führte.

Wieder wählte er die ganz linke, und wie beim letzten Mal blieben seine Sorgen auf dem Boden zurück, während er durch den heller werdenden Nachthimmel glitt. Lächelnd betrachtete Matéo die Stadt, die hinter dem Zirkuszaun begann. Sie war größer geworden, vielleicht waren sie wieder gewandert, aber die Frage danach, welche Stadt es sein konnte, verschwand ebenso schnell aus seinem Sinn wie die, ob sich die Schiffschaukel bei Morgengrauen auflösen würde, während er darin saß.

Glücklich schaukelte er weiter, das weiße Funkeln des Lichtermeers zu seinen Füßen, wann immer die Schaukel nach oben schwang.

Er verließ die Schiffschaukel, ehe die Nacht den Tag malen konnte, nahm dem Jungen Jordí ab und kehrte in seinen Wagen zurück. Ihm war nun leichter ums Herz. Er wusste genau, dass die Farben irgendwann in seine Welt zurückkehren würden. Mehr noch. Da war der Gedanke an eine Idee, die nun die Chance hatte, zu wachsen.

Obwohl er müde war, ging er nicht zu Bett. Das Gefühl, tagelang geschlafen zu haben, ließ ihn nicht los, die Augen zu schließen kam ihm wie ein Verbrechen vor. Eine Weile beschäftigte er sich im Wagen, versorgte Jordí, zog sich um, dann verließ er den Wagen wieder.

Als er jetzt durch die ringförmig angeordneten Wagen schlüpfte, war dort anstatt des Rummels der Zaun. Alles, was dahinter lag, war hinter dichtem Nebel verborgen, einem Vorhang, der die Welt aussperrte. Matéo kümmerte es nicht. Er setzte sich einfach vor den Zaun und starrte in das Weiß. Bevölkerte es mit seinen Ideen, stellte sich Fantasien und Illusionen vor.

Manchmal fuhr er hoch, in dem Glauben etwas gehört zu haben, doch dort war niemand und keiner kam, wie es so oft der Fall gewesen war. Irgendwann hörte er einen Schrei, der ihm durch Mark und Bein ging und er schnellte hoch, um in die Richtung zu laufen, aus der er gekommen war.

Schon sah er, dass Carlo zwischen Wagen und Zelt stand und schrie, das Gesicht von Panik verzerrt, doch so sehr Matéo sich beeilte, zu ihm zu kommen, er erreichte ihn nicht. Wie der

Mond schien sich auch der Feuerschlucker immer weiter zu entfernen, je näher er kam.

Atemlos verfolgte der Zauberer, wie um Carlo herum plötzlich Flammen tanzten, so dicht, dass sie ihn zu verschlingen drohten, aber der Feuerschlucker schien sie nicht zu bemerken. Er schrie nur weiter. Laut und schrill, und seine Schreie schickten Pfeile aus Feuer in die Helligkeit des Tages, die verglühten, bevor sie irgendein Ziel hatten treffen können.

»Carlo!« Matéo schrie den Namen des Feuerschluckers so laut er konnte, aber dieser hörte ihn nicht. Sein Ruf verging im Tosen der Flammen.

Dann – urplötzlich und völlig unvorhergesehen – war alles vorbei. Mehr noch. Carlo verschwand einfach mitsamt den Flammen. Der Zirkus lag da, als hätte nie eine Säule aus Feuer existiert, nie ein Mann geschrien.

Mühelos konnte Matéo nun die wenigen Schritte überwinden, die den Feuerschlucker in unerreichbare Ferne gerückt hatten. Auch dort erinnerte nichts an das, was Matéo eben noch gesehen hatte.

Fragend sah der Zauberer sich um, suchte jemanden, der ihm Antwort geben konnte, bis er plötzlich selbst wusste, was geschehen war. Dies eben, das war Carlos Traum gewesen. Sein Stück, das nur ihm gehörte, und das normalerweise niemand sah. In Albträumen war man meistens allein. Mehr noch. Einsam. Das war es, was sie so schlimm machte.

Nur Anisa hält mich ...

Matéo schloss die Augen. Was würde aus Carlo werden, wenn er den Traum zerstörte? War es für den Feuerschlucker nicht vielleicht besser, wenn alles so bliebe? Und war er selbst nicht egoistisch, alles nach seinen Wünschen verändern zu wollen?

Andere Worte hallten durch Matéos Kopf.

Kein Traum darf ewig währen ...

Er schüttelte den Kopf, fühlte sich hin- und hergerissen und wollte das Gefühl auf diese Weise loswerden. Dass es nicht gelang, lag in der Natur der Sache. Nur allzu oft ließen sich Gedanken nicht lenken. Gefühle waren da noch störrischer.

Es erleichterte ihn, Mireia vor seinem Wagen stehen zu sehen.

»Du darfst nicht zweifeln, Zauberer«, sagte sie anstatt einer Begrüßung und da wusste Matéo, dass er doch träumte. Mit offenen Augen, gefangen in einem Traum.

Feuerpfeile kamen aus dem Nichts, fielen wie brennende Sternschnuppen um ihn herum zu Boden, wo sie zischend verloschen. Mireia verschwand. Matéo wachte auf, die Feuerpfeile, die brennend ihren Weg suchten, immer noch vor Augen.

An diesem Tag fing Matéo einen Mondvogel, den er am Abend gemeinsam mit Jordí, einem Pfeil und einem Bogen in die Manege trug, sorgsam eingefangen in einem Glas, durch das der Nachtfalter aufgescheucht flatterte, die grauen Flügel niemals stillhaltend, sodass der leuchtend goldene Mondfleck vor den Augen des Betrachters verschwand, wie der richtige Mond es vor so vielen Tagen getan hatte.

Anisa kam zu ihm und betrachtete den Schmetterling neugierig.

»Was hast du damit vor?«

Matéo lächelte geheimnisvoll. »Das ist eine Überraschung.«

Die Wahrheit war, dass er es selbst nicht so genau wusste. Der Falter sollte Ablenkung sein, verbergen, was er vorhatte. Nur dass er noch nicht wusste, wie genau.

Am Ende würde es sich wie von selbst ergeben.

Nachdem Anisas Seifenblasennummer in einem regenbogenschimmernden Feuerwerk aus feinen Tröpfchen geendet hatte, betrat Matéo die Manege. Dieses Mal machte er nicht viel Aufheben, erzählte keine Geschichte. Allein der Versuch zählte.

Mit einem schnellen Klatschen verdunkelte er die Manege so, dass der Mond das hellste Licht von allen war. Dann ließ er den Mondvogel frei, der sofort dem Mond entgegenflatterte, sein Schatten wild zappelnd auf dem hellen Boden. Der Schatten verdeckte Matéo, der unterdessen den Pfeil entzündete und auf den Bogen legte.

So einfach ...

Matéo spannte den Bogen. Zielte. Schoss. Der brennende Pfeil flog in die Höhe, vorbei an dem flatternden Mondvogel, weiter hinauf, Richtung Mond, auf das Seil zustrebend, das ihn hielt.

So einfach ...

Der Pfeil flog höher. Weiter. Matéo konzentrierte sich, angespannt wie ein Raubtier vor dem Sprung. Von ihm aus sah es so aus, als wäre der Pfeil bereits auf Höhe des Mondes, genau wie der Schmetterling, aber er wusste, wie trügerisch Entfernungen sein konnten.

Um ihn herum verfolgte das Publikum die Flugbahn von Pfeil und Falter mit Argusaugen.

Plötzlich, ganz abrupt, hielt der Pfeil mitten im Flug an. Matéo hielt den Atem an. Wartete. Sekundenlang geschah gar nichts. Ewigkeiten schienen zu vergehen. Dann drehte der Pfeil ab, flog in weitem Bogen einer Umlaufbahn gleich um den Mond herum und neigte seine brennende Spitze wieder der Erde zu. Wie ein Komet sauste er hinab, direkt auf den Mondvogel zu.

Entsetzte Aufschreie und hämische Rufe wegen des fehlgeschossenen Pfeils wurden aus dem Zuschauerraum laut. Matéo fühlte, wie Schweißperlen auf seine Stirn traten. Gleich würde der Pfeil den schimmernden Nachtfalter treffen. Drei Sekunden. Zwei Sekunden. Matéo klatschte laut in die Hände.

Der Pfeil explodierte.

Hunderte von Funkenfaltern flatterten neben dem Mondvogel durch die Zirkuszeltnacht, hunderten Sternen gleich. Ahs und Ohs begleiteten den Applaus des Publikums, als Matéo sich mit Bogen und Zylinder in der Hand verbeugte.

Er lächelte gequält. Immerhin war nichts Schlimmeres passiert. Und er hatte sogar das Goldschimmern der Flügel des Mondvogels erkannt.

Doch der Mond hing immer noch. Und die Nacht träumte nach wie vor ihren Traum, der sie alle gefangen hielt. In falschen Leben und Illusionen, die mehr und mehr in sich zusammenfielen.

Mireia drückte aufmunternd seine Hand, als er hinter dem Vorhang stehen blieb. Auf der anderen Hand saß der Mondvogel.

»Ich werde ihn freilassen«, sagte sie leise und die Worte trieben Matéo Tränen in die Augen.

Er wünschte sich fort, so weit fort … doch stand ihm bei keiner Macht der Welt ein Wunsch zu, und wenn, hätte er ihn anders verwendet. So blieb ihm nur, es weiter zu versuchen. Solange es ging. Bis entweder der Mond fiel oder es keine Gelegenheit mehr geben würde.

Sieben Wochen. Das hatten die Karten gesagt, doch auch sie hatten nicht gewusst, wie viele Tage schon vergangen gewesen waren. Und auch Matéo konnte nicht sagen, wie viele Wochen er schon hier war. Er wusste, dass Donnerstag war. Ja, das sagten ihm das Aussehen des Zeltes und der Plan. Aber sonst? Die Zeit verging zu ungleichmäßig, hatte im Traumgespinst ihre eigenen Regeln.

Schlussendlich blieb ihm nur eins: Er musste es schnell wieder versuchen.

Während Carlo die Manege in Flammenbildern aufgehen ließ, betrachtete Matéo die Konstruktion, die den Glasmond umgab. Hunderte Male hatte er dies schon getan, immer aus einem anderen Blickwinkel, unter anderen Voraussetzungen. Seil um Seil verfolgte er mit seinen Augen, Strebe um Strebe, Winkel um Winkel.

Erst, als Mireia die Vorstellung beendete, wusste er, was er glaubte, wissen zu müssen. Für den nächsten Versuch.

Er verließ das Zelt mit den Anderen. Alle waren schweigsam, es lag eine seltsame Stimmung in der Luft. Die Nacht war dunkler als sonst, die Lichterketten wirkten gedimmt. Bianca Nochenta lief an ihm vorbei und streifte seinen Arm mit dem

Stoff ihres Kleides. Matéo blickte ihr verwundert nach. Weder hatte er ihre Schritte gehört, noch hatte er sie sonst irgendwie bemerkt, und auch jetzt, wo sie sich nur einen Meter von ihm entfernt haben konnte, war sie kaum mehr zu sehen, verschmolz mit der Dunkelheit, als wäre sie unsichtbar.

Ihre Schwester rempelte ihn an. Cassandra Nochenta strahlte eine übermächtige Präsenz aus, beinahe ließ sie die Nacht noch dunkler werden. Sie blinzelte ihn wütend an, ehe sie ihrer Schwester wortlos folgte.

Kopfschüttelnd ging Matéo weiter.

Der Freitag versank beinahe im zeitlosen Nimbus der Zirkuswelt. Da war nichts, was Matéo hätte vorbereiten können, seine heutige Darbietung würde auf Jordís Schultern lasten, zwischen Kunststücken im Zylinder und einem Labyrinth aus Illusionen.

Der Mond würde warten müssen. Bis zum nächsten Morgen, wenn der Zirkus leer und verlassen wäre und die Zeit nicht raste, als wäre der Teufel hinter ihr her, denn der Abend würde beginnen, ehe der Morgen endete.

Die Artisten machten sich auf den Weg zum Zelt. Glücklich stellte Matéo fest, dass die Nasen der Clowns bereits wieder deutlich rot leuchteten und das Paillettenkostüm der Schlangenfrau blau glitzerte. Mireia bemerkte sein Strahlen.

»Was hast du, Zauberer? Denkst du an deine Illusionen?«

»Nein«, bekannte Matéo. »Ich denke an das, was ist. An die Farben, die ich wieder sehe. Wie schön sie sind.«

Ehrliche Freude spiegelte sich in den Augen der Wahrsagerin wider, doch sie blieb ernst. »Pass auf dich auf«, mahnte sie.

Matéo nickte.

»Weißt du inzwischen, wer der Schemen war?«, fragte Mireia flüsternd.

»Nein. Ich kenne keinen meiner Gegner. Auch wenn ich glaube, dass einer von ihnen Carlo ist.«

Mireias Blicke flackerten zu dem Feuerschlucker, der vor den Schwestern Nochenta gerade das Zelt betrat.

»Möglich«, gab sie zu. »Doch dann fürchte ich, dass der andere Gegner ungleich stärker ist.«

»Wieso?« Matéos Stirn legte sich in Falten.

»Carlo kämpft um Anisa.« Sie ignorierte Matéos vielsagenden Blick, der sagte, dass dies kaum der Weg sein konnte, um eine Liebe zu kämpfen. »Ich glaube, der andere Gegner wird um mehr kämpfen. Das jedenfalls lassen die Karten vermuten.« Sie seufzte. »Bei dieser Frage liegt die Antwort im Dunkeln. Egal, wie oft ich sie stelle. Die Karten sind immer wieder die gleichen, trotzdem bleibt ihre Bedeutung verschwommen. Als wäre ich blind.« Die Stimme der Wahrsagerin verlor sich und ihre Augen sahen Matéo angsterfüllt an. »Das hatte ich noch nie.«

»Vielleicht verhindert die Nacht, dass du verstehst«, warf Matéo ein. Überrascht sah sie ihn an, nickte aber nur, ehe sie von unsichtbaren Händen aus der Traumzeit fortgezogen wurde.

Die Vorstellung begann und rauschte in bunten Bildern kaleidoskopartig an Matéo vorbei. Uhrenzeiger drehten sich wie wild, blieben erst stehen, als Anisas Vorstellung begann und sie mitsamt ihrer Seifenblasen die Manege betrat, die Augen starr geradeaus gerichtet. Dass Matéo ihr einen Gruß zurief, registrierte sie nicht. Besorgt blickte er ihr nach.

Anfänglich war alles wie gewohnt, die Musik setzte ein, und begleitet von eleganten Bewegungen bildete sie eine Seifenblase, der sie nach und nach eine andere Form gab. Doch wirkten die Bewegungen ruckartig, gesteuert wie die Arme einer Marionette, und noch mehr erstaunte es Matéo, dass sie aus der Seifenblase ein exaktes Ebenbild ihres Selbst schuf, das reglos verharrte, während Anisa eine weitere Seifenblase formte, kreisrund, und sie über ihr Abbild steigen ließ. Aus der dritten Seifenblase schließlich formte sie einen Mann, der einen Zylinder auf dem Kopf trug. Es war eindeutig ein Zauberer.

Matéo riss vor Erstaunen den Mund auf, und seine Verwunderung wurde noch größer, als die Seifenblase in Form eines Zauberers einen Pfeil abschoss, der die kreisrunde Seifenblase traf. Anders als erwartet, platzte diese jedoch nicht. Sie fiel. Genau auf die Tänzerin.

Beide Seifenblasen zerplatzten. Nur der Zauberer blieb übrig, und die Einsamkeit, die er ausstrahlte, ließ ihn milchig trüb werden.

Hinter dem Vorhang lief Matéo ein Schauer über den Rücken. Anisas Vorstellung – wenn es denn ihre gewesen war, was er bezweifelte –, hatte ihm gegolten. Sie war eindeutig eine Warnung gewesen, den Mond in Ruhe zu lassen, wenn er sie nicht gefährden wollte.

Er applaudierte nur mechanisch, als Anisa sich verbeugte und die Manege verließ. Nach wie vor schien sie nichts wahrzunehmen, was sie umgab, weder ihn noch Carlo, der lachend nach ihrer Hand griff, ohne sie erreichen zu können. Wie Matéo starrte er ihr wortlos hinterher.

Matéos eigene Darbietung vergnügte die Zuschauer außerordentlich, denn er ließ Jordí die Tricks aufführen, hüpfte selbst aus einem überdimensionalen Zylinder, hervorgelockt von den wackelnden Schnurrhaaren des Kaninchens. Nach den Bildern, die Anisas Seifenblasen für ihn gemalt hatten, tat diese Leichtigkeit gut, und sie half ihm später, endlich Schlaf zu finden.

Doch auch im Schlaf fand er keinen Frieden, wieder und wieder sah er Anisa – die echte Anisa –, wie sie unter dem Mond begraben wurde. Er versuchte sich selbst damit zu beruhigen, dass es nur ein Traum war – doch galt das für alles, und dieser Traum war entsetzlich wahr.

Das Klopfen von Regentropfen an seiner Scheibe vertrieb die Nacht und die Schreckensbilder, und Jordís kleine Kaninchenzunge beruhigte sein wild pochendes Herz. Es war noch früh, so früh, dass der Tag noch halb schlief und nur langsam erwachen wollte.

Eigentlich, so dachte Matéo, war dies genau die richtige Zeit für den nächsten Versuch, aber die Erinnerung an den Traum ließ ihn noch lange zögern.

Dass er schließlich doch aufstand und sich fertig machte, lag allein daran, dass er sich einredete, es tun zu müssen. Weil dies hier alles nicht richtig war.

Es dämmerte, als er seinen Wagen verließ. Der Himmel war in helles Flieder und dunkles Purpur getaucht, das langsam in ein dunstiges Blau überging. Alles war ruhig, niemand war zu sehen, kein anderer Traum schien sich mit diesem Moment seines eigenen zu vermischen.

Darauf hatte Matéo gehofft, mehr noch, er hoffte, so seinen Gegnern entkommen zu können, abseits der Vorstellung, die allen Träumern eine gemeinsame Bühne bot. Vielleicht ließ sich die Nacht überlisten, wenn er es abseits ihres eigentlichen Traums probierte.

Mit schnellen, leisen Schritten überwand er die Distanz zum Eingang des Zeltes, während er sich immer wieder mit Blicken in alle Richtungen versicherte, dass ihm niemand folgte und dass niemand ihn beobachtete.

Das Innere des Zeltes lag im Dunkeln, als er es durch den Spalt im Vorhang betrat. Außer seinem eigenen Atem und dem Klang seiner Schritte gab es kein Geräusch, niemand war da – abgesehen von der schlafenden Nacht in ihrem gläsernen Mond, dessen Licht sanft auf ihn herabschien.

Nie zuvor hatte er Layla so klar erkennen können wie jetzt, nicht einmal in all seinen Träumen, in denen er ihr begegnet war. Alle Nächte, die er je gesehen hatte, spiegelten sich in ihrem Gesicht wider. Das Funkeln abertausender Sterne erfüllte seine Gedanken, und ihre Schönheit raubte ihm den Atem.

Lange Zeit stand er einfach nur wie gelähmt da und himmelte den Mond an.

Dann aber wandelte sich das Gesicht und übermalte sich selbst mit dunklen Schatten, die keinen Ursprung hatten. Stürme zogen auf, und der prasselnde Regen, der auf das Zirkuszelt fiel, weckte Matéo auf, weil er sich der Sturmnächte erinnerte, denen er mit Anisa gemeinsam getrotzt hatte, aneinandergeschmiegt, manchmal sogar ihrem eigenen Gefühlssturm leidenschaftlich erlegen.

Anisa. Sie allein zählte. Nichts sonst. Einerlei, ob es weder Tag noch Nacht gab.

Matéo atmete tief durch, dann ging er auf die gegenüberliegende Zeltwand zu, dort, wo Seilzüge ihren Anfang nahmen. Heute würde es weder Magie noch Illusion geben.

Zielsicher griff er nach dem dritten Seil von rechts, löste es aber erst aus der Halterung, nachdem er seinen Verlauf noch einmal mit den Augen verfolgt hatte. Einen Moment lang bedauerte er, dass es nicht einfach ein Seil gab, das direkt mit dem Mond verbunden war, doch das Seil, das die große Glaskugel hielt, führte ins Nichts, bis zur Spitze des Zeltes, in der es verschwand.

Er schüttelte den Gedanken ab und ließ das gelöste Seil vorsichtig durch seine Hände gleiten. Hoch über ihm schwebte langsam ein Trapez Richtung Boden. Als er es bequem erreichen konnte, befestigte er das Seil wieder.

Ungelenk wie er war, dauerte es dennoch etwas, bis er auf dem Trapez wie auf einer Schaukel saß. Das Trapez stieg in die Höhe, als er den Seilzug betätigte, dessen Mechanismus er mit einem Ruck am Halteseil auslöste.

Irgendwann hielt es an – der Seilzug hatte sein Ende erreicht. Matéo nahm Schwung. Und wie auf der Schiffschaukel stieg er bald höher und höher. Schon stellte sich das wunderbare Gefühl des Fliegens ein, und Matéo musste dagegen ankämpfen, sich nicht einfach treiben zu lassen. Erneut nahm er Schwung, schon war der Mond direkt über ihm, wie so oft nur eine Armlänge entfernt.

Das Trapez fiel zurück, schwang nach vorne, wieder ein Stück höher. So ging es weiter, hin und her.

Bald spürte Matéo die Anstrengung in seinen Armen, und einmal verlor das Seil gefährlich an Spannung, als Matéo noch höher flog. Ein Ruck ging durch das Seil und eine kurze Schrecksekunde glaubte Matéo zu fallen, doch das Trapez fand sein Gleichgewicht ebenso wieder wie er selbst.

Verbissen schaukelte er höher, griff beim nächsten Vorwärtsschwung nach dem Mond und schrie überrascht auf: Für einen Wimpernschlag spürte er eiskaltes Glas unter seinen Fingern, ehe ihn die Schaukelbewegung zurückriss.

Matéo legte sich noch einmal ins Zeug und nahm so viel Schwung, wie er konnte. Wieder ging ein Ruck durch das Seil, das Trapez machte einen unheilvollen Satz und Matéo verlor das Gleichgewicht. In letzter Sekunde fand er wieder seine Mitte, griff nach dem Mond und stieß mit aller Kraft dagegen, ehe der Schaukelschwung ihn wieder zurückriss.

Triumphierend sah er, dass die riesige Kugel ebenfalls angefangen hatte, langsam hin und her zu schwingen. Nicht viel, aber der Mond bewegte sich.

Wieder holte Matéo Schwung. Noch ein Stoß, vielleicht sogar ein Tritt ... Er frohlockte, flog erneut nach vorne, verfehlte den Mond jedoch knapp.

Gerade flog er zum wiederholten Male nach vorne, da bemerkte er unter sich eine Bewegung, doch es ging zu schnell, um etwas Genaueres erkennen zu können. Mit aller Kraft trat er gegen die Glaskugel, und sie schwang etwas weiter aus als zuvor, keinesfalls aber weit genug.

Matéo sah nach unten, und mit großem Entsetzen erkannte er Cassandra Nochenta. Die Artistin stand in der Mitte der Manege und sah mit hassverzerrter Miene zu ihm auf. In der nächsten Sekunde konnte er sie nicht mehr sehen, schaffte es aber einmal mehr gegen den Mond zu treten, während er sich fragte, warum Cassandra Nochenta so wütend war. Weil er das Trapez benutzte? Oder weil er den Mond zerstören wollte?

Das Trapez schaukelte zurück, rasch suchte Matéo wieder nach der Artistin. Er fand ihre dunkle Gestalt bei den Seilen, sah, wie sie gerade eines davon griff.

Was in den nächsten Sekunden geschah, entzog sich wieder seinem Sichtfeld, das Trapez trug ihn unbarmherzig hin und her.

Im nächsten Moment fiel er. Er fiel, obwohl seine Hände das Seil fest umklammert hielten und obwohl das Trapez über ihm unverändert weiterschwang. Er fiel schnell, dennoch kam ihm der Fall wie eine Ewigkeit vor. Jeden Moment rechnete Matéo mit dem Aufprall, dem Schmerz, der Dunkelheit – mit dem Tod.

Sein Schrei hallte durch den leeren Zirkus, echote durch seine Gedanken. Er nahm tausende Einzelheiten wahr: Die Schatten, die auf die weißen Bahnen des Zeltes fielen, Layla, die ihn aus ihrem Glasmond heraus mit goldenen Augen ansah, Cassandra Nochentas leises Lachen. Und Bianca Nochenta, die plötzlich aufgetauchte, kaum deutlicher zu sehen als Anisas Seifenblasenschemen.

Matéo sah sie, als er den Kopf drehte, um den Boden sehen zu können, sah, wie sie die Arme ausstreckte, als wollte sie ihn auffangen, was niemals gelingen konnte. Matéo wusste es, sie war niemals kräftig genug.

Sein Schreien wurde lauter. Panischer. Gleich würde er aufschlagen.

Es war wie bei den Versuchen, den Mond zu erreichen – sekundenweise sah er das, was unweigerlich kommen musste, auf sich zukommen.

Drei Sekunden noch. Zwei …

Dann, genauso plötzlich, wie der Fall gekommen war, stoppte er. Aber der erwartete Aufprall blieb aus. Matéo keuchte. Er hing in der Luft, nur wenige Zentimeter über dem Boden. Links von ihm stand Bianca Nochenta, die Arme noch immer ausgestreckt, das Gesicht vor Anstrengung verzerrt. Augenblicklich begriff Matéo, dass sie seinen Fall irgendwie angehalten hatte. Rechts von ihm hörte er Cassandra Nochenta wütend kreischen, und er spürte, dass sich all ihr Zorn allein gegen ihre Schwester richtete, deren Silhouette um eine weitere Nuance blasser wurde, Stückchen um Stückchen, bis sie ganz verschwunden war.

Mit einem dumpfen Schlag landete Matéo auf dem Rücken. Er brauchte einige Momente, um zu realisieren, dass er jetzt mit Cassandra Nochenta allein war. Mit derjenigen, die ihn hatte fallen lassen.

Langsam drehte er den Kopf. Nur schwer konnte er sie erkennen, ihre Gestalt verschmolz beinahe vollständig mit den Schatten. Nur ihre Augen leuchteten gefährlich auf. Sie kam auf ihn zu. Panisch versuchte Matéo aufzustehen. Cassandra Nochenta aber war schneller. Sie beugte sich über ihn, ehe er auch nur den Oberkörper hatte aufrichten können.

»Das hättest du nicht tun sollen, Zauberer«, zischte sie zornig, ehe sie sich ebenso in Luft auflöste, wie ihre Schwester zuvor.

Für eine ganze Weile blieb Matéo einfach flach auf dem Rücken liegen und versuchte, zu verarbeiten, was geschehen war.

Cassandra Nochenta, die sich als einer seiner Gegner herausgestellt hatte, ohne dass er verstehen konnte, warum. Bianca Nochenta, die sich seinetwegen gegen ihre eigene Schwester gestellt hatte. Und am Ende das, was am meisten zählte und am schwersten wog: Der gläserne Mond hing immer noch unverändert an seinem Platz, ruhig wie eh und je, im Inneren die friedlich schlafende Nacht.

Traurig musste Matéo sich eingestehen, dass er sich, als er sich im freien Fall befand, möglicherweise nur eingebildet hatte, ihre goldenen Augen geöffnet zu sehen. Denn wäre sie wach gewesen, wenn auch nur für einen einzigen, winzigen Moment – dann hätte der Traum enden müssen.

Doch nichts hatte ein Ende genommen, nichts hatte sich verändert. Selbst der große Schritt, den er gemacht hatte, in dem er den Mond so nahe gekommen war, dass er ihn hatte berühren können, zählte nicht. Mehr noch, auf seinem Konto verbuchte er bloß wieder einen misslungenen Versuch und einen weiteren verloren Tag.

Ohnmächtig vor Wut starrte er den Mond an. Schließlich ertrug er diesen Anblick nicht mehr, stand auf und verließ das Zelt.

Es regnete nicht mehr. Dumpfes Graublau hatte den Himmel eingefärbt, Hochnebel hatten sich einem Schleier gleich über den Zirkus gelegt. Alles war still, unerträglich still, und Matéo füllte die Stille mit einem Schrei, aus dem all seine Verzweiflung sprach. Ihm war klar, dass ihn niemand hörte.

Jetzt und hier, in diesem Moment, war er allein in seinem Traum. So sehr er sich auch wünschte, es nicht zu sein.

An diesem Abend ging er nicht zum Zelt. Er blieb in seinem Wagen, zu dem er irgendwann zurückgegangen war. Er spielte mit Jordí oder saß einfach nur da und lauschte dem Ticken der Uhr, bis er sie nahm und in die Ecke schmiss.

Das Ticken verstummte. Die Zeit lief weiter. Es kümmerte ihn nicht, was sein würde. Die Vorstellung würde auch ohne ihn stattfinden. Niemandem würde sein Fehlen auffallen.

Doch als er sehr viel später aus dem kleinen Fenster ins Freie sah, begriff er, dass er sich geirrt hatte. Die Welt hatte sein Fehlen bemerkt, zumindest jener kleine Teil von ihr, der ihn in diesem Traum umgab.

Es war Nacht, dunkelgraue Nacht, in der das einzige Licht vom Zirkus selbst auszugehen schien, vielleicht aus dem Inneren von dem gläsernen Mond. Alles war wie sonst, da war der Kreis der Wagen, mit dem Zelt in der Mitte, doch das Zelt ... Matéo starrte ungläubig hinaus. Es war Samstag, vielleicht auch schon Sonntag, und das Zelt hätte das rote Kleid tragen müssen, das der Zauberer ihm verlieh. Stattdessen ... Matéo suchte nach dem richtigen Wort ... Der Zirkus wirkte nackt. Er sah nicht einmal mehr aus wie ein Zirkus, in dem Artisten noch ihre Darbietungen vorführten. Er sah farblos aus, blass und vergilbt, voller Risse und Löcher, ganze Stoffbahnen hingen trostlos herab. Das Zeltdach war halb eingefallen, die Spitze war eingeknickt und an wehenden Stofffetzen erkannte Matéo, dass es genauso löchrig war wie der Rest.

Auch die Wagen waren in keinem besseren Zustand. Überall platzte der Lack ab, Läden hingen schief in den Angeln, so, wie er es schon einmal gesehen hatte, an einem jener grellbunten

Tage. Nur dass jetzt tiefste Nacht war und die Zerstörung so um vieles schlimmer schien.

Matéos Herz krampfte sich beim Anblick des Zirkus schmerzhaft zusammen. Hatte er diesen Verfall herbeigeführt? Oder war dies nur ein weiterer Traum in diesem Labyrinth aus Träumen, während er selbst in seinem Bett lag und schlief?

Er kniff sich. Nichts geschah. Matéo wachte nicht auf. Er fragte sich, ob dies der Zirkus sein würde, wenn der Traum endete, doch das schien ihm unlogisch, und zudem würde das bedeuten, dass er sehr wohl schlief, was er augenscheinlich jedoch nicht tat.

Verwirrt rieb er sich die Augen. Doch der Zirkus war nach wie vor eine Ruine. Und so sehr er sich auch wünschte, einfach aufzuwachen und den Circo Laylaluna niemals wiederzusehen, noch weniger konnte er es ertragen, ihn *so* zu sehen.

Einer inneren Eingebung folgend, holte er den verschlafenen Jordí aus seinem Käfig und lief hinüber in das verwahrloste Zelt. Anders als er erwartet hatte, war es nicht leer. Zuschauer saßen auf den Bänken, alle vollkommen still, geduldig wartend. Einige hatten die Augen geschlossen, andere waren so gesichtslos wie die Menschen, die er zwischen den Buden gesehen hatte.

Matéo verbeugte sich. Die Scheinwerfer gingen an, die Gesichter der Zuschauer nahmen einen neugierigen Ausdruck an und ihre Blicke richteten sich erwartungsvoll auf den Zauberer in der Mitte der Manege.

Matéo vollbrachte keine Wunder, führte keine großen Illusionen vor. Tücher verschwanden und tauchten anderenorts wieder auf, wurden zu künstlichen Blumensträußen. Kartentricks sorgten für Erstaunen und Knoten in Seilen lösten sich von selbst. Ganz am Ende holte er Jordí aus dem Zylinder hervor, ehe er sich mit einer weiteren Verbeugung von seinen Zuschauern verabschiedete.

Bangen Herzens verließ er das Zelt und atmete erleichtert auf, als ihm warmes Rot entgegenleuchtete, abgesetzt von beigefarben lackierten Wagen, die goldene Nummern trugen. Und obwohl das keinen Sinn ergab, freute sich ein Teil von ihm, dass die Welt ihn wahrnahm. Und ihn vermisste. Auch wenn das nichts änderte.

Trotzdem wollte er morgen etwas Besonderes vorführen. Denn vielleicht, so eine unheilvolle Ahnung, würde er diesen Zirkus nie mehr verlassen können. Weil die Nacht nicht zu wecken war und der Traum auf ewig währte. So wie DiMarci es gewollt hatte. Und doch ganz anders.

Der nächste Tag verging in sanftem Taubenblau über Türkis hinweg in das dunkle Blau der Nacht. Matéo malte und skizzierte Idee für Idee, füllte die unbeschriebenen Blätter. Es fiel ihm schwer, sich am Nachmittag für eine einzige entscheiden zu müssen und am Ende legte er die übrigen auf einen Stapel in eine der Schubladen, bevor er die Utensilien zusammensuchte, die er für die Vorstellung benötigte. Wie immer fand er alles in den sieben Schubladen.

Der Sonntag war der einzige Tag, an dem seine Vorstellung vor der Anisas lag, die heute den Abschluss bilden würde.

Sie begrüßte ihn freundlich, genau wie alle anderen. Nur Cassandra Nochenta schwieg, eine dunkle Aura umgab sie. Von ihrer Schwester fehlte jede Spur. Inständig hoffte Matéo, dass ihr nichts passiert war. Und dass Cassandra Nochenta ihm selbst nichts antun würde.

Mireia trat neben ihn. »Was ist passiert?«, fragte sie mit ernster Miene.

Kurz und knapp schilderte er ihr die Geschehnisse des Vortages. Mit jedem Wort wurde die Wahrsagerin blasser.

»Dann hat sie auch den Spiegel verstellt«, flüsterte sie. »Wie Bianca vermutet hatte.«

»Bianca?« Matéo horchte auf.

Mireia nickte. »Sie sagte etwas in der Art, dass es ihre Schwester gewesen sein könnte.«

»Sagte sie auch, warum?«

»Nein.«

»Weißt du, wo sie jetzt ist?«

Die Wahrsagerin schüttelte den Kopf. »Nein. Und du musst jetzt in die Manege. Dein Auftritt!«

Just in diesem Moment erklang der dritte Gong. Matéo nickte und schob den Vorhang beiseite, um ins Rampenlicht zu treten.

»Zauberer?«

Er sah zurück zu Mireia.

»Gib nicht auf.«

Sie lächelte ihn aufmunternd an. Er lächelte zurück und betrat die Manege, um das Publikum mit einer Illusion aus Licht und Schatten zu verzaubern.

Während Carlos Vorstellung sprach er mit Mireia, beide rätselten, was Cassandra Nochenta für ein Motiv haben könnte, kamen jedoch zu keinem Schluss, genauso wenig wie sie einen zweiten Gegner identifizieren konnten. Natürlich nannte Matéo abermals Carlo, doch wieder verwarf Mireia den Gedanken.

Nach Carlo war Mireia selbst an der Reihe, sie verschwand im aufkommenden Nebel, kehrte aber nicht zurück, als Min-Liu später durch den Vorhang trat.

Danach waren die Trapezkünstlerinnen an der Reihe. Neugierig schaute Matéo durch den Vorhang. Er hatte beobachtet, wie Cassandra Nochenta in die Manege gegangen war, doch als jetzt die Scheinwerfer auf die beiden Trapeze gerichtet waren, saß Bianca Nochenta auf dem linken und ließ sich mit akrobatischem Geschick durch die Luft wirbeln.

Wie gestern schon wirkte sie weniger stofflich als ihre Schwester, mehr wie eine von den Scheinwerfern unscharf umrissene Kontur, aber dennoch deutlich sichtbar. Salto folgte auf Salto, mehr als einmal sah Matéo Bianca fallen. Er war froh, dass sie sich jedes Mal fangen konnte und ihre Schwester stets noch in der letzten Sekunde nach ihr griff. Als sie jedoch die Manege verließen, war Bianca wieder fort und Cassandra warf ihm einen warnenden Blick zu.

»Ich werde es weiter versuchen«, flüsterte er, während die Clowns hinter ihnen vorbeigingen.

Er achtete nicht auf ihre Reaktion, sondern nur auf die Clowns, deren Fröhlichkeit sich in ihm in Traurigkeit verwandelte.

Danach war Anisa an der Reihe und Matéo freute sich auf ihren Auftritt, er hoffte, dass ihre Seifenblasen ihm ein wenig Leichtigkeit ins Herz zaubern würden.

Stimmengewirr hinter ihm lenkte ihn kurz ab. Carlo diskutierte mit Min-Liu, die wütend auf ein Häuflein Asche zeigte, woraufhin der Feuerschlucker sich zu entschuldigen schien. Matéo wandte sich wieder ab. Im Inneren der Manege hatte Anisa bereits mit ihrer Vorstellung begonnen. Gerade zog sie mit einem riesigen Seifenblasenring einen eleganten Bogen durch die Manege und in der nächsten Sekunde hing ein großer, leuchtend bunter Regenbogen in der Luft, der mit lautem Applaus honoriert wurde. Anisa verbeugte sich und setzte dann einen Fuß auf den Regenbogen, der sie mühelos hielt.

Matéo hörte das »Ah« und »Oh« des erstaunten Publikums, und auch sein Herz setzte für einen Sekundenbruchteil aus, als Anisa den zweiten Fuß auf den Regenbogen setzte, als wäre er eine Brücke aus Stein.

Schritt für Schritt tanzte sie über die durchschimmernde Seifenblasenbrücke. Hinter dem Vorhang hatte Matéo die Hände vor Anspannung zu Fäusten geballt. Gleich würde Anisa den obersten Punkt des Regenbogens erreicht haben ... Ja, jetzt! Sie stellte sich auf die Spitzen ihrer Ballettschuhe und drehte sich um die eigene Achse, wie die Ballerina auf einer Spieluhr.

Das Publikum applaudierte, genau wie Matéo, voller Begeisterung, dann aber ließ er entsetzt die Hände sinken, als er sah, wie die Seifenblasenbrücke genau in dem Augenblick zerfiel, als Anisa sie gerade zur anderen Seite verlassen wollte.

Sein Schrei vermischte sich mit dem der Zuschauer, und er rannte los, doch seine Beine fühlten sich an wie festgeklebt. So sehr er sich auch anstrengte, er erreichte sie nicht rechtzeitig.

Anisa fiel. Sie schrie nicht. Oder hörte er ihren Schrei unter all den anderen einfach nicht heraus? Oh, warum nur schien ihr Fall so unendlich viel schneller zu sein als sein eigener? Und wieso war es ihm nicht möglich, schneller zu rennen?

Er erreichte sie erst, als sie schon auf dem Boden lag. Ihr Bein stand grotesk verrenkt ab und aus ihrer Nase quoll Blut.

Wie blass sie war ...

»Anisa?« Matéo beugte sich über sie, und sie schlug die Augen auf.

»Zauberer«, murmelte sie, und ohne weiter nachzudenken hob Matéo sie auf und trug sie aus der Manege.

Wie leicht sie war ...

Carlo und Mireia stürzten ihm entgegen, das Entsetzen stand ihnen in die Gesichter geschrieben. Der Feuerschlucker machte Anstalten, Matéo die zierliche Tänzerin abzunehmen, ließ es dann aber.

»Bringt sie in meinen Wagen«, bestimmte Min-Liu. »Ich kann ihr helfen.«

Mireia nickte Matéo zu, und gemeinsam mit Carlo folgten sie der Schlangenfrau. Carlo wich Matéo nicht von der Seite. Keine Sekunde ließ er die leise wimmernde Anisa aus den Augen.

Matéo liefen Tränen über die Wangen. Mit jedem seiner Schritte schien Anisa schwächer zu werden und mit jedem Schritt schwerer.

Endlich erreichten sie den Wagen der kleinen Asiatin, in dem sie Anisa vorsichtig auf den Boden legten. Ein Bett oder etwas Ähnliches gab es nicht.

Sofort kniete Min-Liu genau wie Mireia neben ihr. Die Wahrsagerin sah Matéo und den Feuerschlucker an.

»Geht jetzt«, bat sie. »Hier könnt nichts für sie tun.«

Matéo schüttelte den Kopf, und Carlo protestierte mit fester Stimme, aber Mireia ließ keinen Widerspruch zu und scheuchte sie aus dem Wagen der Schlangenfrau, vor dem sie reglos stehenblieben.

Keiner von ihnen sagte etwas. Die Zeit kroch dahin, wenn sie sich überhaupt bewegte. Sie starrten auf die geschlossene Tür. Irgendwann entfernte sich Carlo, der von Minute zu Minute unruhiger geworden war. Matéo hatte das Feuer in ihm lodern gespürt.

Er selbst blieb einfach nur stehen und betete stumm, dass Anisa wieder gesund werden würde. Ihr Bein ... das Blut ... er hatte keine Ahnung von Verletzungen und klammerte sich emsig an den dünnen Grashalm der Hoffnung, dass dies alles nur ein Traum war und nichts, nichts davon wirklich war. Warum nur fühlte es sich dann so real an, so real wie sich seine Blindheit angefühlt hatte? Und weshalb öffnete sich die Tür zu Min-Lius Wagen nicht endlich?

»Es ist allein deine Schuld, Zauberer.«

Wie so oft ließ ihn eine Stimme hochschrecken. Einsamkeit zerbrach an diesem Ort so leicht.

Er drehte sich um und sah Cassandra Nochenta in die Augen, unfähig, etwas zu sagen. Die in Dunkelheit gehüllte Artistin sprach weiter: »Ich hatte dich gewarnt.«

»Du?«, fragte Matéo, »du hast das getan?«

Seine Stimme überschlug sich vor Zorn, und der unbändige Wunsch, nach der Frau zu greifen und sie zu schütteln, wurde in ihm laut.

»Ja«, lautete die schlichte Antwort.

Matéo ballte die Fäuste und er rang um Beherrschung. Das Blut rauschte in seinen Ohren.

»Warum?«, presste er hervor.

»Weil du mein Leben zerstören willst«, erwiderte Cassandra Nochenta. Sie war ganz ruhig und sachlich.

»Dein Leben?« Hohn mischte sich in Matéos mühsam beherrschte Worte. »Dein Leben? Das ist ein Traum! Ein verfluchter Traum, der uns gefangen hält! Nichts weiter! Nichts von alledem hier ist real!«

Es war ihm egal, ob sie ihm glaubte, egal, ob sie ihn für verrückt hielt. Sie wusste doch ohnehin Bescheid. Hatte sie ihn nicht einmal gefragt, warum er noch an Anisa festhielte, wo sie ihn doch nicht *mehr* liebte? Nicht einmal *mehr* wusste, wer er war?

Ihre Antwort gab ihm Recht, ließ ihn aber auch für einen Moment verstummen.

»Ich weiß, dass dies ein Traum ist, Zauberer. Und doch ist er das einzige Leben, das ich habe.«

Matéo sah sie nur an, sah, wie sie davonging und hinter dem Zelt verschwand, das eine blassgraue Variante von Anisas Regenbogenkleid trug.

Kapitel 6

Die sechste Woche. Herzbeben. Rosen und Herzen und Regenbögen. Aufkommender Wind. Karten. Gleichbleibende Nachrichten. Regennacht. Unerwartete Begegnungen. Erste Warnung.

Ein neuer Tag erwachte, ohne dass sich die Tür zum Wagen der Schlangenfrau geöffnet hatte.

Nachdem Cassandra gegangen war, hatte Matéo erneut einfach nur dagestanden, war hin und wieder einige Schritte gegangen, aber nie zu weit. Er würde warten. Klammerte sich an die Hoffnung, dass keine Nachrichten gute Nachrichten sein konnten. Anisa lebte. Bestimmt. Sie musste einfach leben. Denn was war, wenn man im Traum starb?

Rasch schloss Matéo die Augen und schüttelte den Kopf. Darauf wollte er gar keine Antwort wissen, nicht jetzt, eigentlich sogar nie. Anisa würde nicht sterben. Nicht jetzt. Nicht hier.

Die Sonne, die langsam höher stieg, lag hinter einem Schleier. Matéo folgte ihrem Weg mit den Augen. Wie unendlich langsam sie dahinkroch ...

Carlo kam nicht wieder. Oder war er etwa längst hier, nur dass Matéo ihn nicht sehen konnte, weil keiner den anderen hier wissen wollte? Der Traum hatte seine eigenen, unverständlichen Regeln.

Endlich, endlich öffnete sich die Tür. Mireia erschien mit blassem Gesicht, die Erschöpfung hatte tiefe Ringe unter ihren Augen hinterlassen. Matéo stand schon auf den Stufen zum

Wohnwagen, da hatte sie noch gar nichts gesagt. Nun aber hob sie die Hände und hielt ihn sanft, aber bestimmt davon ab, an ihr vorbeizustürmen.

»Es geht ihr gut«, sagte sie, als er sie verständnislos ansah. »Aber sie braucht jetzt Schlaf. So wie wir alle.«

Matéo schüttelte den Kopf. Er wollte nicht gehen. Ganz und gar nicht. Alles in ihm drängte darauf, Mireia zur Seite zu schieben. Dass er es nicht tat, lag einzig und allein daran, dass er tief im Inneren wusste, dass sie Recht hatte. Er konnte jetzt nichts tun. Er – sie alle – brauchten Schlaf. Tiefen, erholsamen Schlaf. Doch wie sollte er diesen jetzt finden?

Wie in Trance lief er zu seinem Wagen. Jordí wartete auf ihn, er hatte eine Vorderpfote auf den Riegel seines Käfigs gelegt. Matéo musste lächeln. Natürlich. Für das Kaninchen war bereits Morgen, seine Nacht war kein verlängerter Tag gewesen.

Er ließ Jordí frei und versorgte ihn mit etwas Salat, der auf der Anrichte neben den beiden Herdplatten bereitlag. Dabei kam ihm der Gedanke, dass er sich nicht erinnern konnte, Jordí in seinen Wagen gebracht zu haben, geschweige denn, in seinen Käfig. Er war doch mit Anisa …

Er zuckte mit den Schultern. Erinnerungen an ein Gespräch kamen ihm in den Sinn. Alles kehrte wieder … Inständig hoffte er, dass das auch für Anisa galt.

Danach legte er sich hin und starrte die leere Stelle über der Tür an, an der die Uhr gehangen hatte. Er konnte die Zeiger noch förmlich über das Zifferblatt streichen sehen.

Irgendwann schlief er ein, und erst am Nachmittag wurde er wieder wach. Umgehend stürzte er zurück zu Min-Lius Wagen und hämmerte wild gegen die Tür. Mireia öffnete und hatte dabei die Augen vor Schreck aufgerissen.

»Mach nicht so einen Lärm«, herrschte sie ihn an. »Sie schlafen!«

Einen Augenblick begriff Matéo nicht, wen sie mit »sie« meinte, dann aber fiel ihm Min-Liu ein.

»Wie geht es ihr?«, fragte er, ohne auf ihren scharfen Tonfall zu reagieren.

»Es gibt nichts Neues.«

»Was heißt das? Wird ... wird sie ...?«

Matéo wagte nicht, die Frage zu Ende zu stellen, mehr noch, wusste selbst nicht so genau, was er hatte fragen wollen.

»Soweit ich es sehe, wird sie wieder gesund. Min-Liu hat ihre Wunden und Brüche geheilt, jetzt schlafen beide. Es war sehr anstrengend.«

»Min-Liu hat sie geheilt?«

»Ja. Sie versteht sich auf so etwas.«

»Wann kann ich zu ihr?« Seine Ungeduld ließ sich nicht bremsen, so sehr er es auch wollte.

»Nicht jetzt«, erwiderte Mireia. »Geh jetzt. Wir sehen uns bei der Vorstellung.«

»Vorstellung?« Ungläubig hob Matéo die Augenbrauen.

»Natürlich. Heute Abend«, entgegnete die Wahrsagerin.

»Aber ... aber ...«, Matéo starrte sie fassungslos an, »Anisa!« Der Zirkus musste doch geschlossen bleiben!

Mireia schüttelte den Kopf. »Die Vorstellung wird stattfinden. Erinnere dich, Zauberer. So war es auch, als du blind warst.«

»Das war etwas anderes«, warf Matéo leise ein.

»Nein«, widersprach Mireia. »Und das weißt du auch.«

In stummer Verzweiflung schüttelte er den Kopf. »Das sollte es aber.« Ein Flüstern nur.

Die Wahrsagerin zuckte mit den Schultern. »Vielleicht. Aber die Welt bleibt niemals stehen, egal, was auch geschieht. Es kommt uns manchmal nur so vor.« Sie legte ihre Hand auf seinen Arm. »Geh nach Hause, Zauberer. Ich werde dich rufen, wenn sie erwacht.«

Bis zum Abend hörte Matéo nichts von Mireia. Auch von sonst niemandem. Der Zirkus lag in völliger Stille, bis der erste Gong erklang, der die baldige Vorstellung ankündigte.

Matéo verließ den Wagen und reihte sich in die Prozession der Artisten ein. Niemand sprach, mehr noch, keiner schien den anderen wahrzunehmen.

Er sah Carlo, blass, die Augen glühend. Da waren die Schwestern Nochenta – Bianca war neben ihrer Schwester, die verbissen auf den Boden starrte, wieder deutlicher zu sehen. Und Min-Liu sah noch blasser und erschöpfter aus als Mireia, die wenige Schritte hinter ihr lief. Die Clowns, deren aufgemaltes Lächeln beim Anblick der traurigen Augen verblasste, waren ebenso auf dem Weg wie David, dessen Hände sich bewegten und dennoch nichts zu sagen vermochten.

Auf Matéo wirkte es so, als läge auf der Vorstellung ein weißer Fleck, wie von einem Künstler auf ein sonst farbenfrohes Bild gemalt. Als wäre alles, was passierte, unvollständig.

Augenscheinlich fiel nicht auf, dass jemand fehlte. Matéo hörte aufgeregtes Applaudieren und überraschte Ausrufe, obwohl niemand in der Manege stand, als Anisa hätte dran sein müssen. Aber wer wusste schon, was die Zuschauer überhaupt sahen?

Er selbst führte einfach irgendetwas auf, füllte die Zeit mit Taschenspielertricks und einfachsten Illusionen, so wie früher, als die Straße noch seine Bühne gewesen war. Er hatte schon fast vergessen, wie schwer sie ihm damals gefallen waren. Jetzt war es ähnlich, wo Anisa nicht da war.

Er verließ das Zelt, kaum dass seine Vorstellung beendet war, stellte sich vor Min-Lius Wagen und wartete.

Kurze Zeit später trat Carlo neben ihn, wahrscheinlich war auch er direkt nach seiner Vorstellung gekommen. Matéo nickte ihm zu und der Feuerschlucker erwiderte den Gruß auf die gleiche Weise. Sonst sprachen sie nicht miteinander.

Matéo fand, dass der sonst so riesige Mann kleiner wirkte. Auch war das Feuer in seinen Augen verschwunden, das die letzten Tage darin gelodert hatte. Sie waren wieder so dunkel wie Kohlen, die nie Glut gesehen hatten. So, wie sie vielleicht immer waren, außerhalb des Traums.

Es dauerte lange, bis Min-Liu in Begleitung der Wahrsagerin zu ihnen kam. Die Schlangenfrau lächelte ihnen zu und verschwand augenblicklich im Wagen, Mireia blieb kurz bei ihnen stehen.

»Wir werden euch sagen, wenn es etwas Neues gibt«, wiederholte sie.

»Ich warte«, sagte Matéo knapp.

»Ich auch«, fügte Carlo hinzu.

Mireia seufzte. »Wie ihr wollt.« Sie wandte sich um, drehte sich dann jedoch zu Matéo. Sie musterte ihn lange, ehe sie ihre Aufmerksamkeit auf Carlo richtete. Der Feuerschlucker wurde noch kleiner und atmete sichtlich auf, als Mireia schließlich im Wageninneren verschwand.

Es war nun so still, dass Matéo seinen eigenen Herzschlag hören konnte.

»Es ist ungemütlich, zu stehen«, stellte Carlo plötzlich fest.

Matéo nickte zustimmend. Ja, das war es wirklich.

Der Feuerschlucker sah ihn an. »Ich hole Stühle«, schlug er vor und war schon unterwegs, ehe Matéo reagieren konnte. Offensichtlich war Carlo froh, einfach etwas tun zu können.

Bald saßen sie auf Stühlen, die exakt denen glichen, die in Matéos Wagen standen. Carlo spielte mit kleinen Streichholzflammen, die er wie aus dem Nichts entstehen ließ. Anmutig hüpften sie von Fingerspitze zu Fingerspitze. Matéo musste lächeln und begann seinerseits, mit einem Tuch, das er aus dem Ärmel zog, einen Vogel über ihren Köpfen kreisen zu lassen.

Der Feuerschlucker sah auf und schleuderte eine der kleinen Flammen nach oben. Matéo glaubte, nicht richtig zu sehen, dann aber erstarrte er vor Staunen. Über ihren Köpfen verwandelte sich der Vogel aus dem Tuch in einen prächtigen, flammenden Phönix, der Runde um Runde drehte, wie eine Flamme im Dunkel der Nacht.

Der Vogel erlosch erst, als sich die Tür zu Min-Lius Wagen weit nach Mitternacht öffnete und Mireia heraustrat. Feine

Asche rieselte auf die Köpfe der beiden Wartenden. Eine Ewigkeit schien zu vergehen, bis Mireia sprach.

»Sie ist wach«, sagte sie leise und mit einem Lächeln auf den Lippen.

Matéo fühlte augenblicklich, wie sein Herz leichter wurde, und Carlo neben ihm wuchs sichtlich.

Die Wahrsagerin wandte sich Matéo zu. »Sie möchte dich sehen, Zauberer.«

Matéo stockte der Atem. Neben ihm sog Carlo scharf die Luft ein. Er drehte sich zu ihm um und Matéo erkannte einen Ausdruck zwischen Schmerz und Wut in seinem Gesicht. Dann, ganz plötzlich, noch ehe sich der Funke in seinen Augen hatte entzünden können, wandelte sich seine Mimik. Jetzt war nur noch Resignation zu sehen.

Ohne ein weiteres Wort, ohne eine Geste der Drohung und ohne auch nur angesichts seiner sicherlich brodelnden Gefühle einen Funken zu entzünden, ging der große Mann mit hängenden Schultern davon.

Ungläubig starrte Matéo ihm hinterher, dann zu Mireia. Auch sie sah dem Feuerschlucker ratlos hinterher, dann forderte sie Matéo auf, ihm zu folgen.

Min-Liu saß neben Anisa auf dem Boden. Als Matéo eintrat, erhob sie sich, sodass er sich neben die Tänzerin sinken lassen konnte. Ohne nachzudenken griff er nach ihrer Hand. Anisa lächelte ihn an. Sie war blass, weißer als die Decke, unter der sie lag.

»Hallo«, flüsterte er, die Stimme schwach vor Anspannung.

»Hallo Matéo.« Anisa sprach nicht viel lauter als er, aber in seinen Ohren klang sein Name wie ein Lied.

Sie hatte ihn Matéo genannt! Nicht Zauberer, so wie es alle taten.

Mit vor Schmerzen angespannter Miene versuchte Anisa vorsichtig, sich aufzurichten und hielt dabei nach wie vor Matéos Hand, der sie stützte. Er spürte die Anstrengung in dieser kleinen Bewegung, ihre Brust hob und senkte sich im raschen Wechsel. Aber sie lächelte. Sie sah ihm in die Augen und lächelte.

»Nimmst du mich mit?«, fragte sie.

Matéo runzelte die Stirn. »Mitnehmen? Wohin?«

Anisas Lächeln zerfiel ein wenig. »Zu dir. Nach Hause.«

Kurz glaubte Matéo, sich verhört zu haben. Sein Herz stolperte, ehe es begann viel zu schnell weiterzuschlagen.

»Mit zu mir?«, erkundigte er sich vorsichtig.

Anisa nickte, aber sie schaute auf ihre Beine, sodass er ihren Blick nicht sehen konnte.

»Warum?«, fragte er. Natürlich war er glücklich, sein Herz sprang ihm fast aus der Brust, und natürlich würde er sie nach Hause bringen, obwohl er nicht wusste, welches Zuhause sie meinte.

Zaghaft hob Anisa den Kopf.

»Ich weiß es nicht«, wisperte sie. »Ich weiß nur, dass ich mit zu dir kommen muss. Dass alles andere falsch ist. Fremd.«

»Und was ist mit Carlo?«

Matéo schloss die Augen. Nicht er hatte diese Frage gestellt. Er hätte sie niemals gestellt. Es war Mireia gewesen.

Für mehrere Minuten war es still in dem kleinen Wohnwagen. Matéo traute sich nicht, die Augen wieder zu öffnen. Niemand bewegte sich, er hätte nicht sagen können, ob Min-Liu sich überhaupt noch im Raum befand. Er hörte nur seinen eigenen Herzschlag, bis Anisas Stimme das Geräusch übertönte.

»Ich denke«, sagte sie sehr leise, »er weiß Bescheid.«

Schlagartig sah Matéo den Feuerschlucker wieder vor sich, wie er wortlos gegangen war und irgendwie einen wissenden Ausdruck auf dem Gesicht trug.

Eine Berührung an der Wange ließ Matéo die Augen aufschlagen. Anisa. Sie lächelte ihn schüchtern an, so als sei sie sich nicht sicher, ob das, was sie tat, wirklich richtig war, solange er nichts dazu gesagt hatte.

Matéo aber war nicht fähig, etwas zu sagen. Er konnte sie nur anstarren, versank in ihren Augen, die ihn zum ersten Mal wieder zu sehen schienen. Ihn, nicht den Fremden, der er für sie geworden war.

Anstelle einer Antwort küsste er sie. Er legte seine Lippen vorsichtig auf ihre, und sie erwiderte den Kuss ebenso sanft. Wie eine Feder, die einen im Flug streifte, gerade lang genug, um ihn zu spüren, der magische Moment eines Neuanfangs, von dem man noch nicht wusste, wohin er einen führt, aber schon ahnte, dass er wunderbar werden könnte.

Sie gingen langsam zu seinem Wohnwagen. Mireia hatte Anisa schweigend geholfen, sich anzukleiden, während Matéo ihr blutiges Kleid an sich genommen hatte. Jetzt trug Anisa eins von Min-Lius Kleidern, es passte ihr wie angegossen, obwohl Matéo die Schlangenfrau sehr viel kleiner schätzte.

Aber ein Traum war und blieb ein Traum, und mehr denn je hatte Matéo ein Gefühl von Unwirklichkeit. Über ihnen dämmerte die Nacht langsam in einen türkisblauen Tag. Sie sprachen nicht viel, Matéo traute sich nicht, glaubte, ein einzelnes Wort könnte die Situation wie eine Seifenblase platzen lassen, und Anisa war zu sehr bemüht, sich auf den Beinen zu halten. Sie taumelte mehr, als dass sie lief, und schließlich trug Matéo sie bis zu seinem Wohnwagen.

Sie kamen an dem Wagen des Feuerschluckers vorbei, und unwillkürlich musste Matéo sich fragen, was Carlo gerade wohl tat und ob Anisa ihn nicht doch jede Sekunde bitten würde, anzuhalten.

Sie tat es nicht. Erst, als sie in seinem eigenen Wagen standen, bat sie ihn, sie herunterzulassen.

Sanft wie eine Feder glitt sie zuerst auf den Boden und dann fast augenblicklich auf sein Bett, das breiter geworden war. Überhaupt hatte sich einiges im Wageninneren verändert. Es gab einen zweiten kleinen Schrank, auf dem ein Eimer stand, neben dem verschiedene Seifenblasenringe lagen. Neben seinen Kleiderbügeln hingen jetzt weitere, auf denen Anisas Kleider hingen.

Matéo musste sich kneifen, doch falls dieser Traum nur eine Illusion in den Traumwirren der Nacht war, wachte er nicht auf.

Im Gegenteil. Mit einer stummen Geste forderte Anisa ihn auf, sich neben sie zu legen, und er tat es widerspruchslos. Und dann lagen sie einfach nur da. Arm in Arm, so wie es immer gewesen war, so wie es sein musste.

Erst, als sie am späten Morgen erwachten, traute Matéo sich, Anisa nach ihrem früheren Leben zu fragen. Sie wusste nichts davon.

Und Matéo begriff, dass das, was auch immer sie hatten, etwas Neues war, das nichts mit dem Vorherigen zu tun hatte. Doch war das nicht ganz egal?

Sanft drückte er ihr einen Kuss ins Haar. Vorsichtig, nicht wissend, ob diese Nähe nicht schon zu viel war. Aber Anisa drückte sich nur an ihn und schlief wieder ein. Sie wurde erst wach, als Matéo versuchte, seinen Arm unter ihrem Kopf hervorzuziehen, um zur Vorstellung zu gehen.

»Schlaf weiter«, flüsterte er ihr zu.

»Wohin gehst du?«, fragte sie verschlafen, die Augen noch geschlossen.

»Zur Vorstellung.« Er antwortete ebenso leise.

Schlagartig öffnete Anisa die Augen.

»Dann muss ich auch aufstehen«, stellte sie fest.

Besorgt schüttelte Matéo den Kopf. »Du musst dich noch ausruhen«, sagte er leise, verstummte aber beim Anblick von Anisas entschlossenem Blick.

Er kannte diesen Gesichtsausdruck und wusste, dass sie auftreten würde, egal, was er an Gegenargumenten vorbrachte.

Sie lächelte, als sie die Resignation in seinem Blick sah, und küsste ihn auf die Nasenspitze. Dann stand sie vollkommen mühelos auf. Matéo warf ihr einen verwunderten Blick zu, den sie mit gerunzelter Stirn erwiderte.

»Was?«

»Tut dir nichts weh?« Matéo musterte sie gründlich. Sie trug immer noch Min-Lius Kleid. Doch wo sie gestern noch gehumpelt hatte, war jetzt wieder der federnde Gang einer Tänzerin.

Überhaupt ... so wie das Bein nach dem Sturz ausgesehen hatte ...

»Warum sollte mir etwas wehtun?«

»Der Sturz«, erinnerte Matéo sie. »Dein Bein ...«

Anisa lachte. »Min-Liu hat alles gerichtet. Es hat nur ein wenig gedauert.«

Matéo spürte, wie ihm die Farbe aus dem Gesicht wich. Uhrzeiger drehten sich vor seinen Augen. Gedauert? Gerade mal drei Nächte waren vergangen, sofern er sich nicht verzählte. Unwillkürlich kniff er sich in den Unterarm, immer noch in der Befürchtung in einem neuen Traum gelandet zu sein, in dem Wagen zu liegen und zu schlafen. Nichts änderte sich, nur der Abdruck seiner Fingernägel in der Haut war zu sehen.

Anisa lachte. »Ist alles in Ordnung?«

Matéo nickte geistesabwesend.

»Dann los!«

Anisa reichte ihm die Hand und zog ihn so schwungvoll auf die Beine, dass er gegen sie prallte. Sie fing ihn mit beiden Armen auf. Sekundenbruchteile standen sie eng aneinander gedrückt da und sahen sich an, bis Anisa sich mit einem Grinsen von ihm löste.

»Ich muss mich vorbereiten«, sagte sie und verschwand in der kleinen Waschnische, die nun einen Vorhang hatte. Eine Weile stand Matéo einfach da und lauschte den vertrauten Geräuschen, die er so sehr vermisst hatte. Er konnte es immer noch nicht fassen und es dauerte eine ganze Zeit, bis ihm dämmerte, dass auch er sich vorbereiten musste. Auf eine neue Vorstellung im Circo Laylaluna.

»Was soll ich für dich zaubern?«, fragte er Anisa wenige Minuten später.

Sie trug ein Kleid, dessen Blauton so hell war, dass er an Eis erinnerte.

»Schnee«, sagte sie ohne zu zögern.

»Schnee?«

»Ja«, gab Anisa zurück. »Ich wünsche mir Schnee.«

Sie wirkte nachdenklich, doch ebenso schnell, wie sie ihren Wunsch zum Ausdruck gebracht hatte, verschwand die Nachdenklichkeit wieder aus ihren Augen. Schon war da wieder ihr wunderbares, ansteckendes Lächeln, das Matéo stundenlang hätte anschauen können.

Sie reichte ihm die Hand.

»Kommst du?«

Er nickte und folgte ihr aus dem Zirkuszelt hinaus in die orientalische Zirkusmärchenwelt der Schwestern Nochenta. Nie waren das Zelt und die Wagen Matéo so hell und strahlend vorgekommen. Ein sanfter Silberschimmer lag über dem wolkigen Weiß, während die Lichterketten tausende Sterne darüber tupften. Selbst der dunkle Nachthimmel mit seinen sieben wirklichen Sternen war heller als sonst.

Die Clowns und der Pantomime begrüßten sie freudestrahlend und scherzten mit Anisa, die Schwestern Nochenta, gleichermaßen sichtbar, verwickelten Mireia in eine Unterhaltung. Matéo unterdessen schwieg. Er hielt einfach nur Anisas Hand. Carlo war nicht zu sehen, doch die bange Sekunde, in der Matéo darüber nachdachte, was passieren könnte, wenn er sie beide sehen würde, wurde von Anisas hellem Lachen vertrieben.

Sollte der Feuerschlucker doch kommen und ihn seinetwegen auch zusammenschlagen und verbrennen. In diesem Moment war es egal. Anisa war bei ihm, hielt seine Hand und warf ihm immer wieder verheißungsvolle Blicke zu.

Matéo glaubte, vor Glück explodieren zu müssen.

Und später, nachdem sich die Seifenblasen zu Herzen geformt hatten, die wie Schmetterlinge davongeflogen waren und Schnee den Zirkus in einen Palast aus Winter verwandelt hatte, wurde aus dem Wunsch Wirklichkeit.

»Lass uns gehen.«

Nur das hatte Anisa geflüstert, als Carlo gerade mit seinen Feuersäulen durch die Manege tobte, so wild und wütend, dass die Zuschauer immer wieder erschrocken aufschrien, wenn ihnen eine Flamme zu nahe kam.

Bald waren die Schreie hinter der geschlossenen Wagentür verstummt, wo Anisa sich auf die Zehenspitzen stellte und ihn küsste. Hungrig, fordernd, während ihre Hände unter sein Hemd wanderten. Matéo entfuhr ein Stöhnen und er selbst begann, ihren Hals zu küssen, dann ihre Brust. Ihr Kleid fiel zu Boden. Er hatte vergessen, wie gut sie roch, wie weich ihre Haut war. Hatte vergessen, wie schön es war, ihr nah zu sein. Ihr noch näher zu kommen.

Und später, als sie schlafend in seinen Armen lag, betete er stumm, dass dieser Traum niemals enden mochte. Nie, niemals wieder.

Er küsste Anisas Haar.

Es regnete, als der nächste Tag erwachte. Schwere Tropfen trommelten auf die Wagen und bildeten einen Rhythmus, der sich mit der beschwingten Melodie vermischte, die durch den Zirkus klang.

Als die Uhr eins schlug, hatte Matéo schon nicht mehr schlafen können. Er war viel zu aufgewühlt. Stattdessen, überlegte er, womit er Anisa heute verzaubern könnte und stellte sich ihre gemeinsame Zukunft vor. Würde es jemals wieder in ihrem Leben Sorgen geben, hier, in einem wahrgewordenen Traum, wo es keine Miete zu zahlen gab und die Zuschauer immer in Scharen kamen, um ihre Aufführungen zu sehen?

Er hatte sich nicht erlaubt, an Carlo zu denken, auch wenn ihm der Feuerschlucker manchmal in den Sinn gekommen war. Bestimmt hatte auch er an ein glückliches Ende bis in alle Ewigkeit geglaubt. Und mehr noch – für ihn war all das hier Realität.

Doch das Glück hatte Matéos Gedanken stets mit sich gerissen, und als Anisa endlich aufwachte, hatte er eine Idee für seine Vorstellung, die er ihr gleich erzählte.

Anisa küsste ihn innig, als er mit seinem Vorschlag fertig war.

»Dann sollten wir proben.«

»Proben?«

Anisa legte den Kopf schief. »Aber natürlich.« Sie warf einen Blick auf die Uhr. »Schon so spät …«, murmelte sie, dann, wieder zu ihm gewandt: »Wir müssen uns beeilen.«

»Aber …«, begann Matéo, doch Anisa war schon aufgesprungen und halb angezogen. Sie warf ihm seine Sachen zu und klatschte ungeduldig in die Hände, um ihn zur Eile anzutreiben und gleichzeitig Jordí zu füttern.

»Was sollen wir proben?«, fragte Matéo ein zweites Mal, als er fertig war und Anisa das weiße Kaninchen von seiner Möhre losgerissen hatte.

Jetzt war es Anisa, die ihn ungläubig anstarrte. »Na, was wohl? Den Trick, mein Lieber!«

»Aber«, begann Matéo von neuem, »es gibt doch gar keine Proben. Nie.«

»Du nimmst mich auf den Arm!«, lachte Anisa, aber die Verwirrung in ihrer Stimme war nicht zu überhören. »Natürlich gibt es Proben. Sie beginnen um elf.«

»Warum habe ich dann nie …«, fragte Matéo, jetzt nicht weniger irritiert als Anisa.

»Wir dachten immer, als Zauberer würdest du getrennt von uns anderen proben«, erklärte Anisa. »Dass du deswegen nie da warst. Wegen der Geheimnisse.«

»Ich wusste nichts von einer Probe«, sagte Matéo.

Anisa verzog nachdenklich einen Mundwinkel und ging dann an ihm vorbei in die kleine Kochnische, an deren Seitenwand ihre Auftrittspläne hingen. Sie tippte auf ihren. »Siehst du, da steht es: Probe. Täglich elf Uhr.« Ihr Zeigefinger glitt über das Papier nach unten, wo sein Plan hing. Sie sah ihn an. »Seltsam. Auf deinem steht nichts von einer Probe.« Sie zuckte mit den Schultern. »Nun ja. Egal. Die Hauptsache ist, dass wir proben.«

Sie kehrte zu ihm zurück und griff nach seiner Hand.

Schon eine Sekunde später liefen sie durch den Regen zum Zelt hinüber, wo Matéo eine Weile vor Staunen sprachlos stehenblieb. Alle Artisten waren versammelt, wenn man von Mireia absah.

»Die Wahrsagerei kann man nicht proben«, erklärte Anisa, die seine suchenden Blicke sah. »Nur üben.«

David kam zu ihnen und fragte Matéo mit ausladenden Gesten, was er hier tun würde, und die beiden Clowns waren ebenso gespannt auf seine Antwort wie Min-Liu und Bianca. Nur Cassandra und Carlo blieben abseits. Sie hatten auf einer Bank im Zuschauerraum gesessen, als Matéo und Anisa eingetreten waren. Carlo hatte sie mit wütenden Blicken angesehen, während Cassandra sie ignoriert hatte.

Matéo fand es befremdlich, sie zusammen zu sehen, genauso wie er darüber staunte, dass David der zierlichen Schlangenfrau beim Dehnen half. Die beiden lachten, Min-Liu etwas rau und dunkler als angenommen, der Pantomime völlig still, aber von Ohr zu Ohr strahlend. Auch Pietro und Tullio lachten, laut und schallend, während Bianca Nochenta mit einem Hula-Hoop-Reifen übte.

Matéo konnte sich nicht sattsehen. Jetzt jonglierte Carlo mit brennenden Fackeln vor Cassandras Augen, so schnell, dass die Feuerschlieren sich vor ihren Augen zu einer einzigen Linie bündelten, in der Matéo glaubte, Worte zu erkennen, doch er konnte sie nicht lesen. Nur einmal meinte er, seinen eigenen Namen zu erkennen, aber die Flammen waren zu schnell, als dass er sich sicher sein konnte.

Rasch drehte er sich zu Anisa, die dazu übergegangen war, Seifenblasen in die Luft steigen zu lassen. Wie erloschene Glühwürmchen schwebten sie um sie herum.

»Du kannst sie einfach in die Hand nehmen«, erklärte sie ihm. »Sie werden halten.«

Matéo griff vorsichtig nach einer der durchschimmernden Kugeln und rechnete damit, sie mit der ersten Berührung zerplatzen zu lassen. Aber tatsächlich hielt die Kugel. Fest und schwer wie aus Kristall lag sie in seinen Händen. Probehalber warf er sie in die Luft und fing sie wieder auf. Anisa strahlte über das ganze Gesicht. Auch sie hatte eine der Kugeln in die Hand genommen.

»So schwer waren sie lange nicht mehr!«, rief sie begeistert und begann sogleich, mit den übrigen Kugeln zu jonglieren, mehr noch, sie zog aus einer der verborgenen Taschen in ihrem Rock auch noch jene silberne Kugel hervor, die sonst auf seinem Nachttisch stand. Jene Kugel, die er ihr ohnehin hatte zum Geschenk machen wollen. Verlegen sah sie ihn an. »Ich habe sie eben gesehen und dachte, sie könnte gut passen.«

Matéo nickte mit einem Lächeln und forderte sie auf, ihm die Kugeln zuzuwerfen.

Eine nach der anderen flogen die erstarrten Seifenblasen durch die Luft, gefolgt von der Silberkugel, die das Meer angespült hatte, damals, in einem anderen Leben. Kurz betrachtete Matéo sie, dann begann auch er, die Kugeln durch die Luft wirbeln zu lassen, während Anisa eine weitere Seifenblase formte, so groß, dass sie Matéo und sie selbst umschloss, mitsamt allen Kugeln, die durch die Luft schossen, ohne dass Matéo sie noch lenken musste. Bald formten die Kugeln ein Herz und umwirbelten Anisa, als wollten sie sie umarmen.

Es war nicht das, was sie am Abend vorführen wollten, das wussten sie beide. Aber vielleicht sollte das ein Geheimnis bleiben. Und was machte es auch? Stand nicht außer Frage, dass die Vorstellung heute funktionieren würde, egal, was sie planten? Einzig aus dem Grund, dass sie zusammen waren? Mehr noch, zusammen auftreten würden? Wen störte es da, dass die Probe mehr eine verliebte Alberei war? Ihn nicht. Anisa nicht. Sie merkten nicht einmal, dass die anderen nach und nach verschwanden.

Irgendwann versanken sie in einem weiteren Kuss, der die Kugeln über ihnen ebenso stehen bleiben ließ, wie den Rest der Welt. Selbst der Regen, durch den sie erneut laufen mussten, konnte sie nicht abkühlen, und viel später, als sie sich erneut anzogen, lagen sowohl die Seifenblasen als auch die Silberkugel auf dem Bett, das sie zerwühlt verließen.

Am Abend trat Matéo mit Anisa in die Manege, und wie am Vormittag bei der Probe ließ sie eine Seifenblase nach der anderen entstehen. Noch während die feinen Kugeln aus Luft und Lauge entstanden, pustete Matéo ihnen glitzernden Staub entgegen. Sofort verfärbten sich die Kugeln und fingen wunderschöne Bilder in ihrem Inneren ein, während sie sich verfestigten und im Anschluss über die Zuschauer hinwegflogen, die sie unter erstaunten Ausrufen bewunderten.

Sie hatten sich Motive der Liebe ausgesucht. Symbole und Gemälde, die seinen Erinnerungen und ihren Vorstellungen entsprungen waren.

Derweil die Seifenblasen über den Köpfen des Publikums schwirrten, erschufen Matéo und Anisa sich selbst. Anisa natürlich aus Seifenblasen, Matéo wählte milchweiße Tücher, die zu den Füßen hin rot wurden, so rot wie das Feld aus Klatschmohn, das er um sie herum wachsen ließ.

Der Zauberer und die Tänzerin traten zur Seite, bis nur noch ihre Ebenbilder zu sehen waren, die miteinander tanzten. Die soeben geschaffenen Liebenden entdeckten Bilder in den Wolken aus Seifenblasen, hielten die Illusionen aus Luft und Stoff für Wirklichkeit, bis sie am Ende der Vorstellung in einem innigen Kuss versanken, der die Mohnblüten in Herzen verwandelte.

Es war eine Vorstellung, die nur Verliebte sehen konnten, ohne an all dem Glück zu ersticken, doch nahm dies keiner der beiden Künstler wahr. Für sie klang der Applaus laut und schallend, und die Gesichter der anderen Artisten, in die sie nach ihrer Doppelvorstellung sahen, wirkten glücklich und gelöst wie ihre eigenen.

Und vielleicht hätte Matéo niemals herausgefunden, dass es sich um einen fatalen Trugschluss handelte, doch »vielleicht« ist auch in Träumen ein vages Wort.

Die letzte, die an diesem Tag die Manege betrat, war Mireia. Längst hatte Matéo mit Anisa zurück in seinem Wagen sein wollen, allein, doch Anisa unterhielt sich mit Cassandra Nochenta, die mit einem Male sehr viel gelöster und freundlicher schien als zuvor. Auch Bianca stand bei ihnen, aber die helle Schwester sagte nicht viel. Sie lächelte ein trauriges Lächeln und sah immer wieder zu Matéo.

Gerade erklärte David ihm etwas, da öffnete sich der Vorhang neben ihnen. Verwundert ließ der Pantomime die Hände sinken und starrte in die Manege, in dem das kleine, purpurn-weiße Zelt der Wahrsagerin stand.

Mireia stand davor, und ihr ausgestreckter Arm deutete auf Matéo. Unsicher sah der Zauberer sich um, ob sie nicht doch jemand anderen meinte, aber schon hatte David ihm einen Schubs gegeben. Stolpernd betrat Matéo die Manege und folgte Mireia in ihren Wagen, der sich wie bei seiner ersten Vorstellung mit der Wahrsagerin im Inneren des kleinen Zeltes befand.

Mireia saß schon auf dem Stuhl hinter dem kleinen Tisch, als er eintrat. Ihr Gesicht war ernst.

»Nimm Platz, Zauberer.« Mit einer Geste deutete sie auf den Stuhl ihr gegenüber.

Matéo setzte sich.

»Ich habe die Karten gelegt«, begann Mireia ohne Umschweife. »Deine Karten.«

»Warum?«

»Wegen Anisa.«

Er sah sie an, verstand aber nicht, was sie meinte.

»Weil ihr wieder zusammen seid«, versuchte sie ihm auf die Sprünge zu helfen. Ohne Erfolg. Die Wahrsagerin seufzte angesichts seines fragenden Blickes. »Wundert es dich nicht, dass sie ganz plötzlich ihre Gefühle für dich wiederentdeckt hat? Ganz grundlos, von jetzt auf gleich?«

Matéo schluckte. Die ehrliche Antwort war Ja, doch war diese Frage, wie so viele andere, einfach verdrängt worden von dem berauschenden Glück, den wild hüpfenden Herzschlägen, den zärtlichen Küssen ...

Mireia nickte wissend.

»Eben darum«, schloss sie.

»Glaubst du, die Nacht hat etwas damit zu tun?«

Wieder eine Frage, die Matéo nicht hatte stellen wollen, weil er die Antwort fürchtete. Zu seiner Erleichterung verneinte Mireia.

»Ich glaube nicht.«

»Kann es denn nicht sein, dass Anisa einfach von Carlo wegwollte? Weil er sie nicht gut behandelt hat?«

»Möglich. Ich weiß es nicht. Aber das zählt wahrscheinlich auch nicht, oder?«

Matéo nickte.

»Das sagen auch die Karten«, kehrte die Wahrsagerin zum Anfang ihres Gespräches zurück.

»Wie meinst du das?«

Mireia legte sieben Karten vor ihn aus. Es waren genau jene, die Matéo damals gezogen hatte. Die Pik-Sieben. Der Mond. Die Karte mit dem Satz, dass niemand weiter entfernt von der Antwort ist als der, der alle Antworten kennt. Der Scherenschnitt mit den zwei Figuren. Der Joker. Die Herzdame und schließlich der Tod.

Matéo betrachtete sie. Eine nach der anderen. »Und was hat das zu bedeuten?«

»Dass der Traum immer noch zerstört werden muss«, erwiderte Mireia. »Selbst wenn Anisa wieder bei dir ist.«

»Aber ...« Matéo wollte sagen, dass es doch nicht falsch sein konnte, dass sie glücklich waren, dass doch alles gut war. Dass er es sich verkniff, lag abermals daran, dass die Wahrsagerin schon wusste, was er hatte sagen wollen.

»Sie sind nicht glücklich, Zauberer«, sagte sie. »Vielleicht bist du es, vielleicht erliegst du nur einer Illusion, und vielleicht gilt gleiches auch für Anisa. Aber alle anderen sind es nicht.«

»Nicht?« Matéo spürte, wie ihm Tränen in die Augen stiegen. Er war wütend auf die Wahrsagerin, wütend darüber, dass sie ihm sein Glück nicht zu gönnen schien.

»Du bist nicht glücklich, hier an diesem Ort, wo dich niemand verfolgt und als Hexe bezeichnet?«

Alle Farbe wich aus Mireias Gesicht, aber sie fing sich rasch.

»Layla hat dir unsere Leben gezeigt«, flüsterte sie und Bitterkeit sprach aus ihren Worten.

Matéo nickte mit zusammengepressten Lippen. Er hatte es nicht sagen wollen.

»Wen noch?«, wollte Mireia wissen.

»David.« Seine Antwort war nur ein Flüstern.

»So«, meinte Mireia nur. »Und jetzt glaubst du, zu wissen, ob wir hier glücklich sind? Wo du einen einzigen traurigen Moment in unserem Leben gesehen hast? Einen unter all den tausenden von Momenten, die wir hatten? Das glaubst du, Zauberer?«

Die Stimme der Wahrsagerin war mit jedem Wort lauter geworden und sie selbst schien immer mehr von dem kleinen Raum einzunehmen. Matéo schrumpfte in sich zusammen, während um sie herum die Schatten dunkler wurden und sich auf ihn zu stürzen schienen.

Mireia sprach weiter: »Du willst also glauben, dass wir hier glücklich sind? In einem Käfig?« Sie wurde leiser. »Das willst du glauben? Und nichts tun, damit dieser Traum zerbricht?«

Matéo schwieg und sah an der Wahrsagerin vorbei. Um nichts in der Welt wollte er ihren Blicken begegnen. Zu groß war die Angst, dass sie in seinen Augen las, was er dachte. Dass er Anisa nicht noch einmal verlieren wollte. Denn endete nicht jeder schöne Traum mit dem grausamen Erwachen in der sorgengeplagten Wirklichkeit? Und gab es nicht weitaus schlimmere Orte als einen Zirkus?

Auch Mireia schwieg. Lange saßen sie so da.

Bis die Wahrsagerin irgendwann sagte: »Dann geh jetzt. Vielleicht wirst du es eines Tages erkennen, wenn du hinsiehst. Und vielleicht wird es dann noch nicht zu spät sein. Denn die Zeit rennt dir davon, Matéo.«

»Was soll ich denn tun?« Jetzt war es Matéo, dessen Schrei durch den Wohnanhänger hallte. »Was? Was soll ich noch tun, was ich nicht längst versucht habe? Warum soll ich nicht das Glück genießen, das ich habe? Was spricht dagegen?«

Mireia sah ihn an, der Blick so unergründlich wie die wallenden Schatten hinter ihr. »Alles«, gab sie zurück. »Und nichts.«

Das Schweigen, das sich zwischen ihnen ausbreitete, wurde zu einer Mauer und Matéo ging, ohne darauf zu warten, ob die Vorstellung der Wahrsagerin zu Ende war oder nicht. Es war ihm egal. Er verließ das kleine Zelt und die Manege. Anisa wartete auf ihn. Das allein zählte. Nichts sonst. Keine Träume, kein Erwachen. Nur Anisa und er, die durch den Regen rannten, trunken vor Glück.

Sie bummelten über den Rummel, gemeinsam mit den Zirkuszuschauern, und mit jedem Schritt verbannte Matéo die Unterhaltung mit Mireia mehr und mehr aus seinem Gedächtnis. Sie zogen Lose bei der Losverkäuferin, die Anisa freundlich willkommen hieß. Ihr Gewinn war dieses Mal ein Schmetterling aus Glas, die filigranen Flügel silbern und beige, mit einer goldenen Kugel am unteren Ende. Matéo erkannte den Nachtfalter. Es war ein Mondvogel, gleich dem, den er selbst gefangen hatte, um die Nacht in ihrem gläsernen Mond von ihm und dem brennenden Pfeil abzulenken.

Fragend sah er die alte Frau an.

»Manche Momente beginnen mit Dunkelheit«, sagte sie schulterzuckend und Matéo steckte das Kästchen mit dem gläsernen Schmetterling ein.

Wahrscheinlich würde sich auch dafür der richtige Moment finden. Wie bei dem Schneeglöckchen.

Danach schaukelte er mit Anisa durch den immer heller werdenden Himmel, und ihr Lachen flog mit dem seinen durch die Luft. Die Schiffschaukel hielt erst an, als die Nacht endgültig zu verblassen drohte und sie selbst an den purpurn-weißen Wagen des Wahrsagezirkus vorbeitanzten, bis sie Matéos Wagen erreichten und ins Bett taumelten.

Am Freitag malte Anisa mit ihren Seifenblasen Regenbögen und Matéo ließ Rosen vom Himmel regnen, während draußen ein Sturm tobte.

Am Samstag war der Sturm schlimmer geworden. Das weiße, beduinenartige Zelt des Feuerschluckers bog sich unter dem Wind, die Fensterläden der Wagen klapperten unheilvoll in ihren Verankerungen. Es war kaum möglich, das Zelt von den Wagen aus zu erreichen und später, nach der schlecht besuchten Vorstellung, wieder zurückzugelangen.

Jeder Artist war froh, dass das Zelt so leer geblieben war.

Carlos Flammen waren erloschen, ausgepustet vom Wind. Mireias Karten hatten als Blättersturm die Manege ausgefüllt, während Min-Liu sich nicht auf ihrem Podest hatte halten können. Die Wasserspritzer der Clowns waren nicht auf sie, sondern auf die Zuschauer geweht worden und die Trapezschwestern konnten keinen Halt in den luftigen Höhen ihrer Ringe finden. Anisas Seifenblasen zerplatzten und Matéos Vögel aus Tüchern landeten leblos im Sand der Manege, von den Windböen verweht, die selbst den Glasmond schwanken ließen. Dass er nicht fiel, wäre an jedem anderen Ort ein Wunder gewesen. Hier nicht, und Matéo war darüber erleichtert und traurig zugleich.

Mireias Blick verfolgte ihn noch, als er und Anisa längst die Tür hinter sich geschlossen hatten. Und während Anisa schnell eingeschlafen war, dicht an ihn geschmiegt und sicher in seinen Armen liegend, lag er noch lange wach. Er hörte den heulenden Sturm, der von Stunde zu Stunde lauter seinen Namen rief. Solange, bis Matéo seinem Ruf folgte. Ohne Anisa zu wecken, schlüpfte er aus dem Wagen und griff beim Hinausgehen nach seinem Mantel.

Regen peitschte ihm ins Gesicht, und der Wind trieb ihn vor sich her wie ein gefallenes Blatt im Herbst.

Bald stand er an dem Tor, das wie immer verschlossen war. Ein Fremder stand davor. Er sah sich um, als wüsste er nicht, woher er gekommen war und wohin er wollte. Irgendwie kam er Matéo bekannt vor, aber er wusste nicht, woher.

»Kann ich Ihnen helfen?«

Der Fremde schrak auf und sah ihn einige Sekunden irritiert an.

»Ich weiß nicht«, bekannte er schließlich. »Ich weiß, dass ich hier sein sollte, aber ich weiß nicht, warum.«

Wieder blickte er sich suchend um.

»Was ist das für ein Ort?«, fragte er.

»Ein Zirkus.«

»Zirkus …« Der Fremde wiederholte das Wort mehrmals, als könnte er ihm so eine Bedeutung geben. Er schüttelte den Kopf. »Nein«, meinte er schließlich. »Ich weiß nichts von einem Zirkus. Ich denke, ich werde wieder gehen.«

Er wandte sich um und verschwand ohne sich zu verabschieden. Matéo sah ihm nach, bis ihn die Dunkelheit verschluckt hatte. Erst, als sein Blick auf ein Schneeglöckchen unweit des Tors fiel, das genau dort wuchs, wo der Fremde entlang gegangen war, begriff Matéo.

»Toni«, flüsterte er den Namen des verschwundenen Kassierers in die Nacht, der ihm seine Karte in das Reich des Circo Laylaluna verkauft hatte. Den letzten Stern überhaupt.

Und noch ein Name verband sich in seinem Verstand mit dem des Fremden: Antonio DiMarci. DiMarci war hier gewesen, vergessen von der Nacht, bis er sich selbst vergessen hatte. Was war aus ihm geworden? Wohin war er gegangen? Und warum war er genau jetzt wiedergekehrt?

Ein Funkeln am Himmel lenkte ihn ab. Über ihm befand sich ein kleiner Riss in der Wolkendecke, aus der es immer noch unablässig regnete. Ein Stern leuchtete dort. Wie ein Abbild der Eintrittskarte, die immer noch in seiner Hosentasche steckte.

Matéo zog sie hervor. Tatsächlich. Es schien derselbe Stern zu sein. Doch wer vermochte das schon zu sagen? Vielleicht hatte Layla sich kurz des Zauberers erinnert. Vielleicht war das ein kurzes Aufflackern gewesen, so wie die Erinnerungen an einen geliebten Menschen hin und wieder in uns aufflammen, ohne jemals endgültig zu verblassen.

Die Wolkendecke über Matéo schloss sich wieder, der Regen wurde noch stärker und der Wind trieb den Zauberer weiter, bis er sich an einer Ecke des quadratischen Zeltes wiederfand.

Min-Liu saß dort im Windschatten des Sturms. Wie so oft falteten ihre Hände Kraniche aus Papier.

»Weißt du inzwischen, wie viele es sind?«, fragte er sie.

Die Schlangenfrau schrak auf.

»Nein«, sagte sie leise. Ihr schwarzes Haar hing in nassen Strähnen über ihren Schultern. Alles an ihr war durchnässt, nur die Papierkraniche nicht.

»Erinnerst du dich wieder an deinen Wunsch?«, hakte Matéo nach.

Kurz flackerte es in Min-Lius Augen auf. Ihre Blicke huschten an ihm vorbei, durch die Lücke zwischen zwei Wagen hindurch und blieben an jenem unüberwindbaren Zaun hängen, der den Traumzirkus von der Außenwelt abgrenzte.

»Nein«, sagte sie erneut.

»Warum faltest du denn dann noch?«, wollte Matéo wissen.

Zum ersten Mal sah Min-Liu ihn an. Irgendwie ratlos. »Ich weiß es nicht. Manchmal führt man etwas fort, ohne sich überhaupt noch zu erinnern, warum man damit angefangen hat.«

Sie nahm ein neues Blatt, faltete weiter und beachtete den Zauberer nicht länger, der wie ein nasser Hund neben ihr stand.

Matéo fröstelte. Er war froh, bald darauf neben Anisa zu liegen, deren Lippen im Halbschlaf die Seinen suchten und die finsteren Gedanken, die er aus der kalten Nässe mitgebracht hatte, vertrieben, bis der Morgen dämmerte.

Denn als er aufstand, um Jordí zu füttern, fand er die erste Karte unter der Tür. Es war die Pik-Sieben – die erste Karte, die er aus dem Tarot der tausend Stimmen gezogen hatte. *Sieben Wochen.*

Er schloss die Augen. Er wusste genau, was Mireia ihm sagen wollte. Dass er den Traum zerbrechen musste. Doch wie? Und abermals: Warum? Warum sollte er sein Glück zerstören? Anisa war bei ihm. Alles war gut. Was zählte es schon, dass dies nicht die Wirklichkeit war?

Er legte die Karte beiseite und dachte nicht mehr daran.

Kapitel 7

Die siebte Woche. Bilder im Sand. Hinter den Spiegeln. Schmetterlingsflügelschlag. Der siebte Versuch. Sturm aus dem Wasserglas. Feiner Sand. Das Tor zum Tag.

Der Sturm und die Nacht ließen einander nicht mehr los. Wie Matéo und Anisa hielten sie einander fest umarmt. Die Tage blieben dunkel, waren kaum noch von den Nächten zu unterscheiden. Nur der Auftrittsplan ließ die Artisten die Tage erkennen, und die Uhr über der Tür die Stunden.

Es war Dienstag. Draußen beugte sich das Zelt der Clowns dem stürmischen Wind.

Seit der Begegnung mit DiMarci und Min-Liu war Matéo außerhalb der Vorstellungen nicht mehr draußen gewesen. Zu groß war die Angst vor einer weiteren Begegnung, die ihn daran erinnerte, was er eigentlich tun musste. Es reichte, wenn Mireia das immer wieder tat. Nicht mit Worten oder Blicken. Doch hatte die zweite Karte bereits Montagmorgen unter der Tür gelegen.

Der Mond. Das Zeichen für Illusion und für ihn zugleich die auf Papier gemalte Wahrheit. Auch diese Karte hatte Matéo zerknüllt und versteckt, ehe Anisa sie hatte sehen können. Sie würde Fragen stellen und er wollte ihr nichts sagen. Wahrscheinlich würde sie ihm ohnehin nicht glauben, ihn auslachen. Oder schlimmer: Sie könnte ihm glauben und ihn bitten, den Traum zu zerbrechen. Das Glück – *ihr* Glück – zu zerstören, sodass sie zurückkehren mussten in Tage voller verdrängter Sorgen, und in Nächte, in denen Anisa weinend neben ihm lag ...

Er schüttelte sich. Jetzt gerade war Anisa bei den Schwestern Nochenta. Entgegen aller bisheriger Erfahrungen war gerade Cassandra Nochenta wie ausgewechselt, sie war fast wie eine beste Freundin für Anisa geworden. Matéo vermutete, dass dies stark mit der Tatsache zusammenhing, dass er nicht mehr versuchte, den Traum zu zerstören, aber er freute sich für Anisa.

In der Realität war da niemand gewesen, zu dem sie hatte gehen können. Es hatte immer nur sie beide gegeben, und ihm hatte dies stets gereicht. Anisa aber schien jemanden wie Cassandra Nochenta in ihrem Leben vermisst zu haben.

Er sah, wie glücklich sie war, und die ungleichen Schwestern waren es auch. Das wusste er, auch wenn Bianca ihn manchmal beinahe vorwurfsvoll aus ihren hellen Augen ansah.

Und es bestärkte ihn in seinem Entschluss.

Überhaupt hatten sich die Tage verändert. Sie waren geselliger geworden. Der Traum hatte seine Einsamkeit verloren. Da waren die Proben, und am Sonntag nach der Vorstellung hatten die Artisten um das Zelt herum eine kleine Feier abgehalten. Sogar Mireia war da gewesen. Grimmig dachte Matéo, dass sie ihm die Karte wahrscheinlich bei dieser Gelegenheit untergeschoben hatte. Aber nein. Das ergab keinen Sinn: Er hatte die Karte erst am Morgen gefunden, nicht schon in der Nacht, was allerdings keinen Unterschied machte.

Das Ende blieb das Gleiche. Die Karten waren da. So wie seine Gedanken, die sich im Kreis drehten und den Wohnwagen zu eng werden ließen, um ihnen zu entkommen.

Frustriert starrte Matéo nach draußen in den Regen, nur um wenig später selbst darin zu stehen. Die Uhr hatte Mittag angezeigt, der Himmel jedoch sah aus wie in der Abenddämmerung. Zu viel Dunkelheit.

Missmutig stapfte Matéo durch den Regen. Fragte sich vielleicht schon zum hundertsten Mal, ob das Wetter mit dem Traum zusammenhing und wenn ja, auf welche Weise. Er konnte nichts damit zu tun haben. Er war zu glücklich, um diesen sintflutartigen Regen auszulösen. Die Nacht selbst auch nicht, das würde keinen Sinn ergeben. Überhaupt – niemand konnte so viel Regen mögen.

Wütend trat er beim Weitergehen in die Luft. Das leise Weinen hätte er beinahe überhört, doch für einen Moment hatte eine Windböe den Regen verstummen lassen. Es kam aus einem der Wagen.

Rasch blickte er sich um, zählte, wie weit er gegangen war. In der Dämmerung sahen die Wagen einander noch ähnlicher als bei Tageslicht. Das Wimmern drang erneut an seine Ohren. Neugierig trat er näher, bis er unter dem Fenster stand. Seiner Einschätzung nach musste der Wagen Carlo gehören. Vorsichtig stellte er sich auf die Zehenspitzen und riskierte einen Blick ins Innere des Wagens.

Carlo saß auf seinem Bett. Sonst schien es nichts in dem kleinen Raum zu geben, oder Matéo konnte es nicht sehen. Der große Mann weinte. Seine Schultern bebten, und das Geräusch übertönte jetzt sogar das Prasseln des Regens.

Peinlich berührt wollte Matéo sich abwenden, doch er brachte es nicht fertig. Er blieb einfach stehen und zählte die Tränen, die rußschwarz über die Wangen des Feuerschluckers liefen und Spuren hinterließen. Wie Asche, die vom Regen weggespült wurde.

Es donnerte. Matéo schrak auf. Carlo hob im Inneren des Wagens den Kopf. Der Zauberer fluchte leise. Verdammt. Der Feuerschlucker durfte ihn nicht erwischen. Der Blitz erhellte den Himmel, bevor er sich wegducken konnte.

Die Blicke der beiden Männer trafen sich und um Carlo herum brach Feuer aus.

Und Matéo rannte so schnell er konnte. Er rechnete jeden Moment damit, von einem Feuersturm eingeholt zu werden.

Doch kein einziger Funke verfolgte ihn. Nicht einmal Carlo selbst. Unbehelligt erreichte er seinen Wagen, wo er die nächste Karte unter der Tür fand. Die, deren Herkunft Mireia ihm nicht erklärt hatte und auf der stand: »Niemand ist weiter von der Antwort entfernt als derjenige, der alle Antworten kennt.«

Wütend zerriss er sie in winzige Schnipsel, die er nach draußen warf. Der Wind nahm sie ihm aus den Händen und trug sie wie Konfetti durch den Regen.

»Ich weiß nichts!«, brüllte er den Papierfetzen hinterher, aber seine Worte wurden von einem weiteren Donnergrollen verschlungen.

Im Licht des Blitzes, der darauf folgte, sah er Anisa, die auf ihren Wagen zurannte, ihr helles Kleid lag nass und durchschimmernd auf der Haut. Matéo fing sie auf und wirbelte sie durch den Regen, ehe er mit ihr im Wagen verschwand.

Die vierte Karte lag auf dem Boden, als sie später zur Vorstellung wollten. Der Scherenschnitt, der seine beiden Gegner zeigte.

Wieder verbarg er sie vor Anisa, die damit beschäftigt war, neue Seifenlauge in den Eimer zu füllen. Doch als er sicher war, dass sie nicht hinsah, betrachtete er Anisa.

Er war nicht sicher, ob die Karte immer noch Gültigkeit hatte. Denn konnte man Cassandra noch als seine Gegnerin bezeichnen, jetzt, da sie Freunde waren? Und was war mit Carlo, der in seiner Verzweiflung gefangen schien?

Mit einem Seufzer steckte er die Karte wieder weg.

Anisa sah auf. »Was hast du?«, fragte sie.

»Nichts«, beeilte er sich zu sagen und schenkte ihr ein Lächeln. Sie ließ sich nicht beirren.

»Es ist nie nichts«, widersprach sie.

Matéo lachte leise, schwieg aber beharrlich und küsste sie anstelle einer Antwort, ehe sie den Wagen ein weiteres Mal verließen, um durch den Regen zum Zelt zu kommen.

Gespenstische Stille herrschte, als sie das kleine Vorzelt betraten. Abgesehen von Mireia waren alle versammelt und starrten abwechselnd von ihnen zu Carlo, der in ihrer Mitte stand und einen Ball aus Feuer in den Händen hielt. Niemand rührte sich.

Und Carlo hob den Feuerball und schleuderte ihn auf Anisa, ehe sie die Situation hatten erfassen können. Gerade noch rechtzeitig schaffte es Matéo, sie zur Seite zu ziehen. Der Feuerball verpuffte hinter ihnen, aber sofort hatte Carlo einen neuen in der Hand, zuerst klein wie ein Streichholzfünkchen, dann immer größer werdend.

Schon flog er durch die Luft, aber erneut konnten sowohl Matéo als auch Anisa ausweichen, sie nach rechts, er selbst nach links. Matéo sah, dass das den Zorn in Carlo nur weiter anheizte, und er schrie den anderen zu, wegzurennen, allen voran Anisa.

Wie schnell Verzweiflung zu Wut umschlagen konnte …

Feuerball um Feuerball musste er ausweichen, hakenschlagend wie ein Kaninchen auf der Flucht. Immer, wenn er glaubte, den anderen durch den Ausgang nach draußen folgen zu können, schnitt ihm eine Wand aus Feuer den Weg ab. Es wunderte ihn, dass Carlo nicht einfach eine Feuerwalze auf ihn zurollen ließ, eine Mauer, die sich kreisförmig um ihn schloss, einen Windwirbel …

Seine Lungen schmerzten und der Schweiß lief ihm in Strömen über den Körper. Und immer wieder ging es weiter hin und her, kreuz und quer. Bis er einfach so stehen blieb und die Hand hob, als die nächste Feuerkugel auf ihn zu schnellte.

Matéo schloss die Augen. Wartete auf die Hitzewelle. Sein Herz schlug so wild gegen seinen Brustkorb, dass es wehtat. Er zählte die Sekunden. Nichts passierte.

Millimeterweise hob er die Augenlider. Kein Feuerball erhellte den Raum mehr. Nur Carlo stand noch da, die Schultern bebend vor Zorn, die Augen leuchtend wie schwelende Glut.

»Du hast sie mir gestohlen.« Die Anklage in den Worten spiegelte sich im Tonfall.

Matéo schwieg und schüttelte den Kopf.

»Das habe ich nicht«, sagte er schließlich. »Sie ist freiwillig gegangen. Ich habe sie nicht darum gebeten. Du warst es, der ihre Flügel verbrannt hat wie die Kerze die eines Nachtfalters.«

Der große Mann heulte auf, und in der nächsten Sekunde ließ er wieder einen Feuerball entstehen, größer als alle zuvor.

Matéo schluckte, suchte aus den Augenwinkeln den Weg zum Ausgang. Zehn, zwölf Schritte, mehr waren es nicht. Doch eine Feuerwand hatte sich vor ihm aufgebaut, ehe er sich überhaupt entschließen konnte, loszulaufen.

»So also sieht Sterben aus«, dachte er nur, denn in den Augen des Feuerschluckers loderte der Tod, schien mit heißen Fingern nach ihm zu greifen.

Die Luft wurde knapp, Matéo fühlte, wie ihm die Sinne schwanden.

»Carlo!«

Die Stimme, die Matéo hörte, ehe er in die Knie ging, war die einer Frau. Es war nicht Anisa. Die Stimme war dunkler, herrschender.

Cassandra.

Wo war sie hergekommen? Wie hatte sie durch das Feuer …? Er war unfähig, den Gedanken zu Ende zu bringen. Seine Lungen gierten nach Sauerstoff, er konnte förmlich spüren, wie die brennende Hitze und die Gase ihn aus seinem Körper vertrieben.

»Carlo!«

Der Name des Feuerschluckers wurde in seinem Kopf zu einem widerhallenden Echo, das nicht verstummen wollte, so sehr sich Matéo auch dagegen wehrte. Er wollte nicht, dass dieser Name der letzte war, den er hörte. Unaufhörlich bewegten sich seine Lippen. Flüsterten Anisas Namen oder glaubten es zu tun.

Die Hitze kam näher. Gleich würde er verbrennen. Längst schon hatte er die Augen schließen müssen, geblendet von all dem grellen Licht.

Dann wurde es kalt. Und dunkel. Reflexartig riss Matéo die Augen auf. Für einen Moment erwachte die panische Angst in ihm, wieder blind zu sein. Oder war er gar schon tot?

Nein. Da war Cassandra. Und ein Stück dahinter Carlo. Sie standen im dämmrigen Licht des Vorzelts. Alle Flammen waren erloschen, auch wenn Matéo ihr Flüstern und Rauschen immer noch hören konnte. Es überlagerte alles, sodass er nicht verstehen konnte, was die beiden miteinander besprachen, und da der Qualm noch ebenso in seinen Augen brannte, sah er sie nur als verschwommene Gestalten.

Er meinte, an ihrer Körpersprache zu erkennen, dass Cassandra beruhigend auf Carlo einredete, sicher war er sich aber nicht. Doch was immer es war, Carlo verließ das Zelt nach einigen Minuten gemeinsam mit der Trapezkünstlerin.

Matéo blieb allein zurück und bekam so wenige, kostbare Sekunden, in denen er seine Lungen mit Luft füllte. Langsam beruhigte sich sein Herzschlag und seine Augen wurden wieder klar. Plötzlich erschienen auch Anisa, Mireia und die anderen wieder. Gemeinsam mit David, Min-Liu und Bianca Nochenta halfen sie ihm auf die Beine. Nur die beiden Clowns standen abseits.

Für einen kurzen Moment kamen Matéo die Schachfiguren in den Sinn, verschwanden jedoch mit dem ersten Gong, der die Vorstellung einläutete.

»Bist du bereit?«, fragte Anisa leise. Sie sah besorgt aus und ihre Stimme zitterte.

Matéo lächelte matt und nickte.

»Es tut mir leid«, flüsterte sie und drückte sich an ihn.

»Das muss es nicht.« Er küsste ihr Haar.

»Aber«, begann sie, doch Matéo löste sich von ihr, sodass er ihr beschwichtigend einen Finger auf die Lippen legen konnte.

»Shh. Nicht. Es ist nicht deine Schuld.«

Er küsste sie, während hinter ihnen die Clowns in die Manege liefen, um die Vorstellung mit ihrem kunterbunt schrillen Treiben zu eröffnen.

Wenig später malte Anisa alte Märchen und Geschichten in ein Theater aus Seifenblasen und Matéo verzauberte das Publikum im Anschluss mit einem umgekehrten Schattenspiel, bei dem er den Zeltinnenraum in absolute Schwärze tauchte und Figuren aus Licht erscheinen ließ.

Am Mittwoch sahen sie Carlo und Cassandra gemeinsam bei den Proben. Die beiden Artisten tuschelten miteinander und wirkten sehr befreit. Mit besorgter Miene warf Matéo Anisa einen fragenden Blick zu, doch sie zuckte nur mit den Schultern.

Seit dem Vorfall hatte sie nicht mehr mit Cassandra gesprochen.

Auch der Donnerstag ertrank in Regen. Die Feuchtigkeit war längst durch alle Kleidungsstücke gekrochen, hatte sich wie ein kühler Nebelschleier auf die Haut gelegt. Die Luft war merklich abgekühlt, und Matéo überlegte, ob der Sommer inzwischen nicht dem Herbst gewichen sein musste. Aber wer wusste schon, wie viel Zeit vergangen war, wo die Uhren doch die Stunden tröpfeln und rasen ließen, ohne jedwede Gesetzmäßigkeit?

Er erschrak, als es klopfte. Anisa schlief noch, sie hatten die Nacht damit zugebracht, gemeinsam Luftschlösser zu bauen, Träume von einem Leben mit unendlichen Möglichkeiten. Sie hatten sich Varietébühnen vorgestellt und Häuser, die mehr Räume hatten, als sie beide zählen konnten. Erst am Morgen waren sie eingeschlafen.

Matéos Schlaf hatte nicht lange angedauert. Vorsichtig war er aufgestanden und zu dem kleinen Tisch gegangen, auf dem nach wie vor leere Blätter bereitlagen, um die Traumbilder aufzuzeichnen. Er wusste nicht, warum er es tat. Vielleicht, um das Glück festzuhalten.

Jetzt erhob er sich langsam, um Anisa nicht zu wecken, und öffnete die Tür einen Spalt.

Mireia stand im Regen, ihren purpurn-weiß-gestreiften Schirm hielt sie in der einen Hand. Fast schon erwartete Matéo, in der anderen eine Karte zu sehen, die fünfte, aber die Hand war leer, als die Wahrsagerin sie zum Gruß hob.

»Hast du einen Moment?«, fragte sie.

Er nickte, obwohl er die Tür gerne wieder geschlossen hätte. Von innen, nicht von außen.

Mireia hielt den Schirm so, dass er sie beide vor den großen Regentropfen schützte, die unentwegt auf sie herabfielen.

»Bist du glücklich?«, fragte sie geradeheraus.

»Ja«, erwiderte Matéo, ohne lange nachzudenken. Weil er es war.

Die Wahrsagerin nickte knapp. »Beschreibe mir den Zirkus«, bat sie ihn sogleich.

Verwundert runzelte Matéo die Stirn, kam ihrer Aufforderung aber nach und beschrieb ihr in allen Einzelheiten den Drachenzirkus von Min-Liu, der sein rot-goldenes Gesicht dem trüben Tag entgegensetzte.

»Die Liebe macht mitunter blind«, sagte Mireia daraufhin. »Sie färbt die Dinge schön.«

Als Matéo sie fragend ansah, deutete sie auf den Zirkus und flüsterte: »Sieh hin, Zauberer. Du musst hinsehen. Mehr noch, du musst hinter das sehen, was du sehen willst.«

Zuerst verstand Matéo nicht, was sie meinte, dann aber betrachtete er den Zirkus und der Mund blieb ihm vor Schreck offen stehen. All das leuchtende Rot verblasste vor seinen Augen. Die goldene Farbe platzte von den Drachen ab, als würden sie Schuppe um Schuppe verlieren, und Stofffetzen hingen von den Wänden des Zelts herab.

Ungläubig schüttelte Matéo den Kopf. Sicher, es war nicht das erste Mal, dass er den Zirkus so sah. An wie vielen Tagen hatte er sich über das verfallene Aussehen von Zelt und Wagen gewundert? Aber heute traf es ihn wie der Schlag.

Fragend drehte er den Kopf zu Mireia. Das Gesicht der Wahrsagerin war ernst.

»So sieht es immer aus«, erklärte sie. »Und mit jedem Tag zerfällt der Zirkus ein wenig mehr.«

»Wie …?«, begann Matéo.

Mireia führte seine Frage zu Ende. »Wie das möglich ist, Zauberer?«

Matéo nickte, doch er kannte die Antwort bereits, ohne dass er sie hörte. Der Traum durfte nicht ewig währen. Doch was, wenn sie alle aufwachten? Wo würden sie stehen? Dort, wo sie zuvor gewesen waren? Ganz woanders? Wie Heimatlose?

»Sie wirken alle so glücklich«, warf er leise ein. Das Rot des Zeltes wurde wieder etwas kräftiger, vereinzelte Drachenschuppen glänzten goldener.

»Oft tragen die glücklichsten Menschen den größten Kummer in sich, und kein Schleier ist dichter als der eines Traums.«

Matéo nickte. Er wusste, dass die Wahrsagerin Recht hatte, wusste, dass es so nicht weitergehen konnte. Dennoch.

»Ich kann nicht«, flüsterte er.

»Ist das dein letztes Wort?«

Matéo nickte stumm und die Wahrsagerin ließ ihn im Regen stehen, ohne noch etwas zu sagen. Gerade jedoch, als Matéo zurück in den Wagen gehen wollte, drehte sie sich noch einmal um.

»Vergiss nicht hinzusehen, Zauberer.«

Sie sagte es in einem scharfen, schneidenden Ton, der Matéo einen Schauer über den Rücken jagte und ihm die Worte tief in sein Gedächtnis brannte, so tief, dass es ihm für den Moment unmöglich schien, in seinen Wagen zu gehen und Anisa unter die Augen zu treten. Als ob das Glück ihm mit einem Male schwer auf den Schultern lastete.

Langsam ging er erst um das Zelt herum, dann um den Kreis der Wagen, immer den Zaun entlang, der ihm Strebe für Strebe in Erinnerung rief, dass er in einem Käfig saß.

»Was«, flüsterte ihm eine Stimme zu, »was, wenn dein Glück vorüber geht? Was, wenn aus dem Neubeginn Alltag wird? Wenn der Zirkus auch für dich und sie seine Farben verliert?«

Matéo rebellierte. »Was«, schrie er in sich dagegen an, »was, wenn nicht?« Das stumme Zwiegespräch endete abrupt, als Matéo eine Gestalt am Zaun bemerkte.

Es war David. Der Pantomime stand da, die Hände um die Gitter gelegt, den Kopf in eine der Lücken gesteckt, sodass er nach draußen sah. Er reagierte erst, als Matéo ihn mit der Hand an der Schulter berührte. Daraufhin drehte er sich so abrupt um, dass er Gefahr lief, sich an den Gitterstäben zu verletzen. Mit verweinten Augen schaute er Matéo an.

Der Zauberer schluckte. Am liebsten hätte er die Augen geschlossen und wäre fortgerannt, aber nicht sehen hieß nicht, nicht zu wissen und so erkundigte sich Matéo besorgt: »Was hast du?«

Der Pantomime deutete mit verzweifelter Miene nach draußen.

»Du willst raus?«

David nickte.

»Warum?«

Hände mit weißen Handschuhen malten ein Fragezeichen in die Luft.

»Du weißt es nicht?« Matéo hoffte, mit der Interpretation des Zeichens richtig zu liegen.

Der Pantomime nickte erneut. Von Kajal schwarz gefärbte Tränen hinterließen Spuren auf seinem weiß geschminkten Gesicht. Seine Hände malten Worte in die Luft, ungelenk, stockend, sodass Matéo sie nur schwerlich verstehen konnte.

Er brauchte mehrere Anläufe, bis er sich aus all den dahingezitterten zusammengewurschtelten Gesten zusammengereimt hatte, was David meinte.

»Da draußen gibt es jemanden, der auf dich wartet«, schloss er und seine Kehle schien plötzlich wie zugeschnürt, als er darüber nachdachte, wie er selbst nach Anisa gesucht hatte, so viele Tage lang.

Wie leicht übersah man das Leid, wenn das eigene Herz vor Freude überquoll?

Der Pantomime bestätigte seine Vermutung mit einem niedergeschlagenen Lächeln.

»Wer?«, wollte Matéo wissen.

Das weißgeschminkte Gesicht wurde zu einer Maske der Traurigkeit.

»Auch das weißt du nicht«, übersetzte Matéo stockend und schon flogen seine Hände wieder durch die Luft, ließen Bewegungen zu Bildern und Worten werden.

»Und jetzt wartest du auf diesen Jemand.«

David nickte lächelnd, erleichtert, dass der Zauberer ihn verstand, und gestikulierte weiter.

»Diese Person hat versprochen zu kommen und tat es nie?«

Der Pantomime schüttelte den Kopf, während seine Finger bereits neue Worte beschrieben. Angestrengt folgte Matéo den Bewegungen. Dann begriff er, und wieder war ihm, als würde jemand die Welt um ihn herum dunkler, trister färben.

»Du bist immer am falschen Ort«, wiederholte er tonlos, was David ihm gezeigt hatte. »Wir alle sind es. Der Zirkus ist es.«

David neigte den Kopf, was weder eine Zustimmung noch eine Verneinung war.

»I-ich k-kenne ei-einfach d-den W-weg n-nicht m-m-mehr«, sagte er, dieses Mal mit Worten, was tausendmal schwerer wog als jede Geste.

»E-eben n-noch w-w-wusste i-ich i-ihn. J-j-jetzt i-ist e-er v-v-verschwunden.«

Er nickte Matéo noch einmal zu und ging dann mit hängendem Kopf zurück zu den Wagen. Irgendwann folgte Matéo ihm in der gleichen Haltung.

Erst ein Kuss Anisas vertrieb die dunklen Wolken über seinem Herzen und färbte den Zirkus wieder bunt. Es war leicht, Leid zu vergessen, selbst wenn man den Moment zuvor noch geglaubt hatte, nie wieder glücklich werden zu können.

Am Donnerstagabend, als Mireia ihre Vorstellung an letzter Stelle hatte, hielt sie die fünfte Karte in die Höhe, sodass Matéo den Joker sehen konnte, den er gezogen hatte.

Die Hilfe, die ihm zuteilwerden sollte. Von irgendjemandem, irgendwann.

Er schloss die Augen, um das Bild nicht sehen zu müssen. Doch die Karten blieben in seinem Gedächtnis.

Am Freitag lag die Herzdame unter seiner Tür, doch obwohl ihn die Erinnerungen an den zerfallenen Zirkus und das Gespräch mit dem traurigen Pantomimen überkamen, hatte er zum ersten Mal kein schlechtes Gewissen – weil diese Karte ihn weder ermahnte noch warnte. Sie war einfach nur der Grund für alles.

Anisa. Wieder und wieder Anisa, mit der er so glücklich war. Erinnerungen an die letzte Nacht übermalten die dunklen Bilder, das Gefühl ihrer Küsse tanzte noch über seine Haut.

Manchmal tat man Dinge, obwohl man wusste, dass sie nicht richtig waren. Weil sie nicht zu tun, ebenso falsch wäre ...

Nein. Er würde seine Meinung nicht ändern. Er würde mit Anisa glücklich in dieser kleinen Welt bleiben.

»Was ist mit den anderen?«, flüsterte es in ihm. »Wenn nötig«, gab er zur Antwort, »werde ich versuchen, sie glücklich zu machen.« Er überhörte die Stimme, die sagte, dass das nicht möglich war. Er überhörte sie, wie er übersah, dass der Circo Laylaluna mehr und mehr an Farbe verlor.

Mireias purpurn-weißes Zelt war nur noch eine Ansammlung unterschiedlicher Grautöne, genauso wie die Wagen, und durch den Regen wirkte das Szenario noch trister.

Erst am Abend begann er seine Meinung zu ändern.

Die Vorstellung verging, wie so viele. Es gab außergewöhnliche Darbietungen und es ertönte Applaus, und am Ende hatte der Zirkus Carlos Kleid getragen, welches strahlend weiß der Wüste aus nasskalter Dunkelheit trotzte.

Die Artisten waren gemeinsam hinausgetreten. Anisa mit Mireia, Min-Liu zwischen Matéo und Bianca Nochenta, dahinter ihre Schwester und Carlo. Die Schlangenfrau lächelte seltsam entrückt. Sie hakte sich bei Matéo ein.

»Weißt du was?«, fragte sie.

»Was denn?«

»Ich werde meine Kraniche zählen.«

Matéo hob überrascht eine Augenbraue. »Ist dir dein Wunsch wieder eingefallen?«

Die Schlangenfrau schüttelte den Kopf. »Das nicht. Aber das wird er schon noch. Und wenn ich eintausend Kraniche gefaltet habe, kann ich mir etwas wünschen, wenn es soweit ist.« Sie lächelte ihn an und in ihren mandelförmigen Augen glitzerte der Stern eines Neuanfangs.

Und dieser Stern war es, der Matéo wachrüttelte. DiMarci kam ihm in den Sinn, vom Traum vergessen, wer weiß wohin es ihn verschlagen hatte. Was, wenn die Nacht diesen Traum eines Tages vergaß? Würden sie zurückkehren? Wie konnte er sein Glück über das aller anderen stellen? Wie konnte er die Hoffnung in Min-Lius Herzen einfach so zerstören? Wie nur konnte er Davids Tränen ignorieren, und selbst Carlos Unglück oder Mireias Wunsch, wieder frei zu sein?

Waren Anisa und er bisher nicht auch glücklich gewesen, in ihrer kleinen Wohnung, mit Jordí? Hatten all die kleinen und großen Sorgen das wenige Glück nicht eher größer gemacht?

Um ihn herum verlor der Zirkus seinen Glanz, als er abermals *hinsah*.

Er sah die Schlangenfrau an. »Du wirst ihn bestimmt finden«, flüsterte er, ehe er sich von ihr löste, um zu Anisa zu gehen. Schon auf dem Weg sah er, dass sie bereits an der Tür zu ihrem Wohnwagen auf ihn wartete.

In dieser Nacht liebte er sie, als gäbe es kein Morgen mehr.

Und als er in der Frühe des Samstags die siebte Karte unter der Türe fand, zerknüllte er sie nicht, sondern steckte den Tod in seine Tasche und setzte sich an den Tisch, um zu planen.

Dass die Blätter am Ende des Tages leer geblieben waren, stimmte ihn traurig, aber er konnte nicht weiter darüber nachdenken, weil Anisa tränenüberströmt in den Wagen stürmte, ehe sie zur Vorstellung aufbrechen mussten.

Matéo sprang auf, um sie aufzufangen und lange Zeit geschah nichts, außer dass Anisa in seinen Armen lag und weinte. Jede ihrer Tränen schnitt Matéo wie ein Messer, und die Karte des Todes flimmerte in seinen Gedanken.

Es dauerte, bis Anisa sich soweit beruhigt hatte, dass sie sprechen konnte.

»Cassandra«, schluchzte sie. »Sie hat mich einfach fortgeschickt. Ganz seltsam ist sie gewesen, richtig böse. Ich verstehe nicht ...«

Was genau sie nicht verstand, ging in einem weiteren Tränenausbruch unter, den Matéo mit Nähe und Trost zu vertreiben versuchte.

Er selbst ahnte, was geschehen war. Cassandra Nochenta wusste, dass er ein weiteres Mal versuchen würde, den Traum zu zerstören. Ihr einziges Leben, wie sie gesagt hatte. Er wusste nach wie vor nicht, wie genau sie das meinte. Vermutlich war auch sie hier glücklich, so glücklich wie sie es vielleicht niemals zuvor gewesen war. Doch das, schloss Matéo, reichte nicht aus. So sehr er es sich für sich selbst gewünscht hatte.

Er tröstete Anisa so gut er konnte, versprach ihr immer wieder, dass alles gut werden würde.

Alles würde gut werden, wenn der Traum endete. Wenn sie erwachten und das alles nur ein Spuk in ihren Erinnerungen sein würde, der mit dem neuen Morgen verflog ...

Sie schliefen nicht in dieser Nacht, von der Matéo hoffte, dass es ihre letzte im Circo Laylaluna war.

Draußen stürmte es so heftig, dass Matéo fürchtete, das Zelt wäre längst dem Wind zum Opfer gefallen und die Wohnwagen würden bald fortgeweht.

Doch sie hielten, und ebenso stand das Zelt noch, als die Nacht endlich ein Ende fand und sie am Sonntagmorgen aus dem Fenster sahen. Es regnete nicht, selbst der Himmel schien aufzuklaren, die Nacht träumte den Tag in einer matten Fliederfarbe.

Matéo drückte Anisa einen sanften Kuss ins Haar. Sie murmelte etwas, offensichtlich hatte der Schlaf doch noch einen Weg zu ihr gefunden, jetzt, da die Welt nicht mehr tobte.

»Ich muss etwas aufschreiben«, flüsterte er ihr zu und stand auf. Jordí saß wartend in seinem Käfig. Kurzentschlossen setzte

Matéo ihn zu Anisa, die sich verschlafen aufrichtete und mit ihm spielte. Das Kaninchen wirkte glücklicher als sonst, und einen Moment lang wünschte sich Matéo, nichts von alldem zu wissen, genauso ahnungslos zu sein.

Doch das war er nicht.

»Kann ich den Schmetterling haben?«, fragte er später und deutete auf den silbernen Falter, den sie an der Losbude gewonnen hatten.

Anisa spielte gerade mit der silbernen Kugel. Seine Frage brachte sie aus dem Konzept, und beinahe verfehlte sie die Kugel, die gerade wieder zu ihr herabfiel, nachdem sie sie hochgeworfen hatte. In letzter Sekunde fing sie sie auf. Matéo hatte sie schon am Boden gesehen.

»Sicher«, sagte sie und legte die Kugel zurück auf den Nachttisch.

»Was hast du vor?«, fragte sie.

»Lass dich überraschen.«

Er grinste sie an und nahm den Schmetterling, um ihn eingehend zu betrachten.

Noch ist es ein Traum, redete er sich selbst Mut zu. Noch kann es funktionieren.

Er steckte den silbernen Schmetterling in seine Jackentasche, in der auch die Karte des Todes steckte. Vielmehr würde er nicht brauchen.

Anisa warf ihm verwunderte Blicke zu, als er am Abend neben ihr herging, in seiner Hand nichts als ein Glas Wasser.

Jordí hatte er abermals im Wagen zurückgelassen. Das Kaninchen würde andere Auftritte haben, reale Auftritte, keine weiteren Traumgespinste.

Mireia sah ihn besorgt an, den Blick ebenfalls auf das Wasserglas gerichtet.

»Was hast du vor, Zauberer?«, fragten ihre Blicke. Matéo gab ihr keine Antwort.

Auch Cassandra Nochenta verfolgte jede seiner Bewegungen. Ihre Blicke machten ihn nervös und das Wasserglas in seiner Hand zitterte.

Die Zeit schien stillzustehen, bis die Vorstellung begann und auch danach schlich sie dahin. Selbst den anderen bei ihren Darbietungen zuzusehen änderte nichts. Abermals wurden Sekunden zu Minuten, Minuten zu Stunden.

Als Matéo endlich die Manege betrat, um das Publikum mit einer tiefen Verbeugung zu begrüßen, war es kurz vor Mitternacht. Aus dem Augenwinkel sah er, wie Anisa und Mireia hinter dem Vorhang standen. In den Augen der einen stand Neugier, in denen der anderen Sorge. Auch Mireia wusste, dass er einen neuen Versuch wagen würde. Genauso wie Cassandra Nochenta.

Matéo fragte nicht, woher.

Er wandte sich ab, um das Wasserglas auf den Boden zu stellen, genau in die Mitte der Manege. Das Publikum spendete höflichen Beifall, als er sich erneut verbeugte und mit einer eleganten Bewegung den Schmetterling aus seiner Tasche zog. Hocherhobenen Hauptes zeigte er ihn vor.

Wieder Applaus, dann Stille, als er den Schmetterling einfach in das Glas fallen ließ, wo er langsam auf den Grund sank. Die Zuschauer schienen den Atem anzuhalten und Matéo kostete die Stille einige Augenblicke aus, bevor er mit einem lautlosen Fingerschnippen die Musik einsetzen ließ.

Er schnippte ein zweites Mal, woraufhin der Schmetterling im Glas sich wieder erhob. Langsam glitt er nach oben, bis er in der Mitte des Glases schwebte. Langsam begann er, mit den Flügeln zu schlagen.

Verhaltener Applaus erklang aus dem Publikum.

Matéo hielt den Atem an und bewegte die Hand. Im Glas begann der Schmetterling, sich um die eigene Achse zu drehen, bis um ihn herum ein Wasserwirbel entstand.

Schlagartig riss Matéo die Arme hoch und der Wirbel folgte ihm, stieg aus dem Glas empor, wuchs in die Höhe und verwandelte sich in eine gewaltige Windhose, die durch die Manege wirbelte, immer höher und gewaltiger. Die Menschen im Publikum schrien auf, Männer hielten ihre Hüte fest, Frauen griffen nach ihren Frisuren, Kinder klammerten sich panisch an die Stühle.

Matéo sah sich um. Er war sich bewusst, dass er ihnen eine Vorstellung zumutete, die einem Albtraum glich. Er konnte es nicht ändern.

Der Sturm wurde stärker und erreichte den Glasmond, der tatsächlich begann, an seinem Seil hin und her zu schwanken.

Er sah zu Anisa und Mireia. Beide Frauen standen nunmehr in der Manege, die Augen weit aufgerissen. Was taten sie da? Warum waren sie hier, nur wenige Armlängen von ihm entfernt? Und woher kam mit einem Male all das Papier? Myriaden von Papierschnipseln mischten sich in den Sturm. Verwirrt blickte der Zauberer zu der Wahrsagerin.

Mireia rief etwas, doch der Wind verschluckte ihre Worte. Nur ihrem ausgestreckten Arm konnte er entnehmen, dass sie auf etwas zeigte, das hinter ihm war. Umgehend wirbelte Matéo herum und starrte in das Antlitz Cassandra Nochentas, die Papierschnipsel in den Händen hielt und den Sturm damit fütterte wie ein hungriges Raubtier.

Bald wurde aus dem Rauschen des Windwirbels ein tosendes Rascheln. Matéos Blicke huschten immer wieder von Cassandra zu dem Wirbel, und er versuchte, irgendwie zu verstehen, einen klaren Gedanken zu fassen.

Den Feuerschlucker sah er erst, als die Trapezkünstlerin mit einer Verbeugung zur Seite trat.

Alle Farbe wich aus seinem Gesicht, alle Hoffnung starb in ihm. Er drehte sich um und schrie, ruderte mit den Armen, um Anisa und Mireia dazu zu bewegen, wegzurennen. Er sah Anisas Augen größer werden, Flammen spiegelten sich darin.

Sie schrie seinen Namen, drehte sich dabei aber um und rannte. Erleichtert sah Matéo, wie sie den Ausgang der Manege erreichte. Mireia war nicht so schnell. Sie stolperte über den

Saum ihres Kleides und fiel hin, genau dort, wo der Sturm zu einer Feuerwalze geworden war.

Matéo konnte nur noch zusehen, wie sie von den Flammen verschlungen wurde. Er hörte sie schreien, doch ihre Schreie wurden wie die der Zuschauer vom Rauschen des Feuers übertönt, das sich ihm näherte. Panisch sah Matéo sich um, hinter ihm endete in wenigen Schritten die Manege, dahinter waren die Zuschauerbänke.

Es wurde heißer um ihn herum. Übelkeit stieg in ihm auf. Er wusste, dass er es eigentlich niemals schaffen konnte. Zu viele Stühle und Bänke standen im Weg, zu viele Menschen hatten es immer noch nicht geschafft, das Zelt zu verlassen, und der Feuerwirbel kam unablässig näher, bildete einen Kreis, der ihn einschloss. Schon züngelten kleine Flammen an seiner Hose, griffen nach den Ärmeln seiner Jacke, dem Stoff seines Hemdes. Der Geruch verbrannter Haare vermischte sich mit dem beißenden Gestank des Qualms. Matéo würgte und sein Würgen ging in Husten über. Angestrengt versuchte er, seine Schritte zu beschleunigen. Sekunden später sprang er aus der Manege und stieg über umgeworfene Bänke, während das Feuer den Zirkus um ihn herum verschlang. Ein Schrei entfuhr ihm, als er noch einmal alle Kräfte mobilisierte und einen Sprung gegen die Zeltplane wagte. Sie hielt seinem Gewicht nicht stand, die Hitze hatte sie brüchig gemacht. Andere folgten seinem Beispiel, schreiend stürzten Zirkusbesucher ins Freie. Doch auch hier war das Feuer überall. Die Flammen fraßen an den Wagen, leckten hungrig an den Ständen und Fahrgeschäften des Rummels. Undeutlich erkannte Matéo, wie die Schiffschaukeln brennenden Fackeln gleich in die Höhe stiegen, getragen allein von der Hitze des Feuers.

Die Nacht war hell erleuchtet, flackernd orange.

Hustend taumelte Matéo weiter. Der Rauch wurde immer beißender und nahm ihm die Luft zum Atmen. Er musste um jeden Schritt kämpfen.

Neben ihm löste sich das Zelt auf, der Mond aber hing noch immer da, obwohl das Zeltgestänge sich längst verzogen hatte und die haltenden Seile zu Asche verbrannt waren. Ungläubig schüttelte Matéo den Kopf, stolperte näher und starrte den Mond an, in dem Layla nach wie vor lag und schlief, als ob nichts wäre.

Ein erneuter Hustenkrampf rüttelte ihn auf und er rannte weiter, suchte in den Gesichtern der Menschen, die panisch um ihn herumirrten, nach Anisa. Hatte sie es geschafft? War sie dem Feuer rechtzeitig entkommen?

Doch wohin er auch sah, überall nur Fremde, und das Feuer loderte immer höher. Längst war der Himmel nicht mehr zu sehen, alles war schwarz und orange. Matéos Augen brannten, immer wieder war er gezwungen, sie zu schließen.

Etwas sagte ihm, dass ihm die Luft nicht ausgehen konnte, nicht hier, unter freiem Himmel. Trotzdem war es so.

Er blickte nach oben, wo sich die Flammen von mehreren Seiten zusammenschlossen, als würden sie an etwas Unsichtbarem emporklettern. Für eine Sekunde schloss er die brennenden Augen erneut, rannte dann weiter. Mit jedem Schritt beschwor er sich, Anisa zu finden, flüsterte es vor sich hin wie einen Marschbefehl. Irgendwann aber wurden die Worte weniger, bis nur noch Anisas Name übrig blieb.

Er fand sie nicht.

Stattdessen fand das Feuer schließlich ihn. Der Rauch brachte ihn zu Fall, als die letzte Luft aufgebraucht schien, und er hieß die Ohnmacht beinahe willkommen, als sie ihn erfasste. Das Letzte, was er spürte, war, dass Tränen kurz seine glutheißen Wangen abkühlten. Dann war alles fort.

Dieses Mal fiel es ihm leichter zu glauben, dass er nicht tot war, als er erwachte. Alles schmerzte, aber er war in seinem Wagen, lag auf seinem Bett. Min-Liu war bei ihm, genauso wie David.

Das weißgeschminkte Gesicht des Pantomimen war rußig und verschmiert, und unter der Jacke, die Min-Liu über den

Schultern liegen hatte, konnte Matéo erkennen, dass ihr Pailletten-Kostüm in verbrannten Fetzen an ihr herabhing. Sonst schienen beide auf den ersten Blick unverletzt zu sein.

Matéo öffnete den Mund. Der Geschmack von Asche lag ihm auf der Zunge.

»Anisa.« Es kostete ihn Mühe, den Namen hervorzubringen.

»Es geht ihr gut«, sagte die Schlangenfrau. Auch ihre Stimme klang belegt.

David fügte hinzu. »S-s-sie i-ist b-bei Bi-bi-bianca. H-h-hilft i-ihr, n-nach Ca-cassandra z-zu s-s-suchen.«

Matéo sah dem Pantomimen das Unbehagen an, sprechen zu müssen, aber sie beide wussten, dass keine Zeit für Gesten, Zeichen und Interpretation blieb, kein Raum mehr für Stille war.

Cassandra. Der Name rief Erinnerungen wach, die wie Wind den Nebel in seinem Geist wegwehten.

»Mireia.«

Noch ein Name, aber als Antwort nur betretenes Schweigen und traurige Blicke aus tränengefüllten Augen.

David schließlich schüttelte den Kopf und ließ die bittere Vermutung der schmerzlichen Wahrheit weichen.

Mireia hatte es nicht geschafft. Die Wahrsagerin war dem Feuer zum Opfer gefallen.

Schlagartig sah er sie wieder in den Flammen, hörte ihren Schrei. Ein Wimmern entfuhr seiner Kehle, und er sank wieder zurück in die Kissen. Er schloss die Augen, doch die Bilder blieben, wurden deutlicher, vertrieben ihn aus der Dunkelheit, in die er hatte flüchten wollen.

Keuchend fuhr er wieder hoch.

»Was«, fragte er, »ist mit dem Zirkus? Und mit dem Glasmond?«

Alles tat ihm weh, doch Matéo ignorierte den Schmerz und die fragenden Gesichter. Er hatte vergessen, dass sie nichts von dem Traum wussten.

Mühsam schluckte er, um erneut Worte aus dem trockenen Mund zu locken.

»Der Zirkus«, wiederholte er. »Was ist mit dem Zirkus?«
David sah ihn irritiert an, antwortete dann aber. »Nichts. Er sieht aus wie immer. Als wäre da nie ein Feuer gewesen.«

Vor Enttäuschung musste Matéo den Blick abwenden. Alles war umsonst gewesen. Mehr noch – Mireia hatte ihr Leben verloren. Wenn er es doch nur nicht versucht hätte. Wenn er doch bloß seiner ersten Eingebung gefolgt wäre, es einfach so zu lassen.

Anisa und er waren glücklich. Die anderen waren vielleicht zumindest zufrieden, irgendwo.

Doch schon hörte er die Stimme der Wahrsagerin in seinem Geist, die ihm sagte, dass er das Richtige getan hatte. Weil kein Traum ewig bestehen durfte. Nicht einmal dieser. Und trotzdem. Alles schien so schrecklich falsch, jetzt noch mehr als zuvor.

Ein Geräusch ließ ihn herumfahren. Jordí saß in seinem Käfig und machte sich mit den Hinterläufen lautstark bemerkbar. Auch Min-Liu und David sahen zu dem Kaninchen.

Matéo musste unwillkürlich lächeln, obwohl ihm gar nicht nach Lachen zumute war.

»Würdest du ihn bitte freilassen?«, bat er Min-Liu, während David ihm ein Glas Wasser reichte, aus dem er gierig trank.

Die Schlangenfrau öffnete den Käfig und Jordí sprang ihr so plötzlich auf den Arm, dass sie ihn nicht halten konnte. Für einen Augenblick sah es so aus, als würde das Kaninchen fallen, doch es fing sich ab und machte einen Satz auf Matéo zu, der es ungelenk auf dem kleinen Nachttisch landen ließ.

Das Wasserglas, das Matéo gerade dort abgestellt hatte, fiel zu Boden und zerbrach. Dabei geriet auch die silberne Kugel ins Rollen, die sich langsam, um die eigene Achse drehend, zum Rand des Tisches bewegte. Geistesgegenwärtig griff Matéo zeitgleich nach dem Kaninchen, das auf ihn zu rutschte, und der Kugel.

Im nächsten Moment saß das Kaninchen auf seiner Brust und leckte ihm mit der Zunge über das Kinn und die Kugel lag schwer und kühl in seiner Hand. Schatten hatten sich auf das Silber gelegt, sodass das helle, glänzende Metall sichelförmig zurückgewichen war.

In diesem Moment durchfuhr ihn ein Gedanke. Seine Augen suchten nach den Scherben, die Min-Liu in den Händen hielt, dann betrachtete er wieder die Kugel.

Die Tarotkarten kamen ihm in den Sinn, begleitet von einem stechenden Schmerz, den Mireias Tod in ihm auslöste. Die dritte Karte. Die, deren Bedeutung er nie verstanden hatte.

Niemand ist weiter von der Antwort entfernt, als der, der alle Antworten kennt ...

Mechanisch streichelte er das Kaninchen, während er das Gesicht der Wahrsagerin vor sich sah und ihre Stimme hörte. *»Dies ist eine der einfachsten Karten, denn sie trägt ihre Botschaft in Worten.«* Sie sah Matéo an. *»Du weißt schon alles, was du wissen musst, hast bereits alles gefunden, was du zu finden hofftest.«*

Du hast bereits alles gefunden, was du zu finden hofftest ...

Wie ein Echo hallten die Worte in ihm wieder und wieder, während er unentwegt die Kugel in seiner Hand betrachtete. Rund und schwer war sie. Silberglänzend und zugleich von Schatten gefärbt. Wie der Mond, der sich wandelt ...

Matéo schloss die Augen. Wie nur hatte er so blind sein können? Die ganze Zeit hatte er die Lösung bei sich getragen, mehr noch, er selbst hatte sie in den Zirkus gebracht. Er hatte sie nur nicht verstanden, sie achtlos auf seinen Nachttisch gelegt und zum Spielzeug degradiert.

Fast hätte er aufgelacht. *Es war so einfach ...* Und jetzt, wo er es begriffen hatte, war es so selbstverständlich. Nicht den großen Glasmond hatte er zerbrechen müssen. Die ganze Zeit war es diese kleine Kugel gewesen, die er genau dort gefunden hatte, wo der große DiMarci den Zeitungen zufolge aus dem Leben geschieden war.

Die Kugel, in die der große Illusionist den Traum gesperrt hatte, den er der Nacht und ihm selbst hatte zum Geschenk machen wollen. *Es war so einfach...* Warum nur war es ihm nicht früher eingefallen? Die Karten hatten es gesagt. Mireia würde noch leben. Er und Ansia wären längst zurück in ihrem Leben, genauso wie all die anderen.

Abrupt setzte er Jordí neben sich. Das Kaninchen schnappte unwillig nach seiner Hand, aber Matéo achtete nicht darauf. Zur Überraschung von David und Min-Liu war er schon aufgestanden und eilte auf die Wagentür zu.

»Wohin willst du?«, rief Min-Liu ihm hinterher. »Du musst dich ausruhen!«

Matéo antwortete nicht, sondern schüttelte bloß den Kopf. Das Geräusch von Schritten hinter ihm verriet ihm, dass der Pantomime und die Schlangenfrau ihm folgten. Es war ihm einerlei.

Draußen schnappte er einen Moment nach Luft. Der Morgen dämmerte schon, und etwas trieb ihn zu Eile an. Nur nebensächlich nahm er zur Kenntnis, dass das Zirkuszelt sein rotes Kleid trug, das er erträumt hatte, strahlend schön wie eh und je.

Grimmig verzog er das Gesicht. Nicht mehr lange, flüsterte er und stürmte Richtung Eingang, dicht gefolgt von David und Min-Liu. Die Schlangenfrau rief seinen Namen. Er drehte sich nicht um. Aus den Augenwinkeln sah er, wie die Clowns ihren Wagen verließen und sich seinen Verfolgern anschlossen, und als er um die Kurve rannte, wäre er fast mit Anisa und Bianca zusammengestoßen, die erschrocken aufschrien, als er dicht vor ihnen zum Stehen kam.

»Matéo!«

Anisa hatte die Arme um ihn geschlungen, kaum dass sie ihn erkannt hatte. »Ich bin so froh, dass es dir gut geht.«

Der Zauberer erwiderte ihre Umarmung nur kurz und drückte ihr auf die Schnelle einen Kuss ins Haar, ehe er sich von ihr löste. Verdutzt blieb sie stehen, und es tat ihm leid, ihr nichts erklären zu können, zumindest nicht jetzt.

Er richtete seine Aufmerksamkeit auf Bianca. Die Trapezkünstlerin war blass, immer wieder strich sie sich fahrig eine Strähne aus der Stirn, die gar nicht existierte, und Tränen liefen ihr über die Wangen. Sie sagte keinen Ton, doch als Matéo ihr die silberne Kugel zeigte, presste sie die Lippen aufeinander und nickte.

»Es tut mir leid«, flüsterte Matéo ihr zu, denn auch das hatte er jetzt verstanden.

Dass die beiden Schwestern wirklich nur dieses eine Leben hatten. Bianca Nochenta trat zur Seite, sodass er an ihr vorbei zum Eingang laufen konnte. Ohne sich noch einmal zu Anisa oder einem anderen umzudrehen, rannte Matéo los. Er erreichte das Zelt, betrat es und lief direkt in die Manege, wo er unter dem gläsernen Mond anhielt.

Nach wie vor lag die Nacht in ihrer menschlichen Gestalt darin und schlief. So schön war sie ... Matéo schüttelte den Gedanken ab. Hinter ihm ertönten Schritte. Auch die anderen Artisten hatten das Zelt betreten. David, der Pantomime; Tullio und Pietro, die beiden Clowns; Bianca Nochenta; und Anisa. Vielleicht sogar Carlo, Cassandra und Mireia, irgendwie, in ihren Träumen.

Noch einmal blickte er sich in der Manege um und dachte an die virtuosen Zaubereien und Illusionen, die er an diesem Ort vollbracht hatte. *Alles Lüge*, gestand er sich ein. *Alles nur ein Traum ...*

Er streckte den Arm aus, öffnete die Hand und ließ die silberne Kugel fallen. Unendlich langsam näherte sie sich dem Boden und prallte schließlich auf. Die Kugel zersprang in Abermillionen kleiner, scharfer Teile, die sich mit dem Sand vermischten, der sich in ihrem Inneren befunden haben musste. Kein Geräusch erklang.

Über ihnen wurde es dunkel. Der gläserne Mond verschwand mitsamt der schlafenden Nacht. Wind kam auf, eine sachte Brise wehte. Und plötzlich erhob sich vor ihnen eine Gestalt aus den feinen Körnern. Layla. Ein letztes Mal. Die Nacht winkte zum Gruß. Ein Lächeln lag auf ihren Lippen.

Bianca Nochenta trat neben sie, und auf einmal erschien auch Cassandra, dunkel, mit den Schatten verschmelzend, die der Sandwirbel warf.

In der nächsten Sekunde waren sie fort.

Der Sand war vom Wind verweht worden.

Epilog

☙❧

Wohin gehst du am Abend,
wenn sich deine Augen nicht schließen
in Dunkelheit
und Schlaf erfriert in Einsamkeit?

Wohin gehst du bei Nacht,
wenn die Träume hoffnungsvoll tanzen
unter Eis
auf mondsilbernen Hängen ganz leis'?

Wohin gehst du am Morgen,
wenn die Hoffnungen sterben
im Licht
und dein Leben am Tag zerbricht?

❧ (Gloria Winter - Wohin gehst du?) ☙

Der Tag nach den Wochen, die zählten. Erwachen. Wiedersehen im Sonnenschein. So viele Fragen, so viele Antworten. Das Herz der Nacht. Abschied. Ein Schneeglöckchen aus Glas. Neuanfang.

Die meisten Träume sterben beim Erwachen.

Das erste, was Matéo wahrnahm, war das Kitzeln von Haaren an seinem Kinn, begleitet von einem warmen Atem, der irgendwie nach Möhren und Salat roch. Noch ehe er Jordís Namen hatte zu Ende denken können, war die Berührung fort und statt ihrer war da ein Flüstern neben seinem Ohr.

»Aufwachen!«

Ein Wort, das nur langsam in sein Bewusstsein sickerte, sich jedoch stetig wiederholte. Er wehrte sich dagegen. Zu groß war die Sorge, ein weiteres Mal nicht das zu sehen, was er sehen wollte: Anisa. Jordí. Ihre kleine Wohnung.

Eine leise, vertraute Melodie drang an sein Ohr und verstärkte seine Befürchtungen. Das Lied, das allzeit durch den Zirkus geklungen war …

Bilder flackerten blitzartig vor seinem geistigen Auge auf. Ein Sturm. Ein Feuer. Gesichter. Und eine Silberkugel, die gefallen und zerbrochen war, und eine Gestalt, die sich aus Sand geformt hatte.

Schlagartig öffnete Matéo die Augen.

Anisa beugte sich über sein Gesicht. Sie klatschte begeistert in die Hände. »Du bist wach!«

Matéo nickte verwirrt und setzte sich auf. Zweifellos: Er befand sich in ihrer kleinen Wohnung. Sonnenlicht drang durch das Fenster – normales, warmes Sonnenlicht, nicht künstlich eingefärbt von der Nacht, die von etwas träumte, was sie nie sah.

Anisa nahm Jordí auf den Arm und streichelte sein weiches Fell. Dabei sah sie Matéo mit gerunzelter Stirn an.

»Ist alles in Ordnung?«

Er nickte.

»Du wirkst irgendwie zerstreut«, warf Anisa ein. Es klang beinahe vorwurfsvoll.

»Ich hatte einen Traum«, murmelte Matéo. Anisa war bereits aufgesprungen, ganz das flatterhafte Wesen, das sie manchmal sein konnte, um Jordí mit einer Scheibe getrocknetem Brot zu versorgen.

Sie schaute zu ihm. »War es ein schöner Traum?«

»Irgendwie ...«, begann Matéo, selbst nicht sicher, wie er den Traum einordnen sollte.

»Du musst mir davon erzählen«, schlug sie fröhlich vor. Längst war ihre gerunzelte Stirn einem neugierigen Lächeln gewichen.

Matéo schwang die Beine über die Bettkannte. »Welchen Tag haben wir heute?«, fragte er vorsichtig.

Anisas Kopf schnellte zu ihm herum. »Montag! Welcher Tag sollte denn sonst sein?«

Sie kam zu ihm getänzelt und küsste ihn auf die Stirn, als wollte sie prüfen, ob er Fieber hatte.

»Hast du auch etwas geträumt?«, wollte Matéo wissen.

Anisa dachte nach. »Nein«, sagte sie schließlich. »Nicht, dass ich wüsste.«

Ihre Worte hallten in Matéo nach und wurden zu Gongschlägen, während er vor seinem geistigen Auge den Traum abspulte wie eine Filmrolle in einem Lichtspieltheater:

Der Weg aus Schneeglöckchen. Der Circo Laylaluna. Anisa und die Seifenblasen. Min-Liu und ihre Kraniche. David und seine Sehnsucht. All die großen Illusionen. Carlo, Anisa in seinen Armen haltend. Anisa, die ihn vergessen hatte. Der gläserne Mond. Der Feuersturm. Mireia. Der feine Sand aus der silbernen Kugel.

»Matéo?« Der Klang seines Namens holte ihn zurück in die kleine Wohnung. Er blickte in Anisas besorgte Augen.

»Das muss ein seltsamer Traum gewesen sein«, murmelte sie und strich ihm die Haare aus der Stirn.

Sie fragte nicht nach, und Matéo war ihr dankbar dafür. Zu sehr war er selbst noch in dem Traum gefangen, den Anisa schon wieder vergessen hatte. So, wie sie sich im Traum nicht mehr hatte an dieses Leben hier erinnern können … Wie nur war es möglich, solche Dinge zu vergessen? Ein ganzes Leben? Einen Traum, der wie ein neues Leben gewesen war?

Jordí kam auf das Bett gesprungen und Matéo streichelte das Kaninchen. Ihm allein war es zu verdanken, dass der Traum zerstört worden war … Oder war das hier vielleicht schon wieder ein Traum, den er träumte, während er in seinem Wohnwagen lag?

Reflexartig kniff Matéo sich in den Oberschenkel. Nichts geschah. Er saß immer noch auf dem Bett. Doch auch im Traum hatte das Kneifen nichts genützt …

Seufzend stand er auf und ging zum Fenster. Er hörte, dass Anisa ihm folgte. Sie schlang die Arme von hinten um ihn. Doch die Ruhe, die er sonst immer in ihren Berührungen gefunden hatte, blieb aus. So, als ob er sie im Traum zurückgelassen hätte. Im Traum, wo sie so glücklich gewesen waren. Wieso war er jetzt nicht glücklich? Wieso konnte er bloß an Carlo denken und daran, wie sie ihn vergessen hatte?

Es war Gewohnheit, dass er sich zu ihr umdrehte und ihre Umarmung erwiderte. Er drückte sein Gesicht in ihr Haar.

War es nicht genau das gewesen, was er sich am sehnlichsten gewünscht hatte? Anisa und er, zurück in ihrem alten, bescheidenen Leben? Was nur stimmte nicht mit ihm?

Anisa hielt sich an ihm fest, als er sich vorsichtig von ihr lösen wollte. Sie sah ihn an.

»Willst du mir von deinem Traum erzählen?«

Wollte er? Nein. Er schüttelte den Kopf.

Anisa presste die Lippen zusammen. Er hatte sie mit seiner Ablehnung verletzt, und er küsste ihr eine Entschuldigung auf die Nasenspitze. Sie verzog das Gesicht zu einem Lächeln.

»Willst du spazieren gehen? Vielleicht lösen sich die Traumbilder dann auf.«

Unwillkürlich küsste er sie erneut, unendlich dankbar für ihren Vorschlag.

»Danke«, flüsterte er, und sie ließ ihn nach einem weiteren Kuss los, damit er sich anziehen konnte.

Als er fertig war, sah sie ihn an. »Du siehst anders aus«, meinte sie mit zur Seite geneigtem Kopf.

»Wie meinst du das?«

Anisa zuckte mit den Schultern. »Anders, irgendwie. Mehr wie ein Zauberer.«

Sie sagte es beiläufig, aber Matéo sah ihr an, dass sie versuchte, zu verstehen, inwieweit er sich verändert hatte. Er hatte keine Antwort, die er ihr geben konnte.

»Willst du mitgehen?«, fragte er pflichtbewusst, während seine Hand schon die Türklinke nach unten drückte.

Anisa schüttelte den Kopf. »Nein. Ich möchte ein paar Schritte üben. Für unsere nächste Vorstellung.«

Die nächste Vorstellung ... wieder waren da Bilder, gemalt von Erinnerungen.

»Hast du dir einmal überlegt, mit Seifenblasen zu arbeiten?«, fragte er.

»Seifenblasen?«

Matéo zuckte mit den Schultern. »Ich dachte nur.«

Eine Weile dachte Anisa nach, und Matéo hatte schon die Hoffnung, dass sie sich doch noch an den Traum erinnern würde, doch dann nickte sie nur und war bereits auf halben Weg in die kleine Waschnische, wahrscheinlich, um Seifenlauge anzurühren.

Matéo lächelte. Er war sich sicher, dass ihr die Idee gefallen würde. Vielleicht würde die Wohnung bei seiner Rückkehr bereits mit ihnen gefüllt sein. Vielleicht würde Jordí in einer besonders großen und stabilen Seifenblase durch den Raum schweben.

Er musste schmunzeln, dann aber fiel ihm ein, dass dies hier nicht möglich war. Im Traum, ja. Aber nicht hier.

Die Tür fiel hinter ihm ins Schloss. Draußen empfing ihn warme, frische Luft, doch Matéo hatte immer noch einen leichten Geschmack von Asche im Mund, der sich plötzlich mit dem von karamellisierten Äpfeln, Zuckerwatte und gebrannten Mandeln vermischte.

Für einen Moment erstarrte er.

Er stand in der Stadt. Mitten auf der kleinen Gasse vor dem Haus, in dem er mit Anisa wohnte. Da war weder ein Zirkuszelt noch waren da Wagen. Aber der Geruch war da.

Irritiert sah Matéo sich um, bis er glaubte, herausgefunden zu haben, aus welcher Richtung der Duft kam. Eigentlich hatte er einfach losgehen wollen, nach links wahrscheinlich. Doch jetzt war er sich sicher, dem Duft folgen zu müssen.

Die Gerüche führten ihn geradeaus, dann über mehrere Brücken und einmal musste er sogar einen gewagten Satz über einen schmalen Kanal machen, als es weder eine Brücke noch einen Steg gab.

Die Düfte lotsten ihn durch alte, verlassene Paläste und wieder neue Gassen, bis er einen kleinen Platz erreichte, in dessen Mitte ein mächtiger Baum stand, der seine Schatten auf eine kleine Gruppe von Artisten und Jahrmarktsbuden warf. Fassungslos blieb Matéo stehen.

Da waren eine Bude mit Süßigkeiten, eine Schiffschaukel und ein Karussell. Keine Spur von einer Losbude, mehr noch aber lenkten die Artisten seine Aufmerksamkeit auf sich. Er sah zwei Clowns, einen Feuerschlucker, eine Schlangenfrau und einen Pantomimen, die ihre Künste vor einer Handvoll Passanten darboten. Natürlich erkannte Matéo jeden einzelnen von ihnen.

Pietro und Tullio. Carlo. Min-Liu. David.

Unsicher trat er näher. Min-Liu stand ihm am nächsten. Sie krümmte sich gerade rücklings, sodass ihre Hände ihre Fersen berührten. Matéo folgte der Bewegung mit den Augen. Dabei fiel sein Blick auf den gläsernen Sockel, auf dem sie stand. Er war gefüllt mit Kranichen aus gefaltetem Papier. Die Schlangenfrau bemerkte seine Blicke und richtete sich mit einer eleganten Bewegung auf.

»Das sind Papierkraniche«, erklärte sie. »Es heißt, wenn man eintausend von ihnen faltet, erfüllen einem die Götter einen Wunsch.«

Sie strahlte ihn an.

Matéo lächelte. Kurz wollte er sagen, dass er das ebenfalls schon wusste, genau wie die Tatsache, dass sie sich nicht mehr an ihren Wunsch erinnerte, aber er begriff, dass sie sich weder an ihn noch an den Traum erinnerte, genau wie Anisa.

»Wie viele sind es?«, erkundigte er sich also nur.

Min-Liu lächelte. »Neunhundertneunundneunzig.«

»Also fehlt dir nur noch einer.«

Sie nickte.

»Warum faltest du ihn dann nicht einfach?«

Er erinnerte sich, wie flink ihre Hände gewesen waren.

Das Lächeln aus dem Gesicht der Schlangenfrau verschwand.

»Wünsche sollte man nicht leichten Herzens aussprechen«, sagte sie ernst und beendete die Unterhaltung mit einer Verrenkung, bei der sie das Gesicht von ihm abwandte.

»Du wirst deinen Wunsch finden«, flüsterte er stumm, als er weiterging.

Carlo war der nächste. Er stand hinter dem Karussell, und Matéo näherte sich ihm nur mit Unbehagen. Schon vernahm er wieder den Geschmack von Qualm und Asche, aber er erinnerte sich auch an die wunderschönen Blumen und Flammenwesen, die der große Mann aus dem Feuer hatte wachsen lassen. Jetzt jonglierte er lediglich mit brennenden Fackeln und blies gleißend helle Feuerstrahlen in die Luft, für die es zu hell war, als dass sie wirklich hätten strahlen können. Sie wurden vom Tageslicht verschluckt. Mit einem kurzen Gruß ging Matéo weiter. Carlo erwiderte diesen mit einem knappen Nicken, während die leuchtenden Fackeln sein Gesicht erhellten.

Die beiden Clowns trieben ihre Scherze mit ihm, spritzten ihm aus künstlichen Blumen Wasser ins Gesicht wie jedem beliebigen Fremden. Selbst der Pantomime, zu dessen Füßen ein kleines Mädchen saß, das ihm wie aus dem Gesicht geschnitten war, erkannte ihn nicht. Er strahlte jedoch vor Freude, als Matéo seine Gesten zu verstehen schien und über seinen stumm gemachten Scherz lachte. Am Ende ihrer stillen Unterhaltung stellte David seine kleine Tochter vor und der Zauberer freute sich, die Sehnsucht des Pantomimen erfüllt zu wissen.

Es wunderte ihn nicht, dass die Schwestern Nochenta nicht da waren. Nur eine Person vermisste er, und fast glaubte er, einen Geist zu sehen, als er ihre Gestalt schließlich auf einer Bank sitzen sah.

Mireia.

Die Wahrsagerin hielt eine Tarotkarte in der Hand. Beim Näherkommen erkannte Matéo, dass es die Karte des Todes war. Zwar nicht die, die er selbst aus dem Tarot der tausend Stimmen gezogen hatte, denn es war ein anderes Bild – doch es war die Todeskarte.

Ihre Blicke trafen sich. Mireia lächelte.

»Hallo Zauberer«, sagte sie leise.

Matéo ging zu ihr.

»Du erinnerst dich«, stellte er fest.

»So wie du.«

Er nickte und sah zu den anderen. »Sie nicht.«

»Nein. Nichts vergisst man so schnell wie Träume …«

Die Wahrsagerin drehte die Tarotkarte in ihren Händen. Matéo kam der unbehagliche Gedanke, dass auch sie vielleicht lieber vergessen hätte.

»Woran erinnerst du dich?«, fragte er leise.

Mireias Gesicht verlor jegliche Farbe, und Matéo wünschte, nicht gefragt zu haben. Vielleicht würde sie einfach nicht antworten. Natürlich tat sie es, wenn auch nur zögernd.

Ihre Lippen bebten. »An vieles. Den Zirkus. Den Mond. Die Artisten. Das Alles. Am Ende du in der Manege. Ein Schmetterling, silbern und golden. Ein Sturm. Papierregen. Feuer.« Sie schluckte. »An das Sterben.«

Matéo griff nach ihrer Hand und drückte sie kurz.

»Wie hat es sich angefühlt?« Wieder so eine Frage, die besser unausgesprochen geblieben wäre.

»Kalt«, flüsterte Mireia. »Leer. Am Anfang war da noch der Schmetterling, golden und silbern ...« Die Wahrsagerin schüttelte den Kopf und lächelte ihn an. »Aber du hast es geschafft, Zauberer. Du hast uns alle gerettet.«

»Ja.« Matéo lächelte nicht. »Aber ich habe einen hohen Preis bezahlt.«

Die Wahrsagerin hob eine Augenbraue. »Welchen?«

»Deinen Tod. Das Wissen um diesen Traum. Beides habe ich nicht gewollt.«

Mireia legte eine Hand auf seine Schulter.

»Ich bin nicht tot«, sagte sie sanft.

»Du warst es. Wenn auch nur im Traum. Du erinnerst dich.«

Die Wahrsagerin zog ihre Hand zurück. »Ja«, bekannte sie. »Und vielleicht hat es etwas zu bedeuten, eines Tages.« Sie zuckte mit den Schultern. »Wie hast du es geschafft?«, wollte sie wissen. »Den Mond doch noch zu zerbrechen?«

»Das habe ich nicht«, gestand Matéo. »Der Mond hing immer vom Zirkuszelt herab. Ich habe den Traum zerbrochen.«

Er schmunzelte, als er Mireias verwirrten Gesichtsausdruck sah und fügte hinzu. »Und es war Jordí.«

»Dein Kaninchen hat den Traum zerbrochen?«

Matéo lachte kurz. »Nein. Aber es hat mir gezeigt, was passieren musste.«

Er erzählte Mireia von dem zerbrochenen Glas, der silbernen Kugel, die er die ganze Zeit dabei gehabt hatte, und der Erkenntnis darüber, was die Karten ihm hatten sagen wollen. Letzteres ließ Mireia lächeln.

»Also ist alles gut«, stellte sie fest.

»Ist es das?«, wollte Matéo wissen.

»Nicht?«, erkundigte sich Mireia.

Matéo schwieg, doch sie ließ nicht locker.

»Was ist mit dir, Zauberer? Was fürchtest du? Und was ist mit Anisa?«

Matéo zuckte mit den Schultern.

»Ich weiß es nicht«, begann er. »Sie kann sich an nichts erinnern. Wie sie.« Er deutete in die Runde mit den Artisten und bemerkte erst jetzt das vertraute Gesicht des Jungen an der Schiffschaukel.

»Ich aber weiß noch alles. Seit ich aufgewacht bin, sehe ich sie und Carlo und muss immer wieder daran denken, dass sie unser ganzes Leben vergessen hatte. Einfach alles, was wir hatten. Was wir gewesen sind.«

Er rang nach Fassung, suchte irgendwo nach Halt, doch es gab keinen.

»Niemand kann etwas für seine Träume«, warf Mireia sanft ein.

Matéo nickte knapp. Das wusste er. Natürlich. Und trotzdem.

»Lasst euch Zeit«, riet ihm die Wahrsagerin.

Etwas fiel Matéo ein.

»Wie lange haben wir geschlafen?«

»Nicht länger als eine Nacht«, lautete die Antwort, die so logisch war und doch so falsch klang.

»Zeit kennt keine Regeln in Träumen«, fügte Mireia hinzu. Matéo dachte an die Uhr über der Wohnwagentür, sah, wie schnell sich ihre Zeiger im Kreis gedreht hatten und dann wieder stehengeblieben waren, und nickte.

»Ich vermisse es«, gestand er, selbst ein wenig überrascht.

»Den Traum?«

»Ja.«

»Warum?«

»Ich konnte dort zaubern«, erklärte er. »Wahrhaftig zaubern. Illusionen erschaffen, die wirklich waren.«

»Das kannst du auch jetzt noch.«

Matéo schnaubte spöttisch. »Nicht so. Denk an die lebenden Schatten. Das Einhorn aus Murmeln.«

»Ja«, bestätigte Mireia, »diese Dinge waren wirklich wunderschön. Aber dennoch bist du auch hier ein wahrer Zauberer.«

Matéo sah sie an. »Layla hat dir nie gezeigt, was für ein Stümper ich außerhalb des Traums war, oder?«

»Oh doch«, erwiderte Mireia. »Auch mich wollte sie überzeugen, dass der Traum das einzige Glück war, das wir hatten.«

Mit zusammengepressten Lippen nickte Matéo. »Und trotzdem glaubst du, dass ich ein wahrer Zauberer bin?«

»Ja«, sagte die Wahrsagerin. »Weißt du, jeder kann ein Magier sein, der Tricks und Illusionen vollführt, so wie DiMarci. Aber wirklich zaubern – das können nicht viele.«

»Das verstehe ich nicht«, gestand Matéo.

»Du zauberst wirklich. Du zauberst Lächeln auf traurige Gesichter und Hoffnung in Herzen. Denk an Anisa, deren gläsernes Schneeglöckchen du wieder zusammengefügt hast. Oder Min-Liu.« Sie zeigte auf die Schlangenfrau. »Sie hat wieder begonnen, an ihre Wünsche zu glauben. Das ist Magie.«

Matéo nickte bloß. Er glaubte zu verstehen, war sich aber nicht ganz sicher.

»Was ist mit Bianca und Cassandra?«, versuchte er von sich abzulenken.

Mireia hob die Augenbrauen. »Das weißt du doch schon längst, oder?«

»Ich habe eine Vermutung«, bestätigte er.

Mit einer Geste ermutigte ihn die Wahrsagerin, weiterzusprechen.

»Sie waren der Mond.« Nur diese Worte.

Mireia wartete, bis er sich erklärte.

»Die beiden Seiten des Mondes«, fuhr er zögernd fort. »Bianca die helle Seite, Cassandra die dunkle. Deswegen hatten sie eine so unterschiedliche Ausstrahlung – bei abnehmendem Mond war Cassandra die stärkere, bei zunehmenden Bianca. Und in dieser Form hatten beide nur dieses Leben. Für sie war das Ende des Traums der Tod.«

Mireia nickte. »Ja, so war es. Die beiden Figuren hatte Layla selbst erschaffen. Zwei Seiten ihrer Selbst, geformt aus ihrem Herzen.«

»Das Herz der Nacht«, wisperte Matéo.

»Du hieltest es in deinen Händen«, sagte Mireia. »Die Kugel. Den Mond.«

»Wird der Mond wieder scheinen?«, wollte Matéo wissen.

»Sicher. Der Traum ist zu Ende.«

»Aber ich habe ihn zerbrochen.«

Die Wahrsagerin schüttelte den Kopf. »Nein. Du hast nur den Zauber zerbrochen, der die Nacht vom Himmel gestohlen hatte – und wo die Nacht ist, ist der Mond. Er kommt wieder. Wie die Nacht.«

»Also ist es vorbei«, wiederholte er.

»Ja.«

»Und alles wird gut.«

Mireia zuckte mit den Schultern. »Ich weiß es nicht. Aber da ist immer ein Licht hinter den Wolken, ein Morgen am Ende der Nacht.«

Matéo nickte.

»Was wird passieren, wenn wir wieder träumen?«

Einen Moment lang spiegelte sich Angst im Gesicht der jungen Frau.

»Ich weiß es nicht«, gestand sie. »Und ich fürchte mich.«

»Wovor?«

Mireia sah ihn an. »Ich fürchte mich, die Augen zu schließen und einzuschlafen. Ich habe Angst, wieder zu träumen.« Sie lächelte matt. »Trotzdem werde ich es tun. Weil ich weiß, wie wichtig Träume sind. Vielleicht sind sie sogar das Wichtigste. Die Welt wäre blind ohne Träume.«

»Fürchtest du, wieder zu sterben?«, fragte Matéo.

»Nein«, sagte Mireia nach einer Weile. »Ich hatte noch nie Angst vor dem Tod. Vielleicht, weil ich die Zukunft kenne – oder eine Zukunft, die sein könnte.« Sie fächerte sich mit der Tarotkarte Luft zu.

»Ich glaube«, fügte sie hinzu, »die Menschen haben nur deshalb so viel Angst vor dem Tod, weil sie fürchten, nicht richtig zu leben.«

»Möglich«, gab Matéo zu, kehrte dann aber zum Thema zurück. »Wovor hast du dann Angst?«

»Ich habe Angst«, brachte Mireia mühsam hervor, »wieder in einem Traum gefangen zu werden. Einem, in dem kein Zauberer kommen wird, um uns alle zu retten.« Sie umfasste die Karte so fest, dass sie einen Knick bekam. »Ich weiß, dass das nicht geschehen wird. Und trotzdem ...«

Matéo verstand, was sie meinte.

»Warum haben wir nicht vergessen?«, fragte er.

»Vielleicht, weil wir von dem Traum geträumt haben. Wir wussten, dass es ein Traum war.«

»Also ist nichts von alledem geschehen, oder?«

Schwer hing die Frage in der Luft zwischen ihnen. Sie fiel zu Boden, als die Wahrsagerin nickte.

Natürlich hatte er es gewusst. Und doch ... Alles hatte sich so echt angefühlt. So real. Jeder einzelne Moment.

»Was wirst du jetzt tun?«, fragte die Wahrsagerin.

»Ich weiß es nicht. Ich sollte wohl nach Hause gehen, zu Anisa. Das habe ich mir schließlich sehnsüchtig gewünscht.«

»Aber?«, hakte Mireia nach.

Matéo zuckte mit den Schultern, dachte einige Sekunden nach.

»Ich bin nicht sicher, ob ich das kann«, erwiderte er schließlich. »Ich weiß nicht, ob ich noch derselbe bin. Irgendetwas in mir ist anders.«

Mireia nickte. »Manchmal sind Träume wie Reisen. In andere Welten, in uns selbst. Und einige haben die Macht, uns zu verändern. Dies war ein magischer Traum, also werden wir uns alle verändert haben. Nur wissen es die anderen nicht. Oder sie sehen eine andere Ursache darin.«

Wieder deutete sie auf Min-Liu.

»Ich glaube, deswegen faltet sie den letzten Kranich nicht. Weil sie weiß, welche Macht Wünsche entfesseln können.«

Matéo blickte die Schlangenfrau an, dann die anderen.

»Meinst du, sie werden sich erinnern? Eines Tages?«

»Nein«, lautete die schlichte Antwort. »Es könnte sein, dass sie einen Geruch, einen Klang, irgendetwas als vertraut wahrnehmen ... aber nicht mehr.«

»Für Anisa hat sich also nichts verändert.«

»Nein.«

Matéo schwieg.

»Die Frage ist, ob sie sich für dich verändert hat«, warf Mireia ein.

Sofort schüttelte Matéo den Kopf. »Nein. Sie ist immer noch meine Anisa. Mein Licht.«

Die Wahrsagerin lächelte und drehte die Karte in ihren Händen erneut. Es war nicht mehr der Tod, es war das Herz-Ass. Sie reichte es ihm.

»Die Ewigkeit in einer Liebe«, übersetzte sie ihm die Bedeutung.

Matéo lächelte. »Du meinst also, ich sollte nach Hause gehen«, deutete er ihre Worte.

Mireia lächelte. »Leb wohl, Matéo«, sagte sie. »Ich danke dir, dass du uns alle geweckt hast.«

»Leb auch du wohl, Mireia. Danke für die Karte.« Er hielt das Ass hoch und ging, doch schon nach wenigen Schritten drehte er sich um.

»Werden wir uns wiedersehen?«, fragte er.

»Vielleicht«, erwiderte die Wahrsagerin. »In unseren Träumen.«

»Man weiß nicht, wann ein anderer von einem träumt«, entgegnete Matéo.

Die Wahrsagerin lachte, aber ihr Gesicht wurde umgehend wieder ernst. »Das stimmt wohl. Zudem ist man in Träumen meistens allein.«

Sie wiederholte, was sie schon einmal gesagt hatte, damals, in ihrem Wagen, und Matéo sah Nebel um sie aufsteigen, der sie im Traum voneinander getrennt hatte.

»Vielleicht ist es bei uns anders«, murmelte er leise.

»Vielleicht«, flüsterte Mireia.

Wieder wandte Matéo sich ab, doch wieder kam er nicht weiter als ein, zwei Schritte.

»Da war immer so eine Melodie. Woher kam sie?«, wollte er wissen.

Die Wahrsagerin runzelte die Stirn. »Ich habe nie eine Melodie gehört. Das muss Teil deines Traums gewesen sein.« Sie blickte auf die Karte in ihren Händen. Es war eine andere, Matéo erkannte sie nicht. »Wir alle haben etwas mitgebracht ...«

Sie hob die Hand zum Abschied und Matéo wusste, dass er nun gehen musste, und dieses Mal drehte er sich nicht mehr um. Er folgte seinem Herzen wie einem Kompass, sicher wissend, dass es ihn zu Anisa bringen würde. Nach Hause.

Der Traum würde verblassen. Ein neuer würde kommen.

Die kleine Bude am Rande der Gasse, durch die er nach einer Weile kam, hätte er beinahe übersehen. Im letzten Moment entdeckte er die Glasblumen, die auf einem schlichten Tisch lagen. Hunderte dieser Stände hatte er schon in der Stadt gesehen, doch nie zuvor hatte er angehalten.

Jetzt blieb er stehen und beugte sich über die Glasblumen, suchte Reihe um Reihe mit den Augen ab, bis er fand, worauf er gehofft hatte.

Ein einzelnes Schneeglöckchen lag zwischen den Vergissmeinnicht, Gänseblümchen und Rosen. Vorsichtig griff er danach.

»Das ist ein Schneeglöckchen.« Die Stimme, die plötzlich aus den Schatten der Häuser kam, erschreckte ihn so sehr, dass er die Blume beinahe hätte fallen lassen. Er sah auf. Eine Frau war an den Tisch getreten. Sie war alt und kam Matéo ebenso vertraut vor wie so viele andere Gesichter an diesem Morgen.

Es war die Losverkäuferin aus dem Rondell um die Wagen.

Für einen Moment trafen sich ihre Blicke, und Matéo glaubte schon, dass sie ihn erkannte, doch falls die Frau den Traum geträumt hatte, hatte auch sie ihn vergessen.

Sie lächelte ihn mit der gleichen Freundlichkeit an, mit der man Zuschauer und Passanten eben bedachte.

»Ich weiß«, gab Matéo also nur zur Antwort. »Sie stehen für einen Moment, in dem etwas Neues beginnt.«

Die Frau sah ihn erstaunt an. »Das wissen nur wenige.«

Matéo verschwieg auch ihr, dass sie selbst es gewesen war, die es ihm erklärt hatte, an einem anderen Ort, zu einer anderen Zeit, die irgendwo in einem Traum zwischen gestern und sieben Wochen verschwunden war.

Er nickte nur leicht und wollte die Glasblume gerade zurückstecken, da hielt die alte Frau ihn zurück, indem sie ihre Hand auf die seine legte.

»Ich möchte sie Ihnen schenken, Signore«, sagte sie.

Matéo sah sie an. »Warum?«

»Nur so«, antwortete die Glasblumenverkäuferin mit einem Schulterzucken. »Wegen der Magie, die in Momenten steckt.«

Sie schloss seine Finger um den Glasstängel.

»Bitte«, sagte sie. »Nehmen Sie sie.«

Matéo nickte und wisperte ihr einen stummen Dank zu. Die Alte lächelte und verschwand wieder in den Schatten, als Matéo zum Abschied an seine Zylinderkrempe tippte. Er wartete noch einen Augenblick, dann ging er nach Hause.

Er hielt einen Moment in den Händen, der einen Neuanfang einläuten würde.

Mit Anisa.

Und tausend neuen Träumen.

*

Mein liebster Zauberer,

da bin ich nun, zurück an meinem nächtlichen Himmel, der ich gleichzeitig bin.
Mein Herz, der Mond, strahlt sein silbriges Licht auf die Erde, während ein Teil von ihm im Schatten liegt, so, wie es immer ist.
Auch du bist hier, ich sehe dein Antlitz in sieben neuen Sternen und bin froh und traurig zugleich.
Du solltest nicht hier sein, Liebster. Du solltest in der Welt umherstreunen und die Menschen mit deiner Magie verzücken. Was nur hast du getan, dass du nun ein Sternbild bist?
Ich konnte dich nicht mehr sehen, mein Liebster. Du warst fort. Oder bin ich es, die fort gewesen ist?
Da war ein Traum – nein – vielleicht war es auch die Wirklichkeit, silbrig und mit Nebeln verschleiert, ein Traum, eine Zirkuswelt, die sich Nacht für Nacht verwandelte, voller Artisten, die so wunderbar waren wie jene, die wir gemeinsam gesehen haben. Erinnerst du dich?
Ich war dort, in diesem Zirkus, dreigeteilt, bin durch die Luft gewirbelt und habe doch nur geschlafen ...
Kannst du mir sagen, wo ich war? Was geschehen ist?
Aber du schweigst, mein Liebster, hast mich verlassen, denn Sterne sprechen nicht.
Ich vermisse deine Lippen auf meiner Haut, das Flüstern deiner Stimme in meinen Ohren.
Wir hatten sieben Tage, die ich zur Nacht habe werden lassen. Dass sie enden würden, konnte ich nicht verhindern.
Ich bin die Nacht, und die Nacht darf nur vom Tag träumen, mit all seinen regenbogenbunten Farben, die niemals die meinen sein werden. Mein ist die Dunkelheit, mit all ihrer Pracht.

Und ein einzelner Moment kann eine Ewigkeit dauern.

Bist du glücklich, dort, wo du jetzt bist? Spürst du meine Umarmung, mit der ich die Sterne umfasse, sie erst durch den Kontrast mit der Dunkelheit zu Licht erstrahlen lasse?

Vermisst du mich, so wie ich dich?

Dank

Neil Gaiman schrieb einmal, dass Schreiben in gewisser Weise wie Kuchen backen ist. Mal gibt man sich alle Mühe und dennoch will der Teig nicht aufgehen und an anderen Tagen macht man alles genauso wie sonst und der Kuchen scheint der Beste zu sein, den man je gebacken hat.

Diese Geschichte zu schreiben, war, wie den Kuchen zu backen, der nicht gelingen wollte.

Dass das Rezept am Ende doch Erfolg hatte, verdanke ich einer Reihe von Menschen, denen ich an dieser Stelle herzlich danken möchte.

Verena Hoyer, Diana Menschig und Oliver Plaschka, die die ersten waren, die von dieser Idee hörten und mich allesamt ermutigten, sie aufzuschreiben.

Thilo Corzilius, der mir ein Wunder zur rechten Zeit schickte, das die Dinge wieder in Gang gebracht hat.

Stephi Kempin, die Jordí so lange mit Streicheleinheiten bedachte, bis das Fell der Worte glatt lag.

Marny Leifers, die mir mit ihren Anmerkungen als Testleserin wahnsinnig half.

Elke Brandt, die in letzter Sekunde noch einmal mit mir durch die Worte wirbelte.

Diana Kinne, ohne die es das Tarot der tausend Stimmen nicht gäbe.

Getrud Walter, die mir erlaubte, mit ihrem wunderbaren Gedicht diese Geschichte zu eröffnen.

Annika Weber und Jana Rech, die ganz am Ende der Geschichte bei mir waren.

Meinen Agentinnen Kristina Langenbuch und Gesa Weiß, die der Spur der Schneeglöckchen folgten und schließlich ein Verlagszelt für diese Geschichte fanden.

Daniela Sechtig und allen anderen beim acabus Verlag, die abermals den Vorhang für die Zirkusmanege der Buchwelt hochzogen und die Scheinwerfer anschalteten.

Den großartigen Herbstpoeten, die mich durch diesen Zirkustraum begleiteten und nach wie vor den Soundtrack meines Lebens schreiben, ebenso wie Sven Friedrich.

Peter S. Beagle, Neil Gaiman, Christoph Marzi und abermals Oliver Plaschka sowie Thilo Corzilius, die alle irgendwo zwischen den Zeilen in diesem Buch zu finden sind, weil sie die Melodien schreiben, die durch meine Welt klingen.

Der großartigen Phantastik-Autoren-Herausgeber-Illustratoren-Verleger-Welt, die mir immer aufs Neue den Mut gibt, weiterzuschreiben.

Allen Freunden, die an dieser Stelle ungenannt blieben, ohne die mein Leben aber so viel leerer wäre und natürlich, so wie stets, meiner Familie.

Fabienne Siegmund

Die Autorin

Fabienne Siegmund, geboren 1980, lebt in der Nähe von Köln. Ihre Leidenschaft für Geschichten entdeckte sie schon als Kind, und irgendwann begann sie selber zur Architektin von Luftschlössern, Traumgebilden und anderen zumeist fantastischen Stoffen aus Buchstaben zu werden.
Ihre Freizeit verbringt Fabienne Siegmund zum größten Teil in  Geschichten (egal ob lesend oder schreibend), besucht Eishockeyspiele, Konzerte oder Theaterstücke, bastelt mit allen möglichen Dingen und reist durch die Welt, von wo sie immer wieder neue Geschichten mitbringt.

Weitere Titel im acabus Verlag

Barbara Leciejewski

In all den Jahren
Roman

ISBN: 978-3-86282-370-3
BuchVP: 14,90 EUR
448 Seiten, Paperback

Elsa und Finn leben Tür an Tür in München. Sie sind Freunde. Beste Freunde. Und allen Zweifeln ihrer Umwelt, allen Versuchungen und allen Gefühlen zum Trotz, wollen sie das auch bleiben, denn schließlich enden die meisten Liebesbeziehungen doch in einer Trennung: Aus Nähe wird Besitzanspruch, aus Zuneigung Gleichgültigkeit und so weiter. Man kennt das.

Nein, Elsa und Finn wollen die bleiben, die sie sind, egal was auch passiert. Und es passiert so einiges, das ihre innige Freundschaft ins Wanken bringt, mal zur einen und mal zur anderen Seite hin.

Der Roman schildert auf humorvolle, spannende und bewegende Weise diese ungewöhnliche und tiefe Freundschaft über einen Zeitraum von zwanzig Jahren hinweg, ihre Höhen und Tiefen, komische, glückliche und dramatische Momente und stellt dabei immer wieder die Frage: Wie viel Liebe verträgt eine Freundschaft?

Ein wunderbarer Liebesroman der Münchener Autorin. Eine klare Leseempfehlung für Fans von Cecelia Ahern („Für immer vielleicht")!

Michaela Abresch

Meermädchen und Sternensegler
Geschichten zwischen Traum und Wirklichkeit

ISBN: 978-3-86282-334-5
BuchVP: 11,90 EUR
188 Seiten, Paperback

Ein Buch zum Träumen, Sehnen und Sternensegeln.
Sieben zauberhafte Geschichten entführen den Leser in märchenhafte Welten, an die unbändige Küste des Atlantiks und in die dichten Wälder des Nordens. Sie erzählen von der Sehnsucht nach Freiheit und dem Wunsch nach Zweisamkeit, von der Suche nach dem eigenen Glück und der Magie der Selbsterkenntnis. Durch Mut und Zuversicht werden Träume Wirklichkeit.

»Nichts, was du wirklich ersehnst, ist unmöglich!
Glaube an die Kraft deiner Träume,
höre auf die Stimme deiner Sehnsucht und fang an, etwas zu tun.«

Markus Walther

Buchland

ISBN: 978-3-86282-186-0
BuchVP: 12,90 EUR
224 Seiten, Paperback

Dieses Antiquariat ist nicht wie andere Buchläden!

Das muss auch die gescheiterte Buchhändlerin Beatrice feststellen, als sie notgedrungen die Stelle im staubigen Antiquariat des ebenso verstaubt wirkenden Herrn Plana annimmt. Schnell merkt sie allerdings, dass dort so manches nicht mit rechten Dingen zugeht:

Wer verbirgt sich hinter den so antiquiert wirkenden Stammkunden „Eddie" und „Wolfgang"? Und welche Rolle spielt Herr Plana selbst, dessen Beziehung zu seinen Büchern scheinbar jede epische Distanz überwindet?

Doch noch ehe Beatrice all diese Geheimnisse lüften kann, gerät ihr Mann Ingo in große Gefahr und Beatrice setzt alles daran, ihn zu retten. Zusammen mit Herrn Plana begibt sie sich auf eine abenteuerliche Reise quer durch das mysteriöse Buchland. Dort treffen sie nicht nur blinde Buchbinder, griechische Göttinnen und die ein oder andere Leseratte, auch der Tod höchstpersönlich kreuzt ihren Weg.

Und schon bald steht fest: Es geht um viel mehr, als bloß darum, Ingo zu retten. Vielmehr gilt es, die Literatur selbst vor ihrem Untergang zu bewahren!

Markus Walther

Beatrice - Rückkehr ins Buchland

ISBN: 978-3-86282-373-4
BuchVP: 12,90 EUR
284 Seiten, Paperback

„Sie wusste um das mächtige Eigenleben des geschriebenen Wortes, wusste um die Magie, die die Realität um die Fiktion krümmte, wie das Weltall den Raum um die Masse."

Eigentlich müsste Beatrice zufrieden sein. Sie hat das Antiquariat von Herrn Plana übernommen, ihr Mann ist wieder gesund und der Verlag wünscht sich ein neues Manuskript. Alles scheint in geordneten Bahnen zu laufen. Doch dann taucht der kuriose Ladenbesitzer Quirinus auf, der ihr ein Angebot macht, das sie einfach nicht ablehnen kann. Gemeinsam machen sie sich auf den Weg zurück in die tiefsten Regionen des Buchlands.

Unser gesamtes Verlagsprogramm
finden Sie unter:

www.acabus-verlag.de
http://de-de.facebook.com/acabusverlag

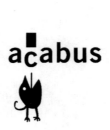